수상한 휴가

수상한 휴가

롤런드 메룰로 지음 · 이은선 옮김

교황과
달라이라마의
5일간의
비밀 여행

오후의
서재

엑시터 아카데미 시절의 친구
밥 브레일, 조우니 프랫,
웍 슬론, 데이비드 웨버에게
그리고 제이슨 코프먼에게
감사하는 마음을 담아서 바친다.

오늘을 살아가는 우리에게 자문해봅시다.
'주님의 놀라운 선물'을 받아들일 마음의 준비가 됐는지.
_프란치스코 교황

나는 세상 전반을 위해서는 종교보다 연민이 더 중요하다고 생각한다.
_달라이라마

하느님은 각양각색으로 인간을 창조하셨다.
그런데 그를 섬기는 방법을 딱 한 가지만 허용하실 리가 없지 않은가.
_마르틴 부버(오스트리아 출신의 유대계 종교철학자)

신들도 우스갯소리를 좋아한다.
_아리스토텔레스

차례

첫째 날

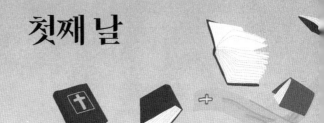

∞ 1 ∞

   내 이름은 파올로 데파도바. 이탈리아 태생의 어머니와 미군 출신의 아버지 사이에서 태어났고 충성심과 행운의 독특한 조합 덕분에 한동안 사랑하는 사촌지간인 교황을 곁에서 모신 적이 있었다. 나의 재임 기간은 길지 않았다. 사실 내가 지금부터 소개하려는 사건의 직접적인 여파로 교황청에서 쫓겨났기 때문이다. 이 사건은 때가 되었다는 판단이 내려지면 공개해달라고 교황에게 직접 부탁을 받았다. 전 세계적으로 대서특필됐으니 부분적인 내용은 다들 알겠지만 그런 기사들은 대개 과장되고, 소문과 잘못된 정보로 변색되기나 오염되기 마련이다. 그 진정한 전말은 니를 비롯해 몇 사람만 알고 있다. 이제 존경과 연민을 담아서, 하지만 또 한편으로는 정의를 섬기는 마음으로 그 사건을 공개하려고 한다. 내 사촌도 즐겨 말했다시피 "안케 이 파피 소노 우오미니." 번역하자면 다음과 같다.

"교황도 인간이다."

∽ 2 ∽

이 희한한 사건은 한 불교도와 함께 시작된다. 아니, 불교계의 유명한 지도자가 가장 성스러운 가톨릭 궁을 방문한 것에서부터 시작된다. 물론 대통령, 총리, 제1서기 등 각계 정상이 교황을 심방하는 것은 흔한 일이다. 가톨릭교도들은 전 세계적으로 선거에서 상당한 영향력을 발휘하기 때문에 신심과는 거리가 먼 정치인들조차 교황청 순례를 즐겨한다. 교황과 나란히 앉아 기념사진을 촬영하고 서로 의견을 교환하는 척하며 지킬 생각이 없는 약속을 한 다음 호화로운 자신들의 삶과 권좌로 돌아간다.

내 경험상 교황들은 이런 식의 방문을 놀라우리만치 잘 받아들인다. 번번이 실망하면서도 전 세계 지도자들이 전쟁의 가능성을 줄이고 빈곤층을 위로하는 방향으로 행동할 거라는 희망의 끈을 절대 놓지 않는다.

하지만 달라이라마의 예방 때는 교황이 낙관하기에 충분한 이유가 있었다. 그와 맡은 역할이 비슷하고 자신의 믿음과 신도에게 헌신하는 자세가 흠잡을 데 없는 사람 아닌가. 교황과 내가 함께 봉직한 지 2년째 되던 해였고 대략 300번째쯤 되는 공식 방문이었다. 나는 정신없는 준비 작업에 익숙해져 있었다. 보안 관리, 기자 회견, 인터뷰. 하지만 그날 아침에 교황을 만나러 갔을 때 나는 달라이라마의 방문이 평소와 다를 거라는 걸 직감했다.

우리 부모님과 내가 예전에는 '조르조'라고 이름을 불렀던 사촌은 4시에 일어나 세 시간 동안 기도한 후 가볍게 아침을 먹는 것을 좋아했다. 로마에 있는 화요일과 목요일, 토요일에는 비교적 소박한 그의 거처에서 같이 아침을 먹자고 했다. 바티칸 시티에 있는 성녀 마르타의 집의 방 세 개짜리 스위트룸에서 7시 정각에.

나로서는 쉽지 않은 일이었다. 어느 시간이든 내 상태가 아주 훌륭한 건 아니지만 아침 7시면 더 심했다. 그래도 이 유명인사에 대한 헌신과 비상식적으로 바쁜 스케줄을 존중하는 뜻에서 항상 늦지 않으려 애썼다. 바티칸에서는 나 같은 일급 신임장 소지자라도 교황의 방에 들어가려면 여러 보안요원과 다양한 비서를 거쳐야 했다. 그날 아침에도 나는 그 절차를 거치고서야 마침내 카펫이 깔린 익숙한 복도를 지나 내 키의 두 배만 한 나무 문을 두드렸다.

"들어오게, 사촌!" 교황은 항상 명랑하게 외쳤다. 그날도 다를 바 없었다.

창문에 달린 벨루어 커튼을 젖혀놓은 덕에 이른 시각의 황금빛 햇살이 쏟아져 들어왔다. 교황은 검은색 바지와 흰색 티셔츠의 캐주얼한 옷차림이었고 얇은 체인에 달린 성모 메달을 목에 걸고 있었다. 그리고 평소 습관대로 맨발이었다(맨발로 있으면 이 땅의 가난한 자들과 아주 미묘하게나마 연결이 된다고 했다). 햇살이 옆얼굴을 비추자 가장 강인한 무신론자마저 개종시킬 수 있을 만큼 신실하고 눈부신 미소가 드러났다. 그는 나를 으스러져라 끌어안았다. 잠시 후에 우리는 조그만 식탁에 마주보고 앉았다. 보좌관이 늘 먹던 대로 아침을 들고 왔다. 잘게 썬 배, 주전자에 담은 허브 티, 병뚜껑만 한 크기의 벨기에 초콜릿 두 조각이었다(교황은 단 것을 좋아하기로 유명했다). 우리는 기도하고 식사를 시작했지만 나는 그를 워낙 잘 알기 때문에 밀려드는 고민과 쏟아지는 불안으로 얼룩진 그의 표정을 읽을 수 있었다.

"왜 그러십니까, 성하?"

"아, 왜 이러나." 그는 짐짓 퉁명스럽게 말했다. "제발 '조르조' 아니면 '교황'으로 불러달라고 수백 번은 부탁하지 않았나. '성하'만 아니면 된다고. 나는 그런 칭호로 불릴 만한 위인이 못 되는 데다 사랑하는 사촌 사이에 벽이 생긴 느낌이라니까."

"안 됩니다, 성하." 내가 말했다. "제가 워낙 단순한 성격이라서요. 사석에서 조르조라고 불렀다가는 나중에 공석에서도 그렇게 부르는 실수를 저지르게 될 겁니다."

"그래, 그래서?"

"그럼 적들이 저와 저를 채용한 성하를 공격하겠죠."

"그래, 그래서?"

"성하의 판단력에 의문이 제기될 테고… 저는 길거리로 쫓겨나겠죠."

전부 각본대로 진행되는 장난이었다. 교황은 입버릇처럼 말했다. "나는 사촌 덕분에 버틸 수 있어. 나하고 함께 장난을 치고 나를 웃겨줘. 내가 허수아비가 아니라 사실은 인간이라는 걸 잊지 않게 해달라고."

"고민이 있으시군요, 교황님." 내가 말했다.

그는 헛웃음을 지으며 곁눈질했고 생각에 잠긴 표정으로 배를 씹었다. "주님 앞에서는 내 죄를 숨기지 못한다면 자네 앞에서는 내 마음을 숨기지 못하겠군."

"뭘 고민하시는데요?"

"로자는 어떻게 지내나?"

"예쁘고, 똑똑하고, 고집이 세고, 돈이 많고, 함께 살기 힘든 성격이고… 제가 더는 같이 살지 않는 이유가 그 때문이죠. 한 마디로 하나도 변한 게 없다고요. 다른 데로 말머리 돌리지 마세요. 왜 그러시는데요?"

"그리고 자네의 그 경이로운 여식 안나 리자는?"

"역시 잘 지냅니다. 못 본 지 넉 달째이긴 하지만. 교황님을 보고 싶어 해요. 왠지 모르겠지만 로자는 안나 리자에게 진지하게 만나는 남자친구가 생겼다고 생각하고요. 자, 이제 말씀해보세요, 무슨 일인지."

그는 사색에 잠긴 표정으로 좀 더 우물거리다 차를 한 모금 마셨다. 설탕이라는 악마와 전쟁을 벌이느라 늘 그렇듯 동전 모양의 다크초콜릿을 반으로 쪼개 큰 쪽을 내게 건넸다. 한참을 뜸을 들이다가 마침내 속내를 털어놓았다. "내가 고백할 게 있는데."

"교황님이 고해 신부인 포르주로 추기경님을 초출하겠습니다."

"그런 고백이 아니야, 파올로. 자네 말이 맞아. 나는 고민이 있어. 요즘 들어… 뭐라고 해야 할까… 숨이 막혀. 답답해."

"정신적으로요? 아니면 종교적으로요?"

"둘 다."

"자세히 말씀해보세요."

그는 답답해하며 고개를 저었다. "뭐라고 설명이 안 돼."

"오늘 일정을 취소할까요? 몸이 좀 안 좋으시다고? 달라이라마 와 수행단이 내일까지 여기 있을 테니…."

그는 다시 고개를 저었다. "그런 게 아니야. 그와는 한시라도 빨 리 만나고 싶네. 노벨상 수상자들과 함께 로마에 왔을 때 만나지 않은 것이 얼마나 후회되는지 몰라. 부끄럽고 어리석은 선택이었 지. 내가 잘못된 조언을 따랐어. 내 끔찍한 약점이지. 이제 그때의 실수를 만회하고 싶네." 교황은 다시 하던 얘기를 멈추고 작게 고 개를 저었다. 그가 나와 제대로 눈을 마주치지 못하는 것처럼 보 이는 건 전례 없는 일이었다. 이윽고 그가 시선을 들었다. "부탁 하 나만 들어주겠나, 사촌?"

"뭐든 말씀만 하십시오."

그는 어찌나 뜸을 들여가며 배 한 조각을 입 안에 넣고 씹어서 삼키던지. 한참의 정적이 흐른 끝에 그가 멋쩍은 듯이 말했다. "내 가 요즘 아주 이상한 꿈을 꾸고 있어, 사촌. 주님이 암호 같은 걸 로 메시지를 보내고 계실지도 모른다는 생각이 들어." 그는 다시 말을 멈추었다. 그가 이렇게 당황스러워하는 것은 좀처럼 없는 일 이라 나까지 혼란스러워졌다. 나는 어떤 꿈이냐고 묻고 싶었지만 꾹 참았다. 잠시 시선을 돌렸던 그가 다시 나를 쳐다보았다. "포트 레스티 크레아레 운 피아노 다치오네, 쿠지노?(구체적인 계획 하나 만 들어줄 수 있겠나, 사촌?)"

"당연하죠, 교황님. 어떤 계획이 필요하신데요?"

그는 다시 불편한 듯 억지웃음을 지으며 머뭇거렸다. 그리고 잠시 후에. "만약 내가 이를테면… 비공식적으로 휴가를 떠나고 싶다면… 3일, 길어야 4일 정도 그러고 싶다면… 자네가 세부 계획을 짜줄 수 있을까?"

"그럼요, 성하. 여행청 사무 보좌관에게 시켜도 되죠. 요한 바오로 교황도 스키를 타러 코르티나담페초에 슬그머니 다녀오곤 했다더라고요. 보안 문제가 있긴 해도 그리 어려운 일도 아닌데…."

"하지만 나는 며칠 동안 사라지고 싶단 말이지… 아무도 모르게." 교황의 얘기를 듣고 나는 깜짝 놀랐다. 그는 여전히 눈을 맞추지 못했다. 전에 없던 일이었다. "그 빗방울 같은 한심한 차를 타고서는 아무 데도 가지 않겠어. 그건 일종의 우리야. 나와 대중을 분리시키는. 그리고 경호원이나 여행청에서도 이 건에 대해 몰랐으면 하네. 아무도 몰랐으면 해. 자네하고 나만. 같이 가겠다면 로자도 함께. 중간에 안나 리자를 만나러 가도 좋고 내가 생각해둔 다른 데에 가도 좋고. 3일 아니면 4일… 뭘 그리 빤히 쳐다보나."

"혹시 치매에 걸리셨나 해서요, 성하. 외람된 말씀입니다만. 교황님의 얼굴은 지구상에서 가장 유명할 텐데요. 이탈리아에서는 더욱 그렇고요. 그런데 단둘이서 몰래 도망을 치자고요? 그리고 뭐요? 오토스트라다(고속도로라는 뜻의 이탈리아어-옮긴이)를 타고 가서 저희 딸과 점심을 먹고 수영을 하자고요? 여긴 부에노스아이레스가 아닙니다. 우리는 이제 아홉 살과 열네 살도 아니고요."

"너무 황당한 발상이지?" 그는 시인했다. "역시 자네는 옳은 말만 하는군."

서글픔이 장막처럼 그의 얼굴을 덮었다. 나는 그의 기운을 북돋우기 위해, 오로지 그 하나만을 위해 이렇게 말했다(그리고 영원히 이 말에 대한 책임을 질 것이다). "달라이라마도 동행하면 어떨까요? 제가 양쪽 경호원에게 수면제를 먹여서 재우고 두 분을 납치하는 거죠."

한밤중에 태양이 떠오르기라도 한 것처럼 교황의 미소가 온 방을 환히 비추었다. 그는 차를 한 모금 머금어 입 안을 헹군 다음 다시 그 눈부신 미소를 지었고 이내 교황의 권위라는 옷을 입는 듯이 보였다. 나는 이런 마법과도 같은 변화를 전에도 수백 번 본 적 있었다. 그는 겸손한 것도 좋지만 좌중을 인도하려면 어느 시점에는 권력을 편안하게 쓸 줄 알아야 한다고 얘기한 적이 있었다. "구체적인 계획을 부탁할게"라고 그가 말했다. 방금 전에 황당한 발상이라고 인정했던 걸 잊어버리기라도 한 걸까. "가상으로 하지만 상세하게. 가능하면 저녁 먹기 전까지."

나는 장단을 맞췄다. "점심 드시기 전까지 작성해서 책상에 두겠습니다, 성하."

"아냐, 아냐. 문서로는 말고."

나는 이 말을 듣고도, 그의 단호한 표정을 확인하고도 교황인 내 사촌이 장난을 치는 게 분명하다고 믿어 의심치 않았다.

∞ 3 ∞

1년쯤 전에 교황은 다른 노벨상 수상자들과 함께 로마를 방문한 달라이라마와의 만남을 거절한 적이 있다. 그의 판단이라기보다는 중국 정부를 회유하기 위해 참모들이 종용한 듯했다. 그때 중국 지도부가 전 세계 가톨릭교회와 무슨 상관이냐고 물었다면 그 참모들은 과연 뭐라고 대답할 수 있었을까 싶다. 그들의 이력에 오점을 남길 수 있는 가상의 역풍을 걱정한 게 분명한데, 그들의 조언을 들은 건 경험 부족에서 비롯된 실수였다. 교황 스스로도 내게 인정한 부분이었다. 하지만 이후로 그는 대담해졌고 자신의 판단에 믿음이 생겼다. 사실 시간이 지날수록 남을 점점 의식하지 않는 듯했다. 지구 온난화 회칙. 연례 크리스마스 연설 때 로마 교황청을 향한 질책. 가톨릭교도들의 '무분별한 다산'을 원치 않는다는 발언. 미국과 쿠바의 관계를 재건하기 위해 은밀하게 펼친 외교. 훌륭한 제도가 사악하게 변질된 이른바 '초자본주의'를 향한 비난. 교황이 역할에 걸맞게 성장할수록 예수처럼 대담하고 도발적인 인물이 되었다. 지금도 가끔 이래라저래라 하는 참모들에게 휘둘리긴 하지만 최근에 공개석상에서 거창하게 달라이라마를 칭송한 데 이어 그를 로마로 초대했다. 마치 속죄라도 하듯.

달라이라마를 맞이하는 행사가 공식적인 측면에서는 순조롭게 진행됐다. 교황의 실무진은 이런 식으로 세간의 이목이 집중되는 방문을 숱하게 치른 전문가 집단이다. 성 베드로 대성당 계단에서의 기념사진 촬영과 대성당 투어. 통역은 필요 없었다. 달라이라마가 모든 말을 직관적으로 이해하는 눈치였고 두 사람은 이탈리아어와 스페인어를 몇 마디씩 섞어가며 영어로 대화를 나누었다. 기자회견과 점심식사, 두 사람만의 오붓한 시간에 이어 다시 성대한 만찬. 하지만 실무진은 수십 년의 경력에도 불구하고 이번 교황은 몇몇 전임자와 다르게 진수성찬을 반기지 않는다는 것을 절대 이해하지 못하는 눈치였다. 그는 사실 음식에 거의 손을 대지 않았다. 달라이라마도 결국에는 수도승이었으니 마찬가지였다. 그들은 절체와 금욕의 화신이었다. 그럼에도 실무진은 식탐이 있는 수상과 과체중 보좌진 군단에 걸맞을 듯한 저녁을 준비했다. 고급스러운 수프에서부터 화려한 디저트에 이르기까지 다섯 가지 코스로 이루어진 완벽한 만찬이었다. 이것은 인테리어 디자이너에게 수녀의 방을 꾸며달라고 맡기는 거나 다름없었다.

이토록 부적절한 식사가 두 번째로 시작되기 전에 교황이 내게 건너와 달라고 연락했다. 바티칸 시티라는 광활한 미로에서도 가장 외딴 축에 속하는 성모의 방에 달라이라마와 함께 있다고 했다.

나는 또다시 몇 단계의 보안 검색과 검문 등등을 거쳤다. 나는 위험할 게 없는 충신이지만 앞에서도 얘기했다시피 바티칸의 관료사회 안에는 적이 존재했다. 교황의 '수석 보좌관'이라는 어마하게 명망 있는 자리에 의외의 인물인 내가 낙점을 받자 일부 부처에서는 질투의 도화선이 당겨졌고, 일부의 교회 지도층은 내 사촌에게 등을 돌렸다. 서품을 받지 않았다는 것이 나를 향한 첫 번째 비난이었고 경험이 없다는 것이 두 번째 비난이었다. 아내와 별거 중이고 일요일 미사에 꼬박꼬박 참석하는지조차 알 수 없는 내가 가톨릭교도로서의 평판이 의심스럽다는 것이 세 번째 비난이었다.

바티칸은 성령으로 충만하지만 나름의 파벌과 음모가 있다. 그곳의 관료사회를 떠올리면 가끔 길고, 무겁고, 느린 열차가 생각난다. 기관차에는 교황이 앉아 있고 그 뒤편의 화려한 객차에 교황청의 구성원이, 그들 뒤에는 사제와 부제와 12억의 평신도들이 앉아 있다. 평신도의 자리는 저 뒤 칸 어디쯤이니 내가 앞으로 불려나갈 때마다 사제복을 얼마나 헤치고 가야 했을지 생각해보라. 여기저기서 얼마나 질투했을지 생각해보라. 교황은 나를 폄하하는 사람들에게 신경 쓰지 않았다. 힘들 때 의지할 수 있는 친구, 전적으로 신뢰할 수 있는 사람이 필요하다고 했다. 그는 공개석상에서 여러 번 강조했다. "사촌 파올로보다 더 가까운 사람은 이 지구상에 없습니다."

내가 전임자들보다 더 열심히, 더 헌신적으로 일을 해도 나의 신뢰도와 충성심을 둘러싼 소문이 시큼한 냄새처럼 바티칸의 복도를 타고 흘러 가끔 내 코에까지 닿았다. 어떤 동료들은 '깜빡하고' 중요한 회의석상에 나를 부르지 않았다. 다소 신경질적인 나의 성향과 정치적인 노하우 부족으로 몇 차례 당황스러운 실수를 저지른 적도 있었다. 소문, 참석하지 못한 회의, 에티켓상의 사소한 실수, 이런 정황들 때문에 일부 집단에서는 나를 못미더워했다. 그날 오후에 특별한 신분에도 불구하고 네가 보안검색을 그냥 통과하지 못한 것도 그 때문이었다. 마침내 성모의 방으로 들어섰을 때 나는 교황과 귀빈이 만나는 자리에 익숙했음에도 두 사람을 감싼 공기에서 뭔가 특별한 분위기를 감지할 수 있었다. 그들은 성모마리아 성화가 벽에 걸려 있는 그 방에서 서로 얼마 안 되

는 거리를 두고 똑같이 생긴 소파의 끝 쪽에 앉아 있었다. 보좌진
들은 모두 내보내고 단둘이었다. 나는 먼저 교황에게 목례하고,
전 세계를 통틀어 가장 유명한 티베트 생존자에게 차례로 인사했
다. 사촌은 그들과 마주 놓인 안락의자에 앉으라고 손짓했다. "사
랑하는 친구여." 그가 영어로 말했다.

"교황님."

그는 웃으며 손님을 돌아보았고 놀라우리만치 격의 없는 투로
말을 이었다. "달라이, 그렇게 불러달라고 하셨지요. 이쪽은 내 사
촌이자 가장 가까운 친구이자 핵심 참모인 파올로 데파도바입니
다. 미국계 이탈리아인이고 화가인 부모 밑에서 태어났죠. 아실지
모르겠지만 저희 부모님은 참혹했던 무솔리니의 파시즘을 피해
남아메리카로 건너가셨어요. 전쟁 당시 용감하게 저항군을 도왔
던 파올로의 어머니는 미군과 결혼했고요. 우리 가족은 계속 연
락을 주고받으며 자주 왕래했고 파올로와 나는 어렸을 때부터 가
깝게 지냈답니다."

달라이라마는 그의 유명한 사람 좋은 미소와 꼿꼿한 자세 그
자체였다. 그는 "아주 훌륭하신 분이로군요! 만나서 정말 반갑습
니다!"라고 외치고는 합장하며 나를 향해 살짝 고개를 숙였다. 아
주 정중했고 공손함의 완벽한 본보기였다. 나는 그날 그들과 한
자리에 있었다는 데, 역사의 일부분을 담당했다는 데 진심으로
축복을 느꼈다.

모든 게 아무 문제없이 지나가던 그때, 내 사촌이 손님을 돌아
보더니 충격적인 폭탄선언을 했다. "파올로가 우리의 탈출을 도

와줄 거예요."

나는 몇 초 동안 어색한 미소를 머금고 있었다. 달라이라마는 얇은 눈썹을 치켜올리고는 기대하는 서글서글한 눈빛으로 나를 바라보았다. 나를 과대평가하는 게 아닐까 싶었다. 그 자리는 신앙의 차이에서 비롯되는 긴장과 성직에 수반되는 각종 스트레스를 해소하며 모두 함께 가벼운 마음으로 즐기는 시간이었다.

"제 사촌이 농담을 좋아합니다." 내가 가까스로 할 수 있는 대답은 이게 전부였다.

교황은 살짝 헛기침을 하고 무뚝뚝하게 말했다. "자네 사촌은 농담이 아닐세. 계획은 세워 왔나?"

"진심은 아니시겠죠?"

교황은 입을 굳게 다물었다. "우리가 의논을 했어. 새로운 친구와 내가. 그도 꿈을 꾸고 있다고 해. 메시지와 뭔지 모를 신호…. 게다가 우리 두 사람 모두 답답함을 느끼고 있어. 우리는 모험 체질인데 말이지. 자네도 알지 모르겠지만 달라이는 무려 당나귀를 타고 처음에는 군인 행세를, 그 다음에는 농부 행세를 하며 히말라야 산맥을 넘었다네!"

"네, 저도 압니다. 저도 들었어요. 저기…."

"그리고 자네와 나도 어렸을 때… 재미있는 시간을 보내지 않았나, 응?"

"그럼요, 성하."

"그럼 오전에 내가 제안한 대로 따라주길 바라네. 우리는 3박 4일로 결정했어. 탈출이긴 하지만 일종의 신비로운 탐색이기도 하지. 나는 그에게 이 아름다운 나라를 보여주고 주님이 내 귀에 대고 뭐라고 속삭이고 계신지 파악하고 싶어."

"어디로요? 무슨 수로요? 경호원에 일정까지…."

그는 다정다감한 예수의 제자를 자처할 때가 많지만, 마음만 먹으면 우리가 어렸을 때 읽은 성경의 구절에서 접했던 분노의 하느님처럼 준엄하고 딱딱한 표정을 지을 수도 있었다. 그가 조용히 말했다. "세 번 부탁하게 하지 말아주게, 파올로. 우리는 곧 공식 만찬에 참석할 예정이니 만찬 이후에 주도면밀하게 세운 계획을 제시해주기 바라네. 절호의 기회는 오늘 밤 아니면 내일 새벽이야. 첫 단추는 이렇게 꿰면 돼. 달라이라마 성하와 나는 둘이서 함께 명상을 하고 싶다고 할 거야. 성 프란체스코 예배당에서 경호원 없이, 다른 보좌관 없이. 두 시간 동안 불교도와 가톨릭교도가 함께 명상을 하는 거지. 거기서부터 계획을 세워주기 바라네. 나는 오늘 밤에 호텔이 아니라 집무실에서 잘 걸세."

나는 이런 식으로 장난을 치는 거겠거니 생각하며 사촌의 얼굴을 뜯어보았다. 측근들 사이에서 교황은 그런 장난으로 유명했다. 기도하는 것만큼 자주 웃는 장난꾸러기로 정평이 자자했다.

나는 그 유명한 미소를 지어주길 바라며 달라이라마에게로 시선을 옮겼지만, 그는 흔들림 없는 눈빛으로 나를 잠시 쳐다보다가 매력적인 억양으로 말했다. "고맙습니다."

∽ 4 ∽

나는 그 방에서 나와 긴 복도를 따라 사무본관으로 돌아가는 동안 어떤 심정이었는지 죽을 때까지 잊지 못할 것이다. 반복해서 되새김질해야 알아들을 수 있는 우스갯소리라도 되는 듯 교황이 한 말을 곱씹고 또 곱씹으며, 우리가 나눈 무시무시하고 충격적인 대화를 이해하려고 애를 썼다. 설마 진심은 아니겠지? 나는 생각했다. 농담이겠지. 꿈은 그냥 꿈이지. 아마도 스트레스와 연관이 있지 않을까? 달라이라마도 예의를 차리느라 그런 메시지를 받고 있는 척하는 게 분명해. 그래야 공식 만찬을 무사히 마치고, 잠시 기도하고, 한숨 푹 자고 일어나야 뭔지 모를 내일 일정을 제대로 소화할 수 있을 테니까.

이런 논리의 흐름에 제동을 거는 것이 있다면 행복한 추억들로 가득한 통장이었다. 교황인 내 사촌은 이런 짓을 잘 저지르기로 유명했다. 우리 부모님은 그걸 가리켜 '사고 친다'고 표현했다. "이번에는 조르조가 또 무슨 사고를 칠지 궁금하네. 지난번에 여기 놀러 왔을 때는 너희 둘이 자전거를 '빌려' 타고 옆 마을 스페인 타운에서 밤새도록 춤추고 노래 부르고 그랬잖아. 그 전해에는 아무한테도 얘기하지 않고 히치하이킹으로 두 시간 거리에 있는 바닷가로 놀러 갔고."

질책이 아니라 감탄에 가까운 말투로 한 얘기였다. 그 무렵 전쟁은 먼 옛날얘기였고 우리 부모님은 그런 게 존재할지 모르겠지만 제법 자리를 잡은 부르주아 화가였다. 그들에게는 차와 집과 청구서와 키워야 하는 아이가 있었다. 그럼에도 창의력을 잃지 않았고, 나를 인근 학교에 보내기보다 한 시간 만에 뚝딱 베를린이나 바르셀로나로 기차여행을 떠나가며 직접 가르쳤다. 아버지는 우리가 타고 다니던 오래된 피아트에 빨간색, 초록색, 흰색 소용돌이를 그리고 전조등 옆에는 미국 국기 두 개를 조그맣게 그려 넣었다. 어머니는 허리까지 머리를 길렀고, 12월 첫째 주까지 메체그라의 돌담에서 호수로 뛰어내려 수영하는 것을 좋아했다. 머리칼을 수건으로 돌돌 말고 이를 부딪혀가며 우리 집까지 언덕을 성큼성큼 걸어오던 어머니의 모습이 눈에 선하다. 두 분은 한 마디로 괴짜였고 사촌 조르조의 유쾌한 기행을 재미있어했다. 그가 교황의 자리에 앉을 때까지 두 분이 살아 계셨더라면 얼마나 좋았을까.

그 길을 걸어서 내 집무실까지 익숙한 대리석 계단을 올라가는 동안 내 사촌이 어렸을 때 저지른 사고를 떠올리다 보니 방금 전에 그가 한 말이 농담이 아니라고 확신할 수 있었다. 내가 그의 부탁을 실행에 옮긴다면 그 둘을 사라지게 만들어야 했다. 교황과 달라이라마를. 지구상에서 가장 쉽게 알아볼 수 있는 두 사람을. 그것도 몇 시간이나 오후 한나절 정도가 아니라 4일 동안! 내가 그렇게 후디니(탈출 묘기로 유명했던 마술사—옮긴이)의 묘기를 발휘한다 한들 좋을 것도 하나 없었다. 경호팀과 전 세계가 미친 듯이 수색전을 벌일 것이다. 뭐 하나라도 잘못 되면, 둘 중 한 사람이라도 다치거나 절대 그래서는 안 되지만 죽기라도 하면 파올로 데파도바는 잔인하도록 무거운 대가를 치러야 할 것이다.

그런데 3층에 있는 내 집무실로 돌아가 창가에 서서 신앙 교리성이 있는 소박한 회색 건물을 내다보는데, 다른 감정이 스멀스멀 나를 덮치기 시작했다. 옷으로 꽁꽁 싸맨 동네 사람들이 입을 떡 벌리고 지켜보는 가운데 4.5미터 높이의 담벼락에서 얼음처럼 차가운 호수로 뛰어내리면 어떤 기분인지 어머니에게 들은 기억이 났다. "세상 무엇보다 특별한 자유가 느껴지거든, 파올로." 어머니는 말했다. "두려움, 육체적인 안락을 끊임없이 갈구하는 마음, 사회적인 명성을 갈고 닦으려는 욕심에 지지 않겠다는 다짐이야. 나중에 너도 좀 나이를 먹으면 나랑 같이 도전해보고 싶을걸?"

나는 그럴 만한 용기가 없었다. 하지만 7월의 그날 오후, 바티칸의 집무실에서 나는 어머니가 말한 자유가 어떤 느낌인지 어렴풋이 짐작할 수 있었다. 사촌이 단 며칠만이라도 전통과 직무의 굴레에서 벗어나고 싶어 하는 이유를 이해할 수 있었다. 나는 천성적으로 걱정이 많고 지나치게 소심한 성격이지만 공포라는 최면제 아래에서 어떤 가능성이 슬그머니 눈뜨기 시작하는 것을 느낄 수 있었다. 그 가능성은 밋밋한 잔디밭에서 싹을 틔운 들꽃 같은 존재로 달콤한 향기를 머금고 있었다.

하지만 중년의 논리와 이성이 금세 그 열기를 목 졸라 잠재웠다. 들꽃은 무난한 갈색 신발에 짓밟혔다. 나는 책상에 앉아 멍하니 창밖을 내다보았다. 10대에 중국을 탈출한 것과 이건 달랐다. 달라이라마는 신앙과 전통을 사수하기 위해 사악한 적으로부터 도망친 것이었다. 헌 자전거를 빌려 타고 옆 마을로 가서 노래를 부르며 천진난만하게 논 것도 이것과 달랐다. 교황의 책무라는 무거운 짐을 내던지고 4일 동안 무단으로 여행을 떠나겠다는 것은 차원이 전혀 다른 문제였다. 미국 대통령이 영부인과 함께 캠프데

이비드(미국의 대통령과 가족을 위한 별장)가 아닌 다른 곳으로 비밀 경호도 없이, 언론에 통보하지도 않고, 평범한 커플처럼 버스를 훌쩍 집어타고 아무도 모르게 낭만적인 주말여행을 떠나는 거나 다름없었다. 확고하게 경직된 그 콧대 높은 세상이 끔찍한 복수를 감행할 수 있었다. 그리고 신변 위협의 가능성이 분명하게 존재했다.

하지만 나는 임무를 부여받았다. 그것도 무려 그리스도의 대리자라는 로마의 교황에게서. 세상에 어떤 사촌이, 어떤 노이로제에 걸린 수석 보좌관이, 어떤 가톨릭교도가 거기에 불복할 수 있을까?

한 시간 가까이 고민한 끝에 선명하게 깨달은 사실이 있다면 나보다 훨씬 계산적인 사람이라야 그와 같은 탈출 작전을 성공시킬 수 있다는 것이었다. 또다시 고민했지만 시간의 흐름이 느껴질 것만 같았고, 내 사촌의 목소리가 들리고, '장난스럽다'고 할 수는 없지만 그와 비슷하달 수 있는 달라이라마의 표정이 보이는 것만 같았다. 주머니에서 휴대전화를 꺼내 화면을 보며 멍하니 앉아 있었다. 엄지손가락이 수화기 아이콘 위로 움직여 연락처를 열었다. 로자라는 이름을 보았을 때 의구심이 덩굴처럼 나를 감쌌다. 별거 중인 아내와 나 사이에 평화를 유지하기 위해, 일종의 비무장지대를 유지하기 위해, 말썽의 소지가 있는 일에 함께 발을 담그는 사태를 최소화하기 위해 지금까지 얼마나 무던히 애를 써왔던가. 10초… 20초…. 돌담에서 차가운 호수로 뛰어내리던 어머니를 떠올렸다.

로자의 번호를 누르고 그녀의 목소리가 들리길 기다렸다.

∞ 5 ∞

내 아내(마음 같아서는 '전처'라고 하고 싶지만 가톨릭교회에서는 이혼을 용납하지 않기 때문에 원칙적으로는 혼인 상태다)에게 주어진 수많은 장점 가운데 하나가 목소리다. 우리 사이가 좀 더 말랑말랑했던 시절에는 가수 아니면 라디오 DJ가 되었어야 한다고 그녀에게 여러 번 얘기한 적이 있었다. 하지만 그녀는 막 40대로 진입했을 때 헤어디자이너 일에 도전해 자질을 발견하고는 메이크업과 네일 케어로 영역을 확장하더니 아마도 그녀에게 살짝 반했을 어느 유명한 감독 밑에서 일을 하게 됐다. 46살에는 돌로미테에서 시칠리아까지를 커버하는 미용실 겸 메이크업 체인점 사장이 돼 우리 시대를 풍미한 이탈리아 영화계의 수많은 유명 인사들과 서로 이름을 부르는 사이가 되었다.

이 자리에서 미리 고백하자면 그녀의 성공가도는 실패한 나의 사업과 극명한 대조를 이루며 내 자존심에 상처를 입혔다. 나는 거기에 무너지지 않으려고 최선을 다했다. 물심양면으로 그녀를 응원했다. 하지만 우리 딸과 친구들 앞에서 나는 실패한 여행사 사장이었고, 내 사업은 전자 상거래의 등장으로 박살났으며, 로자는 눈부시게 잘나가는 헤어디자이너 겸 메이크업 아티스트였다. 그녀를 변호하자면 내 앞에서 그런 티를 낸 적은 한 번도 없었다. 우리의 말다툼은 고집과 독선에서 비롯된 소규모 총격전으로 변모했다. 그랬음에도 이제 와 생각해보면 나는 무능한 인간이라는 자괴감(우리는 왜 직업적인 성공으로 자신을 평가할까? 인생의 가치를 좀 더 정확하게 평가할 수 있는 잣대는 없을까?)이 내가 어리석게 고집을 부린 가장 큰 이유라는 것을 알겠다. 되돌아가서 우리의 역사를 다시 쓸 수 있다면 그러고 싶다. 어쩌면 로자도 같은 심정일지 모른다. 하지만 결혼생활은 복잡한 춤과 같다. 양쪽 파트너 모두 움직이고, 움직이고 또 움직인다. 사랑이라는 소중한 꽃병을 둘이 끌어 안고서. 한 번이라도 스텝을 잘못 밟는 순간 꽃병은 바닥으로 떨어져 산산조각 난다.

분란이 있었음에도 로자와 나는 친구로 남았다. 딸에 대한 사랑이 우리를 한데 묶었다. 함께 지낸 21년의 세월이 우리를 한데 묶었다. 격렬했던 육체적인 접촉 또는 거기에 얽힌 추억이 우리를 한데 묶었다. 우리는 매주 아니면 격주에 한 번씩 만나서 커피를 마시고 점심을 먹거나 보르게세 공원을 걸었고, 다시 한 집에서 사는 것에 대해 얘기를 나눈 적은 없지만 함께 재밌는 시간을 보냈다. 적어도 내가 알기로 함께 살 때에도 별거한 이후에도 서로 불륜을 저지른 적은 없었다. 그런 깊은 상처로 괴로워하지는 않았다. 그럼에도 로자 페스카와 나는 어느 정도 거리를 두면 조화롭게 공존할 수 있지만 시험관에 한데 넣으면 부글부글 끓어서 유독 성분을 뿜어내는 원소와 같았다.

그렇기에 그날 오후에 나는 자존심을 어느 정도 삼킨 뒤라야 로자의 전화번호를 누를 수 있었다. 받지 않길 바라는 마음도 있었지만 그녀는 전화를 받았다. "챠오, 아모레 미오(안녕, 내 사랑)."

그녀가 평소와 다름없이 인사했다. '내 사랑'이라는 단어가 내 심장을 도려내는 칼날과도 같았지만 그녀가 그런 뜻에서 그 단어를 쓰지는 않았을 것이다. "안 그래도 당신 생각하던 중이었는데."

"챠오, 로자. 저기 있잖아." 나는 본론으로 직행해 불가능한 임무에 대해 설명했다. 내 설명이 끝나자 잠시 정적이 흐른 뒤에 종소리와도 같은 유쾌한 웃음소리가 수화기를 타고 전해졌다.

"당신 정말 큰일 났네?" 그녀가 명랑하게 선포했다.

"응, 좀 도와줘. 조언만이라도 좋아. 어디 가면 가발, 가짜 수염, 큼지막한 선글라스를 살 수 있을까?"

"당신 미쳤어?" 그녀가 말했다.

"응, 나도 알아, 하지만 교황님이…."

"아니 그게 아니라 가짜 수염으로 해결할 수 있을 거라고 생각하다니… 지구상에서 가장 많은 사람이 아는 얼굴이잖아."

"나도 알아, 나도 알아. 나도 몇 분 전까지 같은 생각을 하고 있었어."

"내가 맡아야겠네." 그녀가 말했다.

"맡다니? 뭘?"

"완벽한 변신." 그녀가 말했다. "머리, 메이크업, 옷. 그런 작업 말이야."

나는 잔뜩 비꼬는 투로 말했다. "아주 좋아! 내일 아침에 모시고 갈게. 스페인 계단 근처 그 숍에 빈자리 있어? 유명한 스타의 예약을 취소하고 우리한테 시간 내줄 수 있겠어?"

로자는 웃고 있었다. 내가 느끼기에는 그랬다. 익히 알지만 딱히 좋아하지는 않는 상황이었다. 그녀가 말했다. "재밌겠다. 나한테 모시고 와. 내가 몇 군데 연락해서 모든 준비를 마쳐놓을게. 시간적인 여유가 얼마나 돼?"

"오늘 중으로 끝내야 해. 달라이라마가 내일 아침식사를 마치고 떠나는 일정이거든."

"그런데 교황님이 그분이랑 같이 가고 싶어 한다고?"

"아마 그런 것 같아, 응. 대화가 워낙 짧게 끝났거든. 지시사항을 전달받고 바로 나왔어. 하지만 달라이라마도 신나 하는 눈치였어."

다시 웃음소리가 들렸다. "두 분을 몰래 모시고 나올 수 있겠어?"

"아니. 당연히 몰래 모시고 나갈 방법이 없지." 바로 그때 눈이 번쩍 뜨이며 깨달음이 내 머리를 강타했다. 교황이 단둘이서 기도하는 곳으로 성 프란체스코 예배당을 선택한 것이 우연의 일치가 아니라는 생각이 들었다. "잠깐." 나는 로자에게 말하고 첫 번째 오리엔테이션이 끝난 뒤에 사촌이 내게 했던 말을 떠올렸다. "거기에 터널이 있다고 했어. 중세시대에 이교도가 습격하면 교황을 피신시킬 때 썼던 터널. 거길 지나면 산탄젤로 성 옆으로 나올 수 있는 모양이야."

"좋았어. 거기서 만나자. 몇 시가 좋겠어?"

"새벽 4시." 나는 이렇게 말했지만 왜 그 시각을 선택했는지는 아무도 모를 일이었다.

"오케이." 로자는 전화를 끊기 전에 덧붙였다. "나는 당신 이런 면이 좋더라."

"어떤 면?" 나는 묻고 싶었다. "바보 같은 면? 어느 수준에 도달하면 자충수를 두는 면?"

하지만 이미 한 박자 늦었다.

∞ 6 ∞

나는 공식 만찬에 초대를 받았지만 당연히 참석할 수 없었다. 그 시간 동안 집무실에 틀어박혀 그 어이없는 계획에 대해 고민했다. 첫 단계는 교황이 정해주었다. 그와 달라이라마는 새벽에 단둘이서 명상의 시간을 갖겠다고 할 것이었다. 둘 다 동이 트기 전에 일어나 기도로 하루를 시작하는 것으로 유명했으니 그럴듯한 시나리오였다. 하지만 바티칸과 티베트, 양쪽의 경호원들이 근처를 지키겠다고 할 것이 분명했고 그러면 골치 아파진다. 교황은 이틀에 한 번 꼴로 살해 협박을 받았다. 티베트를 강제 점령하고 모든 종교적인 것을 증오하는 중국 정부를 감안했을 때 달라이라마도 그 못지않은 위험에 직면했을 것이다. 두 종교 지도자가 두 시간 동안 오롯이 둘만의 시간을 보내도록 하려면 바티칸 한복판에서 그들이 다칠 일은 전혀 없다고 어떻게든 경호팀을 설득해야 했다. 피도 눈물도 없는 무술 고수와 명사수로 이루어져 있고 전 세계를 통틀어 가장 의심이 많을 경호팀을 말이다. 그리고 그 두 종교 지도자를 성 프란체스코 예배당에서 로마의 길거리까지 아무도 모르게 모셔야 했다.

불가능한 임무처럼 보일지 몰라도 잠깐 고민해보니 역사가 내 편이었다. 교황의 탈출은 현대적인 개념도 아니었다. 그들은 성 베드로 시절부터 살해 협박에 시달렸기에 현명한 부사제와 보좌진은 그들을 보호하기 위해 다양한 작전을 개발했다. 지상에는 성 베드로 대성당과 산탄젤로 성을 연결하는 보르고라는 유명한 탈출로가 있었지만 우리의 목적에는 부합하지 않았다. 비밀리에 접근하기가 어려웠고, 너무 유명했고, 아무리 새벽 4시라도 사제복을 입고 고가 통로를 총총히 걸어가는 두 사람을 감출 도리가 없을 것이다. 하지만 오리엔테이션을 받은 이후에 사촌이 내게 밝힌 바에 따르면 지하에 아무도 모르는 또 다른 탈출로가 있었다. 그는 신기해하는 투로 말했다. "열쇠를 두 개 받았어. 만든 지 1000년은 되어 보이는 열쇠를. 서진으로 쓰고 있지."

교황은 그 당시에는 탈출에 대해 진지하게 고민하지 않았으니 기억이 확실한지 모르겠지만 성 프란체스코 예배당 뒤편에 문이 있고 그 문을 열면 터널과 연결된 계단이 나온다고 들었던 것 같다고 했다. 그 터널은 바티칸 시티 지하를 관통해 유명한 유적지이자 난공불락이라는 산탄젤로 성까지 이어졌다. 심지어 몽골족이라도 산탄젤로 성을 공격했다면 애를 먹었을 것이다. 25미터의 돌담에 둘러싸인 동그란 성인 데다 고가 보도에서 교황의 수비대가 밑에서 날뛰는 침략군을 향해 총과 화살을 쏘고 무거운 돌을 던질 수 있었다.

이번에는 고트족이나 서고트족과 같은 맹렬한 침략군이 아니라 앞서 언급한 무술 고수들이 교황을 추격할 것이다. 그렇다면 간단했다. 내가 교황과 달라이라마를 예배당으로 모시고 들어가 뒤편의 계단을 지나고 터널을 통과해 산탄젤로 성에서 별거 중인 아내를 만나 다 함께 미용실로 자리를 옮기면 그만이었다. 아주 훌륭한 계획이었고… 성공 확률이 헬리콥터를 타고 토성까지 갈 수 있는 확률과 얼추 비슷했다.

다른 가능성은 말할 것도 없었다. 교황이 잘못 기억했을 수도 있고, 계단 문에 녹이 슬어 열리지 않을 수도 있고, 오래된 열쇠가 맞지 않을 수도 있고, 정말로 터널이라는 게 있더라도 300년 전에 함몰돼 막혔을 수도 있고, 경호원 하나가 우리를 쫓아올 수도 있고, 로자가 이번 들어 1000번째로 알람 소리를 못 듣고 그냥 잘 수도 있었다.

그렇다, 따지고 들자면 장애물은 끝도 없었다. 하지만 인생의 모든 꿈은, 행복한 결혼생활이나 성공적인 육아나 영원한 구원과 같은 야심만만한 발상에는 비이성적인 믿음 같은 것이 필요하지 않을까? 정체 모를 낙관주의에 취해 모든 게 잘되길 바라며 앞으로 나아가야 하는 것 아닐까? 나는 찬장 앞으로 다가가 리몬첼로 (이탈리아 남부 지방의 레몬으로 만든 알코올성 음료-옮긴이)를 한 잔 따르고 성모님께 기도를 드린 뒤 몇 시간이나마 눈을 붙이러 갔다.

둘째 날

∽ 7 ∽

나는 영원히 잊지 못할 그날 새벽 3시 45분에 교황의 집무실로 건너가 소파에서 잠든 그를 깨웠다. 그는 내가 추천한 검은색의 무늬 없는 옷으로 얼른 갈아입고, 철기시대 B품처럼 생긴 묵직하고 녹이 슨 열쇠 두 개를 내게 건네며, 칫솔을 바지 주머니에 챙겼다. 그걸 넘어 하다못해 조그만 면도용품이라도 챙기면 경호팀에 우리의 의도를 귀띔하는 거나 다름없었다. 우리는 손님용 거처로 건너가 달라이라마를 깨웠다(사실 그는 이미 일어나서 참선을 하고 있었다). 경호원들에게 엉성한 핑계를 대가며 검문소를 잇달아 통과해 예배당으로 들어갔다. 두 성직자가 나란히 앉아 기도하는 동안 나는 최대한 조용히 복도로 나가는 문을 잠갔다. 거기까지는 수월했다. 스웨터 소매에 손전등을 숨겨 오는 것까지는 생각했지만 갈아입을 옷은 포기했다. 새벽 4시에 성 프란체스코 예배당으로 트렁크를 끌고 오는 이유를 무슨 수로 설명할 수 있겠는가?

나는 헛기침으로 그들의 주의를 환기하고 잠겨 있는 예배당 뒤편의 쇠문을 향해 손짓했다. 첫 번째 열쇠를 넣어보았다. 꽝이었다. 두 번째 열쇠는 잘 맞았다. 벨기에 초콜릿처럼 반으로 뚝 부러지지 않을까 불안한 맘에 조심스럽게 돌려보았다. 잠금장치에서 철커덩하는 소리가 들렸다. 기적이었다. 더는 젊다고 할 수 없는 우리 셋은 한줄기 불빛을 따라 문지방을 넘어 아주 좁은 계단을 내려갔다. 우리의 원동력은 내면의 장난꾸러기 정신이라고밖에 설명할 길이 없었다. 계단은 폭이 1미터밖에 안 됐고 지난 1000년 동안 탈출한 교황과 추적하는 이교도의 신발과 부츠와 샌들에 쓸려 울퉁불퉁했다. 거미줄이 쳐져 있고, 자갈이 굴러다니고, 공기는 너무 퀴퀴해 먼지 중의 먼지를 마시는 느낌이었다. 교황과 달라이라마는 나이에 비해 날렵했지만 내가 두근거리는 심장을 달래며 앞장섰다. 둘 중 한 명이라도 발을 헛디뎌 앞으로 넘어지는 바람에 우리 셋 다 계단을 굴러 뼈가 부러지는 사태만은 벌어지지 않길 바라고 또 바랄 따름이었다.

"힘내!" 교황이 내 생각을 읽기라도 한 듯 뒤에서 외쳤다. 하지만 나는 그의 목소리에서 응원 말고 다른 것도 느꼈다. 희미한 기타 연주와 노래 소리를 따라 스페인 타운 뒷골목을 살금살금 걸었던 10대 시절 조르조의 말투였다. 그때도 그렇고 지금도 그렇고 증오와 분노와 온갖 위험으로 얼룩진 세상 한복판에서 절대적인 사랑과 보호 안에 있음을 느끼는 사람의 말투였다. 가톨릭교회의 전설에 따르면 교황은 성령의 신비로운 역사에 의해 간택된다고 했다. 지난 몇백 년 동안 거기에 의문을 제기하게 만드는 교황이

다수 있었다. 다행히 내 사촌은 그렇지 않았다.

개미의 속도로 돌바닥까지 안전하게 계단을 내려왔다. 참나무로 만든 문이 살짝 열려 있었다. 문을 잡아당기자 바닥이 돌을 긁으며 소름 끼치는 소리를 내는데, 내 귀에는 하늘 아버지의 경고처럼 느껴졌다. 그 터널 입구에서 나는 몸을 돌려 눈이 부시지 않게 손전등으로 그들의 발목을 비추며 동행을 마주보았다. "후회하지 않으시겠어요, 성하? 여길 넘어가면 돌이키기 어려워질 텐데요."

나는 걱정 어린 표정으로 두 사람의 얼굴을 번갈아 쳐다보았다. 나이도 많은데 말도 안 되는 시각에 일어나다 보니 눈가와 입가에 드러난 나이와 피로가 희끄무레한 불빛에 도드라졌다. 하지만 이 얇은 가면 아래에서 개구쟁이 기질이 전기처럼 반짝이고 있다는 것을, 두 사람이 말문을 열기 전부터 분명히 알 수 있었다. 예수는 이렇게 말했다. "너희가 생각을 바꾸어 어린이와 같이 되지 않으면 결코 하늘나라에 들어가지 못할 것이다." 내가 그때 본 것은 어린아이들의 얼굴이 아니라 두 사람 안에 남아 있던 어린아이의 기질, 살아서 펄떡이는 영혼, 자기 마음대로 주무를 수 없는 세상을 향한 설렘이었다. 솔직히 고백하건대 나는 부끄러워졌다. 그리고 순간 궁금해졌다. 탐험가의 아들이자 예술가와 전사의 자손인 내가 어쩌다 이렇게 미치도록 재미없는 인간이 되었을까.

교황이 축도라도 하려는 듯 손을 내밀어 내 어깨에 얹었다. 그는 아주 조용히 얘기했지만 그의 목소리가 터널과 좁은 계단 위로 메아리쳤다. "사랑하는 사촌. 자네가 지금까지 내게 베푼 수많은 호의 중에 이게 최고라는 걸 모르겠나? 이게 절정이라는 걸?

이건 궁극의 선행이야."

나는 달라이라마 쪽을 쳐다보았다. 그는 깨끗하게 면도한 뺨을 길게 늘여 옅은 미소를 지으며 고개를 끄덕이고 있었다. 그가 특유의 노래를 부르는 듯한 명랑하고 거침없는 투로 외쳤다. "참으로 좋은 분이십니다! 지금 이 순간 얼마나 선한 업보를 쌓고 계신지 아십니까!"

나는 그에게 말했다. "성하, 약속해주십시오. 뭔가 문제가 생기더라도 제가 성하의 경호원들 손에 갈가리 찢길 일은 없을 거라고요. 교황님도 제가 납치범으로 고발당할 일은 없을 거라고 약속해주세요."

"두려움이라는 찬바람은 무시해요." 달라이라마는 말했다. 후회 없는 삶을 산 사람이 한 말이라 거기에 무게가 실렸다.

"주님의 보호하심을 믿어야지." 교황이 거들었다.

우리는 좁고 어두컴컴하며 천장이 낮은 통로로 들어섰다. 우리를 기다리는 것은 둘 중 하나가 아닐까 싶었다. 암울하고 외로운 죽음 아니면 평생 잊지 못할 모험.

∞ 8 ∞

두려움이라는 찬바람은 무시하라.
주님의 보호하심을 믿어라.

나는 그 말에 따라 매일, 매순간을 살아가면 어떤 느낌일지 상상해보았다. 어두컴컴한 먼지투성이 터널 안으로 두 발짝 내디딘 순간부터 질투심이 나를 채웠다. 두려움에서 해방되는 것! 자애롭고 전능한 성령이 항상 나를 보살피고 지켜주신다고 진심으로 믿는 것! 80년 동안 계속된 실망과 부패의 마라톤에 동참하느니 죽는 편이 낫다는 것!

나도 지금까지 살아오면서 진심으로 노력했다. 나도 수백만 개의 우주를 주관하는 신이, 예수가 항상 언급하던 '아버지'가 존재한다고 믿었다. 하지만 그가 완벽하게 자애롭다는 믿음은 여름날에 창문을 열어놓은 저녁 식탁 위의 양초처럼 흔들렸다. 시리아에서 자행되는 대량 학살, 북한의 고문, ISIS, 보코 하람(나이지리아의 이슬람 무장단체. 서양식 교육을 죄악시해 여학생 수백 명을 납치한 바 있다-옮긴이), 성폭행, 중독, 살인, 독설과 폭력. 어떤 날은 의구심이 넘친 오수처럼 내 믿음을 덮었다.

그리고 내가 보기에 의구심은 현대 사회에서 자기만의 선전기구를 갖추고 있었다. 지구촌 곳곳에서 매 시각마다 보도되는 뉴스는 공포를 지속적으로 유지하고, 누려야 할 즐거움이 있으니 이 육신을 필사적으로 붙잡아야 하며 그 너머는 어둠뿐이라는 생각을 부채질하는 것이 목적인 듯했다. 우리는 얼굴에 화학물질을 주입해 나이를 먹지 않는 척할 수 있었다. 기관을 이식해 죽음을 물리치지는 못하더라도 잠깐 저지할 수는 있었다. 우리 시대에는 하느님에 대한 믿음과 같은 설득력 없는 발상을 노보케인이나 모르핀이나 페니실린이나 나토의 탱크처럼 좀 더 구체적인 동맹의 저 뒤편으로 멀찌감치 밀쳐놓을 수 있었다. 하지만 나와 동행한 2인은 그 촛불을 꺼뜨리지 않는 법을 터득했다. 그런데 그들이 어느 지역 출신인지 보라! 잔혹한 역사의 기억이 아직까지 생생한 티베트와 아르헨티나였다. 어떻게 그럴 수 있었을까?

우리는 순수한 믿음과 손전등 불빛을 의지해 발끝으로 울퉁불퉁한 바닥을 더듬어가며 한 걸음씩 조심스럽게 나아갔다. 교황이 내 어깨에 손을 얹었고 달라이라마는 교황의 어깨에 손을 얹었다. 터널은 구불구불 이리저리 뒤틀리며 완만한 내리막으로 이어졌다. 중간에 교황이 생각에 잠긴 투로 중얼거렸다. "우리는 사는 동안 이렇게 한 치 앞밖에 보지 못한단 말이지. 그렇지 않나, 사촌? 뭐가 기다리고 있는지는 누가 알겠어."

그는 이유가 있는 걱정 안에서 교훈을 끄집어내는 이런 식의 설교를 재미있다고 여겼다. 달라이라마는 웃음을 터뜨렸다. 나는 침묵으로 이의를 제기했다. 우리는 완만한 내리막길을 20분, 25분, 30분 동안 천천히 계속 걸었다. 마침내 터널 바닥이 평평해졌다. 마지막으로 모퉁이를 돌고 열댓 발짝을 더 가자 윗부분이 둥그스름하고 철제 버팀대가 달린 또 다른 나무문이 전면에 등장했다. 거대한 거미줄이 그 앞을 막고 있었다. 나는 가만히 서서 빤히 쳐다보았다. 내 바로 뒤에 서 있는 두 사람이 느껴졌고 거미에 대한 공포가 서늘한 철봉처럼 내 등줄기에 꽂혔다. 내가 거미를 무서워하는 줄 아는 교황이 고맙게도 이 세상에서 죄를 청소하는 성스러운 기사처럼 한 팔을 쭉 내밀어 비단실 같은 거미줄을 치웠다. 그는 소매에 묻은 끈적끈적한 실을 없애 확실하게 마무리를 지은 다음 내가 먼저 문 앞으로 다가갈 수 있게 옆으로 비켜섰다.

바로 그때 손전등이 꺼졌다.

당장 사방이 어둠으로 뒤덮였고 터널을 울리는 달라이라마의 웃음소리가 들렸다. 교훈이 또 하나 추가됐다. 걱정이 추가되더라도 믿음이라는 신발로 짓이기면 된다는 것. 박장대소가 아니라 거의 키득거림에 가까운 웃음이었는데, 내가 느끼기에는 이런 상황에 전혀 어울리지 않았다.

환희를 주제로 만들어진 다큐멘터리 사운드트랙처럼 명랑한 음으로 엮인 웃음소리가, 남을 전혀 의식하지 않은 교향곡이 계속 메아리쳤다.

이런 때 손전등이 나가다니. 하하!

웃음소리가 이어질수록 나는 점점 더 짜증이 났다. 우리는 지하 10미터일지 100미터일지 1,000미터일지 모르는 완벽한 어둠 속에 서 있었다. 어찌나 가깝게 붙어 있었는지 교황의 샤워젤 냄새와 달라이라마의 승복에 밴 희미한 향 냄새를 맡을 수 있을 정도였다. 떠들썩한 웃음이 마침내 그쳤을 때 달라이라마가 여전히 흥겨움이 묻어나는 목소리로 "아." 하고 말했다. 이후로도 우리는 한참을 어둠 속에, 끔찍한 정적 속에 서 있었다. 달라이라마가 조용히 말했다. "내가 다른 종교에 얽힌 전설에 대해서 좀 아는데요. 힌두교도들에게 칼리 여신은 암흑, 때로는 죽음의 상징이랍니다. 그리고 벵골어로 적힌 탄트라(고대 힌두교와 불교의 경전─옮긴이)의 전설에 따르면 인간이 원하는 대로 이루어주지 않는다고 하고요!" 그는 쿡쿡 웃었다. "우리에게 이렇게 어둠이 찾아왔고 원하는 성과는 얻지 못했네요! 칼리가 찾아왔네요!"

맞네. 나는 생각했다. 죽음만 있으면 그림을 완성할 수 있겠군.

나는 손을 뻗어 더듬더듬 문고리를 찾았고 그 아래에 달린 열쇠구멍에 두 번째 열쇠를 넣어서 돌린 다음 손잡이를 세게 잡아당겼다. 꿈쩍하지 않았다. 번개 같은 통증이 예전에 다친 어깨에 꽂혔다. 칼리가 또 장난을 치는 모양이었다. 다시 시도해보았다. 이번에는 열쇠를 바꿨다. 결과는 같았다. 문이 시멘트로 발린 것처럼 꿈쩍하지 않았고 바티칸으로 몰래 들어오는 사람을 막기 위해 산탄젤로 성 쪽을 봉쇄한 게 아닌가 하는 생각이 들었다. 문고리를 다시 한 번 세게 잡아당기자 통증이 어깨를 지나 목과 왼쪽 귀까지 관통했다. 성직자들 앞에서는 쓰면 안 되는 단어가 내 입에서 튀어나왔다. 달라이라마가 내 팔을 건드렸다. "'젠장'이 무슨 뜻인가요?" 그가 어둠을 뚫고 속삭였다.

그의 얼굴이 보이지 않았기 때문에 농담인지 아닌지 파악할 도리가 없었다.

교황이 설명했다. "영어로 욕이에요. 문이 열리지 않아서 파올로가 화가 났어요. 이 땅속에 영원토록 갇혀 있어야 하는 건지 걱정이 돼서요."

"영원토록 갇혀 있다니… 재미있는 상상이네요!" 달라이라마가 다시 웃음을 터뜨렸다.

"실례합니다, 실례합니다." 그가 말하며 내 옆의 좁은 공간을 지나갔을 때 나는 새로 장만한 휴대전화의 놀라운 기능 중에 손전등도 있다는 것을 기억해냈다. 손전등을 켰다. 불교계의 최고 스승이 은행 금고 다이얼을 돌리는 금고털이범처럼 열쇠를 조심스럽게 움직여가며 문고리를 이리저리 돌려보고 있었다. 달라이라마가 골동품 시계 분해와 수리를 좋아한다고 누군가에게 들은 기억이 났다. 멋진 취미였지만 이건 시계가 아니라 100킬로그램짜리 문이었다. 내 안에서 짜증이 연기처럼 모락모락 치밀어 오르는 것을 느낄 수 있었다. 지금 우리에게 필요한 것은 부드러운 손길이 아니라 소형 폭탄이라고 그에게 얘기해주고 싶었다. 시계가 아니라 항공모함을 분해할 줄 아는 사람이라고 얘기해주고 싶었다. 그는 문고리를 위로 1센티미터 당겼다가 아래로 1센티미터 당겼다가 뒤로 밀고 손마디로 몇 번 두드리고 손끝으로 한 번 더듬었다. 그런 다음 내가 보기에는 항복하는 포즈를 취하며 뒤로 물러섰다. "이제 해보세요." 그가 말했다.

나는 그가 시킨 대로 했다. 문이 열렸다.

이상하게 들릴지 모르지만 그때부터 내 눈에 이 남자가 진지하게 보이기 시작했다. 불경한 발언을 하려는 것은 절대 아니지만, 그는 서양인의 기준에서 보았을 때 살짝 어벙한 면이 있었다. 대부분의 사람들과 유머의 포인트가 달랐다. 말투가 우스웠고 몇 초마다 고음으로 빽빽거렸고 말끝마다 모음을 길게 늘였고 느낌표를 찍었다. 그는 머리를 밀었다. 승복을 입었다. 미국 야구팀 모자를 썼고 사진을 찍어서 페이스북을 도배했다. 무슨 선자가 그럴까?

하지만 아무리 열쇠를 돌리고 잡아당겨도 열리지 않던 문을 그가 그런 식으로 열었을 때 나는 그를 훔쳐보기 시작했고, 그 어벙함 너머가 내 눈에 들어오기 시작했다. 서양인의 자만심으로 눈이 멀어 뭔가 중요한 것을 보지 못한 건 아닌지 이제 비로소 궁금해지기 시작했고 나중에 교황과 이 부분에 대해 대화를 나눠보아야겠다는 생각이 들었다.

무릎 높이의 돌무지를 건너자 돌로 벽을 쌓은 창문 없는 방이 나왔는데, 어둠 속으로 올라가는 돌계단이 그림자 속에 반쯤 숨어 있었다.

"산탄젤로 성의 지하로군." 사촌이 희망 어린 목소리로 말했다.

"그게 뭔가요?" 달라이라마는 궁금해 했다.

내가 가느다란 불빛으로 벽을 따라 이리저리 비춰보는 동안 교황이 설명했다. "성, 요새, 감옥. 수백 년 동안 여러 가지 용도로 쓰였지요. 하드리아누스라는 로마의 황제가 건설했어요. 자신과 아내와 아이의 유골을 보관할 영묘로."

"유골을 보관하기에는 너무 넓군요." 달라이라마가 말했다. 그 간단한 평가 안에서도 종교적인 지혜를 한 토막 느낄 수 있었다. 죽음 앞에서는 장사 없다지 않던가.

나는 속삭였다. "저는 여기가 싫어요. 전부터 그랬어요. 차를 타고 그 앞을 지나가는 것조차 싫었어요."

사촌이 말했다. "여기서 견디어 낸 끔찍한 시간이 많았지. 교황들은 공포 속에 몸을 숨겼고, 정복자들은 샅샅이 뒤지고 도륙했고, 이교도들은 감옥에 갇혀서 분명 고문을 당했을 테고."

"거미들은 새끼를 낳았을 테고요."

"전해 내려오는 이야기에 따르면 기원 후 590년에 대천사 미카엘이 이 성 꼭대기에서 칼을 칼집에 넣는 모습이 보였다고 해. 역병의 종말을 알리는 신호였지. 상상해봐!"

"싫은데요."

교황은 내 어깨에 손을 얹었다. "전진하세, 친구. 과거의 오류와 참상에는 연연하지 말고."

그래야겠죠. 나는 생각했다. 고민해야 하는 현대의 오류와 참상이 한두 개가 아니니까요.

오로지 내 휴대전화의 손전등 불빛을 길잡이 삼아 그 첫 번째 계단에 이어 두 번째 계단을 올라갔고, 마침내 세 사람 모두 숨을 헐떡이며 거대한 원형의 방에 입성했다. 양쪽에 창문과 문이 하나씩 달렸고 천장이 어마어마하게 높았으며 벽 아래 부분에 돌멩이, 오래된 공구, 천조각과 같은 잡동사니들이 쌓여 있었다. 나는 불빛으로 그쪽을 비추었다. 삽, 사금파리, 짧은 쇠사슬이 달린 쇠고랑, 좀먹은 장작, 쥐들이 거의 다 씹어먹은 까만색 부츠 한 짝. 아무 쓸모없고 하자가 있는 것들의 박물관, 구닥다리의 동물원이었다. 길거리의 희미한 불빛이 창문으로 스며들었기에 휴대전화를 꺼서 배터리를 아끼는 편이 좋겠다는 생각이 들었다. 문을 하나씩 차례대로 건드려보았다. 전부 단단히 잠겨 있었다.

"이제 하늘의 도움이 필요한 상황이 되었군." 교황이 익살을 늘어놓더니 수수께끼 같은 말을 덧붙였다. "파올로, 여기서 빠져나가면 나더러 그동안 어떤 이상한 꿈을 꾸었는지 자세히 설명해달라고 하게."

"당연하죠." 하지만 그 순간에는 교황이 어떤 꿈을 꾸었는지 전혀 관심이 없었다.

내가 열쇠를 넣었다 빼기를 반복하고 달라이라마가 부드러운 금고털이범 마술을 부려도 양쪽 문 모두 꼼짝하지 않았다. 달라이라마가 다시 쿡쿡거리며 웃기 시작했고, 나는 이 남자를 존경하게 되었음에도 그 웃음소리 때문에 폭발할 것만 같았다. 나는 쓰레기 더미로 다가가 무거운 쇠고랑을 들고 뼈가 부러지는 것 같은 소리가 들릴 때까지 그것으로 문고리를 내리쳤다. 발바닥으로 두 번 걷어차자 문이 열렸다.

근처 테베레강의 냄새가 느껴졌다. 걸걸하게 으르렁거리는 버스 엔진 소리가 들렸다. 우리 셋은 시멘트와 벽돌로 된 직사각형 쪽으로 문지방을 넘어갔다. 입구를 지나 20~30미터쯤 갔을 때 머리 위로 별들이 흩뿌려진 하늘 한 조각이 등장했고 나는 거기가 지하 10미터에 자리 잡은 돌문이라는 사실을 알아차렸다. 구조가 기발했던 것이, 돌담을 그런 식으로 쌓고 돌 천장으로 많은 부분을 덮었기 때문에 길거리 쪽에서는 입구가 보이지 않았다. 몇 발짝 더 걸어가자 동그랗고 육중한 성이 뒤편으로 등장했다. 테베레강을 따라 늘어선 가로등의 누르스름한 불빛이 은은하게 그곳을 쏟아내렸다.

바로 그때 달라이라마가 기억에 남을 만한 대사를 남겼다. "이제 드디어 탈출했군요."

우리는 엄폐 중인 병사처럼 어두운 곳을 골라 살금살금 움직였다. 잔디가 덮인 분리대나 가까운 도로와 멀찍이 거리를 두었다. 나는 드문드문 지나가는 차량 사이로 시선을 이리저리 돌리며 주차된 밴과 아내의 실루엣을 찾았지만 밤늦게까지 디스코텍에 있었던 커플을 태우고 부웅 내달리는 성가신 오토바이 두 대뿐이었다. 가끔 배달 트럭이 한 대씩 지나갔다. 경찰차가 파란 경광등을 번쩍이며 우리에게서 멀어졌다. 바티칸에서 벌써 경보가 울렸나 싶었지만 아니다, 그럴 리 없었다. 우리가 사라진 지 이제 겨우 1시간 남짓이었다. 두 성직자가 기도를 마치길 기다리며 경호원들이 공손하게, 충실하게 문 앞을 지키고 서 있을 것이었다. 하지만 머지않아 점점 조바심을 낼 것이다. 처음에는 소심하게, 그 다음에는 좀 더 걱정스럽게 문을 두드릴 것이다. 용감하게 문고리를 돌려보는 사람이 등장할 테고 문이 잠긴 걸 알아차릴 것이다. 그들은 쇠지렛대, 묵직한 막대, 공성 망치, 죄수들이 차던 쇠고랑과 같은 필요한 장비를 소환할 테고 그쯤 되면 공포의 물결이 양측 경호팀을 집어삼킬 것이다. 문을 박살내고 예배당 안으로 들어가 보면 아무도 없을 테고 뒤편의 문이 보일 텐데… 거길 깜빡하고 열어놓고 왔다! 그들은 계단을 내려와서 우리가 발을 헛디디고 서로 밀치락달치락해가며 지난 그 터널을 훨씬 빠르게 통과할 것이다.

우리에게 남은 시간은 대충 한 시간 정도였다.

"이제 어쩐다?" 교황이 내 오른쪽 어깨 근처에서 말했다.

"이제 로자가 어둠 속에서 등장하지 않으면 택시를 타고 바티칸으로 돌아가 자수하는 수밖에요."

"저기… 저기 있어!"

교황이 내 어깨 너머로 팔을 뻗었다. 내 아내와 조금 닮은 여자가 100미터 앞 인도에 서 있었다. 내가 휘파람을 불었다. 예전에 쓰던 신호였다. 그녀가 고개를 돌리더니 양손을 어깨 위로 들어서 흔들었다. 우리는 얼른 그녀가 있는 곳으로 갔다.

∞ 9 ∞

나는 21년의 결혼생활이라는 경험을 통해 아내의 몸짓을 보고 흥분 상태라는 것을 알아차렸다. 그녀는 명랑하게 손을 흔들고 길고 까만 머리를 좌우로 흔들며 멋들어진 하이힐을 신고 깡충깡충 뛰고 있었다. 나는 그쪽으로 걸어가며, 아내는 항상 이런 식의 엉뚱한 장난을 사랑해 마지않았다는 생각을 했다. 따져보면 연수가 쌓일수록 우리의 결혼생활에서 불가사의하게 증발해버린 것이 바로 그런 아슬아슬한 재미였다. 사귀던 시절, 아직 젊은 신혼부부였던 시절, 심지어 아이를 낳은 뒤에도 모험심이라는 축복이 우리 안에 살아 있었다. 초기에는 종종 아그리젠토의 해변까지 차를 몰고 가 새벽 2시에 해변에서 사랑을 나누었다. 결혼식 날에는 친구들과 해가 뜰 때까지 춤을 추고 그 화장과 그 복장 그대로 콜로세움에서 달리기 시합을 열었다. 한밤중에 우리 아파트의 손바닥만 한 발코니에서 촛불을 켜놓고 식사를 했다. 옷가게에서, 미사 이후에 교회 앞에서 아무 이유 없이 입을 맞추었다. 나중에는 우리 부모님이 나에게 그랬듯이 안나 리자를 데리고 칼라브리아 행 완행열차를 타고 훌쩍 떠났다. 예약도 없이 어떻게든 되겠거니 생각했고 늘 어떻게든 되었다. 그 당시 우리에게는 돈이 별로 없었지만 상관없었다. 조그만 농가나 저렴한 호텔에 묵었고,

동네 시장에서 재료를 사다가 간단하게 식사를 만들었다. 건조한 칼라브리아의 야트막한 산을 오르다 정오가 되면 싸가지고 온 과일, 치즈, 빵, 와인을 먹었다. 아이의 손을 한쪽씩 잡고 손 그네를 태워주었고, 조각을 낸 복숭아와 물을 먹였고, 말을 가르치고 기저귀를 갈고 아이를 빙글빙글 돌리며 노래를 불렀다. 여름이면 버스를 타고 해변으로 달려가 파도를 타며 놀았다. 겨울이면 기차를 타고 트렌토에 가서 눈썰매를 탔다. 언젠가 가외수입이 생겼을 때는 열 살이 된 딸아이를 데리고 앙코나에 가서 카페리를 타고 크로아티아로 건너가 긴 주말을 즐긴 적도 있었다.

그러다가 왠지 모르게 이런 생활을 잊어버리기 시작했다. 안나리자는 자랐다. 학교 행사, 병원 진료, 무용 발표회, 친구들과의 만남으로 이루어진 계획적이고 예측 가능한 스케줄이 이어졌다. 온라인 여행 준비가 점점 인기를 얻으면서 나는 회사 유지를 위해 고군분투하느라 전보다 많은 시간을 일에 매달려야 했다. 로자는 조그만 미용실을 시작하고 한 달 만에 잘나가기 시작했다. 1년 만에 숍을 하나 더 열었다. 사업이 날로 번창했고 이제 우리는 정신없이 바쁜 맞벌이 부부가 되어 모험이라고 해봐야 저녁에 외식하며 와인 한두 잔을 곁들이고 비틀비틀 집으로 돌아와 자리에 눕는 것이 고작이었다.

어쩌면 자연스러운 현상이었다. 생활은 달라지고 책임은 많아지며 열정은 식기 마련이었다. 하지만 로자와 내가 물주기를 게을리 하는 바람에 사랑이라는 꽃밭이 시들고 말았다.

이런 서글픈 상념은 이내 짜증이라는 익숙한 감정으로 대체되었다. 아내가, 다른 때는 똑똑하기 그지없는 여자가, 내가 추천한 대로 눈에 잘 띄지 않는 밴을 몰고 온 게 아니라, 평소 타고 다니던 다소 평범한 피아트 SUV를 몰고 온 게 아니라 마세라티 세단 중에서도 가장 큰 콰트로포르테 옆에 서 있었던 것이다. 우아한 레이싱카였다. 그것은 두 명의 성직자가 아니라 젊고 돈 많은 미혼남에게 어울리는 차였다. 장담할 수는 없었지만 가로등에 비친 그 차는 연두색인 듯했고 날렵하고 관능적인 펜더가 달렸으며 양옆에 은색 줄무늬가 있었다. 눈에 잘 띄지 않게 와달라고 했더니 로자가 이런 식으로 응수했다. 내 말은 귓등으로 듣고 이보다 더 부적절할 수 없는 차를 몰고 오다니!

나는 고맙다는 인사 대신 거친 목소리로 속삭였다. "로자! 당신 대체 무슨 생각인 거야?"

"나중에 얘기해, 여보." 그녀가 차분하게 말했다. 내가 보기에는 너무 차분했다. 우리를 보고 흥분했던 사람이 맞나 싶게 관조적이고 유능한 분위기로 바뀌었다. 수많은 부유층 고객처럼 그녀도 약을 먹고 있는지 의심스러워졌다. 그녀는 얼른 따뜻하게 나를 안았다. "이제 이 훈남 친구분들을 소개해줘."

"교황님은 알지?"

로자는 한쪽 다리를 뒤로 빼서 반절을 하고 한쪽 손을 내밀었다. 교황은 전쟁을 마치고 돌아와 여동생을 만난 참전용사라도 되는 듯 그녀를 와락 끌어안았다.

"그리고 이쪽은 달라이라마 성하."

로자는 합장하고 허리를 숙여 인사했다. 달라이라마도 마주 인사했다.

"당신 전화기 줘, 파올로." 인사를 끝낸 그녀는 핸드백에서 조그만 비닐봉지를 꺼내서 들고 있었다.

"뭐하게?"

"거기 GPS 칩이 들어 있잖아. 여기 숨겨놓게." 그녀는 내 전화기를 봉지에 넣고는 길가의 덤불 뿌리 속에 쑤셔 넣었다.

"거기 두면 고장 날 텐데. 그럼 연락해야 하는 일이 생길 때 무슨 수로…."

"머리를 써, 여보." 그녀가 말했다.

"알았어."라고 말하고 곧바로 외쳤다. "이제 출발합시다! 절대 잊을 수 없는 차로 말이죠. 은색 줄무늬! 마세라티! 도대체 어쩌자는 걸까요? 이게 무슨 미친 짓일까요?! 두 분 타세요, 얼른요!"

"나는 이 차 아주 마음에 듭니다!" 달라이라마가 말했다. 엎친 데 덮친 격이었다.

두 성직자는 뒷자리에 탔고 나는 조수석에서 끊임없이 구시렁거렸다. "믿을 수가 없네! 밴을 몰고 오랬더니…."

"자기야." 로자가 참는 티를 팍팍 내며 나를 돌아보았다. 그녀에게 남아 있는 세련된 중년 여성의 매력이 쏟아지는 가로등 불빛에 비쳐 보였다. 큼지막한 코, 까만 눈, 육감적인 입술. 완벽하지는 않지만 여전한 그 매력에 늘 그렇듯 내 심장은 찌릿했다. "새로 맡은 일자리 때문에 속세와 떨어져 지내느라 아무것도 모르는 순진한 사람아, 대답해봐. 당신이랑 나, 둘 중에 누가 변장에 대해서 더 잘 알겠어?"

"당신이 천 배 더 잘 알겠지."

"맞아. 유명하고 금욕적이며 소박하고 겸손한 두 성직자가 도망을 친다면 가장 선택할 가능성이 낮은 차가 뭘까?"

"섹시한 마세라티 콰트로포르테. 10만 유로짜리." 내가 말했다.

"15만 유로야. 궁금해할까 봐 미리 밝히자면 내 차가 아니라 빌린 거야. 친한 친구한테 일주일 동안. 분야가 전혀 다르긴 하지만 그 친구도 유명해." 그녀는 좌석 틈에서 골프 모자 두 개를 꺼냈다. "자, 여기요." 그녀가 두 성직자에게 모자를 건넸다. "두 분 다 이거 쓰세요. 잠깐 동안만요. 조만간 더 근사한 방법으로 두 분을 숨겨드릴게요."

"모자를 쓰면 머리가 보온이 되죠!" 달라이라마가 외쳤다.

나는 차마 그를 볼 수가 없었다.

로자는 교황과 달라이라마가 차례대로 골퍼로 변신할 때까지 기다렸다가 가죽 시트 너머로 눈부신 미소를 건넸다. "자, 두 분의 성하님. 이제 무엇을 원하십니까?"

"탈출이요!" 달라이라마가 방금 전에 배운 단어를 반복하는 투로 말했다.

교황이 거들었다. "맞아요, 나흘 동안의 짧은 휴가. 우리 손님에게 이탈리아의 아름다운 시골을 구경시켜드리고 싶어요. 나도 보고 싶고. 잠깐 동안만이라도 평범하게 지내고 싶어요. 보통 사람으로. 가야 할 곳이 몇 군데 있지만 보좌관도 경호원도 사진기자도 기자도 사절이에요. 그리고 무엇보다 격식도!"

"격식도!" 달라이라마가 맞장구쳤다.

로자가 흥분한 투로 외쳤다. "재밌겠다! 저도 같이 가도 될까요?"

"로자!"

교황이 말했다. "당연하죠, 당연하죠. 그야 물어보나마나죠. 사실 파올로가 맨 처음 이 아이디어를 제시했을 때 속으로 당신을 데려갈 생각이었다는 걸 나는 알아요. 겉으로는 경건하고 겸손해 보일지 몰라도 알고 보면 음흉한 친구랍니다."

로자는 나를 보며 히죽 웃었다. 마세라티는 이내 주차공간을 박차고 나가 교통순찰대의 이목을 한 몸에 받기로 작정한 여자처럼 로마의 도로를 쏜살같이 달렸다.

나는 교황이 한 말을 혼자 곱씹었다. "파올로가 맨 처음 이 아이디어를 제시했을 때… 겉으로는 경건하고 겸손해보일지 몰라도… 음흉한 친구…." 그는 정직한 인물이었지만, 정직하고 선한 인물이었지만 나는 그때 교황이 양면 작전을 펴는 것 아닌가 하는 불경스러운 생각을 했다. 만약 일이 틀어지면, 예컨대 교황청에서 이 무책임한 휴가 또는 황당한 꿈을 근거로 교황의 정신상태가 이상하다는 결론을 내리고 전례 없는 탄핵 투표를 실시하겠다고 할 정도로 아주 틀어진다면…. 교황은 잠시 마음이 약해져 사촌의 불손한 제안에 굴복했다고 발뺌할 수 있었다. 그러면 조만간 악명을 떨치게 될 그의 보좌관 파올로 데파도바는 수갑을 찬 채 경찰에 의해 바티칸 시티에서 끌려나오는 사진으로 전 세계 신문의 1면을 장식할 것이다.

우리는 테베르강을 왼쪽에 두고 룬고테베레를 따라 질주했다.

그 시각에는 차량도 별로 없었건만 로자는 두 성직자에게 과시해야겠다는 의무감이라도 느꼈는지 온 사방에서 자동차와 오토바이가 달려들기라도 하듯 격하게 클러치를 밟고 기어를 바꿔가며 아무 이유 없이 차로를 넘나들었다. 신호등이 빨간색으로 바뀌는 순간 네거리를 통과하고, 길가에 주차되어 있는 배달 트럭 옆을 쌩하니 지났다. 바로 그때 운전자가 문을 열었다면 뜯긴 문이 앞유리창을 박살내며 뚫고 들어와 내 목을 날렸을 것이다.

이 시점에서 짚고 넘어가자면 나의 로자는 나폴리 태생의 부모님 밑에서 태어났다. 역사를 공부하려고 로마에 왔다가 대학교 3학년 때 나를 만나 사랑에 빠졌다. 그 뒤로 로마를 떠나지도, 학교 공부를 마치지도, 뒤를 돌아보지도 않았다. 집에서는 영어로 대화를 나누자고 했다. 2개 국어를 쓰면 안나 리자한테 도움이 될 거라는 것이 그녀의 주장이었다. 나는 동의했다. 사실 나도 그때까지 쓰던 미국식 영어를 잊어버리고 싶지 않았다. 하지만 영어라는 그 철저하게 논리적인 언어의 진정 효과에도 불구하고 그녀는 뼛속 깊숙이 이탈리아 태생이었다. 아니, 나폴리 태생이었다.

이탈리아를 잘 모르는 사람들을 위해 말하자면 나폴리 태생은 제2의 종족이나 다름없다. 그들이 로마 태생과 얼마만큼 다른가 하면 로마 태생이 베를린 태생과 다른 만큼이라고 보면 된다. 그만큼 격하다는 뜻이다. 심지어 음식마저 맵고 자극적이며, 그리스에서부터 중동을 거쳐 아프리카에 이르기까지 모든 나라의 전통 조리법을 뒤죽박죽 냄비에 때려 넣어 한데 끓인 후 따뜻한 빵과 진한 레드와인과 함께 먹는다. 그들은 너무 시끄럽게 떠들고 얼토당토않은 타이밍에 갑자기 노래를 부르는 성향이 있다. 말에는 사투리 발음이 넘쳐나고 말끝을 뚝 잘라서 베수비오 산의 분화구에 내버린 격이라 꼭 입 안 가득 뭘 물고 말을 하는 것처럼 들리는데… 실제로 그런 경우가 많긴 하다. 나폴리 태생은 행복한 사람들이지만 난장판과의 경계선을 넘나드는 행복이다. 만난 지 3분만 지나면 상대방을 자기 집에 초대해 재우고, 먹이고, 와인을 내오고 손자손녀가 새로 생겼다며 대부 행세를 한다. 말 그대로 입던 옷까지 벗어주려 든다. 하지만 열차를 제 시각에 운행하거나 질서정연하게 줄을 서거나 주차금지구역을 지키거나 1시 회의에 2시 15분보다 일찍 나와야하지 않겠느냐고 그들을 설득하려고 들었다가는!

로자와 나 사이에 생긴 문제에는, 우리의 악연에는 그녀의 나폴리 태생적인 측면이 원인을 제공한 부분도 있었다. 나는 이탈리아 북부에서 어린 시절을 보냈고 북부 출신답게 시간을 칼같이 지키고 체계적이며 게르만족에 가깝고 대부분의 경우 부드러운 말투를 쓰며 술을 자제하는 반면, 아내는 뜨거운 남부 기질이 있다 보니 지각 대장인 데다 무질서 속의 질서를 추구하며, 사람들 많은 식당이라도 들어가면 제일 먼저 그녀의 목소리가 들렸고 점심과 저녁 반주로 와인을 좋아하는데 가끔 도를 넘기는 것으로 유명했다.

그런가 하면 이탈리아의 위대한 전통을 이어받아 교통법규는 깨뜨리기 위해 있는 거라고 생각했다.

"나폴리로 가는 거야?" 남쪽으로 가고 있다는 것을 알아차린 나는 빈정거림으로 범벅이 된 내 말투를 듣고 그녀가 액셀러레이터에서 발을 떼주길 바라며 물었다.

그녀는 고함을 지르다시피 했다. "나폴리라고! 하! 거기로 갔다가는 우리 엄마아빠가 특별한 손님이 왔다고 동네방네 소문내고 다닐걸? 나폴리 주민 절반이 우리 집으로 몰려올 테고."

"그럼 어디? 포뮬러원 경기가 열리는 몬테카를로?"

"아무 데도 가지 않아, 파올로! 두 성하님을 투명인간으로 만들기 전에는!"

달라이라마가 앞좌석 사이로 고개를 내밀고 말했다. "투명인간이라니 아주 흥미로운 발상이로군요."

"아무도 못 알아보게요!" 로자가 외쳤다.

"네, 네, 좋습니다. 아주 훌륭해요!" 달라이라마는 다시 종소리 같은 폭소를 터뜨렸다. 그는 만족스러워하는 표정을 지으며 무릎 위로 손을 포개고 자기 자리에 기대고 앉았다. 내가 그를 곁눈질하자 그는 다시 몸을 앞으로 내밀고 내 왼쪽 어깨를 토닥이며 말했다. "아내분의 의식 수준이 아주 높으시군요. 거의 깨달음의 경지에 다다랐어요."

"저도 예전부터 그렇게 생각하고 있었습니다." 내가 말했다.

"예류(흐름에 들어선 사람이라는 불교용어로 성인의 무리에 합류했다는 뜻이다- 옮긴이)라고 할까요."

"네, 성하." 나는 이렇게 대답했지만 예류가 뭔지 도통 알 길은 없었다. 고개를 좀 더 돌렸다가 교황과 시선이 마주쳤다. 그는 나를 보고 입가에 주름을 만들고 눈을 찡긋거리며 엄지손가락을 들었다. 그 순간 나는 그들 두 사람 모두 책임감의 무게로 살짝 정신이 이상해졌을지 모른다는 생각이 들었다. 기도를 너무 열심히 하면 탈이 날 수도 있지 않을까.

로자가 선포했다. "내 숍으로 갈 거야. 마리오라고, 제일 솜씨가 좋은 부원장이 거기서 기다리고 있어. 비밀 출입문이 있고 아무도 모르는 톱스타 작업용 뒷방도 있거든. 완벽해."

"작업이라는 게 뭔데?"

"두고 보면 알아요, 내 사랑." 그녀는 뒷바퀴 두 개는 공중에 뜬 거 아닌가 싶게 모퉁이를 돌며 말했다. "날 믿어봐."

∞ 10 ∞

이 도시의 거의 남쪽에 다다랐을 때 로자는 급하게 우회전을 해서 주택 단지의 좁은 길로 들어서더니 중간쯤 갔을 때 이번에는 좀 더 천천히 좌회전을 해서 주차된 차들로 숨 막힐 지경에 이른 골목길로 진입했다. 끝이 버섯 머리처럼 넓어지면서 차를 세 대 댈 수 있는 주차장이 나왔다. 거의 깨달음의 경지에 다다른 내 아내는 마세라티를 그 주차장에 대고 어느 아파트 뒤편의 문을 열고는 안으로 들어가라고 손짓했다. 뒤쪽 홀을 지나자 커다란 거울과 미용실 의자 두 개가 갖추어져 있고 한쪽에 편안해 보이는 빨간색 가죽소파가 놓인 방이 나왔다. 소파 위에는 이탈리아에서 가장 유명한 영화배우의 포스터가 담긴 액자들이 걸려 있었다. 소피아 로렌, 마르첼로 마스트로이안니, 카를로 만치니, 알레산드라와 줄리아나 사르데니. 분야는 전혀 다르지만 모든 이탈리아 국민들이 사랑하는 성인 군단이었다. 내 사촌과 그의 손님은 방 한가운데에 서서 머리에 쓴 골프 모자는 잊고 초상화들을 훑어보았다.

교황은 검은색의 무늬 없는 사제용 바지와 거미줄 몇 가닥이 아직 남은 검은색 스웨터를 입고 있었다. 바지 주머니에서는 칫솔이 고개를 내밀고 있었다. 그의 바로 옆에는 이 시대를 상징하는 또 한 명의 성자가 먼지로 얼룩진 적갈색 승복을 입고 서 있었다. 그들이 액자 속의 얼굴을 감상하는 몇 초 동안 나는 시간의 흐름이 멎은 듯한 기분을 느꼈다. 우리가 초현실적인 사진 속에 들어간 느낌이었다. 피상적인 작업을 위해 만들어진 공간에 그 두 사람이 있다니 전혀 어울리지 않았다. 하지만 벽에 걸어놓은 그 사람들이 그랬듯 두 성자의 인간적인 측면이 명성이라는 옷에 덮여버린 걸지도 모른다는 생각이 들었다. 우리는 그들을 보며 초인적인 측면을 눈에 담았다. 우리가 영적으로 어디까지 위대해질 수 있는지 비추어보았다. 우리가 시시하고 하찮은 일상 속에만 매몰되어 있지 않음을 상기하기 위해 그들을 과대 포장했다.

나는 로자에게로 시선을 돌렸다. 잠을 전혀 자지 못했는지 피곤해하는 기미가 느껴졌지만 행복한 얼굴이었다. 그녀가 나를 보며 미소를 지었다. 나는 그런 선물을 받기에는 흠이 있고 부족하지만 옛정에서 그랬을 것이다.

그 방에서는 커피와 화학약품 냄새가 났다. 두말하면 잔소리지만 나는 전에도 로자의 미용실에 여러 번 온 적이 있었다. 거기서 일하는 남자들은 대개 특정 범주로 뭉뚱그릴 수 있었다. 예민하고 독창적이며 늘씬한 그들은 자기만의 스타일로 옷을 입었다. 그런데 앞방에서 우리 쪽으로 걸어온 남자는 럭비나 미식축구 선수 아니면 불가리아 국가대표 역도 선수 같았다. 로자가 마리오라며 그를 소개했다. 그는 두 성직자에게 고개 숙여 인사하고 나오는 손이 으스러져라 악수했다. 마리오는 교황의 경호원처럼 생겼다. 키는 나보다 머리 하나 더 컸고 몸무게는 20킬로그램 정도 더 나갔고 어깨는 떡 벌어진 데다 이두근은 파란색 티셔츠를 찢고 나올 기세였다. 머리는 깨끗하게 밀었고 얼굴은 베를루스코니처럼 까무잡잡하게 태웠는데 그보다는 더 자연스러워 보였다. 모든 게 컸다. 눈도 크고 코도 크고 입도 크고 목도 굵었다. "다들 피곤하실 것 같아서요." 그가 동굴 같은 저음으로 별로 똑똑하게 들리지 않는 엉망진창 이탈리아어로 말했다. "그래서 에스프레소를 만들어놨어요."

내가 교황이나 달라이라마는 카페인을 별로 즐기지 않는다고 얘기할 겨를도 없이 그가 접시에 받친 네 개의 잔을 들고 왔다. 나는 잔을 벌컥벌컥 비웠다. 교황과 달라이라마는 예의상 한 모금 마시는가 싶더니 계속 마시고 또 마셨다. 식습관의 원칙이 모두 유예된 모양이었다.

"어느 분 먼저 할까요?" 그가 로자에게 물었다.

로자는 교황을 가리켰다. 마리오는 흥분한 새끼 악어의 두툼한 꼬리처럼 팔 근육을 불뚝거리며 교황을 한 의자로 안내하고는 골프 모자를 벗겼다. 교황의 어깨에 두 손을 얹고 내가 보기에는 공손하달 수 없는 자세로 뒤에 선 채 고개를 이리저리 갸우뚱거리며 어떤 마법이 좋을지 고민했다. "금발이 좋겠어요." 그가 내 아내에게 말했다. "금색 가발을 이분의 머리칼과 섞어서 땋겠어요. 금색 염소수염과 콧수염, 어쩌면 구레나룻도 살짝. 벨기에나 스웨덴에서 젊은 이탈리아 아가씨를 만나러 온 관광객처럼 보이게 하려고요."

내가 말했다. "마리오. 이분은 로마 교황님이세요. 신성모독은 삼가주었으면 합니다."

교황이 말했다. "괜찮아, 괜찮아, 파올로. 우리 모험 정신에 그런 게 다 포함되는 거지. 이분이 어떤 뜻에서 하는 얘긴지 알아. 게다가 이분 성함이 우리 아버지하고 같잖나. 마리오. 좋은 징조인 게 분명해."

마리오는 동요하는 기색 없이 하던 얘기를 계속했다. "그리고 다른 분은. 갈색 가발이 필요하겠어요. 거, 뭐랄까, 좀 텁수룩한 스타일로요. 아니면 아무튼 긴 걸로. 돈이 많은 걸 티내지 않으려는 부자처럼 보여야 하거든요. 록스타나 뭐 그런. 남쪽으로 가면 잘 어울릴 수 있게 피부에 색을 칠해도 좋겠어요." 그는 자기가 한 얼토당토않은 농담에 웃음을 터뜨렸다. "남쪽으로 가시나요, 원장님?"

"아직은 몰라."

"뭐, 아무튼 안경은 벗으셔야 해요. 너무 평범하거든요. 입술은 살짝 도톰하게, 광대뼈는 납작하게 만들 거예요. 눈은 동그랗게 만들고요."

"안경을 벗으라니 아무것도 보지 못한다는 뜻이네요." 달라이라마가 말했다. 하지만 이미 볼 만큼 봐서 좀 쉬고 싶은 사람처럼 기뻐하는 투였다.

달라이라마가 다른 의자에 앉았다. 마리오는 그의 어깨를 따뜻하게 잡았다가 놓고 다시 교황에게로 돌아가 작업에 착수했다. 나는 가죽의자로 물러났다. 잠시 후에 로자가 와서 내 옆에 앉았다.

그녀가 명랑하게 말했다. "저 친구, 달인이야. 잘 봐."

"똑똑한 친구이기도 하고." 나는 중얼거렸다.

그녀는 팔꿈치로 나를 찌르고 히죽 웃었다. "그리고 여기에는 장비가 많아. 엄청 많지. 메이크업, 가발, 의상, 신발, 뭐든 없는 게 없어. 분장팀이 와서 어떨 때는 자기들 소품을 두고 가거든. 아예 몇 년씩 까맣게 잊어버릴 때도 있어. 내가 골프 모자를 찾은 곳도 거기야."

잠시 후에 그녀는 벌떡 일어나 에스프레소를 한 잔씩 더 만들어서 들고 왔다.

마리오는 금색 가발을 들고 교황의 머리가 벗어진 부분에 살포시 내려놓고는 이리저리 움직여가며 빗으로 빗었다. "가장자리의 흰머리를 염색해야겠는데요, 성하. 그래도 되겠습니까?"

"당연하지요, 마리오. 뭐든 좋을 대로 해요."

마리오는 교황의 의자를 뒤로 기울여 남은 진짜 머리를 세면대에서 감기고 가발과 같은 색으로 염색했다. 달라이라마는 승복 주머니에서 꺼낸 갈색 염주를 손가락으로 돌리며 넋을 잃은 표정으로 구경했다. 금색 가발을 붙이고 염소수염과 콧수염을 달고 그 유명한 얼굴에 잘 어울리도록 빗고 다듬었다. 풀이 마르자 마리오는 2인조 도망자의 나머지 반쪽인 승려의 작업에 착수했다. "안경은 그냥 끼셔도 될 것 같아요, 이걸로 덮으면요." 그는 유명 디자이너의 이름이 새겨진, 우스꽝스러울 정도로 큼지막한 선글라스를 들어 보였다. 달라이라마의 민머리에 희끗희끗하되 검은색이 압도적으로 많은 록스타 길이의 가발이 씌워졌고, 중간 정도의 갈색 피부는 바닷가에서 한 달 지내고 난 뒤의 내 피부색과 비슷해졌다. 마리오는 손과 팔뚝도 그 비슷한 색으로 칠했다. 한쪽 귀에 클립식 귀걸이를 끼웠다가 생각을 바꿨는지 뺐다. "너무 오버하는 게 될 수도 있겠어요." 그가 말했다.

90분 만에 즐겁게 여행에 나선 두 친구가 거울 속에 등장했다. 한 명은 북유럽, 한 명은 그보다 따뜻한 나라에서 왔고 둘 다 육체적으로 전성기는 지났지만 건강해 보였고 디스코와 해변을 즐길 준비가 되어 있었다.

"믿기지가 않네." 나는 로자에게 말했다.

"내가 그랬잖아." 그녀는 다시 자리에서 일어나 마리오의 널찍한 어깨에 한 손을 얹었다. 나는 그 둘이 혹시 사귀는 사이인가 하는 몹쓸 생각을 했다. 아내가 말했다. "다른 방에 갈아입으실 옷을 준비해놨어. 어제 저녁에 파올로, 당신 연락을 받고 몇 벌 맞춰 놨지. 사이즈는 내가 대충 골랐지만 별 문제 없을 거야. 두 분 다 사람들 눈에 띄지 않게 차 안에 계시는 시간이 많을 테니까. 그래도 다 같이 갈아입을 옷은 챙겨야지."

나는 야외 수영을 좋아했기 때문에 이렇게 말했다. "수영복. 면도용품."

로자는 고개를 끄덕이고 옆방으로 들어갔다.

교황과 달라이라마는 의자에서 일어나 거울에 비친 자신들의 모습을 보고 폭소를 터뜨렸다. 나란히 서서 서로 어깨동무를 하고 눈부신 미소를 지었다. 옆방에서 다시 나온 로자가 마리오의 휴대전화로 사진을 찍었다. "이제 당신 차례야." 그녀가 나를 돌아보며 말했다.

교황이 말했다. "그래, 그래! 파올로, 여기 와서 앉게!"

"왜? 나는 그냥 내 모습 그대로 다녀도 되지 않아?"

로자가 말했다. "당신을 알아보는 사람이 있을지 모르잖아. 교황님이 사라졌다고 선포된 상황에서 당신도 사라지면 그 사람들이 이리저리 종합한 끝에 당신이 몸값을 노리고 교황님을 납치했다는 결론을 내리지 않겠어? 바티칸에 있는 적들이 당신을 표적으로 삼겠지. 당신 얼굴이 텔레비전과 신문을 도배할 거야. '교황 실종사건과 관련해 당국의 수배령이 내려진 납치범 데파도바.'"

그녀는 씩 웃으며 이렇게 얘기했지만 에스프레소를 들이켠 내 빈속은 그 농담에 제대로 대처하지 못했다.

"당신도 변장을 해야 해. 마리오가 당신을 변신시키는 동안 내가 두 분을 옆방으로 모시고 가서 옷이랑 면도용품이랑 기타 등등을 챙길게. 마리오가 추가로 화장품을 몇 개 나한테 줄 거야. 다들 면도하고 나면 내가 변장을 수정해야 할 테니까. 성하, 바지를 입으셔도 괜찮으실까요?"

"어렸을 때 말고는 입어본 적이 없습니다만." 달라이라마가 실토했다.

"음, 승복을 입고 계시면 결정적인 증거가 될 거라서요."

"구슬도 좀 치우세요." 마리오가 말했다.

이 말에 폭소가 터졌다. 세 사람은 다른 방으로 사라졌다. 나는 의자에 앉아 거울에 비친 내 얼굴을 쳐다보았다. 희끗희끗한 머리, 매부리코, 아주 피곤해보이거나 아니면 아주 다정해 보이는 두 눈. 지금 이대로의 모습이 충분히 마음에 들었다. 하지만 마리오가 내 뒷자리를 차지하고 서서 거대한 손을 내 어깨 위에 올려놓고는 고민하고 궁리했다. 늦은 시각 때문에 풍성한 정신적인 에너지가 고갈되었든지 내 얼굴에 해결할 수 없는 분장상의 문제가 있든지 둘 중 하나인 듯했다.

한참 만에 그가 입을 열었다. "보트피플 괜찮으시겠어요?"

마리오가 말한 '보트피플'이란 유럽에서는 남부럽지 않은 삶 비슷한 것을 살 수 있길 바라며 기근과 전쟁을 피해 위험하게 지중해를 건너는 가엾은 난민을 뜻했다. 죽지 않고 이탈리아 남부에 도착하더라도 그들은 결코 열렬한 환영을 받지 못했다. 그들은 리비아에서, 가끔은 튀니지나 모로코나 시리아에서, 또 가끔은 사하라 이남에서 간판 없는 작은 보트를 타고 아주 빈번하게 건너와 피골이 상접한 겁에 질린 모습으로 길거리를 배회했다.

나는 그의 말이 떨어지기가 무섭게 이렇게 말했다. "그건 사실 불편한데요. 이렇게 천하태평한 일에 이 세상에서 가장 가엾은 사람들을 이용하면 조금 실례가 아닐까 싶어서요."

마리오는 멍한 눈빛으로 거울 속의 나를 쳐다보았다.

"정반대지!" 로자가 외쳤다. 나는 그녀가 그런 반응을 보일 줄 알고 있었다. "그들이 어떤 대접을 받는지 시시각각으로 실감할 수 있을 거 아냐. 그러면 연민이 뭔지 좀 더 알게 될 거야."

"연민이 뭔지는 이미 알아. 나 말고 다른 이탈리아 사람들도 대부분 그렇고. 나는 길거리에서 그들이 보일 때마다 먹을거리를 사줘. 돈도 주고. 요전 날에는…."

교황이 끼어들었다. "내 생각에는 말이지, 사촌. 분장을 영적인 깨달음을 얻는 기회로 삼을 수도 있겠어."

달라이라마도 거들었다. "그렇죠. 맞습니다. 깨달음!"

"하지만 다들 저를 빤히 쳐다보고 무시할 거예요. 그냥 제 생김새만 가지고 보자마자 혐오하는 사람들도 있을 테고요!"

"바로 그거야." 교황이 말했다. 그가 마리오를 향해 고개를 끄덕이자 근육맨은 작업에 착수했다.

∞ 11 ∞

90분 동안 머리를 감고, 자르고, 말고 염색하고, 얼굴과 목과 팔과 손에 뭔지 모를 로션을 바르며 고생한 끝에 아침 6시 45분이 되었을 때 나는 좀 더 잘생겼고 졸려 보이는 무아마르 카다피(리비아의 전 총리-옮긴이) 판박이가 되었다. 머리는 몇십 년 만에 처음으로 까만색이 되었고 피부는 자연스러운 아몬드 색이었다. 그런데 마리오가 무슨 조화를 부렸는지 그 악명 높은 독재자보다 마르고 약하고, 무시무시하다기보다 측은해 보이도록 만들었다. 힘이 없고 허약해 보였다. 거울에 비친 나의 새로운 모습을 들여다보자 실제로 연민이 파도처럼 밀려왔다. 내 평생 처음으로 사람들 속에 섞여 있어도 눈에 확 띄게 생겼는데… 좋은 쪽으로 그런 게 아니었다. 분노를 빨아들이는 자석이자 손쉬운 먹잇감이 될 것이었다. 요즘은 이탈리아에 괜찮은 일자리가 별로 없었다. 남부럽지 않았던 생활수준이 매달 조금씩 미끄러져 내려갔다. 사람들은 실비오 베를루스코니와 부패하고 타락한 그의 동료 의원들이 아니라 나와 나처럼 생긴 사람들을 탓했다. 그 생각만 해도 공포의 장막이 나를 감싸기에 충분했다.

이 무렵 그 유명한 턱과 우뚝한 이마를 금색 가발로 가린 교황이 옅은 파란색 정장에 반짝이는 금색 넥타이를 매고, 잘 닦아서 보석처럼 반질거리는 비싸 보이는 검은색 로퍼를 신고 등장했다. 이제는 행복한 덴마크 사람이 아니라 프랑크푸르트에서 계약을 추진하러 온 사업가에 가장 가까워 보였다. 이 희한한 작업에 대해 어떻게 생각하는지, 이런 식으로 변신한 기분이 어떤지 묻고 싶었지만 그는 즐거움의 물결 속에 빠져있는 것처럼 보였다. 하나의 뜬금없는 생각에서 시작된 일인데, 그 생각이 신기하게도 어찌어찌 계획으로 발전하고 계획이 강물로 발전해 이제 좁은 계단을 내려오고 터널을 지나 로마 남부의 이 미용실 뒷방으로 들어왔다. 교황이 된 이래 처음으로 시간대별로 적어가며 스케줄을 잡지 않았다. 무슨 말을 할지 신경 쓸 필요가 없어지자 신기하게도 그는 말을 거의 하지 않았다(중간에 방 한편으로 물러나 묵주와 입술을 움직이며 아침 기도를 드리기는 했지만).

달라이라마도 뗏목을 타고 금단의 모험에 나선 어린 시절 친구라도 되는 듯 그와 같은 물살에 휩쓸린 것처럼 보였다. 로자는 그에게 디자이너 청바지와 칼라가 달린 반팔 저지, 아드리아 해를 닮은 옅은 청회색 카디건을 입히고 거의 새거나 다름없는 운동화를 신겼다. 그리고는 억지로 바지를 입게 된 남자들을 놀리며 사진을 찍었다. 마리오는 의자에 앉아 팔 근육을 불끈거리며 커피를 마시는 한편 히트 작품의 개막일을 맞이한 감독처럼 얼굴을 환히 빛냈다.

교황이 침묵을 깨고는 나를 돌아보며 폭소를 터뜨렸다. "놀라워요, 놀라워! 자네를 좀 보게, 사촌! 자네 부인은 천재야! 마리오는 천재야! 아무도 우리를 알아보지 못하겠어!"

내가 "그러길 바라야겠죠, 교황님"이라고 하고 로자도 변장을 해야 하지 않겠느냐고 제안할 겨를도 없이 그녀가 선포했다. "벌써 해가 떴어요. 하루 종일 여기 서서 자축할 거 아니면 출발하시죠."

교황이 말했다. "맞아요. 내가 생각해놓은 게 있어요."

"뭐든 말씀만 하세요, 교황님."

교황은 나와 로자와 달라이라마와 차례대로 시선을 맞춘 다음 잠깐 뜸을 들였다가 당당하게 한 마디를 내뱉었다. "동쪽으로."

∞ 12 ∞

나는 분장 때문에 더웠고 그뿐 아니라 심리적으로 불편했다. 등골을 타고 줄줄 흐르는 땀이 느껴졌지만 마리오는 걱정 말라고 했다. 피부 착색제가 방수라 샤워를 하면서 너무 세게 문지르거나 그의 표현을 빌자면 '멧돼지처럼' 땀을 흘리지 않는 이상 일주일은 갈 거라고 했다. 로자는 골목길에서 차를 빼며 아무리 봐도 의기양양한 미소를 지었다. 나는 그녀 쪽을 애써 쳐다보지 않았다. 내가 생각하기에 서로를 안 세월이 너무 오래 된 사람들은 이런 식이다. 모든 동작과 표정이 익숙하고 예측 가능하다. 어떤 미소는 마른 낙엽 위로 떨어진 불똥과도 같은 역할을 한다. 단박에 달콤한 쪽이 됐건 알싸한 쪽이 됐건 추억이 모닥불처럼 화르륵 되살아난다. 이런 순간에는 과거가 안 좋은 영향을 미친다. 인내라는 완충재가 없다. 우쭐한 미소 한 번으로 고통스러웠던 예전의 기억이 100개쯤 맹렬히 달려든다.

아침 햇살이 하늘을 밝혔지만 이탈리아 사람들은 늦잠을 자기 때문에 각종 배달 트럭과 스쿠터와 자동차들로 아직 길이 막히지는 않았다. 아내는 가죽 운전대와 반짝이는 스틱 기어를 움직여가며 베테랑 택시 기사처럼 자신만만하게 로마의 센트로 스토리코 심장부를 관통했다.

콜로세움 앞을 쌩하니 지났을 때 달라이라마가 말했다. "내가 보기에 가장 흥미로운 건 뭔가 하면 말이죠. 저 건축물… 저걸 뭐라고 부르죠?" 그는 한손을 동그랗게 흔들었다.

"콜로세움이요."

"맞아요. 무슨 생각이 드는가 하면 서양 사람들은 오래 전부터, 2000년 전인가요? 이렇게 놀라운 건축물을 만들 수 있었다는 거죠. 심지어 우리에게는 없는 길도, 기계도, 의술도 있어요. 지성의 힘을 그런 걸 만드는데 썼지요? 동양에는 이렇게 훌륭한 도로도 아름다운 건축물도 다양한 의술도 없어요." 그는 슬퍼 보이는 표정을 지으며 이 대목에서 말을 멈추었다가 다시 이었다. "그 시간 동안 우리는 명상의 가장 깊숙한 지점까지 파고들어 죽음과 고통을 두려워하지 않는 법과 이 육신이 우리의 실체는 아니라는 사실을 깨닫고, 다른 차원의 삶을 향해 인식을 높이는 데 그 지성의 힘을 썼지요. 언젠가는 동양과 서양, 두 세계가 한데 합쳐질지 몰라요." 그는 그때를 상상하며 즐겁게 웃었다. "훌륭한 의술과 커다란 건물, 하지만 여기에 깊은 명상. 내 꿈이에요."

교황이 말했다. "아름다운 상상입니다. 예수님도 들었다면 감탄하셨을 거예요."

달라이라마가 말했다. "우리가 여기 이렇게 함께 있는 이유가 그 때문일지 모르죠. 도망친 이유가요."

바로 그 순간 배달 트럭 하나가 우리 앞으로 끼어들자 로자는 경적을 힘껏 누르며 나폴리 사투리로 들릴락 말락 하게 욕을 했다.

우리는 정신없는 차량 행렬을 뚫고 로마의 아주 오래된 길을 따라 달렸다. 나는 이 '영원의 도시(로마의 별칭-옮긴이)'를 사랑했고 이 도시의 풍경과 무질서하게 우아한 건물들을 사랑했다. 고개를 돌리는 곳마다 천재적이고 과했던 고대 로마인들의 유적시가 나를 맞이했다. 여기에는 콜로세움이, 저기에는 포룸의 무너진 기둥이 있었고, 저 앞에는 튜닉을 입은 남자들이 어떤 법을 새로 제정하고 어느 나라를 새로 정복할지 옥신각신하고는 연회와 술판을 벌이러 나섰던 판테온이 있었다. 오늘날 이탈리아는 그런 유산 위에 건설됐다. 나는 마세라티의 실내를 훑어보며 이 나라 국민에게는 여전히 천재적인 기질이 남아 있다는 생각을 했다. 식생활과 성생활도 여전히 풍성했다. 그리고 정복 시대는 먼 옛날 얘기가 되었고 교회가 아닌 다른 곳에서는 튜닉도 사라졌지만 정치인들은 여전히 옥신각신하고 으스대며 활보했다. 우리 이탈리아 국민들은 수로와 예배당, 세계에서 가장 훌륭한 작품들로 그득한 박물관에 둘러싸인 채 역사의 짙은 안개 속에서 살아갔다. 휴대전화를 한쪽 귀에 대고 도시의 길거리를 바삐 걸어가거나 우주의 작품처럼 신기하고 매끈한 경주용 자동차를 몰고 쌩하니 달릴 때에도 과거의 속삭임이 들렸다. 우리는 그 역사의 사슬에 묶였고 그것을 부표 삼았고 네로와 카이사르와 무솔리니들이 어딜 가든 우리를 지켜보고 있었다.

로자는 중퇴하고 나와 결혼하기 전까지 대학에서 역사를 전공했는데 그녀가 고통스럽고 찬란했던 이탈리아의 과거에 대해 들려줄 때면 항상 귀 기울여 들었다.

그 역사의 중심지에서 빠져나오는 데에는 몇 분이면 됐다. 우리는 533번 도로를 타고 수도에서 동쪽으로 빠져나와 가게, 광고판, 싸구려 호텔이 이어지는 로마의 근교를 지나 아펜니노 산맥의 기슭으로 향했다. 나는 조수석에 앉았고 기어 스틱과 최고급 가죽 팔걸이가 아내와 내 사이를 가르고 있었다. 아내는 그 팔걸이에 맨살이 드러난 오른쪽 팔꿈치를 대고 있었다. 에스프레소 때문인지 수면 부족 때문인지 몰라도 나는 흥분한 초긴장 상태였다. 눈과 귀와 심지어 인공적으로 까무잡잡하게 만든 팔까지 새로운 주파수에 맞추어졌다. 교황과 달라이라마 옆에 있으면 항상 이런 느낌일까. 교황을 만나면 손님들이 벌벌 떨고, 교황이 그들 앞에 서 있다는 이유만으로 아니면 손을 뻗어 그들의 손을 건드리거나 아이에게 입을 맞추었다는 이유만으로 다 큰 어른들이 금방이라도 기절할 것처럼 구는 것을 나도 본 적이 있었다. 실제로 기절한 사람도 몇 명 있었다. 나도 그를 무척 존경했고 같이 보내는 시간을 즐거워했지만 그래도 그는 교황이기 전에 내 사촌이었다. 그가 너덜너덜한 반바지 차림으로 마르 데 아호의 모래사장을 누비던 시절부터 알고 지낸 사이였다. 목요일 아침 식탁에 그와 마주보고 앉아 벨기에 초콜릿과 배를 먹는 것이 충격적일 정도로 성스러운 일은 아니었다.

하지만 성모의 방에서 달라이라마와 함께 있는 그를 본 순간 내 시각에 어떤 변화가 생겼다고 고백하는 수밖에 없겠다. 마세라티 앞좌석에 앉아 있을 동안 다시 그 변화가 느껴졌다. 주변의 소립자가 전기적인 흥분으로 움직이는 속도가 빨라지기라도 한 듯 모든 것이 명료해지고 몸이 떨리도록 불안해졌다. 나는 원래 불안하면 횡설수설하기로 유명했다. 하지만 지금은 불안한 동시에 이 새로운 느낌 속으로 흠뻑 빠져들고 싶었고 침묵을 깨면 그 느낌도 망가지지 않을까 싶었다.

내 아내는, 현명한 내 아내는 그런 거리낌이라고는 전혀 없었다. 기어를 5단으로 바꾸며 백미러를 흘끗 쳐다보았다. "같이 여행을 하게 됐으니 미리 말씀드려야 하겠는데요, 교황님. 저는 이제 종교의 가르침을 실천하는 가톨릭교도가 아니에요."

두둥! 반짝반짝 빛나던 차 안의 공기가 산산조각으로 부서졌다. 나는 그녀를 돌아보며 생각했다. '당신 왜 이래?'

로자는 그 엄청난 폭로가 접수되거나 교황의 대꾸를 기다리기라도 하는 듯 말을 멈추었다. 교황이 아무 반응도 보이지 않자 그녀는 방금 전에 돌멩이에 맞아서 깨진 창문 밖으로 진흙을 한 움큼 던지듯 이렇게 덧붙였다. "그리고 다른 성하께 고백하자면 저는 딸아이한테 몇 마디 들은 거 말고는 불교에 대해서 전혀 몰라요. 아는 게 하나도 없어요. 전혀요."

좀 전까지만 해도 활기 넘치던 차 안에 어색한 정적이 흘렀다. 나는 앞을 똑바로 쳐다보며 뺨 안쪽 부분을 잘근잘근 씹었다. 그때 우리는 줄줄이 늘어선 유칼립투스 나무 사이로 오르막길을 열심히 달리고 있었다. 나무 너머에는 널찍하게 간격을 두고 대저택 몇 채가 있었다. 반대편 차로에서는 수도로 출근하는 차량 행렬이 이어졌다. 나는 차마 빼지 못한 결혼반지를 쳐다보았다. 로자와 나처럼 180도 다른 사람을 부부로 점지하다니 하느님의 유머감각도 특이하다는 생각이 들었다. 그녀가 이 지구상의 수십억 남자 중에서 하필이면 나와 결혼하다니, 개업 둘째 날 똑똑하고 매력적인 이탈리아의 수많은 여자들 중에서 하필이면 그녀가 내 여행사 문을 열고 들어오다니….

내 뒤에서 교황이 헛기침을 했다. "어떤 사람이 종교의 가르침을 실천하는 가톨릭교도인가요?" 그가 물었다. 말투가 진지했다. 진심으로 궁금해 하거나 혼잣말을 하는 눈치였다.

아내는 특유의 확신에 찬 말투로 단언했다. "매주 일요일에 미사에 참석하는 사람이요. 영성체를 받고. 고해성사를 하고. 의무 대축일을 지키고. 사순절에는 금식하고. 묵주 기도를 드리고." 그녀는 웃음을 터뜨렸다. 내가 듣기에는 조금 어색한 웃음이었다. 하지만 그녀는 내 사촌이 어쩌다 한 번씩 우리 집으로 놀러왔을 때 아주 죽이 잘 맞았고 그 둘은 본능적으로 종교라는 화제를 잘 피했다. 이제 그가 교황이 되었으니 그녀는 비밀을 폭로하기로 작정한 것이었다. "이 모든 분야에서 저는 낙제점이에요."

"그렇군요." 교황은 금색이 된 머리를 운전석과 조수석 사이로 기울이며 로자의 팔꿈치에 손을 얹었다. 비싼 양복 재킷은 벗어서 조심스럽게 반으로 접어 무릎에 걸쳐놓았다. "하지만 좀 더 심층적으로 생각해보면 '가톨릭교도로 지낸다'는 것이 과연 어떤 의미일까요?"

"방금 말씀드렸잖아요." 아내가 말했다. 그녀는 친절하고 너그러울 수 있을지 몰라도 인내심이 많지는 않았다. 원래 자기 말을 당장 알아듣지 못하는 사람에 대한 이해심이 바닥인데 "방금 말씀드렸잖아요"에서 이미 그 한계에 다다랐음을 느낄 수 있었다. 어떨 때 보면 그녀는 자기에게는 너무 뻔한 것이 남들에게는 그렇지 않을 수도 있다는 것을 이해하지 못하는 듯했다. 나는 지금 누굴 상대하고 있는지 잊지 말라고 짚어주고 싶었지만 그녀가 다음으로 한 말을 들어보니 기억하고 있는 눈치였다. "네, 당신은 이제 교황이시죠. 가톨릭교회의 대빵 중의 대빵. 예수님의 대리인. 우리가 어렸을 때부터 들은 바로는 그래요. 그러니까 교황님이 가톨릭교에 대해서 누구보다 더 잘 아셔야 하는 거 아닌가요?"

"답이 빤한 질문이로군요." 교황이 말했다.

"좋아요. 그래도 교황님께 답을 듣고 싶어요."

"로자, 제발 예전처럼 조르조라고 불러줘요. 부탁할게요. 달라이라마, 파올로, 이 여행인지 모험인지 탐험인지를 하는 동안에는 제발 나를 조르조라고 불러줘요."

달라이라마가 선뜻 수락하며 말했다. "그럼 나는 텐진이에요. 그나저나 아주 흥미진진한 질문이로군요. 가톨릭교란 무엇인가. 불교란 무엇인가. 아주 흥미진진한 문제죠!"

"맞아요. 그러니까 대답해주세요!" 로자가 흥분한 목소리로 말했다.

"진정해, 로자."

"진정하고 있어, 파올로. 이보다 더 진정할 수 없을 만큼. 그냥 죽도록 궁금할 뿐이야. 지구상에서 가장 규모가 큰 두 종교의 대빵과 한 차에 타고 있으니 물어보고 싶은 게 한두 가지가 아니야! 당신은 안 그래? 예전에 우리 집에 놀러왔던 당신 사촌이 아니라 교황님이잖아! 그리고 달라이라마고!"

나는 고개를 끄덕였지만 오로지 평화로운 분위기를 위해서였다.

로자는 기대하는 표정으로 다시 백미러를 쳐다보았다.

교황이 말했다. "내 생각에는 커피를 한 잔 더 마셔야 제대로 된 대답을 할 수 있겠어요."

"나도요. 내 경우에는 차겠지만." 달라이라마가 말했다.

로자는 웃음을 터뜨렸지만 마음을 졸이며 기대하는 표정이 남아 있었다. 진심으로 대답을 듣고 싶은 것이었다. "이 길을 따라서 몇 분만 더 가다보면 카페가 있어요. 거기서 잠깐 쉬었다 가요."

내 어깨를 잡고 따뜻하게 누르는 교황의 손길이 느껴졌다. 지금까지 그가 수도 없이 했던 행동이었다. 그가 말했다. "하지만 일단 미사나 성찬식이나 금식은 그 자체를 위해 존재하는 것이 아니라고 봐요. 40일 동안 와인이나 초콜릿을 끊는다고 예수님이 당신을 더 사랑하지는 않아요."

로자가 말했다. "그러니까요. 그래서 저는 그런 걸 끊지 않아요."

"하지만 매주 한 시간씩 미사에 할애하고, 어떤 날을 종교적인 측면에서 특별하게 기념하고, 기도하고, 일정 기간 동안 세속적인 쾌락을 일부 끊으면 예수님의 사랑을 좀 더 분명하게 느낄 수 있을지 몰라요. 예수님의 사랑이 항상 당신을 태양처럼 따뜻하게 비추고 있다고 믿을 수 있을지 몰라요."

로자는 입을 오므리고 고개를 조그맣게 저었다. "못 믿겠어요, 조르조." 그녀의 시선이 도로에서 백미러를 거쳐 다시 도로로 빠르게 움직였다. 나는 그녀가 내 뒤에 앉은 교황의 심기를 건드리는 임무를 마쳤으니 이제는 빌린 마세라티를 도랑에 처박을 차례인지 걱정스러워졌다.

"나는 예전부터 당신의 그런 솔직한 태도가 좋았어요." 교황이 말했다.

"말씀 감사해요. 하지만 교황님, 아니 조르조, 죄송하지만 당신이 하는 어떤 얘길 들어도 교회로 돌아가고 싶다는 생각이 들질 않네요."

"나는 그래주길 바라지 않아요, 로자."

"그래주길 바라지 않는다고요?"

나는 교황을 볼 수 있게 몸을 반쯤 돌렸다. 그는 이마를 덮은 노란색 머리칼 한 가닥을 넘겼다. "당신이 행복하고 감사할 줄 아는 인생을 살길 바랄 뿐이에요."

"저는 대체로 그런 인생을 살고 있어요."

"그럼 나는 당신과 함께 있는 것이 불편하지 않아요."

"저도 불편하지 않아요. 전부터 그랬어요. 추기경 시절에 저희 집에 놀러오셨을 때 항상 남들과 다른 분이라고 생각했어요. 설거지를 하셨잖아요! 세상에 설거지를 하는 남자가 어디 있다고. 그리고 안나 리자를 저희만큼 예뻐하면서 같이 놀아주시는 것도 감사했고요. 그나저나 참고로 말씀드리자면 그 아이도 교회에 다니지 않아요."

"그래도 전과 전혀 다름없이 사랑합니다." 교황은 말하고 자리에 기대고 앉았다.

로자는 나를 한 번 흘끗 쳐다보았다가 다시 도로 쪽으로 시선을 돌렸다. "왜?" 그녀가 쏘아붙였다. "왜, 파올로? 또 그 표정을 짓고 있잖아."

나는 참으려고 했지만 말들이 자기들 마음대로 쏟아져 나왔고 해묵은 분란의 조각들이 내 입술을 그슬었다. 나는 조용히 말했다. "당신 지금 선을 넘고 있어. 교황님한테 당신과 교회의 문제를 얘기하다니!"

그녀는 엔진 소음으로 덮여 들릴락 말락 하게 말했다. "그럼 내가 달리 누구한테 얘기해야 하는데? 당신한테? 교황이 되셨어도 평범한 사람처럼 대해주었으면 하시는 거 당신 눈에는 안 보여?"

"당신보다는 내가 조금 더 저 분을 잘 안다고 생각하는데."

"당신은 뭐든 나보다 조금 더 잘 안다고 생각하지."

나는 다시 뺨 안쪽을 잘근잘근 씹었다. 교황과 달라이라마가 우리 뒤에서 경치와 도로를 두고 조용히 대화를 나누는 소리가 들렸다.

"당신은 지금 큰 그림을 전혀 보지 못하고 있어!" 로자가 하던 얘기를 계속했다.

"그렇겠지. 당신은 항상 옳은 말만 하니까 이번에도 예외일 리 있겠어?"

"당연하지."

"실례합니다." 달라이라마가 뒷좌석에서 말했다.

로자는 다시 백미러를 쳐다보았다. 차가 갓길로 넘어갔다가 다시 원래 차로로 복귀했다. "죄송해요, 텐진. 당신은 평화의 상징이죠. 하지만 여기 있는 제 남편은 쿨로에 박힌 가시 같은 존재라 죄송하게도 당신 앞에서 이렇게 싸우고 있네요."

"이 '쿨로'라는 게 뭔가요?" 그가 천진난만하게 물었다.

"쿨로는 이탈리아어로 '엉덩이'라는 뜻이에요. 하지만 잉딩이에 박힌 가시는 아이러니하게도 파올로가 가르쳐준 영어식 표현이죠."

"인간은 누구나 가끔씩 싸우죠." 그가 말했다.

"고맙습니다." 로자는 내 쪽으로 몸을 반쯤 돌리고서 속삭였다.

"저분도 인간이었어!"

"불교에 대해서는 묻지 않네요." 달라이라마가 말했다.

"저는 불교도가 아니거든요, 텐진. 말씀드렸잖아요, 부처님에 대해서는 아무것도 모른다고. 항상 웃고 있는 통통한 남자로 그려진다는 거 말고는. 기분 나쁘게 들렸다면 죄송하지만 솔직히 말씀드리는 거예요. 딸아이는 조금 건드려보는 것 같던데 자세히 물어본 적은 없어요. 저는 교회에 발길을 끊은 가톨릭교도가 더 어울리는 사람이라서요. 아무튼 이제는 신을 믿지 않아요. 그러기엔 험한 꼴을 너무 많이 봐서요."

"험한 꼴을 많이 봤다. 쿨로에 박힌 가시가 많겠군요."

"맞아요. 그런데 부처님은, 또 불경스러운 발언이라 죄송하지만 주야장천 앉아계시는 것 같던데요. 전혀 제 스타일이 아니에요."

승려의 유명한 웃음소리가 차 안에서 울려 퍼졌다. "앉다, 앉다, 주야장천 앉아 있다! 그래요!"

"요즘은 그래서야 먹고살기 힘들죠."

이제는 달라이라마가 운전석과 조수석 사이로 몸을 내밀 차례였다. "그분은 가르치기도 많이 하셨어요. 그냥 앉아 있기만 한 게 아니라."

"앉아 있는 법을 가르치셨죠." 로자가 말했다.

"하. 맞아요! 하지만 평온하게 앉아 있는 것이 아주 중요하거든요. 당신은 그럴 수 있나요?"

"절대 못하죠."

"그렇게 앉아 있었을 때 깨달음이 그분을 찾아왔지요. '조물주를 이해하게' 됐거나 '삶의 진정한 목적을 선명하게 깨달았다'고 할까요."

"그것도 잘 이해가 안 되네요. 어떻게 앉아 있는 게 뭘 이해하는 데 도움이 될 수가 있죠?"

"앉아서 명상을 하다보면, 어느 정도 시간이 지나면 마음이 평온해지거든요. 마음이 평온해지면 시야가 선명해지죠. 시야가 선명해지면 자신보다 위대한 존재를 믿기가 더 쉬워져요. 사랑하기도 더 쉬워지고요."

"남편하고 싸우는 걸 멈추기도 더 쉬워지나요?"

달라이라마는 다시 폭소를 터뜨리고 그녀의 어깨를 토닥였다. "그렇죠!"

"그리고 조물주가 나를 사랑한다는 걸 느낄 수 있어요? 진짜로 느낄 수 있어요?"

"우리는 '조물주'라고 하지 않아요. 가끔 '신의 섭리'라고 표현할 뿐."

"저 위에 섭리라는 게 있나 싶은 날도 있는데요."

"맞아요, 맞아요. 어떤 날은 잘 보이지가 않지요."

"하지만 두 분 다 기본적으로 우리보다 위대한 존재가 있다고 믿으시는 거죠? 어린아이들이 죽고, 사람들이 암과 진쟁과 전염병으로 고생해도 조물주가 저 위에서 세상을 관장하고 있다고. 예수님이 됐건 부처님이 됐건 누가 됐건."

"맞아요." 교황이 말했다.

"인간은 아니에요." 달라이라마가 말했다.

"하지만 뭔가가 있다. 뭔가가 아니면 누군가가 세상을 관장하고 있다."

축복과도 같은 정적이 잠깐 흐른 뒤에 달라이라마가 말했다. "이렇게 넓은 세상을 관장하는 것이 아무것도 없어서야 되겠어요?"

"로자, 커피 마실 곳 저기 있다."

"나도 알아, 파올로!" 그녀는 자기도 봤다는 듯이 화난 목소리로 외쳤다. 하지만 나도 알다시피 그녀는 보지 못했다. 이것이 이해할 수 없는 로자의 수많은 습성 가운데 하나였다. 우리가 같이 살던 시절에도 예를 들어 볼로냐로 가고 있었다고 치자. 나는 볼로냐라고 적힌 표지판을 본다. 그녀는 일에 대해 생각하고 풍경을 보며 감탄하고 추억이나 꿈에 젖느라 정신이 없다. 내가 어쩌면 조금 다급한 목소리로 "여기서 빠져나가야 해"라고 말한다. 그러면 그녀는 이렇게 외쳤다. "나도 알아, 파올로! 제발 그만 좀 할 수 없어? 내가 깜빡이를 넣어야겠다고 생각하는 타이밍이 당신에 비해 2초 느린 거야, 그뿐이라고."

그녀가 대로변에 있는 바 입구로 하도 급하게 핸들을 꺾는 바람에 붙잡을 게 없었던 세 명의 승객은 바람에 날리는 옥수수 대처럼 왼쪽으로 기울었다. 그 조그만 가게 앞에 오토바이를 세워놓고 그 옆에 서 있던 젊은 커플이 고개를 획 돌리고는 우리를 빤히 쳐다보았다.

내가 말했다. "다 같이 들어가면 안 될지 몰라. 저분들 목소리를 알아듣는 사람이 있을 거 아냐."

"아우, 저분들도 스트레칭 좀 해야지!" 로자가 말했다.

"차에 계시라는 게 아니잖아. 안에 들어가서 말을 하면 안 되겠다는 거지."

"당신 뉘앙스가 그랬어."

해묵은 악감정이 로자와 나 사이에 먹구름처럼 드리워진 가운데 우리는 따뜻한 아침 공기 속으로 나섰다. 나는 그녀를 사랑했다. 진심으로 사랑했다. 그리고 그녀가 없으면 성공적으로 도주할 가망이 없다는 것도 알았다. 나 혼자 감당해야 했다면 교황과 달라이라마에게 모자와 선글라스를 씌우고 옷을 갈아입히고 렌트한 밴에 태우고 출발했을 것이다. 휴대전화 GPS나 치밀한 분장은 생각하지도 못했을 것이다. 나는 화가인 부모 밑에서 태어났지만 창의적인 유전자는 전혀 물려받지 못했다. 로자의 사업 감각, 직업관, 수많은 역경 앞에서 변함없이 발휘되는 낙천주의가 존경스러웠다. 그녀는 필요할 때 옆에 있어주고 관심과 애정과 응원을 아끼지 않는 최고의 엄마였다. 침실에서는 사랑이 넘치는 파트너였다. 좋은 친구였다. 그리고 여전히 아름다웠다. 내가 보기에 그녀는 한결같이 아름다웠다. 하지만 만난 지 거의 한 시간 만에 드러났다시피 우리는 못쓰게 된 변속기의 기어처럼 성격적으로 서로 부딪히는 지점이 있었다. 사랑을 나누는 것만큼 자주 말다툼을 벌였고 나중에는 말다툼의 빈도가 더 높아졌다. 이윽고 그것은 일종의 암세포처럼 우리 사이를 갉아먹었고 안나 리자가 독립해 우리 둘만 남게 되자 긴장상태가 감당할 수 없는 지경에 이르렀다. 나는 세 시간 반 동안 대화를 나눈 끝에 별거를 결심했던 그날 저녁을 죽을 때까지 잊지 못할 것이다. 그러고 났을 때 느껴진 엄청난 슬픔과 거대한 안도감을. 그 씁쓸한 외로움을….

　이후로 우리는 비탄은 일상 속에 묻은 채 각자 살아왔다. 자주 만나서 다정하게 점심을 먹거나 같이 산책을 했다. 하지만 상처를 입은 무언가가, 해결되지 않은 무언가가 우리 둘 사이에 남아 있었다. 더할 나위 없이 차분하고 자기 자신과 서로를 평화롭게 인정하는 두 성직자 앞에서 로자와 나는 왠지 모르게 으르렁거리고 비난하는 그 익숙한 진흙탕 속으로 다시 뛰어들었다. 부끄러웠지만 그게 다가 아니었다. 나는 '죄'라는 단어를 싫어하지만 죄의 존재를 부정하는 것은 아니다. 그 단어를 나에게 적용하기 싫을 뿐이다. 이러니저러니 해도 나는 교황의 수석 보좌관이었다. 그래서 기도하는 시간과 교회에 있는 시간이 남들보다 많았다. 매주 10시간 아니면 20시간씩 그의 곁을 지켰다. 나는 지난 2~3년 동안 그 시간들이 일종의 영적인 항생제처럼 작용해 내 안에 있던 나쁜 박테리아가 사라지고 좀 더 나은 인간으로 발전할 수 있을 거라는 희망을 고수하고 있었다. 그런데 그야말로 산탄젤로 성 앞에서 로자를 만난 그 순간부터 해묵은 병폐가 내 안에서, 우리 안에서 꽃을 피웠다. 오토바이 커플은 계속해서 우리 쪽을 쳐다보고 있었고 나는 전보다 열심히 한 기도가 결국 아무 소용이 없었는지, 낡아서 흔들거리는 흠집투성이 식탁 위에 씌워놓은 식탁보에 불과했는지 궁금해졌다.

　로자와 나는 서로 흘끗 노려본 끝에 다 함께 들어가 간단하게 뭘 좀 먹기로 했다. 텐진과 조르조가 말을 하지만 않기로 했다. 그들의 변장이 얼마나 훌륭한지, 내 변장은 또 얼마나 훌륭한지 알아볼 수 있는 첫 번째 시험대였다.

나는 속으로 기도를 드렸다. 사과의 뜻에서 문을 잡고 있는 아내를 곁눈질했다. 반짝반짝 깨끗한 바 안으로 들어갔다.

이탈리아어로 '바'는 일부 외국어와 의미가 다르다. 주류가 아니라 커피 위주다. 술도 몇 종류 팔기는 하지만 손님들이 맥주를 앞에 놓고 테이블 위로 몸을 숙이고 있기보다 석조 상판이 깔린 카운터에 서서 설탕을 넣은 에스프레소를 원샷하고 있을 가능성이 더 크다. 페이스트리나 파니니 아니면 사탕이나 초콜릿을 파는 경우도 있고 '스프레무타 다란치아'라고 불리는 직접 짠 오렌지주스는 대부분의 바에서 판매된다.

533번 도로변의 바에서는 키가 작은 남자가 정중하게 대기하는 자세로 광택이 흐르는 카운터 뒤편에 서 있었다. 시선은 위로 두었고 두 손은 앞으로 깍지를 꼈다. 그의 옆에 황동 에스프레소 기계가 있었다. 그 위로 천장 가까이에 달린 조그만 TV에서는 어제 축구경기의 하이라이트가 방송되고 있었다. 그 중 한 팀이 알제리 팀이었고 선수들의 피부색을 본 순간 나는 평소와 다른 모습으로 세상 앞에 서 있는 나의 현실을 깨달았다. 기분이 묘했다. 평생을 경찰과 다른 시민들의 시선을 끌 일 없는 주류 백인으로 지내다 갑자기 보트피플이라는 눈에 확 띄는 이질적인 불청객으로 변신하다니! 이탈리아에서 흔히 볼 수 있는 이민자들은 해변이나 기차역에서 자질구레한 장신구를 팔며 불법체류자에 가까운 삶을 최대한 열심히 연명했다. 그들을 점잖게 대하는 사람들도 있고 아닌 사람들도 있었다. 그들은 사실상 범죄자인 경우도 있고 아닌 경우도 있었다. 하지만 그들이 사회 속으로 섞여 들어갈 가능성은 0퍼센트였다. 어딜 가든 무얼 하든 사람들의 시선이 그들을 따라다녔다.

두 성직자는 카운터와 가장 멀리 떨어진 테이블에 자리를 잡고 마실 음료를 주문했다. 차와 커피가 아니라 오렌지주스였다. 로자와 내가 가서 주스 두 잔과 우리 몫으로 카푸치노 두 잔을 주문했다. 보이지는 않지만 피부로 느껴지는 익숙한 얼음 장막이 우리 둘 사이에 드리워져 시선을 가로막았다. 키가 작은 남자는 나를 흘끗 쳐다보고는 오렌지를 반으로 잘라 주스기에 넣었다.

"당신은 나를 멍청하다고 생각하지?" 로자는 내가 아닌 다른 데를 보며 조용히 말했다.

"설마."

"아냐, 맞아. 당신은 전부터 나를 멍청하다고 생각했어. 단지 나보다 영어를 잘한다는 이유로, 나는 중퇴했지만 당신은 대학 졸업장이 있다는 이유로. 하지만 나는 당신보다 세상 사람들을 더 잘 알아. 잠깐 동안이나마 평범한 사람으로 지내고 싶어 하는 저 두 분의 심정을 이해하지 못한다면 당신이 멍청한 거야."

"당신이 너무 불손하게, 너무 격식 없이 대하니까 그렇지."

"나는 충분히 예의를 갖추고 있어. 두 분은 호들갑을 원치 않는다는 거 모르겠어?"

"이건…."

키가 작은 남자가 고개를 들었다. 우리가 나눈 대화의 어떤 대목이 그의 귀에 꽂힌 것이었다. 그의 머리 위에 달린 TV에서는 축구경기 대신 뉴스 속보가 흘러나왔다. 나는 열심히 들여다보았지만 바티칸 시티에서 나온 다급한 보도는 없었다. 지금쯤이면 경호팀에서 교황과 달라이라마가 사라졌다는 사실을 알아차렸을 텐데 이상했다. 7시 30분에 공식 조찬이 예정되어 있었다. 지금쯤은 소식이 전해졌어야 맞다. 경보가 울리고 수색대가 꾸려지고 경찰차가 로마를 질주해야 맞다. 왠지 모르게 느낌이 좋지 않았다.

주스가 완성되자 로자가 테이블로 들고 갔다. 그녀가 다시 왔을 무렵에는 에스프레소 기계가 듣기 좋게 쉭쉭거리고 있었다. 우리는 달달한 페이스트리를 네 개 주문했다.

그녀가 기계의 소음에 덮여 잘 들리지 않도록 언성을 낮추고 거칠게 속삭였다. "나도 저분들이 누군지 당신 못지않게 잘 알아. 완벽하게 안다고!"

잠시 후에 우리는 누가 계산하는지를 놓고 티격태격했다. 내가 미리 생각해놓은 한 가지가 있다면 현금을 넉넉히 챙기는 것이었기 때문에 바지 주머니에서 두툼한 현금 다발을 꺼냈다. 그러자 그녀가 내 현금을 옆으로 밀치며 말했다. "나 돈 많아. 내가 낼 거야."

"나도 이제 웬만큼 벌고 있어."

"상관없어. 내가 낼 거야."

그녀는 10유로짜리 지폐 두 장을 카운터에 턱 내려놓고 키가 작은 남자에게 거스름돈은 필요 없다고 하고 성큼성큼 테이블로 돌아갔다. 나는 뒤에 남아서 통에 담긴 냅킨을 챙겼는데, 바로 그

때 남자가 말했다. "저 여자분, 세네요." 나를 대하는 그의 눈빛이 이제는 험상궂지 않았다.

"너무 세죠." 내가 답해줬다.

그는 요즘 시대에 센 여자와 지내면 장점도 있고 단점도 있다고 암암리에 자기 의견을 피력하고 싶은 듯이 눈썹을 들었다가 내렸다.

나는 무슨 말인지 정확히 안다는 뜻에서 고개를 끄덕였다. 그냥 하는 말이 아니라 진짜였다. 나는 로자를 만나기 전에 모든 걸 내게 맡기고 조금이라도 화근이 될 만한 말이나 행동은 절대 하지 않을 만큼 상냥하고 유순한 여자친구를 연달아 사귀었는데, 꼭두각시와 함께 다니는 심정이었다. 그런 여자는 싫었다. 나의 어머니는 강인하고 대담하며 용감하고 에너지가 넘쳤고 따지는 것을 좋아했다. 배우자감으로 하녀가 아니라 동등한 파트너를 원하도록 나를 키웠다.

일행이 기다리는 곳으로 돌아가 보니 교황이 진열된 초코바를 빤히 쳐다보고 있었다.

나는 다른 테이블에 손님이 없는지 확인하고 조용히 말했다. "희한하네요. 교황님이 행방불명이라는 보도가 없어요. 공식 조찬이 예정된 시각으로부터 30분이 지났는데 말이죠."

"희한할 것 없어." 말하는 교황의 아랫입술 근처에 붙인 수염에는 페이스트리 부스러기가 묻어 있었다. 로자가 손을 내밀어 털어주자 그는 고맙다고 인사했다. "공황상태가 벌어지지 않도록 처음에는 조용히 대처할 거야. 터널이나 뭐 그런 데로 내려갔다가 길을 잃었거나 메탄가스를 마시고 기절했거나 문이 닫혀서 갇혔길 바라면서. 정말 어쩔 수 없는 상황이 되면 그때서야 공표하겠지."

달라이라마가 고개를 끄덕이자 큼지막한 선글라스는 콧잔등을 타고 흘러내렸고 흉측한 가발이 헝클어졌다. "어려운 수행이 되겠군요."

로자가 물었다. "그게 무슨 뜻이에요, 텐진? '수행'이라는 단어 말이에요. 저희 딸이 그 단어를 가끔 그런 식으로 쓰더라고요. 요전 날에는 저더러 '사랑이 때로는 어려운 수행이 될 수도 있어'라고 하지 뭐예요."

달라이라마는 부분 가발을 풀로 고정한 이마 꼭대기를 긁었다. "온갖 것들이 수행이에요. 챙겨야 하는 가족이 있으면 그것이 수행이죠. 결혼생활을 하고 있으면 그것 또한 수행이고요. 병이 들거나 나이가 많거나 돈이 많든 적든 괴로운 일이 생기든 즐거운 일이 생기든 모두 수행이에요. 사람들이 우리 때문에 걱정이 생겼으니 아주 어려운 수행을 하게 된 거죠. 어쩌면 겁에 질렸을지 몰라요. 큰일 나는 건 아닌가 걱정하고요." 그는 재미있다는 듯이 웃음을 터뜨렸다.

"하지만 무엇을 위한 수행인가요?"

"강인한 마음가짐이요."

로자는 자기 몫의 폭신한 페이스트리를 반으로 찢었다. "그거 마음에 드네요. 제가 이 남자의 아내로 지내느라 평생 어려운 수행을 많이 쌓았거든요." 그녀는 팔꿈치를 옆으로 내밀어 나를 가만히 찔렀다. 나는 우리의 이런 패턴을 거의 잊고 있었다. 싸우고 싸우고 또 싸우고. 그렇다, 우리는 싸우는 데 도사였다. 하지만 화해하는 데에도 도가 텄다. 안나 리자는 어렸을 때는 그걸 불편하게 받아들였지만 나중에는 웃어넘겼다. "두 분을 보는 게 서커스보다 더 재밌다니까요?"

나는 미소를 지으려고 했지만 잘 되지 않았다.

로자가 그걸 알아차렸다. "아우, 그만 좀 걱정해. 최악의 사태가 벌어지면 어떻게 되는데?"

"최악의 사태가 벌어지면? 내가 교회에서 잘리고 납치범으로 철창신세를 지겠지."

"정말이지 어려운 수행이 되겠군요." 달라이라마가 명랑한 목소리로 말했다.

로자가 말했다. "교황님이 그렇게 되도록 내버려두실 리 없잖아. 그렇죠, 교황님?"

교황은 가타부타 없이 어깨를 으쓱했다. 그가 잘 치는 장난이었다. 나만 빼고 다들 씩 웃었다. "위대한 성인들 중에서도 철창신세를 지신 분들이 많았지. 그것이 자네의 영적인 발전에 도움이 될지 몰라, 사촌."

다들 또다시 웃음을 터뜨렸다. 동참할 수 없던 나는 살짝 미소를 머금고 카운터 뒤에 서 있는 남자를 흘끗 쳐다보았다. 남자는 의아해하며 우리를 열심히 관찰하는 눈치였다. 그의 머리 위에 달린 TV 화면이 또다시 사기극 추문에 휩싸여 수사를 받게 된 실비오 베를루스코니의 얼굴을 비추고 있었다. 난파당하더라도 거의 아무런 타격 없이 탈출해 승승장구하며 인생을 순항하는 사람들도 있는가 하면 나 같은 사람들도 있었다.

"저한테 훌륭한 가톨릭교도의 조건이 뭔지 얘기하시려던 참이었죠." 로자가 교황에게 말했다.

그는 특유의 다정한 눈빛으로 그녀를 쳐다보고는 잠시 고민에 잠겼다. 그가 입술을 실룩이자 가짜 콧수염이 옆으로 꿈틀거렸다. "지금 당신의 팔로 따뜻한 햇살을 느낄 수 있듯 하느님의 사랑을 느낄 수 있는 삶을 사는 사람이 훌륭한 가톨릭교도지요." 그가 말했다.

"저는 해당사항 없네요." 그녀가 말했다.

"그럼 하느님이 주신 남은 시간 동안 그걸 느낄 수 있도록 노력을 기울여 봐요. 예쁜 딸을 키우고 성공적인 사업체를 일구는 데 노력을 기울였듯이."

"그러니까 매주 일요일마다 다시 교회를 찾으라는 말씀이죠?" 그녀가 물었다.

"그게 1순위는 아니에요." 교황이 말했다.

"그럼 뭐가 1순위인가요? 기도요?"

"기도에는 여러 종류가 있죠. 날마다 조용히 살아 있음의 신비에 대해 묵상하는 시간을 가지는 것도 기도가 될 수 있어요."

그녀가 웃으며 말했다. "어려운 수행이네요. 저처럼 바쁜 사람한테는요."

"맞아요, 하지만 시도해봐요." 달라이라마가 끼어들었다.

바로 그때 문이 열리면서 손을 잡은 남녀 손님이 들어오자 우리는 에스프레소 기계가 다시 작동될 때까지 말없이 먹는 데 집중했다.

달라이라마는 까만 선글라스 너머로 로자를 물끄러미 바라보았다. 렌즈로 덮여 두 눈이 잘 보이지 않았지만 그녀를 향한 애정과 깊은 연민이 느껴졌다. 그가 나지막이 물었다. "뭐가 더 중요하겠어요? 정신없이 돈을 많이 벌고 많은 것을 소유하는 것과 이번 생애에서 깨달음을 향해 조금씩 움직이는 것, 둘 중에서 말이에요."

로자가 대답을 하려고 했지만 두 연인이 우리 근처 테이블에 자리를 잡고 앉았기 때문에 깨달음에 관한 이야기는 잠깐 유보됐다. 우리는 말없이 남은 음식을 먹었다.

뜨거운 태양 아래로 나서 마세라티에 올라타고 다시 동쪽 오르막길을 달리는 내내 달라이라마의 질문이 허공에 맴도는 느낌이었다. 그가 한 말에 대해 생각하는 동안 세상이 우리를 최면 상태로 붙잡아놓고 있는 듯했다. 돈, 지위, 소유, 안락함, 소위 말하는 안정감. 우리는 그런 것들을 신처럼 떠받들었다. 그 신을 숭배하는 데 가진 재능과 에너지를 모조리 쏟아 부었다. 교황과 달라이라마는 질문과 암시와 연설을 통해, 그들이 사는 방식을 통해 그런 식의 숭배에 어떤 문제점이 있는지 계속 경고하고 있었다. 그런데 우리는 귓등으로 듣고 있던 것이다.

∞ 13 ∞

이탈리아의 척추는 툭 튀어나온 길고 구불구불한 산맥으로 이루어져 있고 그중 일부는 높이가 해발 2,700미터도 넘었기 때문에 동서 간의 이동이 계절에 따라, 아니면 출발지와 목적지에 따라 복잡해지거나 아예 불가능했다. 내가 그걸 아는 이유는 어린 시절에 부모님과 자주 여행을 다녔기 때문이지만, 최근 들어 딸아이가 로마에서 북동쪽으로 4시간 거리에 있는 리미니라는 아드리아 해안의 도시로 이사를 했기 때문이기도 했다. 딸을 만나려면 이탈리아 내륙의 위험천만한 커브길을 지나야 했고 겨울에는 눈으로 폐쇄되지 않은 도로를 찾느라 몇 시간씩 다른 길로 우회해야 했다.

어릴 적부터 여행을 좋아했던 나는 딸을 만나러 가는 길이 좋았고, 중앙의 고원지대로 향할 때면 마음이 즐거웠고 가족 간의 정과 이 나라에 대한 소속감과 좋은 일이 나를 기다리고 있는 듯한 예감을 느꼈다. 로자와 별거하기로 결정하기 직전과 직후의 우울했던 시절에도 가끔 토요일 아침이면 차를 몰고 정처 없이 고지대로 떠나곤 했다. 외딴 트라토리아(이탈리아의 식당 종류 중 하나)에서 점심을 먹고 산책을 하고 다시 집으로 돌아왔다. 산을 통한 치유였다.

나는 그날도 그 비슷하게 기분이 좋아지길 기대했다. 고지대로 들어선 순간 그 전끼지는 있는 줄도 몰랐던 차원의 불안감에 사로잡혔다는 것을 깨달았기 때문이었다. 체포돼 교황의 야심만만한 모험이 조기에 막을 내릴지 모른다는 불안도 있었고, 교회에서 잘리면 안 된다는 걱정도 있었고, 과거로 멀찌감치 내쳐진 줄 알았던 로자와 나 사이의 갈등이 재점화된 데 따른 불안도 있었다. 그리고 내 무의식을 구불구불 관통하며 든든한 기반암을 조용히 무너뜨리는, 차갑고 정체를 알 수 없는 강물 때문이기도 했다. 나도 진심으로 마음 푹 놓고 풍경과 짜릿한 모험과 훌륭한 여행 친구와 완벽한 7월 초의 날씨를 즐기고 싶었지만 내 안 깊은 곳에서 뱀처럼 움직이는 이 싸늘한 물줄기를 느낄 수 있었다. 그 물결에 실려 영원한 변화의 계기가 될 어떤 만남이나 사건을 향해 다가가는 느낌인데, 변화의 결과가 내 마음에 들지는 자신 없었다.

그래도 나는 잠시나마 경치에 집중하며 긴장을 풀어보려고 최선을 다했다. 도로 양쪽으로 포도원과 올리브 과수원이 이어졌고 그 너머는 빨간색 기와를 인 갈색 흙집, 다리, 교회, 공장 굴뚝이 옹기종기 모여 있는 조그만 마을이었다. 솜사탕 같은 구름이 머리 위를 지나갔고 햇살은 고요하고 편안했다. 모든 호흡을 만끽하고 아름다움에 젖고 친구들과 함께 테이블에 둘러 앉아 와인을 마시고… 세상 그 어디에서도 맛볼 수 없는 음식을 먹는 것이 살아 있는 유일한 목적처럼 느껴지는 그런 날이었다.

로자는 평온해 보였다. 그녀는 커피를 마시면 기운이 샘솟고 흥분하는 것이 아니라 정반대가 됐다. 운전대를 잡지 않은 손으로 뭘 두드리거나 다이얼을 돌리거나 길고 까만 머리를 쓸어 넘기지 않고 그냥 무릎 위에 얹어 놓았다. 그녀가 손가락 두 개로 운전하며 적당한 속도로 달리는 동안 뒷좌석에서는 아무런 대화도 오가지 않았다. 슬쩍 뒤를 훔쳐보니 교황과 달라이라마는 각자 자기 쪽 창 밖을 물끄러미 내다보며 기도를 하느라 여념이 없는 듯했다. 아니면 교황이 말한 것처럼 '살아 있음의 신비에 대해 묵상'을 하며 쉬고 있을지도 모를 일이었다.

걱정을 짊어진 사람은 나뿐인 듯했다. 추월차로로 지나가거나 로마 쪽으로 내리막길을 달리는 경찰차가 보일 때마다 나는 파란 색 경광등이 켜지거나 클랙슨 소리가 들릴까 봐 조마조마했다.

하지만 그때 문득 즐거운 생각이 떠올랐다. "이 차가 추적당할 일은 없겠네." 나는 로자에게 말했다.

"뭐?"

"이 차가 추적당할 일은 없겠다고. 교회에서 내가 꾸민 짓이라고 의심하거나 나를 당신과 연결 짓더라도 이 차가 아니라 당신 차를 찾을 거 아냐."

"당신, 이해하는 속도가 좀 느리구나?"

"당신은 그걸 진작 생각하고 있었단 말이야?"

"당신 전화를 끊고 3초 뒤에 생각했는데."

"이 차를 누구한테 빌렸어?"

"카를로 만치니."

"카를로 만치니? 그 카를로 만치니? 마리오의 가게 벽에 사진이 걸려 있었던? 마르첼로 마스트로이안니 이후로 가장 유명한 이탈리아의 섹스 심볼?"

"우리가 그 사람을 전담하는 헤어스타일리스트기든."

"그 머리가 염색한 거야?"

"누가 염색한 거래? 나는 그런 말 한 적 없는데."

"하지만 염색한 거 맞지? 그 사람도 흰머리가 생겼어?"

로자는 나를 쳐다보더니 외마디 폭소를 터뜨렸다. "카를로 만치니가 늙으면 인간은 누구나 늙는다는 뜻이 되지? 그리고 그건 감당할 수가 없지? 그러면 천만 명의 이탈리아 여자들이 사랑하는 남편 아래에서 오르가슴을 느낄 수 없을 테니까."

"이번 여행에서는 그런 식으로 얘기하지 말아줄래?"

"왜? 내가 그런 얘기하면 예전에는 좋아했잖아. 게다가 내가 하려는 얘기는 섹스가 아니라 청춘에 대한 집착이고. 그리고 섹스에 대한 얘기였다 한들 그게 어때서? 섹스는 우리 삶의 일부분이잖아. 나로 말할 것 같으면 그걸 굶은 지… 우리가 별거한 지 얼마나 됐지?"

"6년."

"그럼 6년째네. 당신 그동안 한 적 있어?"

"당연히 없지."

"바람피운 적 없다고?"

"없어." 이런 대화를 나누다 보니 희미한 옛 기억이 또 하나 되살아났다. 아내의 불같은 질투심이 생각났다. 나는 한창 때도 딱히 미남이었다고 할 수 없지만 왠지 모르게 내게 매력을 느끼는 여자들이 많았다. 그래서 친구들 중에는 여자가 많았는데, 로자는 그걸 탐탁하게 여기거나 나를 전적으로 믿은 적이 없었다.

하지만 사실 나도 그녀와 남자인 친구들과의 관계를 그 못지않게, 어쩌면 그녀 이상으로 질투했다. 그것이 우리의 결혼생활이 실패할 수밖에 없었던 또 다른 이유였을지 모른다.

"진짜? 다른 여자랑 잔 적 없다고?"

"응, 한 번도."

"하지만 우리 아직 젊은 나이 아니야?"

"그만해, 로자. 나 지금 카를로 만치니에 대해서 생각하는 중이야."

"관심 있으면 소개해줄게. 그 사람."

"그만해, 제발. 퇴폐적인 영화배우들이랑 어울리더니 못된 생각에 물들었네."

"당신 바람피웠구나. 느껴져."

"그만하라니까."

"바람피운 적 없다고 다시 한 번 얘기해봐."

"바람피운 적 없어."

"당신 영혼에 대고 맹세해봐."

"내 영혼에 대고 맹세해. 믿음을 잃어버린 사람은 내가 아니라 당신이야. 뒷좌석에 누가 타고 있든 상관없이 섹스에 대해 계속 떠들어대는 사람도 당신이고. 영화배우와 어마어마한 갑부들과 어울리는 사람도 당신이고."

"그 중 몇 명은 아주 훌륭한 사람들이야."

"그렇겠지."

"하지만 우리 재미있게 지내지 않았어? 당신이랑 나 말이야."

"그만하라니까."

하지만 로자는 그만하는 대신 백미러를 흘끗 쳐다보았다가 다시 도로 쪽으로 시선을 돌리며 말했다. "조르조, 방해가 된다면 죄송하지만 여기 이 앞좌석에서 오간 대화를 감안했을 때 괜찮으시다면 좀 전에 했던 얘기로 돌아가고 싶은데요. 훌륭한 가톨릭교도의 조건과 기타 등등에 대해서요.”

“그럼요, 로자. 좋지요.”

“예를 들어 금욕의 문제만 해도 잘 모르겠거든요. 제가… 파울로와 같이 살았을 때만 해도 저는 섹스를 아주 좋아했어요. 아주 많이요. 제가 그런 얘기를 한다고 눈살 찌푸리지 않으셨으면 좋겠지만.”

“전혀요.”

“섹스를 하면 살아 있는 기분을 느낄 수 있었어요. 가끔은 사랑받는 기분을 느낄 수 있었고 또 가끔은 일을 하거나 아이를 키우느라 힘든 하루를 보낸 뒤에 그냥 편하게 쉬는 수단이었고요.”

“애초에 아이가 생긴 것도 그 덕분이지요.”

“맞아요. 그렇죠. 아시다시피 그 아이는 저희 일생일대의 사랑, 아름다운 피조물이죠. 그러니까 대답해주세요, 하느님이 그걸 천대하는 이유가 뭔지.”

“주님은 아무것도 천대하지 않아요. 부부 간의 육체적인 사랑은 죄가 아니에요. 어떤 교리에서도 그렇다고 하지 않아요.”

“그렇죠, 하지만 사제들은 금욕적인 생활을 해야 하잖아요. 왜 그렇죠? 그게 어떤 메시지를 암시하잖아요. 하느님과 가까워지려면 섹스를 포기해야 한다는.”

교황은 힘주어 외쳤다. “아니에요, 아니에요! 그냥 이 땅에서 누리는 쾌락은, 특히 성적인 쾌락은 너무 강렬하고 너무 지배적이라 주님에게 관심을 기울일 여지가 줄어들어서 그렇지요.”

“하지만 제 경우에는 주님에게 관심을 기울일 여지가 늘어났는

걸요. 파올로와 사랑을 나눌 때만큼 주님과 가깝게 느껴진 적이 없었어요. 아니면 그 이후만큼. 그런데도 임신이 목적이 아닌 경우에는 죄책감이 느껴졌어요. 우리가 결혼한 사이가 아니었다면 저는 성토를 당했을 테니까요. 이런 것 때문에 제가 교회에서 멀어졌어요."

다시 어색한 침묵이 흘렀고 나는 다시 뺨 안쪽을 씹었다. 로자는 일단 시동을 걸었다하면 이런 식으로 멈출 줄 몰랐다. 나도 모르게 여기서 도망칠 수 있는 방법을 상상하기 시작했다. 도로변 카페로 들어가… 뒷문으로 몰래 나와 다른 차를 얻어 타고 로마로 돌아간다. 차멀미가 난다고 통사정해 몇 시간 동안 벌판에 앉아 있는다. 연락선을 타고 알바니아로 넘어가 술집에 취직해 맥주를 따른다. 이들 모두를 데리고 자수한다.

"나도 그 비슷한 얘기를 자주 들어요." 교황이 말했다. 목소리를 들어보니 심란해하고 있다는 것을 알 수 있었다.

나는 아내에게 속삭였다. "당신 변호사야? 교황님 좀 그만 괴롭혀. 쉬러 나오신 거지 고문을 당하러 나오신 게 아니잖아."

"무슨 헛소리야." 로자는 마주 속삭이고 정상적인 성량으로 말했다. "이런 말씀 어떨지 모르겠지만 그게 사람들을 교회에서 쫓아내고 있어요. 현대 사회에서는 피임 논란이 음, 섹스에 반대하는 입장인 것처럼 느껴지거든요. 교황님께 이런 얘기한 사람 없었어요?"

"이렇게 길게 얘기한 사람은요."

"하지만 무슨 뜻인지 이해하시죠?"

교황은 다시 잠깐 뜸을 들인 뒤에 말했다. "내가 사랑하는 교회의 오랜 전통과 현대 사회의 이런 고민 사이에서 괴로울 때가 많아요. 어쩌면 주님께서 내게 개인적인 차원에서 좀 더 그런 문제를 고민해보라고 우리를 이런 식으로 한 자리에 모으셨을지도 모르겠네요."

"그것 봐." 로자가 나를 향해 말했다. 이제는 들리지 않게 언성을 낮출 생각도 하지 않았다. "어쩌면 주님이 교황님과 허심탄회하게 대화를 나눠보도록 나를 이번 여행에 동참시키셨을지 몰라. 거기에 대해서는 어떻게 생각하시나, 내 사랑?"

"나는 가끔 여자들이 나오는 꿈을 꿔요." 달라이라마가 갑자기 그녀의 뒷자리에서 말했다.

로자가 외쳤다. "할렐루야! 두 분이 기분 나쁘게 듣지는 않으셨으면 좋겠지만 어쨌든 할렐루야! 아, 그러고 보니 기억나요. 어느 인터뷰에서 여자들이 나오는 꿈을 꾼다고 얘기하셨던 걸 읽은 기억이 있어요. 멋져요!"

"그럼 꿈속에서 나한테 얘기하죠. 안 돼, 텐진, 너는 승려야. 여자와 함께 누리는 즐거움은 이번 생에서는 네 것이 아니야."

하지만 로자는 물러서지 않았다. 끈질기게 물고 늘어졌다. "저는 정말이지 진심으로 이해가 안 돼요. 뭔가 좋은 게 있으면 그걸 통해 하느님께 아니면 신의 섭리인가 뭔가 하는 것에 더 가까워져야 맞는 거 아닌가요? 그렇지 않으면 좋은 게 아니죠. 섹스는 제게 식사와도 같아요. 자연스러운 충동이자 생리적 욕구예요. 그것 없이 살 수 있는 사람도 있겠지만."

뒷좌석에서는 아무 대꾸도 없었다. 사제의 정적이었다. 로자는 기대하는 눈빛으로 도로에서 백미러 쪽으로 두 번 시선을 옮겼다.

한참 만에 달라이라마가 분란을 초래할까 싶어 걱정하는 사람처럼 조심스럽게 말을 꺼냈다. "우리 기준에서는 피임은 나쁜 게 아니에요."

"그래요?"

"우리 기준에서는 가족 간의 사랑이 수련에 아주, 아주 중요해요. 승려들이 '중생'이라 불렸던 평범한 사람들도 깨달음을 얻을 수 있느냐고 물었을 때 부처님은 이렇게 대답하셨지요. '한 명도 아니고 백 명도 아니고 셀 수 없을 만큼 많은 중생이 깨달음을 얻는다.'"

"그리고 섹스도 하고요." 로자는 의기양양하게 따지고 들었다.

"내가 알기로 부처님은 섹스에 대해서 별로 말씀을 많이 하지 않으셨어요."

"예수님도 그래요! 제가 사춘기 시절에 성서를 구석구석 뒤졌거든요. 다른 사람들은 어쩌고저쩌고 했는데 예수님은 안 그랬어요. 간음을 저지른 여자를 잡았을 때 다른 사람들은 흥분했는데 예수님은 안 그랬고요!"

"진정해, 로자."

"이건 나한테 중요한 문제야, 파올로. 안나 리자한테도 중요한 문제라고 생각하고. 약 5,000만 명에 달하는 이탈리아 여자들한테도. 약 10억 명에 달하는 가톨릭교도들에게도. 피임을 하지 않으면 아이를 한 명이나 두 명이나 여섯 명을 낳은 뒤에 더 이상 낳

고 싶지 않으면 걱정 없이 섹스를 할 수가 없어. 난 그게 이해가 안
돼. 그리고 낙태를 하고 싶지 않으면 피임을 하는 게 자연스러운
수순 아니야?"

숨 막히는 정적이 또다시 뒷좌석을 덮었다. 사실 나도 로자만
큼이나 섹스가 그리웠다. 젊었을 때처럼 격렬하고 모든 이성을 무
너뜨리는 충동을 느끼지는 않았지만 아직 욕구는 남아 있었다.
육체적인 측면에서뿐 아니라 다른 인간과 누리는 그 정도의 친밀
감, 외로움을 물리치는 그 엄청난 무기가 그리웠다. 나는 딱히 누
구에게랄 것은 없지만 사촌이 대답해주길 바라며 이렇게 말했다.
"만약 금욕하면 다른 종류의 친밀감을 느낄 수 있지 않을까? 하느
님하고?"

"그렇지." 교황이 말했다.

로자가 물었다. "하지만 양쪽 모두를 동시에 누릴 수는 없나요?
하느님과의 친밀감을 다른 인간하고도 느끼면 안 되나요?"

우리는 빨간 신호등 앞에서 멈추어 섰다. 옆 차에 타고 있던 아
이 둘이 차창을 때리며 오만상을 찌푸렸다. 우리를 놀리는 듯했
다. 교황이 헛기침을 했다. 이윽고 달라이라마가 말했다. "실컷 섹
스를 하는 생애를 몇 번 누리고 나면 그게 전처럼 중요하지 않은
생애가 찾아올지 몰라요. 진수성찬을 먹고 난 뒤에는 밥 생각이
뚝 끊기듯이. 그럼 만족스럽게 금욕적인 삶을 살 수 있을지 몰라
요. 나처럼."

"생애가 여러 번 반복된다니 여러 모로 와닿네요." 로자가 말
했다.

"네, 그렇지요…. 그리고 어쩌면 진짜로 그럴지 몰라요."

교황은 침묵을 지켰다. 내가 느끼기에는 껄끄러운 침묵이었다. 바로 그런 침묵만큼은 피하고 싶었건만! 나는 전적에 비추어보았을 때 가망이 없는 일인 줄 알면서도 가톨릭교도의 성 논리를 향한 아내의 고귀한 연구가 일시적으로나마 소강상태로 접어들길 꼬박 기다렸다. 물론 나도 그녀의 생각에 동의했다. 다만 그녀가 선택한 대화 상대와 타이밍이 심란할 따름이었다. "배고프신 분?" 내가 물었다.

로자가 대답했다. "나. 커피 마셨더니 배고프다."

달라이라마가 불쑥 말했다. "지진이 났던 곳에 가보고 싶어요. 거길 꿈에서 봤는데 정확한 지명은 모르겠네요."

교황이 말했다. "라퀼라. 이 근처예요. 그렇지요, 로자?"

로자는 고개를 끄덕였다. "이 길을 따라서 조금만 가다 보면 나와요. 파올로하고 제가 결혼기념일에 거기서 근사한 식사를 했죠. 기억나? 그 식당을 찾을 수 있을 것 같은데…."

"이 '라퀼라'가 무슨 뜻인가요?"

교황이 말했다. "이탈리아어로 '독수리'라는 뜻이에요. 유명한 곳이죠. 오래됐고. 나도 가서 그곳의 고통스러워하는 영혼들과 함께 기도를 해야겠다고 생각했었는데 당신이 얘기를 끼내다니 신기하네요, 텐진."

"이번에는 공개적으로 기도하시는 거 아닌데요, 교황님." 내가 짚고 넘어갔다.

"그냥 조르조라고 부르라니까. 그래, 맞아. 나도 알아. 그래도 가고 싶어. 혼자서 기도해도 좋으니까 가서 보고 싶어."

로자가 말했다. "후회하실 텐데요. 제 말 믿으세요. 제가 얼마 전에 주말에 아브루초로 출장 가는 길에 거기 들렀거든요. 아무라도 보고 싶어 할 만한 광경이 아니었어요."

$$\infty \; 14 \; \infty$$

내 사촌이 교황으로 선출되기 4년 전인 2009년 4월 6일에 어마어마한 지진이 라퀼라라는 중세 도시를 강타해 300여 명의 목숨을 앗아가고 6만 명을 노숙자로 만들었다. 그 당시 이 나라의 총리였던 언론계의 억만장자 실비오 베를루스코니는 집을 잃은 사람들에게 알아서 수습할 테니 걱정할 것 없다고, 주말 캠핑 중이다 생각하라고, 아니면 잠깐 바닷가에 가서 여행 온 척해도 된다고 그 유명한 명언을 남겼다. 정부에서 임시 거처를 마련하고 집을 새로 지어주겠다고 했다.

집이 아예 무너졌거나 손쓸 수 없을 정도로 망가진 수천 가구가 라퀼라 북쪽 경계선에 마련된 캠핑장으로 거처를 옮기거나 중세 도시를 아예 버리고 떠났다. 하룻밤 새 수천 개의 일자리가 사라졌다. 수십 개의 도로가 폐쇄됐다. 6년이 지난 지금 그 도시로 가까이 다가가 보니 생존자들에게 약속한 주택의 완공률이 얼마 되지 않았다.

엄청난 자연재해 이후에 이해가 안 되고 심란한 사건들이 연달아 벌어지면 사랑했던 나라의 분별력을 믿지 못하게 된다. 일례로 여섯 명의 정부 소속 지진 전문가들이 근무 태만으로 고발당했는데 죄목이 지진을 예측 못했다는 것이었다. 그들은 재판에서 과실치사로 유죄 판결을 받고 복역했지만 1년 뒤에 판결이 번복됐다. 낡은 건축 관행과 부적절한 자재의 감사가 시작됐고 거액의 원조금이 넘어가는 과정에 마피아가 개입됐다는 소문이 돌았다. 그 소문은 아마 사실이었을 것이다. 하지만 또 한편에서는 이탈리아 국민과 기업이 엄청난 인정을 발휘했다. 베를루스코니도 생존자들에게 자기 집 몇 채를 쉼터로 제공했다. 휴대전화 업체에서는 요금 부과를 유예했다. 인근 고속도로에서는 몇 달 동안 요금을 받지 않았고 학생들에게 철도 무료 이용권이 지급됐고 라퀼라 주민들은 연방세와 주택담보대출 상환을 면제받았다.

가톨릭교회의 의식과 관행에 철저하게 지배를 받는 나라에서 희생자 대부분의 장례가 성 금요일(부활절 전의 금요일로 예수가 십자가에 못 박힌 날을 기억하기 위한 날이다-옮긴이)에 국장으로 치러졌다는 것은 섬뜩한 우연의 일치였다. 개신교회, 유대교회, 이슬람교회에서도 예배가 열렸고 잠깐 동안 거국적인 단결이 사소한 다툼을 이겼다.

한 마디로 라퀼라 지진을 통해 이탈리아의 가장 훌륭한 부분과 가장 못난 부분이 공개됐지만 그 충격은 아직까지 깊고 깊은 상처로 우리 곁에 남아 있었다.

우리 넷은 침묵 속에 아브루초주의 구불구불한 산길을 지나 폐허가 된 도시로 다가갔다. 이번에는 어색한 침묵이라기보다 경건한 침묵에 가까웠다. 아직까지 상황이 엉망이라 라퀼라 중심지로는 개인 차량의 접근이 통제됐다. 우리는 1킬로미터 밖에 주차하고 라퀼라 쪽으로 오르막길을 걸어가며 좋았던 시절 로자와 내가 결혼기념일에 근사한 식사를 했던 식당을 찾아나섰다.

인도가 좁다 보니 로자가 교황과 나란히 걷고 달라이라마와 내가 뒤에서 보조를 맞추게 됐다. 나는 그의 탄탄한 체구와 그 나이 답지 않은 유연성과 체력에 다시금 놀랐고, 교황과 함께 있을 때 종종 그랬듯이 기도로 점철된 삶과 건강하고 원기 왕성한 육체에 상관관계가 있는지 궁금해졌다. 그는 승복이 아닌 다른 옷에 적응하려고 애를 쓰며 천천히 걸음을 옮겼는데, 염주를 돌리는 걸 보고 그의 정체를 알아차리는 사람이 있을까 싶어 걱정이 됐다. 슬픈 광경이 우리를 맞이하고 그의 걸음걸이가 살짝 어색하기는 했어도 몸놀림이 느긋했고 손과 팔과 어깨에서는 평화로움이 발산됐다.

두말하면 잔소리지만 나는 그의 존재에 주눅이 들었다. 어느 누가 그렇지 않겠는가. 나는 반 블록을 걷는 동안 그럴듯한 얘깃거리가 없는지 고민하다가 말을 꺼냈다. "라퀼라는 제게 특별한 추억이 있는 도시랍니다, 성하."

"텐진이라고 불러줘요."

"네, 죄송합니다. 텐진. 저희 아버지는 미국인이었지만, 정확하게는 이탈리아계 미국인이었지만 어머니는 이탈리아인이었고 저는 이 나라에서 나고 자랐어요. 제 열여섯 번째 생일 때 부모님이 저를 데리고 라퀼라로 여행을 왔었어요. 그 이후에 아이를 갖기 직전에 로자와 함께 결혼기념일에 여길 찾았고요."

"가족 간의 사랑이 담긴 곳이로군요." 그가 말했다.

"저는 그 사랑을 많이 누렸죠."

그가 손을 뻗어 내 팔을 잡았다. 사랑이 넘치는 삼촌 같은 행동이었다. "우리는 영적인 삶에서 가장 중요한 요소가 가족 간의 사랑이라고 생각한답니다!"

"그렇게 말씀하시다니 조금 뜻밖인데요. 기분 나쁘게 듣지는 말아주셨으면 좋겠지만 스님이시라 명상, 단식, 고전 암기, 그런 걸 강조하실 줄 알았거든요."

그는 나를 돌아보았다. 무지막지하게 큼지막하고 시커먼 선글라스가 얼굴의 절반을 가리고 있어서 무슨 생각을 하고 있는지 파악하기가 쉽지 않았다. 그가 갑자기 웃음을 터뜨렸다. 나를 보고 웃는 듯했다. "나도 가족이 있었지요."

"네, 당연히 그러시겠죠. 제가⋯."

"내가 장남이었어요. 우리 부모님은 자식이 아홉이었고 우리 가족은 다툼 없이 지냈어요. 특히 우리 어머니는 인정이 많고 마음씨가 따뜻한 분이었답니다. 마음씨 따뜻한 어머니가 영적인 삶에 아주 중요해요!"

"로자도 그랬어요. 딸아이한테요. 최고의 엄마였죠."

"두 분은 부부지요?"

나는 고개를 끄덕였다.

"그런데 두 분 사이에 문제가 생겼지요? 골치 아픈 문제가?"

나는 다시 고개를 끄덕였다. "아주 오랫동안 아무것도 아닌 일로 티격태격했어요."

"아. 소설이로군요."

"네?"

"우리는 남들을 보고 소설을 써요. 저 여자는 이래, 저 남자는 저래. 봐, 저 여자는 늘 이렇잖아, 저 남자는 늘 저렇잖아. 이런 식으로 혼자 소설을 쓰기 때문에 현재 그 사람의 모습을 온전히 보지 못하죠."

대참사가 휩쓸고 간 현장이 눈앞으로 점점 다가오는 가운데 이 간단한 설교가 비수처럼 내 머릿속에 꽂혔다. 나에게도 당연히 로자를 주인공으로 써놓은 해묵은 소설이 있었다. 그녀는 앞뒤 가리지 않고 가끔은 경솔하며 말싸움을 좋아해서 같이 살 수가 없다는 것이었다. 그리고 나는 그것이 절대적인 사실이라고 거의 확신하고 있었다. 과거는 깨끗이 잊고 현재의 그녀만 보려고 노력해보라니 마음에 들지 않았다. 그때의 나에게는 너무 힘든 일이었다. 마음속 한 구석에서 삐딱한 반항심이 일었기 때문에 나는 달라이라마는 결혼생활에 대해 아는 게 거의 없다시피 하지 않으냐고, 그런 사람은 그 분야에 대해 이래라저래라 할 자격이 없을지 모른다고 나 자신을 설득했다.

우리는 천천히, 평화롭게 걸어갔다. 교황은 우아한 비즈니스 정장 차림으로, 로자는 무릎 길이의 은색 원피스를 입고 저만치 앞서갔다. 나는 구부러지고 움직이는 그녀의 장딴지 근육을 보며 교황에게 노이로제에 걸린 남편을 주제로 투덜거리고 헐뜯으며 나에 대한 이야기보따리를 푸는 건 아닌지 궁금했다. 교황도 결혼에 대해 아는 것이 별로 없기는 마찬가지였지만 그래도 티베트에서 온 새로운 친구가 내 머릿속에 꽂은 얇고 날카로운 의구심의 칼날이 잘 떨쳐버려지지 않았다. 지금 이 순간의 그녀를 보자. 나는 생각했다. 지금 이 순간의 그녀를 보자. 부모님은 오랜 결혼 생활 내내 그럴 수 있었을까? 두 분은 로자와 나는 터득하지 못한 사랑의 비법을 알고 있었을까?

나는 말했다. "이 도시의 도심이 얼마나 아름다웠는지 기억해요. 500년의 역사를 자랑하는 건물, 교회, 성당, 조그만 가게들이 계속 이어졌어요. 그런데 지금은 보세요." 나는 앞쪽을 가리켰다. 100미터 떨어진 여기에서도 라퀼라의 잔해가 보였다. 공사용 크레인이 돌무더기 위에 우뚝 서 있는 흉측한 풍경이었다. 피해가 덜한 건물은 판지로 싸서 금속 리본으로 묶은 크리스마스 선물이라도 되는 양 철제 빔과 케이블에 매여 있었다. 비계 곳곳에 큼지막한 현수막이 걸려 있었다. '라퀼라의 부흥', '현대판 부활', '우리는 절대 굴복하지 않는다'라고 적힌 현수막이었다.

나는 자선 활동과 부패 혐의에 대해 장광설을 늘어놓았다. 마돈나가 엄청난 금액을 모금했는데 마돈나가 누군지 아세요? 그는 안다고 했다. "하지만 돈에 관한 한 뭐가 진실인지 누가 알 수 있을까요? 여기는 거짓말쟁이와 소문을 퍼뜨리는 사람들의 나라인 걸요."

그가 말했다. "참으로 슬픕니다. 고난이 너무 커요."

우리는 교통이 통제된 도심으로 들어섰다.

"영적인 충고를 한 마디만 부탁드립니다." 나는 속마음과 다르게 불쑥 이렇게 내뱉었다.

달라이라마는 내 어깨를 다시 꼭 잡았다가 놓았지만 시선은 여전히 내게 고정되어 있었다. 시커먼 렌즈에 가려서 홍채밖에 안 보이지만 흔들림 없고 고요하며 애정 어린 눈빛이었다.

"가끔 화가 날 때가 있지요?" 그가 물었다.

"네. 가끔이요. 하지만 심하게 화가 나거나 자주는 아니에요. 제가….."

"화가 나거나 할 때는 자존심이 고개를 드는지 살펴요. 알았지요?"

"네. 알겠습니다. 하지만….."

"흙에서 잡초가 자라듯 자존심으로부터 분노가 자랄 때가 많아요. 가끔 해가 뜨면 뱀이 기어나오는 것처럼 자존심이 발동하면 분노가 기어나오죠. 자존심이라는 뜨거운 태양이 뜨면. 알겠어요?"

"네."

"뱀은 항상 거기에 숨어 있어요. 보이지 않더라도 갑자기." 그는 한쪽 팔을 앞으로 번쩍 내밀었다. "자존심과 함께 기어 나와요. 알았지요?"

"네, 감사합니다."

"훌륭한 학생이에요." 그는 싱긋 웃으며 내 어깨를 토닥였다.

우리는 로자와 금발로 변신한 내 사촌과 몇 발짝 거리를 두고 조그만 언덕을 넘어 폐허가 된 라퀼라의 서글픈 심장부로 들어섰다. 온통 흙먼지와 크레인과 덤프트럭 천지였고, 중세시대에 만들어진 출입문은 구부러진 상자가 되고 오랜 역사를 자랑하는 벽에는 온통 금이 간 황량한 현장이 우리를 맞았다. 우리는 최면에 걸린 사람처럼 말없이 걸었다. 일그러진 이 도시의 새 얼굴이 기억에 농간을 부리는 바람에 몇 번 좌회전, 우회전을 하던 아내가 머리 높이로 쌓인 돌무더기를 가리키며 우리가 평생을 통틀어 가장 맛있는 식사를 했던 식당이 저기라고 선언했다. 그 행복했던 오후에 우리는 아이가 태어나길 기다리며 결혼기념일을 자축했다. 음식은 훌륭, 그 자체였다. 그런데 지금은 먼지를 뒤집어쓴 회색 돌무더기와 구부러진 철제 막대와 깨진 유리가 우리를 맞았다. 폐허를 응시하던 로자의 얼굴 위에서 눈물 한 줄기가 뺨을 타고 흘렀다. 옆에 서 있던 교황이 손을 뻗어 눈물을 닦아주었다. 나는 그녀가 "그날 우리가 얼마나 행복했었는지 기억나?" 아니면 "이걸 보니까 우리 결혼생활이 생각난다. 한때는 눈부셨지만 지금은 난장판만 남았잖아." 이런 말을 할 줄 알았다. 하지만 그녀는 가만히 서서 쳐다보며 소리 없이 눈물만 흘릴 따름이었다.

∞ 15 ∞

이제 배가 고팠고 한숨 돌릴 시간이 필요해진 우리 네 명은 폐허가 된 식당에서 벗어나 에전에는 중심기었지만 지금은 시멘드 먼지와 디젤 매연과 쓰레기 냄새가 나는 보도로 바뀐 곳을 향해 나란히 몸을 돌렸다. 식당 하나가 의기양양한 생존자처럼 길모퉁이를 떡하니 지키고 있었다. 짙은 색 나무로 내부를 꾸몄고 테이블이 여섯 개였다. 나는 문을 열고 들어가자마자 금전 등록기 위쪽 선반에 놓인 베니토 무솔리니의 조그만 황동 흉상을 보고 깜짝 놀랐다. 이탈리아에서는 성모마리아나 가끔 성 안토니우스의 동상이 놓이는, 눈에 가장 잘 띄는 자리에 그 흉상이 있었다. 일 두체(무솔리니의 칭호-옮긴이)와 나는 사연이 있었다. 이 남자의 이름이 등장하기만 해도 나는 소화불량의 기미를 느꼈다. 그의 얼굴이 등장하면 당장 눈에 들어왔다. 나는 역사학도 시절에 로자가 자칭 '무솔리니의 마술'을 주제로 논문을 쓰려고 했던 기억과 우리 부모님의 간략한 역사 강의, 아픔이 느껴졌던 두 분의 말투, 전쟁의 쓰라림과 참상을 떠올렸다.

"어서 오세요."

사장인지 웨이트리스인지 모를 40대 중반의 여자가 별로 반기지 않는 초췌하고 뚱한 표정으로 성의 없는 인사를 건넸다. 11시가 이제 막 지난 시각이라 우리가 점심 영업 시작 전에 너무 일찍 들어온 건가, 그녀의 휴식이나 주방장의 준비를 우리가 방해했나 싶었다.

우리는 창가 쪽 테이블로 안내를 받았다. 두 성직자는 말을 하지 않기로 했으니 내가 실례를 무릅쓰고 대표로 주문하기로 했다. 주문할 음식은 간단했다. 포모도로 파스타, 빵, 샐러드, 로자와 내가 마실 와인 한 잔씩이었다.

"이민자치고는 이탈리아어를 잘하시네요?" 여자가 말했다.

"이민자…." 내가 대답하려고 했지만 그녀가 다소 우악스럽게 말허리를 잘랐다.

"어디에서 왔어요? 모로코? 시리아? 당신 같은 사람들이 점점 많아지네요."

"메체그라요. 코모 호 근처."

"이탈리아 사람이에요?"

"시, 시(네, 네)." 나는 대답하며 이로써 그녀의 기분이 좀 풀리되 내 분장을 너무 유심히 들여다보지는 않길 바랐다. "메체그라 아세요?"

"알죠. 유명하잖아요. 비극의 현장으로. 거기서 태어났어요?"

"밀라노의 병원에서 태어났지만 어린 시절을 거기서 보냈어요."

그녀는 내 갈색 피부와 밋밋한 옷을 감안했을 때 내 짧은 약력이 믿기지 않는다는 듯이 흥 하고 콧방귀를 뀌었다. "그런데 이탈리아 출신의 미녀하고 여행을 다니네요." 우리 이탈리아 국민들은 칭찬을 잘하기로 유명하지만—얼마나 정이 많은지를 보여주는 또 다른 증거다—그녀가 칭찬하는 뜻에서 한 말인지 나로서는 확신이 가지 않았다. 적어도 나에 대한 칭찬은 아니었다. 로자는 미소를 지었지만 그녀도 숨겨진 뜻을 알아차린 눈치였다. 그녀가 멀어지자 로자는 내 눈을 들여다보며 조용히 속삭였다. "좀 못되게 군다, 그치? 이민자 출신인 내 남편한테 말이야."

나는 고개를 끄덕였다.

"메체그라가 왜 유명하다는 건기?" 교황이 물었다.

"무솔리니가 거기서 총살을 당했어요."

그의 얼굴이 험상궂게 일그러졌다. 그리고는 잠시 멈칫했다가 이야기를 꺼냈다. "아, 그렇지. 듣고 보니 기억이 나는군. 자네 아버지와 어머니가 여러 번 그 얘기를 했었어. 내가 늙나보네, 사촌."

내가 말했다. "그럴 리가요. 두 분 다 생김새도 그렇고 움직임도 그렇고 30대 후반으로 보여요. 제 나이가 두 배는 더 많게 느껴집니다."

두 성직자 모두 겸손하게 빙그레 웃었다. 우리는 목소리로 교황이나 달라이라마의 정체가 탄로 나지 않도록 대화 없이 최대한 점심을 두둑이 먹어두기로 했다. 하지만 시각이 시각인지라 다른 손님이 없었고, 내가 좀 전까지만 해도 불안해했던 걸 감안하면 이상한 일일지 몰라도 오랜 친구라도 되는 듯 편안한 분위기가 우리 넷을 감쌌다. 깨진 벽과 잔해 더미에서 흘러나오는 고통의 메아리가 우리를 지금 이 순간에 붙잡아놓았다. "카운터에 무솔리니 있는 거 봤어?" 로자가 내게 물었다.

"들어오자마자."

"좀 섬뜩하지 않아?"

부와 권력을 갖춘 남자답게 당당하게 앉아 있던 교황은 옷깃을 털고 넥타이 매듭을 조이고는 고개를 길게 빼서 흉상을 쳐다보았다. 여자가 카운터 뒤에서 그의 시선을 포착하고 음흉하게 미소를 지었다. 굳이 그 앞으로 가서 행주로 먼지를 털었다.

"정말 이상하네." 교황이 들릴락 말락 하게 말했다. 그는 다시 머뭇거리다가 입술을 오므리고 말했다. "요즘 들어 저이 꿈을 꾸고 있었거든. 우리 삼촌 중에 한 분이 그의 일당에게 죽임을 당했어요, 로자. 내가 얘기한 걸로 기억하는데요."

로자가 말했다. "맞아요. 그리고 파올로한테도 수천 번 들었어요. 아버님도 무솔리니에게 집착하셨고요. 아주 빈정거리는 말투로 그를 '위대한 베니토'라고 불렀죠. 어머님과 함께 장만한 코모 호숫가의 그 집, 파올로가 어린 시절을 보낸 그 집에서 무솔리니 처형장까지 거리가 몇백 미터밖에 안 된다는 걸 아이러니하다고 생각하셨고요. 어머님은 두 분이 거기서 행복하게 지내는 것이 먼저 세상을 떠난 오빠의 복수라고 하셨어요."

"우리는 어떤 사람들이 가끔 특정한 장소에 끌리는 이유가 전생이나 사랑하는 사람에게 거기에서 벌어졌던 일 때문이라고 봐요." 달라이라마가 조용히 끼어들었다.

교황은 환생이라는 발상을 갑자기 납득하게 된 사람처럼 고개를 끄덕였다. "내가 요즘 들어 이해하려고 하던 게 있는데 당황스럽기는 하지만 이 자리에서 여러분들에게 공개할게요." 그는 침을 삼키고 우리를 한 명씩 차례대로 쳐다보았다. "나는 지난 몇 달 동안 생생한 꿈을 꾸었어요. 이번 여행을 계획했던 이유 중에 그것도 있어요. 그 꿈에 담긴 메시지를 이해하고 싶은 것. 무솔리니가 그 꿈에 등장할 때가 많아요. 어딜 가리키거나 특유의 그 이상한 자세로 경례를 해요. 말은 한 마디도 하지 않아요. 내가 모르는 다른 사람들도 밤이면 밤마다 등장하고 또 등장해요. 사제복을 입은 여자들과 남자들이. 헬리콥터, 경찰차, 축구공도 보이고, 뭐라고 설명하면 좋을지 모르겠지만 공기 중에서 축복받은 무언가가 느껴져요. 그러나 눈을 뜨면 방 안에서 강력한 영이 느껴지고요. 무슨 꿈인지 이해하고 싶어서 기도를 얼마나 열심히 하고 있는지 몰라요. 또 다른 이상한 것들도 있어요. 내가…."

"우리는 꿈에 엄청난 힘이 있다고 봅니다." 달라이라마는 이렇게 얘기하다 말고 갑작스럽게 입을 닫았다. 그도 털어놓고 싶은 것이 있는 듯했다.

교황은 그를 향해 고개를 끄덕였고 내가 보기에는 좀 더 얘기를 하고 싶어 하는, 자신이 받은 계시에 대해 좀 더 부연설명하고 싶어 하는 눈치였다. 나는 그를 지켜보았다. 그는 스포트라이트에서 벗어나기라도 하려는 듯 이렇게 얘기했다. "성서에는 중요한 꿈이 여러 번 등장하지요. 셀 수도 없을 만큼 자주. 예를 들어 스가랴는 아들 세례 요한이 태어나기도 전에 그 아이에 대한 꿈을 꾸었어요. 요셉은 마리아가 낳는 아이가 하느님의 아들이라는 꿈을 꾸었고요. 빌라도의 아내는 예수를 석방해야 한다는 꿈을 꾸었죠."

"머리에서 신호를 보내는 거죠." 달라이라마가 말했다.

교황은 다시 고개를 끄덕였지만 지금까지 너무나도 편안했던 분위기와 다르게 묘한 순간이, 의미심장한 침묵이, 갑작스러운 어색함이 찾아왔다. 이윽고 그가 말했다. "하느님이 우리에게 뭘 알려주시려는 거죠."

"네, 우리는 거기에 주의를 기울여야 합니다."

로자가 말했다. "저는 배에서 신호를 보내고 있어요. 음식 맛은 서비스보다 괜찮았으면 좋겠는데."

웨이트리스인지 사장인지 모를 여자, 무솔리니 흉상의 먼지를 털었던 그 여자가 빵과 오일과 샐러드를 들고 와서 테이블에 놓고는 이내 와인 두 잔을 들고 왔다. 로자가 특유의 환한 미소를 지으며 여자의 뚱한 표정을 풀어보려고 했다. "여기가 이렇게 변해서 슬퍼요. 정말 아름다운 도시였는데."

"그렇죠." 여자가 말했다. "이제 엎친 데 덮친 격으로 불법체류자들이 여기로 몰려오고 있어요. 그 많은 이민자 말이에요. 리비아에서. 알바니아에서. 에티오피아에서. 이제는 아랍에서까지. 그리고 시리아. 그 사람들이 무상 의료 혜택을 받는 거 알아요? 우리들이랑 똑같이. 그런데 일은 우리들이랑 똑같이 하지 않아요. 학교도 공짜, 병원도 공짜, 먹는 것도 공짜. 그러니 여기로 찾아올 수밖에요. 라퀼라에서는 집도 공짜니까. 이제 우리는 이탈리아의 모든 것을 내주고 있어요. 우리나라를 내주고 있다구요."

"불법체류자처럼 보이는 사람이 많지 않던데요." 로자가 서글서글하게 말했다.

여자는 대놓고 나를 흘끗 쳐다보고는 다시 내 아내에게로 시선을 돌렸다. "손님은 여기서 살지 않잖아요, 안 그래요?"

그녀는 대답을 기다리지 않았다. 우리 주변이 매캐한 연기로 뒤덮인 듯한 분위기를 만들어놓고 카운터 뒤편의 자기 자리로 돌아갔다.

"저분은 화낼 이유가 별로 없어 보이는데요." 달라이라마가 말했다.

로자는 빵을 반으로 갈라서 얕은 접시에 담긴 오일에 찍었다. "이민자들한테 화가 난 거예요, 텐진. 요즘 들어 이탈리아에 이민자가 많거든요. 처음 시작은 소련이 해체된 이후에 건너온 알바니아 사람들이었어요. 지금은 남아프리카, 중앙아프리카, 시리아의 지옥을 탈출한 난민이 가세했어요. 가끔 있지도 않은 일자리를 구해주겠다는 말에 속아서 돈을 주고 건너오려다 시칠리아나

몰타 인근에서 배가 뒤집혀 익사하는 경우도 있어요. 무사히 건너오더라도 환영을 받는 경우는 거의 없어요. 이탈리아 사람들은 대부분 인심이 좋지만 여기서도 취직이 어렵다 보니 구직자 수천 명이 바다를 건너오면 달갑지 않을 수도 있거든요. 두말하면 잔소리지만 인종차별주의자도 있고요. 인종차별주의자와 혐오자. 그리고 이민자들도 좋은 사람이 있는가 하면 그렇지 않은 사람도 있어요. 간단한 문제가 아니에요."

그녀의 얘기가 끝나자 교황이 그녀에게 말했다. "내가 이런 부분에 대해서 진작 좀 더 언급을 많이 했어야 했어요. 돌아가면 이 문제에 대해 반드시 짚고 넘어가야겠어요. 전쟁, 증오, 우리에게 수많은 편의를 제공하지만 태생적으로 고통을 품고 있는 이 경제 제도에 대해서."

내가 말했다. "전 세계적인 문제예요. 미국에서도 가난하고 비참한 중앙아메리카에서 건너온 사람들 때문에 똑같이 골머리를 앓고 있다고 들었어요. 심지어 중국조차 북한 사람들이 밀입국하는 실정이고요. 독일은 터키 사람들. 프랑스는 모로코 사람들. 헝가리와 크로아티아와 터키는 시리아 사람들. 사실상 유럽 전역이 그래요."

"먹을 게 필요한 딱한 사람들이로군요." 달라이라마가 말했다.

먹을 게 필요한 딱한 사람들. 나는 생각했다. 말로는 이렇게 간단하지만 실제로는 한참 복잡했다. 예수는 "옷이 두 벌 있으면 한 벌은 내어주라"고 했다. 이것 역시 간단하다. 하지만 그렇게 사는 사람이 누가 있을까? 부유한 나라에 사는 사람들 중에서, 10억

명의 가톨릭교도들 중에서 누가 가진 것의 절반을 내어줄까? 10분의 1이나마 내어줄 사람이 있을까?

여자가 파스타를 들고 왔다. 아주 제대로 준비한 파스타였다. 나는 고개를 숙인 채 눈을 치뜨고 두 성직자가 포크를 들기 전에 어떤 식으로 기도를 하고, 어떤 식으로 천천히 씹으며 음식의 맛을 음미하고 느끼고 감상하는지 지켜보았다. 한 시간이 아니라 며칠, 몇 주, 평생 동안 굶주림에 시달리면 어떤 기분일지 궁금해졌다.

우리가 점심을 먹는 도중에 앞문이 쾅 하고 열렸다. 술에 취한 게 분명해 보이는 남자가 비틀거리며 들어왔다. 초등학생에게 와인이 주어지고 10대 청소년들도 식당이나 바에서 아무 제재 없이 술을 사서 마실 수 있는 이탈리아에서는 흔히 볼 수 있는 광경이었다. 우리 부모님도 그 풍습을 따랐기에 나도 열 살 때부터 술을 마셨다. 저녁 식탁에 놓인 와인 잔이 물 잔만큼이나 자연스러운 광경이었기 때문에 나는 사춘기에 다다랐을 때 과음으로 성인이 되었음을 온 세상에 과시하고 싶은 충동을 전혀 느끼지 않았다.

하지만 어깨가 떡 벌어졌고 옷차림이 허름한 이 남자는 그렇지 않은 눈치였다. 나는 주인이 그를 문밖으로 쫓아낼 줄 알았다. 그런데 내 예상과 달리 남자는 카운터로 다가가 거기 기대고 서서 오랜 친구처럼 대화를 나누었고 중간에 한 번 우리 쪽 테이블을 흘끗거리더니 웃으며 뭐라고 중얼거렸다.

우리는 파스타를 다 먹어갈 때쯤 커피와 티라미수를 주문하기로 했다. 안 될 것도 없었다. 우리는 밤새 거의 잠을 자지 못했고 지금은 휴가 기간이었다. 그 시점에서 사랑스러운 내 아내가 고맙게도 이탈리아에서는 유명한 티라미수(이탈리아어로 기운을 북돋운다는 뜻이었다)의 유래에 얽힌 이야기를 꺼냈다. 사창가에서 여자들이 긴 밤을 버티려면 에스프레소와 술을 마셔야 했다는 이야기였다. 로자는 여기서 한 걸음 더 나아가 좀 더 구체적으로 파고들었다. 교황도 달라이라마도 뭐라고 대꾸하면 좋을지 알지 못했다.

술꾼은 비틀비틀 밖으로 나갔다. 사장은 티라미수를—맛있었다!—가져다주고는 다시 위대한 베니토 옆을 지키고 서서 우리를 감시했다. 돈을 내지 않고 도망칠까 봐 걱정이라도 되는 모양이었다. 이제 점심시간이 되었지만 다른 손님은 보이지 않았다. 우리는 여자의 퉁명스러운 태도 때문에 가장자리에 시커멓게 그늘이 드리워진 정적 속에서 식사를 마쳤다. 내가 계산서를 달라고 해서 계산하는 동안 다른 세 명의 일행은 감사 아니면 사과 아니면 용서를 구하는 뜻에서 손을 흔들고 밖으로 나갔고 여자는 내게 거스름돈을 건넸다.

여자가 문 쪽을 턱으로 가리키며 물었다. "호모 친구들이에요? 저쪽도 국제결혼인가?"

나는 몇 초 지난 다음에서 무슨 뜻인지 알아차렸다. 그녀를 똑바로 쳐다보았다. 나는 아우라니 하는 것을 믿지 않았지만 이 여자는 분명 안개 비슷한 것에 감싸여 있었다. 길고 좁은 얼굴, 쥐 파먹은 듯이 자른 대걸레 같은 회색 머리가 독기라는 망토를 두르고 있었다. 그런 채로 침이라도 뱉을 듯이 입을 우물거렸다. "저기요." 나는 허물없는 사이에서 쓰는 이탈리아어로 살짝 무시하는 분위기를 풍기며 말했다. "다른 사람들에 대해서 함부로 평가하지 마세요. 실제로는 어떤 사람일지 모르는 일이잖아요."

그녀가 쏘아붙였다. "지금 뭐하는 거예요? 협박하는 거예요?"

"그럴 리가요. 다만 저들이 어떤 사람인지, 제가 어떤 사람인지 전혀 모르지 않으냐는 거죠. 혼자 소설 쓰고 사람들을 틀에 가두고 그러지 마세요."

"그럼 당신하고 저 동성애자 친구들은 여기 들락거리지 말아요." 그녀가 버튼을 누르자 금전출납기가 요란한 소리와 함께 열렸다. 그녀는 지폐를 눌러놓는 받침대를 위로 올리고 나에게 방금 전에 받은 20유로짜리 지폐 세 장을 꺼내 카운터 위에 탁 하고 내려놓았다. "당신들 돈은 받지 않겠어요."

나는 말했다. "받아주세요. 저는 그냥….."

"아뇨. 당신들 돈은 필요 없어요. 당신들 같은 사람들은 여기 찾아와주지 않아도 돼요. 원래 살던 데로 돌아가요. 이거 들고 나가요."

나는 지폐를 집어 들고 밖으로 걸어 나오며 일 두체가 그녀를 보았더라면 흐뭇했겠다는 생각을 했다. 그리고 또 이런 생각도 했다. 이러니 점심시간이 돼도 손님이 없을 수밖에.

동행들은 유린당한 도로를 몇 미터 앞서가고 있었다. 그들 양옆으로 삐딱하게 서 있는 무너진 건물들이 폐허의 골짜기를 이루었다. 이 길을 걷고 있다가 지진을 만난 사람은 어떤 기분이었을지, 이후에 여진을 견디며 어떤 식으로 살아야 했을지 상상해보았다.

시신과 생존자 수색 작업이 계속되는 와중에도 며칠 동안 여진이 이어지며 건물이 분해되고 무너졌다. 듣자 하니 해가 지면 할 일도 없고 앞날의 희망도 없는 아이들이 술이나 약물에 취해 이 길거리를 떼지어 배회한다고 했다. 먹을 게 필요한 사람들. 나는 생각했다. 그들에게는 자존감도 필요했다. 일도 필요했고 학교도 필요했다. 주변 사람들이 누리는 즐거움도 공유해야 했다.

내 앞에서 로자, 교황, 달라이라마가 모퉁이를 돌았다. 나도 따라서 모퉁이를 돌아보니 두 남자가 허리를 숙이고 행색이 남루한 여자에게 말을 걸고 있었다. 걸인인 듯했다. 동냥 그릇을 앞에 놓고 돌로 된 문설주에 기대고 앉아 있었다. 교황이 여자의 어깨에 손을 얹어 놓고 있었는데, 가까이 다가가 보니 여자가 놀란 표정으로 그를 쳐다보고 있었다. 목소리를 알아들었을 수도 있고 아닐 수도 있었다. 교황이 나를 돌아보았다. "파올로, 돈 좀 있나?"

"네, 파파." 이탈리아어로 교황에 해당하는 그 단어가 나도 모르는 새 튀어나왔다. 분노에 찬 파시스트, 바다에 빠져 죽는 아프리카 사람들, 노숙자, 폐허가 된 라퀼라 때문에 사소한 걱정은 한쪽으로 물러났고 꿈을 꾸는 듯 정신이 몽롱했다. 나는 주머니에서 아까 받은 그 20유로짜리 지폐 세 장을 꺼냈다. 교황은 그걸 동냥 그릇에 넣고 허리를 숙여서 여자의 머리를 두 손으로 잡고 지저분하게 떡이 진 머리에 입을 맞추었다. 여자는 살아있는 생명체라도 되는 듯이 지폐를 빤히 쳐다보다가 고개를 들고 이가 빠진 자리를 드러내며 미소를 지었다. "신의 축복이 함께 하시길."

우리는 걸음을 옮겼다.

우리는 그리스도교도, 불교도, 불가지론자의 합동 기도와도 같은 완벽한 침묵 속에 남은 도시를 둘러보았다. 중간에 거대한 사진이 테이프나 핀으로 줄줄이 달려 있는, 어느 공사현장의 철제 비계 앞에서 걸음을 멈추었다. 지진 직후 라퀼라의 모습을 담은 사진이었다. 건물은 무너졌고 도로는 돌더미로 막혔다. 그중에서도 가장 압도적인 작품은 벌판 가득 관이 놓여 있고 유족들이 통로를 따라 관을 찾아다니는 사진이었다. 그 순간 우리 네 사람은 이 세상에 불변하는 것은 없다는, 가장 믿고 싶지 않은 진실을 대면하도록 강요하는, 우리를 뛰어넘는 어떤 잔인한 힘의 존재를 인정했던 것 같다. 우리가 딛고 서 있는 땅조차도, 우리가 가장 든든하다고 믿고 당연하게 여기는 그것마저도 예외가 아니었다. 사실상 믿을 게 아무것도 없었다.

"우리 승려들이 가끔 몇날 며칠 동안 앉아서 자신의 호흡에만 집중하는 이유도 이 때문이지요." 차를 세워놓은 곳으로 다 같이 돌아가기로 했을 때 달라이라마가 말했다.

그는 부처에 대해 물으며 그렇게 '앉아만 있으면' 뭐하느냐고 했던 루자에게 답을 하는 것 같기도 했고, 당연한 건 아무것도 없다고 우리에게 얘기하는 것 같기도 했다. 우리의 호흡도, 생명도, 생의 다음 순간도, 옳고 그름의 잣대도, 심지어 우리가 밟고 선 땅의 단단함 여부도. 우리를 넘어선 지적인 존재가 그 모든 것을 관장했고 우리에게 이 땅에서 수백만 번 호흡하는 시간이 주어진 것은 그 존재에 대해 묵상하기 위해서였다. 우리에게는 스승이 주어졌다. 나와 교황과 10억의 다른 사람들에게는 예수가. 달라이 라마와 수많은 추종자들에게는 부처가. 그밖에도 소크라테스. 모세. 마호메트. 아인슈타인. 이런 스승들이 한 방향을 가리켰지만 우리는 그쪽으로 가려고 하지 않았다. 호흡이나 땅이 쩍 갈라지는 것이나 위치 추적이 불가능한 전자로 이루어진 100만 개의 소용돌이치는 우주에 대해서는 걱정하지 않으려고 했다. 현재 종잇장처럼 얇은 얼음 위로 상상할 수 없을 만큼 깊고 전혀 정체를 알 수 없는 호수를 건너는 중이고 언젠가는 그 속으로 빠져서 죽을 운명임을 알면서도 우리는 다 이해한다고, 세상을 어느 정도 쥐락펴락 할 수 있다고 생각하려고 했다. 사랑하는 사람들이 한 명, 또 한 명 그런 식으로 사라지는 것을 몇 번이고 보았으면서도 교활한 우리의 일면은 오만하게 벙긋거렸다. "나는 안 그럴 거야!"

교황은 고개를 끄덕이며 골똘히 생각했다. 나는 그가 여기에 그리스도교도적인 관점을 추가할지도 모른다고 생각했는데, 입을 꾹 다물고 비싼 양복 주머니에 손을 넣고만 있었다. 나는 사촌과 단둘이 시간을 보내며 무슨 꿈을 꾸고 있는지 좀 더 캐묻고 싶었다. 바티칸 시티로 돌아가서 익숙한 일상이 회복되면 라퀼라를 다시 찾아 용감한 생존자와 유족과 혐오자와 술꾼들과 함께 기도를 드리는 게 어떻겠느냐고 제안하고 싶었다. 하지만 우리는 차로 다시 돌아갔고 나는 분장 때문에 목덜미가 간질거렸다.

로자가 내 팔에 손을 얹었다. 나더러 운전을 하겠느냐고 물었다. 나는 싫다고 했다. 좀 전의 광경을 보고 났더니 빌린 마세라티에 앉아 있는 것만으로도 죄인이 된 기분이었다. 그녀는 두 성직자에게 앞자리에 앉고 싶은 사람이 있느냐고 물었고 그들은 아니라고, 됐다고 했다. 봉쇄된 도심 주변으로 복잡하게 얽힌 차량 행렬에서 빠져나와 순탄하게 달리다가 신호등 앞에서 다시 멈추어 섰을 때 그녀가 말했다. "세 분 다 딱히 가고 싶은 데가 없으면 제가 생각해놓은 데가 있는데요."

솔직히 그 말을 듣고 나는 덜컥 겁이 났다. 로자가 생각해놓은 게 있다고 할 때마다 내 머릿속에서는 말벌집이 들쑤셔져 윙윙거렸다. 하지만 교황이 앞으로 몸을 숙이고 그녀에게 말했다. "시골을 구경시켜줘요, 로자. 이제는 주님의 인도에 맡깁시다. 평소라면 우리가 가지 않을 만한 곳으로 데려다줘요."

나는 생각했다. 그래, 바로 그거야. 우리가 스승과 성직자들에게 바라는 게 그거야. 평소라면 가지 않을 만한 곳으로 우리를 데려다주는 것. 일순 내 마음이 평화로워졌다.

로자는 고개를 끄덕이고 나를 쳐다보았다. 자기가 무슨 생각을 하는지 알지 않으냐는 눈빛이었지만 나는 알지 못했다. 다시 몇 블록을 달리자 고속도로 입구가 나왔다. 그녀는 고속도로로 진입해 북쪽으로 차를 몰았다.

∞ 17 ∞

우리가 고속도로를 달린 시간은 약 15분 정도밖에 안 됐고 그동안 라퀼라의 기억이 수의처럼 우리를 덮고 있었다. 가슴 아팠던 광경들이 내 머릿속을 잇달아 지나갔지만 절정은 관 사진이었다. 로자와 내가 꽃다발을 들고 '안나 리자 데파도바'라고 적힌 네모난 판지를 찾아 나무 상자 사이를 헤매는 부부였다면 어땠을까? 우리의 어리석었던 부부싸움은 어떻게 됐을까? 우리의 아집과 자존심은? 사랑이 넘치는 하느님에 대한 나의 믿음은? 그리고 사진 속의 그 사람들은 그 날 그 시각에 그 도시에 있었는데 나는 다른 데 있었던 이유는 뭘까? 어떤 위대한 종교적인 전통으로, 어떤 천재 불가지론자가 그걸 설명할 수 있을까?

그 무렵에는 2시가 거의 다 된 시각이라 무덥고 건조했다. 바티칸 시티에서는 난리가 났을 게 분명했다. 호위병과 검은 사제복을 입은 대주교들이 땀을 뻘뻘 흘리며 분주하게 오가고 긴급 전화를 하고, 관광객들은 울며 성 베드로 광장에서 묵주 기도를 드리고, 보안 책임자들은 자기들이 마실 독약을 따르고 있을 것이었다. 유쾌한 상상은 아니었고 나는 죄책감으로 마음이 조금 무거웠다.

로자는 금세 고속도로에서 벗어나 갈수록 점점 좁아지는 길로 잇따라 핸들을 틀었다. 그녀만 아는 지도나 아브루초 국립공원 표지판이 머릿속에 내장되어 있는 듯했다. 나는 국립공원에 가본 적이 없었다. 전쟁이 끝났을 때 우리 부모님은 야외 활동 애호가가 아니라 화가로 지냈다. 진흙이 아니라 미술관을 좋아했다. 우리는 지키는 사람이 없는 입구를 지나 줄이 쳐져 있지 않은 길로 접어들었다. 키 큰 풀로 덮인 갓길 사이로 완만하게 이어지는 오르막길이었다. 상상과 희망과 걱정이 펄떡이며 끊임없이 반복되느라 내 머릿속은 쉴 새 없이 돌아갔다. 아마도 저 깊은 곳에서 든든한 기반을, 가장 끔찍한 두려움을 극복하는 도구가 되어줄 완벽한 목적의식을 찾느라 그런 것 같았다.

그런 와중에 오늘 밤은 어디에서 보내야 할지 고민이 시작됐다. 거기에는 한 가지 엄청난 문제가 있었다. 많은 나라가 그렇듯 이탈리아에서도 호텔에 투숙하려면 신분증을 보여주어야 했다. 대개는 여권이었다. 나는 여권을 들고 오지 않았다. 우리 넷 중에서 그걸 챙긴 사람이 있을까 싶었다. 그렇다면 어떻게 해야 할까? 하늘을 지붕 삼아야 할까? 친구들한테 연락해 "교황과 달라이라마를 모시고 몰래 여행하는 중인데 하룻밤 자고 갈 데가 필요해서. 혹시 방 네 개 남는 거 없니?"라고 물어봐야 할까?

분위기 망치지 말고 그런 걱정은 나중에 하기로 했다. 로자가 걱정도 팔자라며 뭐라고 할 게 분명했다. 그리고 그녀가 가까운 시내에서 텐트와 침낭을 사다가 바닷가로 들고 가 아무도 없는 모래사장에서 야영을 하자거나 라퀼라로 돌아가 구걸하는 집시 여자의 심정을 이해할 수 있게 길바닥에서 하룻밤을 보내자는 식의 황당한 제안을 할까 봐 겁이 나는 것도 있었다. 그녀는 영적인 훈련이 되지 않겠느냐고 할 것이다. 나는 거부할 것이다. 교황과 달라이라마는 그녀의 편을 들 것이다. 나는 결국 차가운 콘크리트 바닥에서 잠을 청하게 될 테고 눈을 떠보면 경찰과 쇠고랑이 나를 맞이할 것이다.

도로가 이리저리 구부러지다가 경사가 좀 더 가팔라지면서 여기서 잠을 청해도, 이 대자연 속에서 살다가 죽어도 행복하겠다 싶을 만큼 눈부신 장관이 펼쳐졌다. 앞쪽과 양옆으로 시선이 닿는 저 끝까지 온 사방으로 인간의 손길이 미치지 않은 초원과 마맛자국처럼 바위가 놓인 연두색 비탈이 이어졌다. 그 뒤로는 잿빛 산봉우리가 우리 눈에 아직 보이지 않는 성을 지키는 보초병처럼 햇빛을 한 몸에 받으며 우뚝 서 있었다.

"창조의 기적이로군요." 교황이 말했다.

라퀼라를 떠난 이래 아무라도 처음으로 꺼낸 말이었다.

나는 사르데냐의 분홍색 모래사장에서부터 돌로미티의 뾰족한 돌산까지 이탈리아 전역을 여행했지만 풍경을 보고 이렇게 감동을 받은 적은 처음이었다. '영적'이라는 단어가 생각났다. 고요했고 자갈이 얇은 리본처럼 이리저리 구불구불하게 깔린 이 근사한 공터는 천국으로 올라가는 은밀한 관문처럼 느껴졌다. 다른 인간의 발자취는 없었고, 심지어 우리가 공원이나 보호구역에 와 있다는 느낌도, 누군가 여길 관리하는 느낌도 없었다. 마세라티 하부를 간질이는 조그만 돌멩이들을 느끼며 조금 더 달리다 보니 도로가 웅장한 산비탈의 기슭을 휘감기 시작했고 전혀 다른 풍경이 우리를 맞았다. 고도가 조금씩 높아질수록 보이는 게 더 많았고 산소는 더 희박해졌다. 넓고 파릇파릇한 계곡이 저 아래로 깎아지른 듯이 이어졌다. 드문드문 덤불은 있었지만 나무는 한 그루도 없었고 다시 모퉁이를 돌자 옛날 목동처럼 구부러진 지팡이를 든 남자 하나가 양을 치고 있었다. 그의 뒤에 밤을 보내거나 폭풍을 피할 때 들어가는 조그만 양철 헛간이 있었다. 〈위대한 생애〉(탄생에서부터 승천까지 예수의 생애를 그린 영화–옮긴이) 리메이크 현장인가 싶었다.

"멈춰요!" 교황이 갑자기 외쳤다.

로자가 갓길에 차를 댔다. 우리는 다 같이 내렸다. 라퀼라보다 온도가 최소 10도는 더 낮았고 시원하고 고요하며 섬뜩하리만치 잠잠했다. 교황이 돌밭을 따라 걸음을 옮기자 우리도 따라나섰다. 양치기가 고개를 들었다. 우리가 자기들을 잡아먹으러 온 사람이라도 되는 것처럼 양떼가 일제히 반대편으로 고개를 돌리고 종종걸음으로 도망쳤다.

"안녕하세요!" 교황이 외쳤다.

양치기는 어리둥절한 표정으로 목례를 했다. 경계하거나 불안해하는 것이 아니라 아주 오래전에 인간 세계에서 이탈한 자신을 동족으로 알아봐주는 사람이 있다는 데 어리둥절해하는 표정이었다. 좀 더 다가가 보니 그는 한쪽 눈이 보이지 않았고 일주일 동안 기른 수염이 시커멓게 얼굴을 덮었다. 하지만 식당에서 만난 그 여자가 적의의 아우라로 둘러싸여 있었다면 이 남자는 정반대였다. 화창한 7월의 어느 날 문도 잠그지 않은 마세라티를 길가에 세워놓고 자기를 향해 다가오는 네 명의 낯선 사람들은 물론이고 그 어떤 것에도 당황하지 않을 사람처럼 보였다. 우리는 가까이 다가가 섰다. 남자는 침착하게 우리를 지켜보며 기다렸다.

"방해해서 미안합니다." 교황이 억양은 있지만 제법 유창한 남미식 이탈리아어로 방해해서 미안하다고 사과했다. "같이 기도하러 왔는데 그래도 될까요?"

그가 교황이라는 것을 감안하더라도 희한한 발언이었다. 이 투박한 남자가 고개를 젖히고 껄껄대고 웃으며 당신들 누구냐고, 도

대체 뭔데 그러느냐고 하지 않을까 싶었다. 로자가 고개를 돌려 나와 눈을 맞추었다. 그녀도 똑같은 반응을 예상하는 게 분명했다.

"좋습니다. 그러죠." 양치기가 말했다.

좋습니다. 그러죠. 아침에 뜨는 태양만큼이나 놀라울 것 없다는 반응이었다.

"무릎을 꿇고 앉을까요?" 교황이 물었다.

양치기는 고개를 젓고 손가락으로 하늘을 가리켰다. "저분은 무릎을 꿇지 않아도 상관없어요." 그의 말투는 무덤덤, 그 자체였다. "무슨 옷을 입어도 상관없어요." 그는 외눈을 내 쪽으로 돌렸다. "어떤 피부색이든 저분에게는 상관없어요."

교황이 말했다. "그럼 먼저 기도하세요. 저희가 따라서 하겠습니다."

외눈박이 양치기는 지팡이를 한쪽 어깨에 기대어 세우고 왼팔로 배꼽을 덮고 오른손으로 왼쪽 손목을 잡았다. 고개를 숙이는 대신 살짝 위로 들었다. "어머니 그리고 아버지. 저희는 어머니, 아버지께서 주신 땅에서 이렇게 살고 있습니다. 어머니, 아버지께서 주신 공기를 마시고 있습니다. 피를 흘려보내주는 심장 덕분에 저희는 살아 있습니다. 이렇게 살고 있습니다. 저희는 바라는 게 그것 말고는 없습니다."

정적이 흘렀다. 10초. 20초. 마침내 교황이 말했다. "아멘." 그는 기쁨으로 얼굴을 환히 빛내며 나를 돌아보았다. "우리가 이분께 뭘 선물할 수 있을까, 파올로?"

나는 어깨를 으쓱했다. 내 주머니에는 지폐가 들어 있었다. 로자에게는 마세라티 열쇠가 있었다. 하지만 이 남자에게 그런 게 무슨 의미가 있을까?

교황은 재킷을 차에 두고 내렸다. 그가 넥타이와 셔츠 단추를 푸는 것을 보고 나는 셔츠를 벗어서 주려는가 보다고 생각했다. 하지만 평생 맞춤 셔츠를 한 시간도 입어본 적 없을 게 분명한 남자의 입장에서는 황당한 선물이 될 것이었다. 하지만 교황은 성모마리아 메달이 달려 있는 얇은 은 목걸이를 향해 두 손을 뻗었다. 오래전에 사제 서품식 때 그의 어머니에게 받은 목걸이었다. 그 성모마리아는 그의 수호성인이자 보호자였고 바티칸 박물관에 있는 그 어떤 것보다 소중한 보물이었다. 그는 살짝 끙끙대며 머리 위로 목걸이를 벗어서—그러다 가짜 수염이 떨어지는 건 아닌가 싶어 내가 다 걱정이 됐다—남자에게 건넸다.

양치기는 고맙다고 인사하지 않았다. 이 분이 누군지 몰라서 그렇겠지. 나는 생각했다. 그 메달이 이분에게 얼마나 소중한 보물인지 몰라서 그렇겠지. 순간 나는 "이분은 로마의 교황님이세요"라고 말하고 싶어졌다. 하지만 당연히 참았다. 양치기는 까칠까칠한 손바닥으로 메달을 받아서 더없이 소박하고 더없이 남의 시선을 의식하지 않는 몸짓으로 입을 맞춘 다음 목걸이를 걸어서 스웨터 위로 늘어뜨렸다.

그는 보일락 말락 하게 목례를 하고 몸을 돌렸다. 예의가 없다기보다 그저 특이하긴 했어도 우리 볼일이 끝났으니 이제 그만 일상으로 돌아가면 되겠다는 식이었다.

우리도 몸을 돌렸고 교황과 내가 나란히, 로자와 달라이라마를 앞장세우고 풍경에 감탄하며 천천히 차를 세워놓은 곳으로 걸어갔다.

"어쩐 일로 그러셨어요?" 내가 교황에게 물었다.

그는 생각에 잠겼는지 아니면 대답하기가 싫은지 머뭇거렸다. 잠시 후에 그가 말했다. "꿈에서 그 남자를 보았어. 차를 타고 지나가다가 맞닥뜨린 그 모습 그대로. 나한테 무슨 일이 벌어지고 있다네, 사촌. 아주 신기한 일이."

"꿈속에서 그에게 메달을 주셨나요?"

그는 고개를 저었다. "그냥 주고 싶다는 생각이 들었어." 그는 다시 잠깐 하던 얘기를 멈추었다. "그 감동적인 기도를 듣고 났더니."

∽ 18 ∽

어쩌면 우리는 근사한 풍경과 양치기와 보낸 귀한 시간을 가슴에 품고 그쯤에서 아브루초 국립공원을 떠났어야 했을지 모른다. 아니, 분명 그랬어야 했다. 하지만 우리는 자갈길을 따라 좀 더 달렸고 그때 로자가 '좋은 생각'이 났다고 했다.

이제 와서 하는 말이지만 내가 나폴리 출신의 아내와 오랜 결혼생활을 통해 터득한 결정적인 교훈이 있다면 그녀에게 어떤 생각이 떠올랐다고 하면 그걸 없앨 방법이 없다는 것이다. 훌륭한 생각일 때도 있었다. 예를 들어 아이를 낳자는 것도 그녀의 생각이었고 죽는 날까지 나는 아이라는 축복에 대해 고마워할 것이다. 그리고 갑작스럽게 떠오른 영감과 즉흥적인 것을 좋아하는 그녀의 천부적인 재능 덕분에 기억에 남을 만한 여행을 몇 번 다녀온 적도 있었다.

하지만 우리 손님들을 공원의 아슬아슬한 스키 리프트에 태워 이탈리아의 시골풍경을 감상하게 하자는 이번 '생각'은… 내가 보기에 별로였다. 양치기의 숙소를 지나서 골짜기로 접어들어 우리 앞으로 파릇파릇한 벌판이 V자 모양으로 펼쳐지고 이제 내리막길이 시작되나 보다 싶었을 때 그녀가 외쳤다. "저것 좀 봐, 리프트야. 저거 타고 정상까지 가면 되겠다!"

"좋은 생각이 아니야, 로자."

예상했던 대로 그녀는 왜 좋은 생각이 아니냐고 물었지만 나는 대답할 수 없었다. 교황이 몇 년 전에 내게 털어놓은 비밀이 이유이기 때문이었다. 교황은 정히 어쩔 수 없을 때만 비행기를 탔고 그런 경우가 많기는 했지만 고소공포증이 있었다. 항상 중간 쪽 좌석에 앉아서 밖이 보이지 않도록 창문 가리개를 내려달라고 했고 공포가 유난히 심하거나 궂은 날씨가 예보되어 있으면 가벼운 진정제를 먹었다.

달라이라마와 로자 앞에서 그걸 공개할 수는 없었다. 교황은 내 뒤편에서 근엄하게 침묵을 지키고 있었다. 나는 그가 어떤 심정인지 느낄 수 있었다. 그는 수십 년 동안 기도와 명상을 했음에도 고소공포증을 완전히 극복하지 못한 것에 대해 부끄러워하고 있었다. 그리고 달라이라마는 거기에 대해 어떻게 생각할지 신경이 쓰일 게 분명했다. 서품을 받을 정도의 사제는 이미 오래전에 죽음을 받아들여야 하지 않겠는가. 하지만 내 사촌은 죽음을 무서워하는 것이 아니라 높은 곳, 그중에서도 특히 발 디딜 자리가 없는 높은 곳을 무서워했다(대성당 발코니로 나서는 것은 전혀 아무렇지 않은 듯했다).

나는 로자에게 말했다. "이유는 없어. 그냥 지금 이 상황에서는 별로 좋은 생각이 못 된다는 거야."

그녀는 거친 목소리로 속삭였다. "이유는 없다니 당신다운 발언이다. 당신 입장을 변호할 방법이 없고 당신은 그걸 안다는 뜻이잖아." 그녀는 백미러를 들여다보았다. "달라이, 이 풍경을 다른 관점에서 구경하면 어때요?"

의도가 빤한 질문이었다. 나는 눈을 질끈 감고 필연적인 결과를 기다렸다.

"네, 네, 아주 좋지요!"

"교황님도 괜찮으세요?"

"그럼요." 교황은 대답했지만 목소리가 삐걱거리던 산탄젤로 성의 터널 문과 비슷했다.

나폴리 출신의 아내는 내 쪽을 보며 히죽거렸다. 리프트 베이스 캠프인지 뭔지 하는 곳으로 홱 하니 핸들을 돌렸다. 리프트가 운행되고 있는데 승객이 한 명도 없었다. 예상한 바였다. 관광청의 관료가 리프트를 스키 시즌뿐만 아니라 여름과 겨울에도 운행하면 더 효율적이라는 어느 과학적인 연구 결과를 인용한 적이 있었다. 리프트 케이블 제조업체의 주주였기 때문에 케이블이 얼른 닳아서 1억 유로에 달하는 비용을 들여 교체하길 바랐던 것이다. 아니면 어느 국회의원이나 고위 관리가 말썽꾸러기 조카를 취직시키려고 리프트 운영을 맡겼을 수도 있었다. 7월 초에도 운행하도록! 국립공원의 족벌경영! 신문에 보도되어야 마땅하지 않겠는가!

우리가 윙윙거리는 기계 근처로 다가가 차를 세우자 그 말썽꾸러기 조카가 자다 말고 일어나 어기적어기적 나왔다. "우와, 차 좋네요." 그가 아침 대신 맥주를 마셨나 싶은 목소리로 외쳤다.

로자가 말했다. "그죠? 리프트 태워주면 저 차에 잠깐 앉을 수 있게 해줄게요."

"좋아요." 남자가 말했다.

그는 멀대같은 30살이었고 축축한 눈과 헤벌레한 입으로 보건대 절대 취업 부적격자였다. 하지만 아무리 취업 부적격자라도 거기 앉아서 리프트를 조작하고 모든 이탈리아 국민이 바닷가로 떠난 날 이 널찍한 국립공원을 찾은 극소수의 방문객을 맞이할 수는 있었다. 그는 이마를 덮은 검은머리가 휘날릴 정도로 격하게 머리를 흔드는 습관이 있었다. 그는 이제 머리를 흔들고 또 흔들어가며 은색의 날렵한 차체와 초록색 펜더를 보고 감탄하며 마세라티를 한 바퀴 둘러보았고 로자의 허락 아래 운전석에 앉아서 어린애처럼 핸들을 좌우로 돌렸다.

"우리 리프트 타도 되나요?" 로지기 그에게 물었다.

"그럼요! 담요도 드릴게요. 저 위는 쌀쌀하거든요."

달라이라마가 신난 목소리로 외쳤다. "이런 날아가는 의자 한번 타본 적 있어요! 뉴멕시코에서!"

교황은 겁에 질려서 아무 말도 하지 못하고 그의 옆에 서 있기만 했다.

　로자가 차 트렁크에 여분의 옷을 챙겨가지고 왔다. 그녀가 거기서 스웨터를 네 벌 꺼냈다. 조카는 조그만 조작실 안으로 잠깐 사라졌다가 제2차 세계대전 즈음에 생산됐음직한 모직 담요 네 장을 들고 다시 나와서 레버를 당겨 리프트 속도를 늦추었다. 교황은 양복 윗도리를 차에 두고 내렸고—도둑맞기 딱 좋았다—산들바람에 가발을 헝클어뜨리며 관광객처럼 달라이라마와 나란히 섰다. 교황의 염소수염이 흔들거렸고 달라이라마의 시커먼 선글라스는 벗겨지기 직전이었다. 우리가 스웨터를 입고 담요를 두르자 조카가 우리 무릎 뒤편으로 리프트가 다가오도록 위치를 잡아주었다. 나는 교황의 경악한 표정을 보고 옆으로 다가가려고 했지만 로자가 "가지 마, 가지 마"라며 붙잡았다. "저 두 분이 같이 앉게 하자, 파올로. 단둘이서 대화를 나누는 시간도 있어야 하지 않겠어?"

　나는 허공으로 올라가면 교황은 아무 말도 하지 못할 거라고 그녀에게 알리고 싶었다. 하지만 모든 일이 너무 순식간에 벌어졌다. 리프트가 두 성직자 뒤편으로 다가갔다. 그들은 털썩 주저앉았고 달라이라마는 쿡쿡 웃었다. 돈 많은 사업가와 록스타, 휴가 여행을 온 두 친구는 그렇게 흔들흔들 출발했다. 로자와 나는 다음 리프트를 탔다. 우리가 자리에 안착하고 안전바를 내리자마자 조카가 리프트 속도를 높였다. 그 즉시 나는 쌀쌀해진다고 했던 그의 말이 맞았음을 깨달았다. 바람이 부는 데다 고도가 높아서 원양 여객선에서 떨어진 비석처럼 기온이 수직 낙하했다. 로자와 나는 담요로 몸을 감쌌다. 나는 앞을 쳐다보았지만 의자 가장 자리를 으스러져라 부여잡고 있는 교황의 왼손밖에는 보이지 않았다. 달라이라마가 웃고 뭐라고 얘기를 하며 새 친구에게 담요를 둘러주었다. 내 짐작이 맞았다. 조르조가 공포로 얼어붙었다.

로자가 말했다. "이제 두 분이서 대화다운 대화를 나눌 수 있겠다. 몇 분이나마 단둘이서. 좌불안석 딴죽 거는 당신 없이!"

"그래, 내가 바보야." 내가 말했다.

"그나마 이제는 인정하기 시작했네."

우리는 산들바람에 좌우로 흔들리며 철커덩철커덩 철탑을 넘어 위로, 위로, 위로 올라갔다. 화가가 그려놓은 낙원 같은 풍경이 발아래로 펼쳐졌다. 연두색 계곡과 깎아지른 회색 낭떠러지가 원시 상태 그대로 끝도 없이 이어졌다. 중간에 로자가 말했다. "고개 돌려봐. 아드리아 해가 보여."

진짜였다. 동쪽 멀리에 파란색으로 반짝이는 만이 있었다. 페스카라 아니면 줄리아노바일 텐데, 좀 더 올라가자 그 따뜻하고 화창한 해변의 풍경은 다른 세상의 일부가 되었다. 나는 속으로 조카에게 감사했다. 그가 고지대의 공기를 설명했을 때 쓴 단어는 '상쾌하다' 아니면 '쌀쌀하다'는 뜻의 '프레스카(fresca)'였는데, '춥다'는 뜻의 '프레다(fredda)'를 썼어야 옳았다. 아니면 혹한을 뜻하는 '프리지다(frigida)'라거나. 우리는 담요로 더욱 단단히 몸을 감싸고 서로 바짝 다가앉았다. "이거 제법 로맨틱한데?" 로자가 말했다.

"아주."

"저 꼭대기에서 스키도 탈 수 있는 거 아닌가 몰라." 그녀는 농담처럼 덧붙였지만 리프트가 덜커덩거리며 탑을 하나 더 넘자 정상의 호텔이 시야에 들어왔고 눈이 내릴 수도 있을 듯이 느껴졌다.

"교황님!" 나는 외쳤다. 주변에 아무도 없기 때문에 그의 직함을 불러도 아무 상관없었다. "두 분 괜찮으세요?"

"응, 파올로, 고마워." 그가 어깨 너머로 외쳤다. 분명 공포로 목소리를 떠는 것 같았다. 그런데 교황이 거짓말을 한 대가일까? 신기하게도 마지막 단어가 내 귀에 닿자마자 리프트가 갑자기 멈추었다. 머리 위에서 모터가 움직이던 소리가 잠잠해졌다. 리프트의 흔들림이 점점 작아지다가 멎었다.

나는 말했다. "끝내준다. 그 조카가 오늘 근무는 이쯤에서 접기로 하고 철사로 마세라티에 시동을 걸어서 폭주를 즐기러 나선 게 분명해. 우리는 밤새 여기 매달려 있을 거야."

"조카라니?" 로자가 물었다.

"여기서 얼어 죽을 수도 있겠어. 참 끝내주는 아이디어였지 뭐야."

"당신은 지금 시빗거리를 찾고 있어. 산탄젤로 성의 터널을 빠져나온 순간부터 그랬어."

"나 지금 시빗거리 찾는 거 아니야, 로자. 내가 찾는 건 논리야. 훌륭한 판단력, 상식, 이런 거."

"전형적인 남자식 발언이로군."

"맞아. 몰랐나 본데 내가 남자거든. 그리고 남자라서 자랑스러워… 특히 지금 이 순간에는."

"여전히 뭘 잘 모르네." 로자는 중얼거렸고 싸늘한 정적이 흘렀다. 분위기가 좀 더 심각해지기 직전이었다. "결혼 상담 받으러 갔을 때 기억나?"

"얼마가 들었는지 기억나."

"상담사가 우리더러 싸움이 시작될 것 같으면 멈추고 함께라서 행복했던 기억을 떠올리라고 했잖아. 기억나?"

"응. 지금 이걸 보면 그게 얼마나 효과가 좋았는지 알 수 있지."

"당신이 그 방법을 써줬으면 좋겠어. 지금 당장. 나도 써볼게. 좋았던 기억을 생각해보자."

나는 고개를 돌려 싸늘한 산등성이 너머를 쳐다보았다. 숨을 골랐다. 화해하고 싶지 않은 마음이 느껴졌다. 이것이 인간의 삐딱한 특징이었다. 왜 그럴까? 나는 궁금해졌다. 분쟁과 불화에 끌리는 이유가 뭘까? 그냥 이기고 싶기 때문일까? 어려운 일이 생길 때마다 남에게 뒤집어씌우고 싶기 때문일까? 불협화음의 매력이 전쟁의 근원일 것이다. 내 안에서 살아 숨 쉬는 그것을 거의 느낄 수 있었다. 하지만 잠시 후 아무 이유 없이 나쁜 마음이 사라졌고 나는 로자가 부탁한 대로 했다. 시간을 거꾸로 돌려 좋았던 기억을 찾아보았다. 안나 리자가 두 살인가 세 살 때 그 아이를 데리고 비아레조의 바닷가에 간 적이 있었다. 주말여행이었고 이미 이 무렵이었을 것이다. 딸아이는 물을 보자마자 어쩔 줄 몰라 하며 달려가 아이답게 허리를 반으로 접고 손으로 물장구를 치다가 깜짝 놀라는 듯한 표정으로 우리를 돌아보았다.

오래돼 가물가물한 기억 속에서 그런 장면들이 도드라지는 이유는 아무도 알 수 없었다. 하지만 그때 우리 셋은 서로 끈끈하게 연결되어 있었고 살아 있음을 피부로 느꼈고 매사에 감사했고 같이 있어도 전혀 껄끄럽지 않았다.

"해봤어?" 로자가 물었다.

나는 툴툴거리며 고개를 끄덕였다.

"그런데?"

"그런데 뭐?"

"뭐가 생각났어?"

"안나 리자랑 비아레조의 바닷가에 갔던 거. 그 아이가 그때 처음으로 바닷물을 만져봤잖아."

"나는 당신이랑 사랑을 나누던 순간을 떠올렸는데."

나는 고개를 돌렸다. 그때 기억은 떠올리고 싶지 않았다. 안나 리자는 아직 살아 있었다. 그 아이를 향한 우리의 사랑도 아직 살아 있었다. 하지만 한때 로자와 나 사이에 존재했던 감정은 죽고 없었다.

"당황스러워?"

"아니. 슬퍼."

"흠, 그래도 인정은 하네? 당신이 어떤 식으로 키스를 했는지 기억을 더듬었어."

나는 계속 고개를 돌리고 있었다.

리프트가 바람에 가만히 흔들렸다. 정상까지 몇백 미터밖에 남지 않았지만, 아주 부자연스러운 이 구조물을 설계한 엔지니어나 그걸 관리하는 사람들이나 저 아래 있는 그 조카의 손에 우리의 운명이 맡겨져 있었기 때문에 몇 광년 떨어져 있는 거나 다름없었다. 그 조카가 마세라티와 교황의 양복 재킷을 가지고 무슨 짓을 저지르고 있을지 아무도 모를 일이었다! 와서 그 차에 타고 있는 자기 사진을 찍어달라고 친구들에게 전화하고 있을지, 액셀러레이터와 기어가 어디 있는지 찾아보고 있을지, 칠이 몇 겹인지 알아보겠답시고 펜더를 잭나이프로 긁고 있을지 누가 알겠는가.

로자가 손으로 내 허벅지 안쪽을 잡고 우리 둘 사이의 간격을 더욱 좁혔다. "이것도 로맨틱한 기억으로 남을 거야. 너무 길지만 않으면."

그런데 너무 길어졌다. 5분, 10분, 20분이 지나도록 리프트만 찬바람 속에서 흔들거렸다. "도와주세요! 도와주세요!" 내 목소리가 호텔에서 들리지 않을까 싶어 외쳐봤지만 그쪽에서는 아무 움직임이 없었다. 볼 줄 모르는 창문. 들을 줄 모르는 벽. 90미터 아래로 차량 한 대 없는 자갈길의 마지막 구간이 보였지만 그 다음은 바위와 키 큰 풀로 이루어진 벌판이었다. 뛰어내리면 어떻게 될지 궁금해졌다.

"스코틀랜드 사진이 생각난다." 로자가 말했다.

"그보다 더 추울 뿐."

"조만간 리프트가 다시 움직이겠지?"

"당연하지."

"나는 당신이 긍정적으로 나오면 좋더라. 그리고 그렇게 분장하니까 어울려. 바뀐 코가 그럴듯하고 피부가 까무잡잡하니 아주 섹시해."

"왁스인지 크림인지 뭔지 모를 것 때문에 체온이 2도 높게 유지되고 있어."

"2도면 그걸로 생사가 나뉠 수도 있는데."

"하하하."

25분이 지났다. 30분이 지났다. 아무 변화가 없었다. 서쪽에서 시커먼 구름이 우리 쪽으로 다가오는 게 보였다. 로자가 몸을 떨기에 내가 한 팔로 어깨를 감싸 안았다. 리프트 앞 칸을 보며 저체온증 앞에 무릎을 꿇기 전까지 두 노구가 얼마나 버틸 수 있을까 하는 생각을 했다. 나는 살아서 철창신세를 질 것이다. 다른 재소자들은 내가 교황을 죽였다는 걸 알고 나를 주기적으로 구타할 것이다. 그들 중에 불교도가 있으면 엎친 데 덮친 격으로 구타에 묵언 수행이 추가될 것이다.

잠시 후에 아무 전조도 없이 리프트가 움찔 앞으로 2~3미터 움직였다가… 멈추었다가… 다시 꾸준히 전진하기 시작했다. "성모님, 저희를 도와주소서!" 나는 기도했다.

"리프트에서 내려야겠어." 로자가 나도 익히 잘 아는 확신에 찬 목소리로 말했다. 내 허벅지 안쪽을 다시 한 번 꾹 눌렀다가 손을 치웠다.

"그게 무슨 소리야? 리프트 타고 있으면 아래로 다시 돌아갈 수 있는 거 아니야?"

"그렇지. 중간에 멈추지 않으면. 위험부담이 너무 커. 그리고 우리 손님들은." 그녀는 리프트 앞 칸을 턱으로 가리켰다. "당신이나 나처럼 젊지 않잖아. 우리보다 더 추우실 거야. 내려야 해. 호텔에서 뭐라도 뜨끈하게 마시고 차로 아래까지 태워다 달라고 하자. 당신 말이 맞았어. 이건 바보 같은 생각이었어. 미안해."

나는 두 박자 동안 놀라서 아무 말도 하지 못했다. "당신이 사과를 했네?"

로자는 계속 앞만 쳐다보며 아무 말도 하지 않았다.

"당신이 사과를 했어." 나는 같은 말을 반복했다.

그녀는 고개를 끄덕이고 눈을 돌려 내 눈을 쳐다보았다가 다시 돌렸다. "나는 달라지려고 노력하는 중이야. 당신은 몰랐겠지만. 아무것도 몰랐겠지만."

"알겠어, 알겠어. 아니… 알고 싶어. 사과 접수할게. 저 구름 좀 봐!"

"정상에 도착하면 그 구름을 향해서 점프해야 할지 몰라." 로자는 말했지만, 다행스럽게도 마지막 구간을 지나 정상의 승하차장에 다가가자 누비 재킷을 입은 남자가 등장해 우리를 불렀다.

"내리시나요, 아니면 계속 타고 가실 건가요?"

"내려요, 내려요, 내려요, 내려요!" 로자와 내가 한 목소리로 외쳤다.

"네 분 다요?"

"네!" 교황이 공포가 무엇인지 보여준다고 할 수 있는 목소리로 외쳤다. 그의 대답이 산비탈에 메아리쳤다. "네! 네! 네! 네!"

재킷을 입은 남자가 레버를 당겨 리프트 속도를 늦추었다. 달라이 라마가 안전바를 올렸고 직원이 그와 교황을 부축했다. 그 다음은 로자와 내 차례였다. 우리는 담요를 건네고 고맙다고 인사를 하고 또 했다. 로자는 그의 옆얼굴에 입까지 맞추었다.

"날이 궂어지려고 해요." 그가 가지 색으로 부글부글 사납게 점점 부풀며 다가오고 있는 구름을 가리키며 말했다. "잠깐 안에 들어가 계세요."

안 그래도 그럴 참이었다. 나는 교황에게 괜찮으냐고 물었다. "괜찮아, 괜찮아." 그는 이렇게 대답했지만 사시나무처럼 떨었다. 그가 달라이라마의 팔짱을 꼈고 두 사람은 함께 동태가 된 친구답게 그렇게 온몸을 그야말로 진동하며 같이 걸어갔다. 그의 표정은 트라우마의 여파가 느껴질 줄 알았던 나의 예상과 180도 달랐다. 안도도 아니고 승리도 아닌, 의기양양한 미소가 얼굴의 금색 솜털 사이로 어렴풋이 비쳤다. 호텔을 향해 몇 걸음 걸어갔을 때 그가 "로자"라고 부르며 다른 쪽 팔을 뻗어 그녀의 팔꿈치 안쪽을 붙잡았다. "정말 훌륭한 생각이었어요! 엄청난 선물이었어요! 죽을 때까지 잊지 못할 거예요!"

∞ 19 ∞

이탈리아어로 캄포 임페라토레는 '황제의 들판' 내지는 '황제의 막사'라는 뜻이지만… 이 호텔의 외관은 거창한 명칭과 어울리지 않았다고만 하겠다. 한 면을 둥그스름하게 처리한 진흙색의 5층짜리 건물은 황제의 여름 별장이라기보다 심신미약 범죄자 수용 시절에 더 가까워보였다(그 둘이 서로 비슷한 부분이 아예 없지는 않지만). 타르를 바른 뒤편의 주차장에는 차가 몇 대 주차되어 있었다. 문 위에 십자가가 달린 조그만 부속 건물이 보였고—이 근처에 사는 수녀들이 목요일 오전에 모여 리프트에서 사망한 사람들을 위해 기도하는 예배당인 듯했다—옷차림 상으로는 에베레스트를 등반해도 되겠는 등산객 한 쌍이 길을 따라 걷고 있었다. 한쪽 측면은 스키 리프트 정상이었고 다른 쪽 측면은 자갈길의 종점이었고 그 중간에 긁힌 자국으로 뒤덮인 임페라토레의 뒷문이 있었다. 우리는 계속 부들부들 떨며 그 안으로 들어갔다. 뜨거운 차를 한 잔 마시고 차를 타고 산을 내려갈 수 있기만을 바랄 따름이었다.

　하지만 우리가 문지방을 넘는 순간 두 가지 사건이 벌어졌다. 첫 번째는 어마어마한 굉음과 함께 머리 위에서 번개가 치고 갑자기 쏟아진 빗줄기가 창문을 때렸다는 것이었다. 이보다 더 기이한 두 번째 사건은 우리가 들어선 곳은 퀴퀴한 냄새가 나고 조명이 어두침침하며 돌과 다 낡은 리놀륨으로 이루어진 로비였는데, 베니토 무솔리니의 사진과 그의 사진이 실린 신문을 담은 액자가 벽을 도배하고 있었다는 것이었다. 수염을 깎지 않았고 흙냄새를 풍기는 남자가 요란하게 트림을 하며 우리를 지나 밖으로 나갔다.

　우리가 네오파시스트의 벙커로 들어선 느낌이었다. 교황과 달라이라마는 이쪽이 저쪽에게 해석해주며 신문을 들여다보았다. 로자는 내 쪽으로 몸을 숙이고 속삭였다. "파올로, 내가 깜빡했다. 교황님이 무솔리니 꿈을 꾼다는 얘기를 듣고 여기 와야겠다고 생각한 또 다른 이유가 이거였는데. 일 두체가 1943년에 국왕한테 축출당한 뒤에 한두 달 동안 여기 감금돼 있었거든. 설명하자면 긴데, 아무튼 그게 생각났어. 여기를 소개하는 데 한 장을 할애한 수업 교재가 있었어."

"파시스트의 소굴이네. 나 같은 정치적 성향의 소유자에게는 악몽이지." 내가 말했다.

"데스크 직원은 친절해 보인다. 잠깐 앉아서 따뜻한 거 마실 수 있는지 물어보자."

무솔리니 기념품으로 둘러싸여 있긴 했어도 직원은 실제로 친절했고 편견 없는 성격이었다(피부색이 하얗지 않은 남자 둘이 들어와도 동요가 없었다는 뜻이다). 따뜻하게 맞이하고 우리가 추워한다는 것을 당장 알아차리고는 "리프트를 타셨어요? 이 날씨에? 운행이 돼요?" 하며 식당에 앉아 있으면 따뜻한 차를 보내겠다고 했다.

날씨가 괜찮은 날 같았으면 둥그스름한 벽에 동쪽으로 유리창이 달린 1층의 식당에서 내다보는 풍경이 근사했겠지만 창문이 은빛 홍수로 뒤덮였다. 다시 천둥소리가 하늘을 뒤흔들자 폭포수가 유리창을 타고 쏟아졌고 바람이 비명을 질렀다. "아직까지 저 밖에 발이 묶여 있었다면 어땠을지 상상해봐." 로자가 말했다.

"상상하고 싶지 않아."

흰색 식탁보로 덮인 동그란 6인용 테이블이 스무 개 놓여 있었지만 그 시각에는 손님이 한 명도 없었다. 우리는 계속 부들부들 떨며 앞쪽 벽 근처의 테이블로 갔고 폭풍을 감상할 수 있게 의자를 돌렸다. 잠시 후에 거의 나만큼 까무잡잡한 웨이터가 찻주전자와 찻잔 네 개가 담긴 쟁반을 들고 뒷방에서 나왔다. 그는 억양이 느껴지기는 해도 탄탄한 이탈리아어로 인사하고(남부 지방 출신인 게 분명했다) 바티칸의 식당에도 어울릴 만큼 노련하고 기품 있게 잔과 받침접시를 내려놓았다. 차를 따르고 어쩌다 몸이 이렇게 얼었느냐고 물었다.

"리프트를 타서 그래요." 로자가 말했다.

"농담이시죠?" 그가 말했다.

그녀는 고개를 저었다.

"이런 바보! 아직 손님들을 올려 보내면 안 되는데. 제대로 작동이 되는지 테스트하는 중이거든요."

내가 말했다. "테스트 계속해요. 우리가 30분 넘게 매달려 있었어요."

그는 고개를 저으며 나를 계속 쳐다보았다. "저보다 이탈리어를 더 잘하시네요."

"여기서 산 지 오래 됐어요."

"아. 그럼 친구분들은요?"

"여기 이 미녀는 나폴레타나예요. 다른 두 분은 이탈리아어를 잘 못하는… 알자스로렌에서 온 관광객이고요."

"아무튼 환영합니다. 몸 좀 녹이세요. 죽지 않았다는 데 하느님께 감사기도 드리시고요." 그는 로자를 보며 미소를 짓고 몸을 돌리기 직전에 이렇게 말했다. "저도 남부 출신이에요. 나폴리요. 돈을 벌러 여기 왔어요. 고향에는 일자리가 없어서요. 하나도."

잠시 후에 그가 갓 구운 것 같지는 않은 페이스트리와 쿠키가 담긴 접시를 들고 다시 왔다. 우리는 차를 마시며 궂은 날씨가 지나가길 기다렸지만 그칠 줄 몰랐다. 비가 내리고 천둥소리가 지축을 뒤흔들더니 뭔가 단단한 것들이 계속 유리창을 때렸다.

"우박이다." 로자가 말했다.

달라이라마가 조용히 말했다. "우리 고향이 생각나는군요. 겨울에는 눈이 많이 내리고. 여름에는 가끔 이래요."

"티베트가 그리우세요?" 로자가 물었다.

"아주 많이요!"

"다시 돌아갈 수 있는 날이 올까요?"

"네, 아마도요. 포탈라 궁(중국의 침략으로 14대 달라이라마가 인도로 망명할 때까지 달라이라마의 거처였다-옮긴이)으로 다시 들어가고 싶어요. 우리 국민들의 겁에 질린 모습이 아니라 웃는 모습을 다시 보고 싶어요. 그걸 위해, 그리고 중국 지도자들을 위해 기도해요. 그들이 끔찍한 업보를 너무 많이 쌓지는 않았으면 좋겠다고요."

로자는 실눈을 뜨고 그를 빤히 쳐다보았다. 뭔가 마음에 걸리는 게 있을 때 나오는 습관이었다. 60년대 로커 스타일이지만 달라이라마는 제대로 소화하지 못하는 부분 가발 때문에 그러나 했더니 그녀는 이렇게 말했다. "정말로 그 사람들을 위해서 기도를 하세요? 독실한 사람들은 노상 그렇게 얘기하긴 하지만 화 안 나세요? 조금도 밉지 않으세요?"

달라이라마의 울퉁불퉁한 뺨 위로 어리둥절한 표정이 물결처럼 번졌다. 그는 무슨 말인지 알아들을 수 있게 고쳐서 다시 물어봐주길 기다리기라도 하는 듯 내 아내를 쳐다보며 잠깐 동안 머뭇거렸다. "그들을 미워하지 않느냐고요?" 그는 믿기지 않는지 하늘을 찌를 듯이 높은 톤으로 물었다.

"저라면 그럴 거예요. 제가 아는 대부분의 사람들도 그럴 테고요."

"하지만 내 눈에는 앞으로 몇 번을 다시 태어나도 다 갚지 못할 업보를 쌓고 있는 것으로만 보이는데요."

"진짜요?"

그는 이해가 되지 않는다는 표정을 지으며 내 쪽으로 시선을 돌렸다. 태양이 뜨겁다고 했더니 로자가 못 믿겠다고 반항하는 격이었다. 가끔 차가울 수도 있지 않은가요?

"로자는 이번 생애에 초점을 맞추고 있어요." 나는 말했다. 내가 생각하기에는 푸근한 말투였지만.

"당신은 안 그렇고, 파올로?"

"당연히 그렇지. 물론이지. 나는 다만⋯."

"나는 우리 모두 솔직해졌으면 좋겠어!" 로자가 어찌나 큰소리로 외치는지 손님이 없는 게 다행이었다. 그녀에게 그 순간이 찾아왔다는 것을 느낄 수 있었다. 그 순간이 찾아오면 항상 분위기가 험악해지거나 분노로 얼룩지지는 않았지만 쾌감의 절정이 그렇듯 항상 강렬했다. 바다에 고여 있던 거대한 니폴리 출신 특유의 감정이 폭발했다. 적절한 온도가 되면 물이 끓듯 나폴리 일대에서는 그것이 자연스러운 현상이었다. 그녀는 한 성직자에게서 다른 성직자에게로 시선을 한 번, 두 번 옮겼다. "두 분께 부탁드릴게요. 정말이지 정중하게 부탁드릴게요. 저는 두 분을 존경하는 마음밖에 없어요. 하지만 제발! 그 위선적인… 가면만큼은! 죄송해요. 용서해주세요. 욕이 나올 뻔했는데 참았어요. 저는 사실 욕을 입에 달고 살아요. 욕도 똑같은 말에 불과하다고 생각하거든요. 두 분과 이런 시간을 보내는 선물을 받았는데 위선을 떠느라 시간을 낭비한다면….”

“그래요, 좋아요!” 그녀가 머뭇거리자 달라이라마가 유쾌한 목소리로 끼어들었다. 그녀의 제안을 수락한다는 뜻에서 미소를 지어보이고 이렇게 덧붙였다. “내가 아는 어떤 승려는 군인들에게 전기 고문을 당했거든요. 이, 아니 잇몸에다가.”

“잇몸에다가요?”

“그래도 당하는 내내 그 군인들을 위해 기도했어요.”

로자가 흥분해서 떠들기 전까지 교황은 딴 데 정신이 팔린 듯해 보였다. 그런데 이제 우리에게로 온전히 집중해 몸을 가까이 기울이고 로자에게 말했다. “십자가에 못 박혔을 때 예수님은 이렇게 외치셨죠. ‘아버지, 저 사람들을 용서하여 주십시오. 그들은 자기가 하는 일을 모르고 있습니다.’”

로자도 두 손을 쫙 펼쳐서 테이블 위에 올려놓고 남부인의 펄펄 끓는 피를 실어 세게 누르며 몸을 앞으로 숙였다. “하지만 그게 실화인가요? 실화라면 평범한 사람의 능력으로는 불가능한 용서인데, 그걸 따라하겠다고 하면 거짓말 아닌가요?”

“예전에 남편에게 조금 상처를 받은 적이 있지요?” 달라이라마가 천진하게 물었다.

“여러 번이요. 저희 둘 다.”

"하지만 지금은 용서하지 않았나요?"

"지금은 그래요. 하지만 오래 걸렸고… 이이가 제 입에 전기침을 꽂거나 저를 십자가에 못 박지는 않았어요!"

"심오한 명상에 돌입하면 고통이라는 감정을 뛰어넘을 수 있답니다."

"아뇨, 그렇지는 않다고 봐요. 게다가…."

"그리고 모든 인간의 내면에는 부처님의 마음이 있어요. 부처님과 똑같은 마음이. 친구든 적이든… 다를 게 없어요. 그러니까 그들의 해방을 위해 기도해야죠."

"그렇게 되질 않아요." 로자는 뚱한 목소리로 말했다.

"딸은 언제든 용서할 수 있지요?"

"네, 얼마든지."

"그리고 이제는 남편도 용서할 수 있고요. 그러니까 이제는 모든 사람을 딸과 남편처럼 대하면 돼요! 그게 다예요! 얼마나 간단하다고요!"

"성하는 그렇게 하세요?"

"그렇게 하려고 노력하죠. 날마다. 모든 사람 안에 있는 부처님을 보려고 해요."

"그럼 교황님은요?" 그녀는 교황님이라는 단어를 나지막이 속삭이며 그에게 물었다.

교황은 깊은 생각에 잠겨 있다가 깨어난 듯 그녀에게로 홱 하니 시선을 돌렸다. "미안해요, 뭐라고요?"

로자가 똑같은 질문을 반복하자 교황은 멍하니 염소수염을 긁

적였다. 이제 나는 더 이상 그의 행색에 놀라지 않았고 이상한 헤어스타일과 수염과 평상복에 별로 신경 쓰지 않았다. 아주 오래전에 그가 우리는 너나할 것 없이 늘 속내를 감추고 지낸다고 한 적이 있었다. 남자 아니면 여자, 노인 아니면 청년, 부자 아니면 빈자, 착한 사람 아니면 못된 사람으로 세상을 살아가지만 말로 표현할 수 있는 그 모든 껍데기 아래에 '본질'이 숨겨져 있다고 했다. "그게 바로 '영혼'이라는 게 아닐까 싶어, 파올로." 나는 그날의 대화를 선명하게 기억하고 있었다. 바람이 부는 어느 가을날 오후였고 우리는 보르게세 공원을 걷고 있었다. 그는 일종의 피정 아니면 학회 참석차 고국에서 바티칸 시티를 찾은 길에 일정이 없는 토요일에 로자와 나와 우리 딸을 만나러 와서 우리 집에서 점심을 먹고, 기어이 설거지를 하고, 낮잠 시간까지 안나 리자와 놀아주고는 나더러 같이 좀 걷겠느냐고 했다. 그렇게 걷던 도중에 그가 말했다. "세상을 떠난 사랑하는 사람을 떠올리면, 예를 들어 어머니나 아버지를 떠올리면 그분들의 본질이 느껴지지 않나? 그래, 얼굴이나 몸이나 어떤 추억이 될 수도 있겠지만 그것 말고도 다른 뭔가가 있지. 그들을 그들이게 하는 것, 외모와 성격을 넘어 기억의 총체를 이루는 어떤 것. 그들의 기라고 할까. 그들 고유의 기운. 그게 느껴지지 않나?"

나는 그렇다고 대답했고 이후로 여러 번 거기에 대해 생각했다. 얼굴, 몸, 성격… 그리고 그 아래의 어떤 것. 달라이라마라면 '부처님의 마음'이라고 표현했을지 몰랐다. 영혼. 고통을 넘어선 지점.

금색 가발을 쓰고 금색 콧수염과 염소수염을 붙이고 비싼 스웨터 네크라인 위로 흰색 셔츠 칼라를 세워서 입은 사촌을 테이블 너머로 쳐다보는 그 순간, 나도 그것을 느꼈다. 변장으로 그의 외모는 달라졌지만 그의 본질은 달라지지 않았다. 그도 이민자 사촌의 아내를 보며 그것을 느꼈을 것이다. 그의 눈에는 좋은 뜻에서 로자가 여자로 보이지 않을 것이다. 먼저 한 영혼으로 느껴지고 그런 다음 세세한 부분들이 채워질 것이다.

그가 로자에게 대답했다. "내 경우에는 고통이라는 문제가 머릿속에서 떠나질 않아요. 모든 사람들 안에서 예수님이 보이니 고통스러워하는 사람들을 지켜보는 것이, 얼마나 엄청난 고통인지 알지만 도울 수 없는 것이 이 땅에 사는 동안 풀어야 할 엄청난 숙제죠."

로자는 얼굴을 찌푸리고 있었지만 경청하는 표정에 가까웠다.

"얼굴을 찌푸리고 있네요." 교황은 그녀에게 말하고 미소를 지었다.

그녀는 말했다. "그게 거짓말이 아닐 거라고 믿어요. 진심으로. 하지만 다른 얘기도 듣고 싶어요. 마음속 가장 깊은 곳에서는 어떤 식으로 생각하시는지 말이에요. 고문에 대해. 악행에 대해. 테러리즘에 대해. 그리고 죄송하지만 '원죄'를 운운하시면 다시는 교황님이랑 말을 섞지 않을 거예요!"

교황은 그녀에게서 시선을 옮기지 않았다. "나는 어떤 식으로 생각하는가 하면 모른다고 생각하지요."

"선승들도 그렇게 얘기한답니다." 달라이라마가 끼어들었다.

"그리고 두 분은 그걸로 만족하시고요?"

교황이 말했다. "그럴 수밖에 없지 않을까요? 하느님의 세상에서 나는 아주 보잘 것 없는 존재예요. 할 수 있는 것을 하고 현실을 있는 그대로 받아들여요."

"불교도들도 그래요."

"그게 우리 신앙의 공통점이로군요, 텐진. 그것 말고도 교집합이 몇 군데 있지만. 우리는 상황을 개선하려고 노력하지만 현실을 있는 그대로 받아들여요."

로자가 말했다. "제 눈에는 상황이 개선되는 기미가 없는데요. 그렇다는 증거가 전혀 보이지 않아요."

교황이 말했다. "무솔리니가 죽었잖아요. 히틀러도. 스탈린도."

"북한은요?" 로자는 맞받아쳤다. "시리아는요?" 그녀는 달라이라마를 쳐다보았다. "중국은요?"

"그럼 포기해야 할까요, 로자?"

"저는 절대 포기하지 않아요. 저는 평생 뭐든 포기한 적이 없어요." 그녀가 말했다.

결혼생활은 포기했잖아. 나는 생각했지만 입 밖으로 내지는 않았다.

그때 달라이라마가 창문을 가리켰다. 빗방울과 우박이 유리를 두드리며 날씨 교향곡을 연주하고 있었다.

"아래까지 차로 태워다줄 사람이 있을지 몰라요." 로자가 말했다. 아까보다 흥분이 한 단계 가라앉았지만 앞으로 계속 지금 나눈 대화를 곱씹을 게 분명했다. 잠들기 전까지 고민하며 이성적으로 말이 되는 해답을 찾을 것이다. 하지만 우리 둘 다 알다시피 인간이 고통을 겪는 이유를 논리적으로 설명할 방법은 없었다.

교황이 내가 결정권자라도 되는 듯이 나를 돌아보았다. "여기서 자고 가면 어떨까?"

"이 파시스트의 소굴에서요?"

"정말 이상해, 파올로. 무솔리니 꿈을 꾸던 와중에 여기 들어와 보니 온 사방이 그의 사진이지 뭔가. 신문기사에 따르면 그가 여기에 수감되었다가 히틀러의 특공대원들에게 구조됐다더군. 그들이 활공기로 동체 착륙해서 경비행기에 그를 태워갔다고."

"그 비행기도 추락했어야 하는데 아쉽네요."

"그러게 말이지, 사촌. 하지만 나는 주님이 내게 뭔가를 보여주려 하신다고 생각할 수밖에 없어. 요즘 들어 다른 이상한 꿈도 계속 꾸고 있거든. 숨겨진 메시지. 여러 사람들. 아무래도 주님이 나를 어디론가 인도하시는…."

"여자들과 헬리콥터. 호수와 산." 내가 말했다.

"그걸 어떻게 알았나?"

"저한테 말씀을 하셨잖습니까. 하지만 꿈은 그냥 꿈일 때도 있지 않나요?"

"우연한 꿈은 없어요." 달라이라마가 조용히 끼어들었다.

부끄럽지만 나는 그때 그의 말을 무시했다. 나중에 통한이 후회를 했지만 그 당시에는 걱정이 구름처럼 내 머릿속을 덮고 있었다. "저는 여기 스타일이 마음에 들지 않아요. 분위기도 그렇고요. 흉흉한 업보가 쌓여 있는 느낌이에요."

로자가 나를 보며 히죽거렸다. "이렇게 비바람이 치는 와중에 저 리프트를 타고 아래까지 내려가는 건 괜찮고?"

"금방 그칠 거야."

"여기서 하룻밤 자고 가는 게 좋겠어. 현금은 있지?"

"응. 그 조카가 차를 몰고 도망치더라도 카를로 만치니에게 거의 갚을 수 있을 만큼."

"그게 무슨 소리야?!"

"아무것도 아니야."

"전부 지쳤고 여긴 안전해. 방을 달라고 해서 자고 가자."

"신분증은 어쩌고, 로자? 여권이 없다고 하면 방을 주지 않을 거야."

다른 사람 같았으면 이쯤에서 논의가 끝났을 것이다. 이것이 결정타이자 넘을 수 없는 장벽이었을 것이다. 하지만 로자는 스스로 정확히 짚었다시피 남들과 다르게 쉽게 포기하는 법이 없었다. 내가 전부터 존경하던 부분이었다. "내가 데스크 직원을 홀려볼게. 여권을 호텔에 두고 왔는데 빌어먹을 스키 리프트하고 비 때문에 로마로 돌아가지 못하게 됐다고. 비가 그치기 전에 가서 이번만 특별히 봐줄 수 있는지 물어볼게."

그녀는 일어나 원피스 매무새를 바로 잡고 행운을 빌어달라는 듯 내 오른쪽 어깨에 손을 얹었다가 성큼성큼 나갔다.

이 나라에는 관광객들은 잘 모르는, 기가 막히는 동시에 사람을 돌게 만드는 측면이 하나 있다. 다들 원칙을 좋아하지 않는다는 것이다. 그 증거로 나폴리에서는 어느 골목이든 이중 주차가 되어 있다. 인구의 40퍼센트가 세금을 내지 않는다. 명색이 가톨릭 국가인데 출생률이 유럽에서 가장 낮다. 조그만 마을 주민들은 대부분 바티칸의 유명인사가 아니라 수호성인을 정성껏 모신다. 이런 현상이 가장 극명하게 드러나는 곳이 고속도로와 국도라 표지판에 적힌 제한속도가 최저 제한속도인가 싶고, 운전자들은 습관적으로 능수능란하게 엉뚱한 차로로 끼어드는가 하면 급커브에서 추월을 한다. 기차역 매표소에서는 남자, 여자 할 것 없이 새치기 경쟁을 벌인다(그런 얌체족을 지칭하는 '푸르비'라는 단어가 있을 정도다). 웨이터들은 추가로 마신 베르나차 와인 값을 깜빡하고 받지 않는다. 도로 표지판을 따라가면 막다른 길이나 숲이 나온다.

그래서 우리가 위대한 화가와 결코 위대하지 않은 군인들을 배출한 나라가 되었지만 아이러니하게도 바로 그런 국민성 때문에 무솔리니가 자국의 국민을 독일의 복사판으로 만드는 데 실패했다. 그가 히틀러를 본떠 전 국민을 위한 운동법을 만들려고 했을 때 대부분의 이탈리아 국민들이 비웃은 이유도 그 때문이었다. 우리는 바보처럼 처음에는 그의 불룩한 가슴과 로마식 경례, 에티오피아 침공과 같은 전시용 작전으로 있지도 않은 과거의 영화를 재현하겠다던 그의 호언장담을 자랑스럽게 여겼지만 북쪽의 악마와 동맹을 맺고 참전을 선포하자 그의 인기는 나락으로 떨어졌다. 1943년 7월에 연합군이 시칠리아에 상륙했을 무렵에는 황제와 심지어 무솔리니의 측근이었던 파시즘 대평의회마저 일 두체라면 진저리를 쳤다. 그들은 그에게서 권력을 박탈하고 보호 차원에서 그를 여기 이 캄포 임페라토레로 옮겼다. 열렬한 지지자, 연합군, 러시아 전선에서 동사한 아들을 둔 평범한 농부 할 것 없이 모두가 그를 잡으려고 혈안이 되어 있었다. 나중에 황제는 힘겨웠던 마지막 회의석상에서 무솔리니가 이런 말을 했노라며 회상했다. "이탈리아를 통틀어 저만큼 미움을 많이 받는 사람도 없을 겁니다." 그리고 그건 그냥 하는 말이 아니었다.

히틀러의 일당이 무솔리니를 탈출시킨 바로 그곳에서 하룻밤을 보내고 싶은 마음은 눈곱만큼도 없었다. 나는 그에게 전혀 관심이 없었다. 우리 삼촌이 그의 손에 죽었다. 우리 부모님은 그를 경멸했다. 대부분의 학자들보다 그의 일생에 대해 더 잘 아는 로자는 그의 이름을 언급할 때마다 침을 튀겼다. 하지만 교황의 표정에서 지친 기색이 느껴졌고 달라이라마의 기준에서도 오늘 하루치 모험은 이것으로 충분할 것이었다. 로자의 말이 맞았다. 여기서 하루 자고 가도 안 될 건 없었다. 데스크 직원이 이탈리아의 위대한 전통에 따라 그녀의 말을 듣고 원칙을 무시할지 몰랐다. 이러니저러니 해도 그녀는 상당한 매력의 소유자였고… 우리는 현금으로 요금을 지불할 생각이었다.

그녀가 돌아올 때까지 기다리는 동안 교황은 퀴퀴한 쿠키를 멍하니 씹었고 달라이라마는 비가 내리는 풍경과 입구에서 트림을 하며 내 앞을 지나갔던 수염 기른 남자를 구경했다. 남자는 주차장에 다녀왔다가 물에 빠진 생쥐 꼴이 되어 비틀거리며 식당 안으로 들어와 주방 문 옆에 서서 그보다 더 표독스러울 수 없는 눈빛으로 나를 노려보았다. 나는 순간 남자가 우리 일행을 알아보고 그러는 줄 알았다. 하지만 그게 아니었다. 유색인종인 나는 동질성을 추구하는 그의 상상 속 파시스트 세계에 침입한 불청객이었다. 유대인, 동성애자, 집시, 사회주의자, 노조 조직원, 무른 지식인과 더불어 나 같은 유색인종은 히틀러 박사가 밝힌 상상의 세균 보균자였다. 무솔리니도 이에 동의했고… 그 결과 5,000만 명이 목숨을 잃었다.

나는 남자를 마주 바라보며 그 당당한 증오 아래에서 부처님을 찾아보려고, 예수님을 찾아보려고 했다. 잘 되지 않았다.

로자가 몇 개의 열쇠를 든 채 환한 미소와 함께 식당으로 돌아왔다. "꼭대기 층에 싱글룸 네 개. 데스크 직원한데 일 두체가 구조된 곳을 보려고 외국인 관광객들을 모시고 로마에서 여기까지 당일치기로 여행을 왔다고 했어. 리프트 얘기도 꺼냈고. 폭우도. 그러면서 최대한 환하게 미소를 지어보였더니 됐어."

∞ 20 ∞

4층의 복도 벽은 새하얀 색이었고 바닥에는 이가 나간 리놀륨이 깔려 있었다. 객실 자체도 수도승의 독방 콘셉트라 적어도 교황과 달라이라마는 편히 있을 수 있겠다 싶었다. 객실마다 일주일 동안 굶은 사람이나 들어가서 앉을 수 있게 생긴 욕조와 단단하고 괜찮은 침대가 있었고, 창밖으로 이탈리아식 열대 계절풍 기후를 감상할 수 있었다. 나는 그런 기후를 본 적이 없었기 때문에 비바람이 치는 와중에 리프트에서 오도 가도 못하는 신세였다면 어떻게 됐을지 자꾸만 생각이 났다.

우리는 뜨거운 물로 샤워를 하고 잠깐 눈을 붙이고 기도를 한 다음 8시 30분에 식당에서 만나 저녁을 먹기로 했다. 나는 옷을 벗고 마리오가 발라준 마법의 왁스가 벗겨지지 않도록 조심스럽게 샤워를 한 다음 시원한 시트 안으로 기어들어갔다. 긴 하루를 보내고 피곤했던 터라 꿈나라로 점점 건너가려는데, 식당에서 하다 만 토론이 생각났다. '업보'는 불교식 용어였다. 다들 아무 생각 없이 그 단어를 쓰지만 안나 리자도 내게 설명했다시피 실질적인 의미는 우리 아버지가 미국 사람처럼 얘기할 마음이 생겼을 때 썼던 표현에 가까웠다. "뿌린 대로 거두는 법이야."

어떨 때 보면 등식이 성립하는 것처럼 느껴졌다. 예컨대 교황처럼 퍼주기 좋아하는 이타적인 사람들은 세상에 뿌린 것들이 일종의 천체처럼, 영적인 별똥별처럼 그들에게로 돌아와 금빛 가루가 묻은 부드러운 꼬리로 그들을 쓸고 지나가기라도 한 듯 행복하고 평화로웠다. 그런가 하면 살인범, 성폭행범, 독재자들은 응당한 벌을 받았다. 구금, 암살, 피비린내 나는 시커먼 역사책의 한 페이지.

하지만 고문과 살해를 당한 성인들은 어떤가? 능지처참과 화형식을 당하고 화살에 맞고 십자가에 못 박힌 성인들은 어떤가? 예수님은 어떤가? 그건 어떤 업보였을까? 요제프 스탈린 같은 사람은 어째서 별다른 고통 없이 건강하게 살다가 자연사했을까? 티베트의 수많은 승려들이 중국인 이교도들에게 고문을 당한 이유는 뭘까? 아이들이 암으로 고통 받거나 기형으로 태어나거나 천국에서 기아와 질병으로 얼룩진 이곳으로 내려온 이유는 뭘까?

무솔리니의 거처였던 이 건물 안에서—그는 죄책감을 느낀 적이 있었을까? 탈출하지 못했다면 범죄의 대가를 치렀을까?—식상할지는 몰라도 이런 궁금증이 회색 구름처럼 내 머릿속을 소용돌이쳤다. 인간에게는 자유의지가 주어졌다고, 가톨릭교회에서는 그런 식으로 설명했다. 하지만 나는 로자가 어떤 뜻에서 상투적인 말을 운운했는지 알았다. 그런 식의 설명은 내게도 충분하지 않았다. 팔이나 눈이나 입술이 없는 아이가 태어나는 이유를 어떤 자유의지로 해석할 수 있을까? 그 아이는 무슨 짓을 저질렀기에 그런 벌을 받았을까? 업보의 법전에 달린 어떤 각주로 설명할 수 있을까?

예수님은 우리의 죄로 인해 죽었다. 나는 이 얘기를 얼마나 귀에 못이 박히도록 들었던가. 그렇다면 그가 십자가에 못 박혀 죽은 이후에도 어째서 죄가 없어지지 않을까? 아버지가 그를 그런 식의 죽음을 맞이하도록 보낸 이유는 뭘까? 그리고 부처님과 내가 아는 다른 성인들은 왜 그런 식으로 죽지 않았을까?

나는 창문을 두드리는 빗방울 소리를 들으며 아직까지도 텐트에서 지내는 라퀼라 주민들을 생각했다. 그들은 하느님의 노여움을 샀을까? 모두 다? 무더기로? 유럽의 유대인, 캄보디아와 앙골라와 무고한 북한 주민, 후투족과 투트족, 데리리즘의 희생자, 유구한 인류 역사 동안 고문과 학살을 당한 수백 만 명의 사람들은 전부 전생에서 고통을 야기한 대가를 치르는 걸까? 아니면 달라이라마가 '육체적인 감각'이라 지칭한 것을 초월하도록 하느님이 이런 식으로 우리를 혹독하게 가르치는 걸까? 만약 그런 거라면 무엇이 지침이 되어야 할까? 성사와 묵주와 의식을 갖춘 가톨릭? 내면의 세계에 초점을 맞추는 불교? 직설적이고 나름대로 사랑이 넘치는 불가지론자 로자?

우리 안에서 흥분한 동물원 짐승처럼 이런 질문들이 내 머릿속에서 맴을 돌았다. 결국 나는 포기하고 궁금증을 해결해달라는 탄원을 담아 한 줄짜리 희망에 찬 영적인 구절로 성모님에게 기도를 드렸다.

∞ 21 ∞

나는 이탈리아에서 몇 번 형편없는 식사를 한 적이 있었다. 통념을 뒤집는 예외라고 할까. 하지만 캄포 임페라토레에서 먹은 저녁만큼 형편없었던 적은 없었다. 우리 셋보다 먼저 일어난 로자가 비를 덜 맞은 투숙객의 차를 얻어 타고 내려가 호텔 주차장으로 마세라티를 몰고 왔다. 8시 30분에 우리 넷은 약속한 대로 로비에서 만났다. 거기 소파에 앉아서 식당이 문을 열 때까지 잠깐 기다렸다. 비는 휘몰아치는 폭우에서 꾸준한 보슬비로 바뀌었고 등산복 차림의 용감한 등산객 무리, 몇 명의 평범한 관광객, 성지 순례를 온 해외 파시스트 동조단체 간부진인가 싶은 사람들로 이루어진 난해한 조합이 방금 전에 비를 맞은 행색으로 1층 로비를 오갔다. 대부분 남자인 이들은 한가하게 문을 열고 들어와 무솔리니 기념품을 향해 추파를 던지고 안내 데스크에서 파는 책을 샀다. 《사망 선고를 받은 이탈리아인의 위대한 희망》과 《존귀한 자》 같은 제목이 달린 자서전이었다. 그들은 이 존귀한 자가 죽지 않고 이탈리아를 21세기로 인도했더라면 얼마나 좋았을지, 여기저기에 물이 고인 바로 그 로비에서 선포하고 싶어 입이 근질거리는 것처럼 거만하고 반항적이며 수세적인 분위기를 풍겼다. 바보들이 그를 죽이지 않았더라면! 처칠과 루스벨트라는 멍청한 쌍둥이가 탱크와 군대를 동원해 이 황금 반도로 진격하지 않고 파시즘이라는 위대한 사회적 실험이 성공을 거둘 시간적 여유를 허락했더라면! 가슴을 내밀고 다니고 아내가 아닌 다른 여자와 바람을 피우며 어린 소년들을 사지로 보내는 일 두체 같은 리더, 남자다운 남자가 지금 있었더라면!

내 속이 뒤틀렸다. 로자가 들고 온 옷으로 갈아입고 내 맞은편에 앉아 있는 교황과 달라이라마—또는 독일에서 온 사업가와 긴 머리를 늘어뜨리고 피부는 까무잡잡하게 태운, 무심하게 돈이 많은 록스타 겸 관광객—는 샤워를 하고 혼자 조용히 기도를 하고 어쩌면 살짝 눈까지 붙여서 활기를 되찾은 모습이었다. 나는 다른 투숙객을 구경하는 그들을 보며 무슨 생각을 하고 있을지 궁금했다.

"이상한 조합이야." 나는 아내에게 속삭였다.

그녀는 불안한 표정으로 고개를 끄덕였다.

"왜 그래?"

그녀는 어깨를 으쓱이며 한쪽 어깨 너머로 안내 데스크를 흘끗 쳐다보았다. "누가 마세라티 사진을 찍고 있더라고."

"주차장에서?"

"스키 리프트 베이스캠프에서." 그녀는 우리 옆에 있는 바를 향해 걸어가는 세 명의 남자를 눈으로 훑었다. 그쪽 입구에서 왁자지껄한 목소리가 들렸다. 저녁시간에 캄파리 칵테일이 아니라 자정에 필스너 맥주를 마셨을 때 나는 불협화음이었다. "차를 타고 가보니까 남자 둘이 비를 맞으면서 그 앞에 서 있더라고. 한 명은 카메라, 다른 한 명은 우산을 들고."

"마세라티 광팬인가 보지. 차라면 사족을 못 쓰는."

"어쩌면. 하지만 내가 차에서 내리는 걸 보더니 도망치지 뭐야."

"이 공원에 마피아 지부장이 숨어 있다는 소문을 들었는데. 자기들이 그 자를 찾았다고 생각한 연방 경찰인가?"

"이봐, 논리 따지기 좋아하는 선생. 경찰이었다면 나를 보고 왜 도망을 쳤겠어?"

내가 "그야 모든 남자들 눈에 당신이 무서워 보이기 때문이지." 이런 식으로 빈정거리며 변론을 펼칠 겨를도 없이 식당에서 우리 자리가 마련됐다고 했다. 저녁 메뉴는 리조토, 파스타, 닭고기, 이렇게 세 가지 코스로 이루어졌고 셋 다 문제가 있었다. 워낙 외딴 곳이라 재료를 수급하는 데 분명 어려움이 있어서 신선한 채소 샐러드를 기대할 수는 없겠지만, 이탈리아에서 묵은 주스 맛이 나는 토마토소스와 기름 범벅인 리조토와 질긴 닭가슴살과 리프트 윤활제로 쓰는 게 맞는 화이트와인에는 변명의 여지가 없었다.

두 성직자는 식사를 거의 하지 않았다. 로자는 두 입씩 먹고 접시를 옆으로 치웠다. 그녀는 와인과 빵에서 위안을 얻으려고 했지만 그마저도 되지 않았다.

"우리 고향에서는 수도승들이 가끔 점심 이후에 아무것도 먹지 않아요." 달라이라마가 말했다.

"지금 같은 경우에는 훌륭한 전략이네요." 로자는 귀걸이를 만지작거렸다. 사랑이 넘치는 남편에게 10년쯤 전에 받은 선물이었다. "음식도 그렇고 애초에 여길 오자고 한 것에 대해 아무래도 죄송하다는 말씀을 드려야겠어요. 저는 그냥 역사적인 의미도 있고 풍경도 아름답고 해서…."

그녀가 말끝을 흐리자 교황이 조용히 물었다. "농담이지요, 로자? 텐진이나 파올로는 어떨지 모르겠지만 내게 지금 이 시간은 일생일대의 짜릿한 경험이에요. 내 앞으로 다가와 반지에 입을 맞추거나 난리법석을 떠는 신도들이 아니라 진짜 사람들과 만날 수 있는. 먹고 탈이 나는 건 아닌지 잠시도 틈을 주지 않고 지켜보는 사람 앞에서 고풍스러운 은 접시나 최고급 사기그릇에 담긴 음식을 먹거나 15분 단위로 잡힌 일정에 따라 하루를 살지 않아도 되는. 방금 전에 여기 객실에서 가장 근사한 기도의 시간을 누렸어요. 그리스도의 존재를 진심으로 느낄 수 있었어요."

"베드로 성당에서는 그걸 못 느끼세요?"

"당연히 느끼죠, 당연히. 하지만 성서를 보면 그리스도는 교회에 계시지 않잖아요. 그 당시에는 그분을 기념해서 지어진 교회가 없었을 테니까요. 그리고 초창기 이후에는 예배당에도 계시지 않고요. 안 그래요?"

"기억이 안 나요."

"내 말 믿어요, 거기에 계시지 않아요. 사람들 속에서 먹고 마시고, 인파 사이로 걸어다니고, 친구들 집을 찾아가고, 설교하고, 병자를 고치고, 성인과 도둑과 배신자와 함께, 인간들과 함께 어울리지. 물론 교회도 좋아요. 그리스도를 기억해야 하는데, 건물과 기도와 성사처럼 체계적으로 예배를 드리는 방법이 있으면 도움이 되니까요. 하지만 그러다 보면 의식과 상징에 매몰돼 그분이 실제로는 어떻게 지냈는지 망각하기 십상이에요. 친구들과 함께 먹고 마시고 죄인들과 대화를 나누며 사람들 속에서 살아 숨 쉬던 성령이었다는 사실을 말이죠."

예전의 그 친절한 웨이터가 와서 우리 접시를 치워간 이후에 로자가 말했다. "성서에서 그분이 웃었다는 얘기는 한 번도 나오지 않는 이유가 궁금해요. 그분은 엄청난 과업을 책임지고 이 땅에 태어났고 어떤 운명이 자기를 기다리는지 알았겠지만 그래도 웃었다는 얘기가 최소 한 번은 나와야 하는 거 아니에요? 그런데 성서에는 전부 심각한 얘기뿐이에요. 심지어 가나에서 혼인 잔치가 열렸을 때도 기쁜 자리라 음악이 흐르고 그러지 않았겠어요? 그런데도 물을 포도주로 바꾸는 기적을 보이고 그만이에요. 즐거워하는 기미도 없이, 축하하는 기미도 없이."

달라이라마가 말했다. "부처님도 마찬가지예요. 농담을 별로 하신 적이 없죠."

나는 예수님과 부처님을 운운하다 보면 우리의 정체가 탄로 나는 건 아닌지 걱정스러워졌다. 그 자리에 걸맞은 화제가 아니었다. 하지만 주변의 테이블에서 들리는 요란한 웃음소리와 왕년의 회고와 아쉬움과 '그'라는 단어가 저주처럼 식당을 쩌렁쩌렁 울렸다. 그라면 이랬을 텐데, 그라면 이럴 수 있었을 텐데, 그가 그랬어야 하는 건데. 그가 아직 살아 있었다면….

내가 말했다. "어쩌면 농담을 했지만 편집됐을지 모르죠. 예수님이나 부처님이 아니라 그분들의 말씀을 기록한 추종자들이 유머감각이 없었을지 몰라요. 세상에 전하고 싶은 메시지가 있는데, 어떤 의제가 있는데, 생사가 걸린, 적어도 영적인 생사가 걸린 문제라고 생각한 거죠. 영원한 구원, 깨달음. 그래서 재밌는 부분은 빼는 게 좋겠다고 결론을 내렸을지 몰라요. 그리고 원래 유머는 역사를 통해 대물림되지 않잖아요."

달라이라마는 웃으며 고개를 끄덕였고 교황은 내가 평소의 지적 능력을 뛰어넘는 발언이라도 한 것처럼 금색 눈썹을 추켜올리고 고개를 한쪽으로 살짝 기울인 채 나를 쳐다보았다. "나는 잘 웃어. 텐진도 항상 웃는 걸로 유명하고." 그가 변명조로 말했다.

"알아요. 하지만 저도 로자의 생각에 동의해요. 신의 유머는 어디 있느냔 말이죠."

아무도 대답하지 않았지만 여기에 대해 생각하다 보니 코모 호숫가의 집에서 침대에 누워 의식이 오락가락하는 상태로 말년을 보냈던 아버지가 떠올랐다. "저희 아버지는 돌아가시기 직전에 웃었어요." 나는 큰소리로 얘기했다.

"당신, 그런 얘기는 한 적 없었잖아."

"끙끙대며 괴로워하신 적도 있었지만 아파하셨다기보다 대부분 불편해하신 쪽에 가까웠어요. 하지만 두려워하신 적은 없었고 막판에 혼수상태였을 때는 몇 번 빙그레 웃으시더라고요. 코미디를 보거나 옛날에 들은 재밌는 이야기가 생각나신 것처럼."

테이블 너머에서 나를 빤히 쳐다보는 달라이라마의 시선이 느껴졌다. "그렇게 돌아가셨다니 아주 훌륭한 분이셨네요. 생이 우리가 생각하는 것과 다르다는 사실을 그때 벌써 아셨다는 뜻이니까요."

교황이 성서의 한 구절을 인용했다. "우리가 지금은 거울에 비추어보듯이 희미하게 보지만 그때에 가서는 얼굴을 맞대고 볼 것입니다."

"저는 예전부터 그 구절을 좋아했어요." 로자는 나와 시선을 맞추고 경련이라도 난 것처럼 입술을 한쪽으로 실룩였다. "나도 웃을 수 있으면 좋겠다… 마지막 순간에 말이야."

나는 만감이 교차하느라 일그러진 그녀의 얼굴을 보고 어설픈 유머로 분위기를 바꿔보려고 했다. "내가 그때 옆에 있으면 어떻게든 도와줄게. 엘비스 흉내를 내줄게."

"그러면 되겠다, 고마워."

웨이터가 얇게 썬 배와 고르곤졸라를 접시에 담아서 우리 테이블로 들고 왔다가 아직 반이나 남은 와인 카라페와 거의 손도 대지 않은 우리 잔을 보았다. "커피 드릴까요?" 그가 살짝 미안해하는 듯한 투로 물었다. 그의 고향에서는 드랑게타 조직과 아무 연줄이 없는 죄수들이나 이런 음식을 먹을 것이다.

로자 혼자 커피를 달라고 했다. 아마 불안을 달래기 위해서였을 것이다. 웨이터가 조그만 에스프레소 잔을 들고 와서 앞에 놓자 그녀는 남들은 알아들을 수 없는 나폴리 사투리로 그에게 뭐

라고 말했다. 우아이요네(꼬맹이라는 뜻의 나폴리 사투리-옮긴이)
와 스쿠차멘차(성가신 인간을 지칭하는 나폴리 사투리-옮긴이)와 치
드룰(멍청이라는 뜻의 나폴리 사투리-옮긴이)과 슈 발음과 아이에이
발음이 난무하는, 길거리 음악 같고 뒤죽박죽 교향곡 같은 나폴
리 사투리. 웨이터는 씩 웃으며 같은 사투리로 대답하고 알아듣
는 사람이 있는지 우리 셋의 안색을 살핀 다음 시끄럽게 웃어대
는 다른 파시스트 손님들의 시중을 들러 갔다.

"저 사람한테 뭐라고 했어?"

"음식 맛있었다고. 배가 안 고파서 남긴 거라고."

"설마!"

"진짜야. 기분 나쁘게 얘기할 필요 없잖아. 저 사람이 만든 것도
아닌데. 그리고 저 아래까지 태워다준 남자한테 들었거든. 이 호
텔 주인이 지방 정부인데 만성적으로 자금 부족이라고. 다음 해
까지 버틸 수 있을지도 잘 모른대. 웨이터의 잘못도 아니고 심지
어 주방장의 잘못도 아니지. 팁을 많이 남겨야겠어."

교황이 팔을 뻗어 로자의 손목에 손을 얹었다. "그렇게 마음이
따뜻한 걸 보니 우리 누이가 그리워지네요. 당신은 내게 누이나
다름없어요. 같이 와줘서 고마워요."

그녀는 능청스럽게 대답했다. "파올로가 불렀어요. 남편이 아내
를 유혹하듯이. 말없이."

달라이라마가 나를 보며 외쳤다. "훌륭해요!"

교황이 맞장구쳤다. "최고죠! 부전자전이네요!"

이런 식으로 너스레를 떠는 와중에 로자의 전화벨이 울렸다.

벨소리를 바꿨는지 안드레아 보첼리가 아니라 엘튼 존의 노래 같았다. 그녀는 주머니에서 전화기를 꺼내 화면을 보더니 나에게 "안나 리자야. 아까 전화해서 메시지를 남겼거든" 하고는 로비로 나갔다.

동석자가 전원 남자로 바뀌자 교황이 말했다. "파올로, 자네한테 이 얘기는 한 적 없는데 내가 수련원 시절에 앵무새를 길렀어."

"앵무새요?" 달라이라마가 물었다.

"아주 조그만 새에요. 알록달록하고 열대지방에서 살아요. 말을 몇 마디 가르칠 수 있고요."

달라이라마의 이마가 어찌나 심하게 위로 꿈틀거리는지 부분가발이 조그만 지질 구조판처럼 움직였다. 낮잠을 자는 동안 헐거워져서 이러다 떨어지는 건 아닌지 불안해졌다. 그는 평소에 쓰던 안경도 오버사이즈 선글라스도 끼지 않아서 실눈을 뜨고 주변을 쳐다보았다.

"어떤 말을 가르치셨어요?" 내가 물었다.

"스페인어하고 영어로 몇 마디를 가르쳤어. '부에노스 디아스!(스페인어로 아침인사―옮긴이)', '부에노스 노체스!(스페인어로 밤인사―옮긴이)', '코모 에스타스?(스페인어로 '안녕하세요'―옮긴이)', '하느님은 너를 사랑해, 조르조', '밥 먹을 시간이다!' 나는 그 앵무새를 정말 사랑했는데, 중요한 건 뭔가 하면 인간도 비슷한 식으로 훈련을 받는 게 아닌가 하는 생각이 이후로 종종 든다는 거야. 어렸을 때 부모님에게, 사춘기 시절에 친구들에게, 어른이 돼서 동료들에게 들은 얘기가 뇌에 각인이 돼서 나중에 우리 아이들에게, 친구들에게, 교구 신도들에게 그대로 옮겨 그들의 뇌에도 각인이 되게 하는 건 아닌지. '들을 귀 있는 자는 들을지어다.' 예수님은 이렇게 말씀하셨지만 가끔은 우리가 정말 듣고 있는지, 정말 보고 있는지 아니면 내가 키웠던 앵무새처럼 누가 방 안에 들어오면 아침이 아니라 밤인데도 '부에노스 디아스!' 하는 건 아닌지 궁금해져. 무솔리니와 당시 그의 측근, 지금 여기 이 사람들과 관련해서도 말이지. 그가 한 말을 그들이 반복하고 있거든."

"저들이 하는 얘기를 듣고 계셨군요."

"가는귀먹은 할아버지처럼 소리를 지르고 있지 않나."

나는 웃었다. '할아버지'라니 그도 나처럼 손자가 없다는 데 속으로 슬퍼하고 있는 건가 싶었다. 나는 끔찍한 와인을 마셔보려고 마지막으로 다시 한 번 시도해보았다가 실패했다.

교황은 하던 얘기를 계속했다. "꾸준히 기도하는 습관을 들이면 벽에 새겨진 이 해묵은 문구가 지워지면서 머릿속이 새롭게 맑아지지 않을까 싶어."

근처 테이블에서 파시스트 일당이 요란하게 폭소를 터뜨렸다.

웃음소리가 그치자 달라이라마가 말했다. "우리 같은 수도승들은 가끔 3년씩 칩거하며 묵언수행을 한답니다." 그는 손님이 없는 옆 테이블로 손을 뻗어 웨이터기 두고 간 메뉴를 집었다. 종이에 적어서 코팅한 한 장짜리였다. 달라이라마는 메뉴가 적힌 쪽이 전면에 보이도록 그걸 들었다가 잠시 후에 실눈을 뜨고 백지 쪽으로 뒤집었다. "그러면 머릿속이 이렇게 되지요."

나는 말했다. "그렇군요. 하지만 명상이나 기도나 3년의 묵언수행으로 머릿속을 그렇게 청소한 다음 그걸로 뭘 하시나요? 벽을 빈 채로 내버려둘 수는 없잖습니까? 거기에 어떤 새로운 문구를 새기시나요?"

달라이라마가 말했다. "거기에 대해 답변하자면 사람들이 십계명 중에서 뭐가 가장 중요하냐고 물었을 때 예수가 뭐라고 했나요?"

로자가 한손에 전화기를 들고 행복한 엄마의 표정을 지으며 우리 쪽을 향해 식당을 가로질러 오는 것이 보였다. 달라이라마가 그리스도교도인 내게 성서의 내용을 빌어 가르침을 전달하려는 것이 느껴졌기 때문에 그녀가 얼른 와주었으면 좋겠다는 생각이 들었다. 사람들이 예수에게 십계명 중에서 뭐가 가장 중요하냐고 물었다는 것은 기억이 났다. 하지만 그가 뭐라고 대답했는지는 생각이 나지 않았다. 다 비슷하다고 했나? 뒤에 '하지 말라'가 붙는 것이 핵심이라고 했나? 중요한 순서대로 되어 있다고 했나? 그건 구약이고 자기한테 새로운 아이디어가 있다고 했나?

나는 멋쩍어하며 교황에게로 시선을 돌렸다.

그는 씩 웃었다. "나는 사촌이 답을 안다는 걸 알아."

"원래 아는데, 기억이 나지 않네요."

"마태오는 예수께서 이렇게 말씀하셨다고 하지. '네 마음을 다하고 목숨을 다하고 뜻을 다하여 주님이신 너희 하느님을 사랑하여라. 이것이 가장 크고 첫째 가는 계명이고, 네 이웃을 네 몸같이 사랑하여라, 한 둘째 계명도 이에 못지않게 중요하다.' 마음의 벽에 새겨할 문구는 이게 다야. 다른 원칙은 필요 없고 딱 그거."

"네. 그러니까요. 교황님은 기억하고 계셔서 다행이네요." 나는 말했다.

교황과 달라이라마가 같이 나를 보며 웃었다. 상관없었다. 하지만 이런 생각이 들었다. 다른 원칙은 필요 없다고? 진짜? 이혼도? 피임도? 일요일 미사도? 혼전 성관계도?

로자가 털썩 자리에 앉으며 선포했다. "내일 안나 리자 만나러 가요. 하루 쉰대요. 외국인 친구 두 명이랑 같이 여행 중이라고 했더니 아주 신나하더라고요."

"이들 부부의 딸이오." 교황이 달라이라마에게 설명했다.

"아, 좋아요. 따님에게 새로운 소식이 생겼네요." 달라이라마는 말했다.

∞ 22 ∞

그날 밤에 나는 누가 객실 철문을 조용히 두드리는 소리에 잠을 자다 말고 깼다. 익숙하지 않은 어둠 속에서 처음에는 죽기 전에 꾸는 꿈일지 모른다는 생각이 들었다. 하느님이 문을 두드리시는구나. 내가 떠날 때가 왔구나. 그러다 조금 정신이 돌아오자 리프트에서 우붓하게 보냈던 순간이 떠오르면서 로자가 들어와서 같이 자고 싶은가 보다는 생각이 들었다. 나는 무방비 상태로 벌떡 일어나 바지를 입고 잠금장치를 풀고 문을 열었다. 아무도 없었다. 하느님도 아내도 어느 누구도 없었다. 천장 양쪽 끝에 알전구가 달린 복도는 한밤중의 수도원처럼 고요하고 잠잠했다. 로자의 방은 내 옆방이었다. 나는 그녀의 방을 찾아가 같이 누워도 되느냐고 물어볼까 잠깐 고민했다. 하지만 방비가 다시 갖추어졌다. 그녀는 거부할 테고 나는 바보가 된 기분이 들 것이다. 그녀가 들어오라고 한들 서로 불꽃 튀겨가며 싸우느라 정신없는 과거의 패턴이 반복될 것이다. 시간이 지나도 그 불꽃은 왜 잠잠해지지 않는지 모를 일이었다. 우리 둘 사이에는 이글거리는 애정이 분명 남아 있었지만 말다툼과 고집으로 이루어진 방화벽도 있었다. 전쟁 같기도 하고 사랑 같기도 했다.

문을 잠그고 다시 침대에 누웠다. 빗방울이 유리창을 두드리는 소리도, 엘리베이터가 삐걱대고 쿵쾅거리는 소리도 들리지 않았다. 나는 다시 잠이 들기 전까지 몇 분 동안 안나 리자를 떠올렸고 그 순간만큼은 골치 아픈 영적인 고민도, 업보와 유머와 심판과 어느 계명이 가장 중요한지에 대한 궁금증도 없었다. 내 비록 단점과 부족한 부분이 많긴 하지만 딸이 이 세상에 태어난 순간부터 워낙 무조건적으로 사랑했기 때문에 우리 둘 사이의 사소한 의견 차이는 파도가 쓰레기를 방파제로 떠밀듯 한쪽 옆으로 젖혀둘 수 있었다. 나는 군소리 없이 딸을 위해 희생했고, 끊임없이 그 아이를 생각했고, 행복한 삶과 정신 상태를 누릴 수 있도록 내 능력이 닿는 한도 안에서 모든 노력을 아끼지 않았다.

우리도 그런 식으로 사랑을 받고 있다고 말할 수 있을까? 로자와 내가 안나 리자를 사랑한 것처럼 나와 우리를 사랑하는 아버지나 어머니나 신의 섭리가 있을까? 딸을 향한 우리의 사랑이 그보다 더 넓은 관계, 하느님과 인류의 관계를 상징하는 일종의 비유일 수 있을까? 만약 그렇다면 교황이 한 말이 맞았다. 우리가 죄를 지으면 하느님이 우리를 덜 사랑하게 되는 것이 아니라 죄가 눈앞을 가려 그 사랑을 볼 수 없게 됐다. 우리의 고통은 일시적인 것이었다. 어린애가 걸린 장염처럼 곤혹스럽지만 때가 되면 지나갔다. 만약 그 비유가 맞는다면 달라이라마가 로자에게 권했다시피 내가 안나 리자를 용서하고 사랑했던 것처럼, 다만 그보다 좀 더 넓은 의미에서 용서하고 사랑하는 법을 배우는 것이 우리의 임무일 것이다.

내 머릿속이 콩닥거리고 두근거리다가 차츰 진정됐다. 잠이 들기 직전에 달라이라마가 했던 얘기가 떠올랐다. "따님에게 새로운 소식이 생겼네요." 새로운 소식이라는 게 무엇일지, 새로운 직업일지 애인일지 어떤 진단일지, 그는 무슨 수로 알았을지 궁금해졌다.

셋째 날

∽ 23 ∽

앞에서도 얘기했을지 모르지만 나는 늦잠을 좋아한다. 사실 늘 늦게 일어나는 건 아니지만 적어도 기본적으로는 그렇다. 하지만 그날 아침에는 누군가가 철문을 다시 두드리는 소리에 날이 밝자 마자 눈을 떴다. 잠결에 들은 소리보다 더 크게 느껴졌다. 하느님 인지 로자인지 몰라도 아까보다 더 끈질지게 두드렸다. 나는 얇은 담요를 두르고 기도문을 중얼거리며 캄포 임페라토레의 나머지 부분과 나를 분리하는 철판을 잡아당겼다. 문 앞에 교황이 서 있 었다. 그는 잠이 덜 깬 듯했고 나이 들어 보였고 한쪽 방향으로 강 풍을 맞으며 한참 동안 걷다 온 사람처럼 근새 연소수염이 옆으 로 삐딱해졌다. 머리칼은 진짜와 가짜, 양쪽 모두 떡이 졌고 이리 저리 삐쳤다. 하지만 눈빛은 초롱초롱했다. 이 남자가 그랬다. 영 혼인지 본질인지 모를 것이 등대 불빛처럼 사방을 비췄다. 나는 그가 화를 내는 것도 차분한 것도, 기뻐하는 것도 슬퍼하는 것도,

피곤한 것도 기운이 팔팔한 것도, 조용한 것도 열변을 토하는 것도 보았지만 두 눈만큼은 항상 똑같았다. 밀크 초콜릿과 같은 갈색이었고 이 횃불과도 같은 에너지와 선의로 반짝였다. 어린 시절부터 지금까지 그 눈빛이 여전했다.

놀랍게도 금색 수염을 단 교황은 방 안으로 들어와서 등 뒤로 문을 닫았다. 그가 흥분한 목소리로 외쳤다. "예배당에서 기도를 드리려고 일찍 일어났거든. 요한 바오로에게 헌정된 예배당이라는 거 아나? 그가 자주 여기 와서 스키를 탔었다는 거 아나?"

나는 양쪽 질문 모두에 고개를 저었다.

"새벽 5시라 문이 잠겨 있었지만 친절한 데스크 직원이 열어주었어. 자네가 알자스로렌에서 왔다고 한 걸 깜빡하고 온두라스에서 온 관광객인데 형제 중에 사제가 있어서 기도를 좀 하고 싶다고 했지. 선의의 거짓말이라고 할까. 목소리를 제법 잘 위장했고. 그 직원은 내 억양을 듣고 그대로 넘어갔어. 내 이탈리아어에 억양이 있나? 생각해보니 자네한테 물어본 적이 없군그래."

"전혀 없습니다." 나는 말했다. 선의의 거짓말이었다. 나는 손목시계를 확인했다. "지금은 6시 20분이네요."

"깨워서 미안해, 사촌. 하지만 숙박계 카운터 위편에 달린 텔레비전이 켜져 있어서 지나가다 뉴스를 보게 됐거든. 헤드라인이 드라마틱하더군. 교황 납치 사건! 군경에서 전면 수색 중! 인터폴에 수사 의뢰. 미국 FBI까지 끌어들였대. 사람들이 로비에서 그 얘기를 하고 있지 뭔가."

"달라이라마에 대해서는 아무 얘기없고요?"

"아마도. 잘 모르겠어. 별로 관심 없는 척했거든. 그냥 흘끗 확인하고 곧바로 여기로 달려왔다네."

"어제 잠깐 죄책감을 느꼈어요. 이렇게 걱정을 끼치고 골머리를 썩이고 전 세계를 시끄럽게 만든 것에 대해서요. 무모한 잘못을 저질렀다는 생각이 들었어요. 모쪼록 교황님께서는—"

그는 두 손을 내밀어 내 어깨 위에 얹는 것으로 내 말문을 막았다. 차분한 눈빛으로 내 눈을 뚫어져라 쳐다보았다. "훌륭한 내 사촌, 내 피 중의 피. 나도 똑같이 찜찜하고 똑같이 불안하고 똑같이 걱정스럽다네."

"그럼 사태가 더 심각해지기 전에 자수해야 한다고 봅니다."

교황은 고개를 저으며 했던 말을 반복했다. "나도 똑같이 걱정스러워. 하지만 그보다 더 큰 음성이 그 걱정을 잠재우고 있어. 아직은 구체적으로 설명할 수 없지만 처음부터 나보다 거대한 어떤 것이 이 일을 주관하고 있다는 느낌을 받았다네."

"거대한 어떤 것이라뇨?"

"나도 몰라. 어제 얘기가 나왔다시피 뭔지 모를 느낌, 따라야겠다는 생각이 드는 어떤 직감이라고 할까. 그 정체를 이해하게 해달라고 요한 바오로의 예배당에서 기도를 드리고 온 참이야. 그분이 내게 기운을 북돋워주는 것 같았어."

"그렇군요." 나는 말했지만 못미더워하는 목소리였다.

"살다보면 그런 것에 귀를 기울여야 할 때가 있지. 내가 옳은 일을 하고 있다는 강한 확신이 있으면 남에게 상처를 주고 기분 상하게 하고 걱정을 끼치는 위험을 감수해야 하는 때도 있지."

"잘 알겠습니다, 교황님."

"'교황님' 운운하는 허튼소리는 이제 그만! 제발 부탁일세! 자, 이제 가서 로자를 깨우게. 아니, 내가 깨우겠네. 짐을 싸고 텐진에게 설명을 해야겠어. 안나 리자를 만나러 간다니! 얼른 만나고 싶어서 못 기다리겠네. 그리고 얼굴색을 다시 좀 손봐야겠어, 얼룩덜룩해." 그는 자기 후골을 가리켰다. "여기가."

그가 나가자 나는 면도를 하고 짐을 싸고 마리오가 준 왁스를 얼굴에 좀 더 바르고 청소 담당에게 방 네 개 몫으로 넉넉하게 팁을 남기고 아내와 상의하러 옆방으로 찾아갔다. 교황이 목소리로 흥분을 전했다면 그녀는 표정으로 흥분을 전했다. 앙증맞은 입 주변의 근육이 이렇게 외치는 듯했다. "좋았어! 말도 안 되는 모험에 이어 이제는 군에서 우리를 찾고 있다니! 어떻게 이보다 더 신날 수가 있을까?" 하지만 나는 머릿속에서 들리는 불안 합창곡이 더 커졌다.

그녀가 숨을 헐떡이며 말했다. "출발해야겠다, 파올로. 지금 당장!"

"아침은 어쩌고?"

"가면서 먹자."

"그래, 좋아. 늘 당신 말이 옳지. 내가 운전해도 될까? 그러면 만치니가 싫어하려나?"

"마음대로 해. 어차피 지겨워졌으니까. 그리고 만치니에 대해서라면 걱정할 거 전혀 없어."

"어제 사진을 찍었다는 사람들이 군이나 FBI 소속이라면 얘기가—"

"나도 그 부분에 대해 생각해봤는데 아닐 거라고 봐. 그 차랑 나를 무슨 수로 연결시켰을지 모르겠거든."

"당신 휴대전화."

그녀는 고개를 저었다. "출발하기 전에 마리오하고 전화기를 맞바꾸고 누가 내 행선지를 물으면 일주일 일정으로 몬테카를로에 갔다고 하라고 얘기해놨어. 게다가 교황님이 그러는데 뉴스에서 떠들어대는 사람은 당신이고 당신 아내 얘기는 한 마디도 없대."

"나?"

"교황님이 그 얘기 안 했어?"

"응, 나는—"

"그 부분에 대해서는 당신 짐작이 맞았어. 뉴스에 당신이 쓴 쪽지가 발견됐다고 보도됐대. 교황을 데리고 남쪽으로 가니까 몸값을 준비하라고 했대. 500만 유로를!"

"장난치지 마. 아니면 교황님의 장난인가? 워낙—"

"장난 아니야."

"하지만 쪽지라니… 나는 쪽지 같은 거 쓴 적 없어, 로자. 내가 그런 쪽지를 쓸 리 없잖아."

"거기에는 당신의 적들이 있잖아."

그 말에 불안 합창곡이 교향곡으로, 불협화음으로 바뀌었다. 기분 나쁜 먹구름이 나를 집어삼켰다. 내가 미처 생각하지 못한 변수였다. 이야말로 궁극의 복수였다. 교황은 내부의 추기경, 주교, 대주교, 보좌관, 관리, 그를 에워싼 야심만만한 젊은 사제들

중에서 한 명을 골라 수석 보좌관으로 임명하지 않고 아무 경험 없는 사촌동생을 선택했다. 서품도 받지 않은 아웃사이더를. 그들은 기분이 상했고 자존심에 상처를 입었고 교회 내에서 그들의 이력은 경로를 이탈했다. 이제 그들 가운데 일부가 기회를 포착했다. 내가 기관사 옆에 서도록 승무원실에서부터 호출된 건 맞았다. 하지만 고속으로 달리는 기관차의 문이 열렸다. 누군가가 뒤에서 내 목덜미를 잡고 그 문밖으로 나를 밀치려 하고 있었다.

나는 "오"라고 중얼거렸다.

로자는 폭소를 터뜨리며 나를 안아주었다. "우리가 지켜줄 테니까 걱정 마. 교황님이 진실을 밝히면 다들 믿어주겠지. '다 잘 될 것이고 다 잘 될 것이고 모든 게 잘 될 것이다'라는 말도 있잖아."

"노리치의 줄리언이 한 말이지."

아내는 엄숙한 표정으로 고개를 끄덕였다.

"화형당하지 않았어?"

"그건 다른 사람이야. 노리치의 줄리언은 하느님이 남자인 동시에 여자라고 생각했기 때문에 교회에서 성녀로 추존 받지 못했지."

∞ 24 ∞

캄포 임페라토레에서 리미니까지 가려면 네 개 주의 산을 넘어야 했다. 아브루초와 몰리세를 지나고 레마르케를 살짝 거쳐 에밀리아로마냐의 최남단으로 건너가야 했다. 이 노선상에 있는 시비

타노바, 안코나, 페사로와 같은 도시들은 로마제국 시절에 각광받던 아드리아 해안의 항구도시였다. 이제 안코나는 주로 달마티아해를 건너는 연락선의 출발지로 명맥을 유지했고 그 북쪽의 도시들은 여름이면 관광객으로 발 디딜 틈 없는 유명한 바닷가 휴양지였지만 나머지 계절에는 버려지다시피 했다. 안나 리자가 교사로 취직이 됐다며 리미니로 이사할 거라고 한 직후에 로자의 회사에서 열린 크리스마스파티에 참석한 기억이 났다. 로자와 나는 그무렵에 별거 중이었고 내가 파티에 참석한 이유는 오로지 생뚱맞은 명절 분위기 때문이었다. 나는 음료를 들고 어색하게 서서 로자의 돈 많은 고객과 잡담을 나누었다. 그 여자는 파티장을 가로질러 우리 딸을 쳐다보며 코웃음을 쳤다. 손을 들어 진주목걸이를 만지작거리며 말했다. "리미니라니. 리미니는 이 나라에서 중요한 도시가 아니에요."

그럴지 몰라도 살기 좋은 곳이기는 했다. 길게 이어지는 모래사장, 거기서 내륙으로 2킬로미터 들어오면 옷가게와 광장이 있고 로마시대에 만들어진 아치와 다리가 있는 작지만 그림엽서 같은 마을. 안나 리자는 리미니를 사랑했고 로자와 나도 거기 놀러가는 것을 좋아했다.

그날 아침에 리미니로 출발했을 때 로자는 스키 리프트 베이스캠프에서 사진을 찍고 있던 남자가 단순한 마세라티 애호가가 아닐 경우에 대비해 요금소와 감시카메라가 있는 고속도로를 피해가자는 현명한 제안을 했다. 나도 찬성했다. 400마력짜리 기계를 몰고 천하태평하고 창의적인 이탈리아의 운전자들 덕분에 언제 무슨 일이 벌어질지 모르는 2차로 시골길을 달리는 것은 더할 나위 없이 즐거운 경험이었다. 클러치를 밟고 기어를 바꾸고 액셀러레이터를 밟으며 커브로 진입하고 에스프레소 때문에 흥분한 마초남이 사각지대의 버스를 추월하느라 우리 차로로 넘어오지는 않는지 살피고. 명상처럼 온 몸과 마음을 바쳐야했다. 이탈리아식 기도였다.

중간에 로자가 라디오를 틀었다. 교황이 실종됐다는 소식이 그냥 보도되는 것이 아니라 전 세계에서 10억 명이 한 목소리로 외치는 수준이었다. 모든 채널마다 교황 납치 사건을 다루었고 이제는 달라이라마도 실종됐다는 추측이 무성했다. 이탈리아 언론이 종종 그렇듯 과대포장과 유언비어가 오늘의 유행이었다. 교황은 마피아 두목에게 끌려가 시칠리아에 붙잡혀 있었다. 이미 사망했다. 정부에서 거액의 몸값을 지불했으니 지금 당장이라도 돌아올 수 있다. 체첸 분리주의자들이 지난주에 바티칸 근처를 배회하더니 교황에게 약을 먹여 헬리콥터에 태워갔다. 어느 논객은 딱 잘라서 말했다. "중국의 소행입니다. 교황이 아니라 달라이라마가 주요 타깃이에요. 교황은 엉뚱하게 엮인 겁니다." 납치범의 정보를 제공하는 사람에게 500만 유로의 포상금이 걸렸다.

나는 로자가 이 방송국에서 저 방송국으로 채널을 돌리며 황당한 억측을 바꿔 들을 때마다 교활한 수석 보좌관 관련 보도가 나오길 계속 기다렸지만 그런 얘기는 없었다. 과대망상에 걸린 어느 기자가 지어낸 얘기인가 하는 생각이 들려던 찰나 바뀐 채널에서 다른 논조가 들렸다. "소식통에 따르면 그 데파도바는 처음부터 문제가 있었다고 합니다. 교황이 동성애자에게 공감하고 동양의 종교를 존중한다는 잘못된 정보가 바티칸 궁에서 흘러나온 것도 그 자의 책임이라는 겁니다. 그 소식통에 따르면 팔촌인가 십촌인가 하는 먼 친척이라 교황이 부득이하게 채용했지만 그는 사실상 과격한 공산주의자이고—"

나는 바보처럼 라디오에 대고 외쳤다. "사촌이야! 그리고 민주사회주의자고!"

"진정해, 사촌. 바보들이 뭐라고 떠들건 신경 쓰지 말고. 자네가 성스러운 임무를 수행 중이라는 것을 우리는 알잖나. 믿음이 인도하는 대로 따르도록 해."

"너무 심하잖아요. 라디오 꺼줘, 로자. 못 견디겠어."

"잠깐만 기다려봐."

교황이 뒤에서 말했다. "사촌. 오늘 아침에 우리가 나눈 대화를 기억하게. 믿음이 인도하는 대로 따르도록 해."

아나운서의 멘트가 계속 이어졌다. "또 다른 언론보도에 따르면 무신론자라고 합니다. 팔촌의 인기와 명성을 질투했고 섹스 중독으로 급전이 필요한 상황이었습니다. 그는 프랑스의 사창가에 자주 출몰했다고 하며—"

그 기상천외한 상상에 로자는 마침내 리디오를 껐다. "당신이 프랑스 여자를 더 좋아하는 줄 예전부터 알고 있었어." 그녀는 자리에 앉은 채로 몸을 돌려 뒤를 돌아보았다. "교황님. 이이는 프랑스 여자를 더 좋아해요. 그들의 음식, 스타일, 하얀 피부색. 처음부터 지금까지 그게 문제였어요."

나는 직선 구간에서 위험을 무릅쓰고 백미러를 흘끗 들여다보았다. "달라이, 제가 얼마나 황당한 모함을 견뎌야 하는지 아시겠죠?"

"우리 티베트에는 거기에 얽힌 전설이 있어요. 이상하게 행동하는 성스러운 기인에 얽힌. 사람들은 그들을 바보 취급하지만 우리가 정상으로 지칭하는 사람들보다 더 지혜로울 때가 많지요."

교황이 말했다. "거룩한 바보. 우리 가톨릭에도 비슷한 전설이 있지요."

로자가 물었다. "거룩하지 않은 바보는요? 거룩하지 않고 바보 같기만 한 남편은요?" 하지만 아무 말 대잔치를 이어나갈 겨를도 없이 그녀가 오른쪽을 가리키며 고함을 지르다시피 했다. "커피!"

"알아, 안다고." 나는 브레이크를 세게 밟으며 핸들을 주차장 쪽으로 홱 돌렸다. "한참 전부터 봤어."

이탈리아에서는 도로변의 카페마다 텔레비전이 갖추어져 있는 듯했다. 뜨거웠던 그 여름날 아침에는 모든 텔레비전에서 우리가 방금 전에 들은 것과 기본적으로 동일한 뉴스가 보도되고 있었다. 교황과 유명한 손님이 수석 보좌관과 함께 사라졌다. 납치일 가능성이 컸다. 경찰, 군, 바티칸 경호팀, 심지어 유럽 전역의 치안 당국마저 미친 듯이 수색작업을 펼치고 있었다. 미국의 FBI에까지 협조 요청이 전달됐다. 전 세계인이 교황의 무사 귀환을 기도했고 확고부동한 무신론자들도 그들이 얼마나 보물 같은 존재인지 깨달았다. 그들이 없는 삶은 어떨 것인가.

죄책감이 이빨과 발톱을 세우고 다시금 나에게 덤벼들었다. 나는 납치당한 두 피해자를 차례대로 쳐다보았다. 둘 중 아무라도 한 마디만 하면, 딱 한 마디만 하면 전화를 걸어서 자수할 작정이었다. "남에게 상처를 주는 위험을 감수해야 할 때가 있지." 교황은 이렇게 말했지만 온갖 생각들이 내 머릿속에서 소용돌이치며 고함을 질렀다. 나는 혼란과 충돌을 싫어했다. 죄책감을 잘 극복하지 못했다. 그리고 감옥에 갈지 모른다는 상상도 죽도록 싫었다.

우리는 커피와 페이스트리와 오렌지주스를 주문하고 텔레비전 화면을 피해 건물 지붕 너머로 태양이 살짝 고개를 내민 테라스 테이블에 앉았다.

로자가 말했다. "이제부터는 몸을 사리는 게 좋겠어. 안나 리자를 만나러 가는 것도 괜찮을까? 당국에서 걔를 주목하고 있을지 모르는데."

나는 말했다. "만나러 가야 해. 달라이라마를 만나는 게 그 아이한테는 얼마나 중요한 일이라고. 게다가 교황님은 사실상 삼촌이잖아."

"사실상 아버지의 팔촌이지요." 교황이 빈정거렸다.

"그래도…." 로자가 말했다.

"너무 보고 싶어, 로자. 내 딸을 만나야겠어. 특히 지금 같은 때는 더더욱."

"다음 주나 다음 달에 만나도 되잖아. 아무 때라도. 신나는 여행을 아직 제대로 시작하지도 못했는데 초를 치려는 이유가 뭐야?"

"나한테 다음 달은 없을지 몰라. 나는 교황 납치범이야. 과격한 공산주의자고. 다음번에는 볼테라 교도소 면회실에서 그 아이를 만나야 할지 몰라."

"당신 그거 피해망상이야."

"두 시간 전에는 내 말이 맞는다더니."

"파올로. 로마의 교황이 당신 옆에 앉아 있어. 애초에 이 여행이 저분의 생각이었는데 당신이 납치범으로 철창신세를 지도록 내버려두실 것 같아?"

"나는 억지로 끌려온 거예요." 교황이 선언했다. 그날 아침따라 그는 축제 분위기였다. "텐진, 우리 끌려온 거 아닌가요?"

"그럼요!" 달라이라마는 외쳤다. 둘이 배꼽을 잡고 웃자 길거리를 지나가던 사람들이 우리 쪽으로 고개를 돌렸다.

"우리 몸값으로 뭘 요구할 생각인가, 파올로?" 진정이 되자 교황이 물었다.

"계속 그렇게 시시덕거리세요. 저는 세 분을 여기 버려두고 카를로 만치니의 마세라티를 몰고 감옥에 갇히기 전에 마지막으로 알프스로 짜릿한 드라이브를 떠날 테니."

"나도 안나 리자를 만나고 싶다네. 텐진에게도 그 아이를 소개해주고 싶고." 교황이 말했다.

"로자, 당신 전화기 줘. 아니, 마리오의 전화기라고 해야 하나? 아무튼." 내가 말했다.

딸의 번호를 누르자 자다 깬 목소리가 들렸다. "안나, 내가 자는 걸 깨웠니?"

"아니에요, 아빠. 일어나 있었어요. 간밤에 잠을 설쳐서 그래요.”

“나랑 똑같네. 저기, 납치 뉴스 들었지?”

“안 들을 수가 있어야 말이죠.”

“내가 용의자라는 얘기도 들었어?”

“방금 전에요.”

“너한테 연락한 사람 있었니?”

“아직까진 없었어요. 진짜로 아빠가… 교황님을 납치했어요? 왜요, 또 저기압이 찾아왔어요?”

“저기압이 찾아왔느냐고?”

“네, 뭐.”

“내가 우울해지면 교황을 납치할 사람으로 보이니?”

“하도 뉴스가 섬뜩해서 그래요, 아빠. 아니, 교황님이라니!”

“지금 우리랑 같이 계셔. 변장을 하긴 했지만. 나도 그렇고 교황님도 그렇고 달라이라마도.”

“뭐라고요?! 지금 같이 계시다고요? 달라이라마도요? 오 마이 갓! 아빠, 무슨 일 생겼어요?”

“응. 아니. 이게 다 네 엄마 때문이야. 저기, 딸, 보고 싶다. 우리는 잘못한 거 아무것도 없어. 내가 다 설명할게. 1시간 30분 있으면 리미니에 도착할 거야. 해변에서 만나자, 40번대 구획에서. 우리는 남쪽에서 북쪽으로 바닷가를 걸어갈게. 네 엄마가 보일 테고 얼굴을 못 알아보겠는 남자 셋이 같이 있을 거야. 하지만 미행당하면 안 돼, 알겠니? 미행이 있는 것 같으면 이 번호로 전화해서 알려줘. 나한테 연락받은 적 있느냐고 누가 물으면 없다고 하고.

엄마가 몬테카를로에서 걱정이 돼서 전화했다고만 해. 알았지?"

"뭐가 뭔지 하나도 모르겠어요, 아빠."

"90분 뒤에 해변에서 우리랑 만나기만 하면 돼. 40번대 구역에서. 도피 작전을 잘 쓰고."

나는 전화를 끊고 테이블 맞은편을 쳐다보았다.

로자가 한쪽 입가를 실룩이며 나를 쳐다보고 있었다. "도피 작전이라고?"

∞ 25 ∞

죄를 짓지 않고 사는 사람이라야 여름에 리미니의 바닷가에서 합법적인 주차 공간에 차를 댈 수 있다. 다행히 우리 일행 중에는 거기에 해당하는 사람이 두 명 있었다. 아드리아 해를 오른쪽에, 줄줄이 이어지는 식당과 가게를 왼쪽에 두고 천천히 달리고 있었을 때 바로 앞에서 차가 한 대 빠지면서 안나 리자와 만나기로 한 곳 근처에 자리가 생겼다. 기적이었다. 우리는 차를 대고, 희한하게 생긴 남자 셋과 한 명의 미녀로 이루어진 특이한 극단처럼 작열하는 태양 아래로 나섰다. 본 공연에 앞서 바람잡이가 필요했던 클럽 사장이 있었다면 우리를 보고 일거리를 찾으러 왔다 보다고 생각했을 것이다. 우리는 미터기에 동전을 넣고 양심의 가책 없이 해변 쪽으로 무단 횡단했다.

유럽의 수많은 해변이 그렇듯 리미니에도 캔버스와 나무로 만들어진 선베드가 수없이 흩뿌려져 있기 때문에 편안하게 누워서 책을 보거나 일광욕을 즐길 수 있다. 얼마 안 되는 돈을 내면 하루 나 한 달 아니면 여름 내내 빌릴 수 있다. 똑같이 생긴 수백 개의 대형 파라솔 아래로 이런 선베드가 한 쌍씩 설치되어 있다. 요금 을 지불하면 인도 근처의 모래사장 끝에 마련된 탈의실과 샤워실 도 이용할 수 있다. 바다에서 탈의실까지 간격이 100미터쯤 되는 데, 구역마다 관리 주체가 다르고 번호가 매겨져 있다. 유럽에서 도 손꼽히는 리미니의 해변은 워낙 길어서 안나 리자가 아이들을 가르치는 학교 근처가 1번이고 10킬로미터쯤 떨어진 북 리미니가 90번대 후반이다. 우리는 항상 40번 대에서 딸을 만났다. 그 구역 의 관리인 중 한 명과 아는 사이인 데다 그럴 리 없겠지만 그 일대 의 물이 더 깨끗한 것 같기 때문이었다.

문제가 있다면 우리 네 명 모두 평상복 차림이고 수영복을 챙 길 생각을 하지 못했다는 것이었다. 게다가 그날따라 유난히 날이 더웠다. 길 건너편에 다닥다닥 붙어서 끝도 없이 이어지는 옷가게 나 기념품점에서 필요한 물품을 살 수도 있었지만 오래 있을 생 각이 없었고, 로자도 지적했다시피 물에 들어가면 분장이 지워질 수 있는 데다 내 가슴과 다리에는 왁스를 바르지 않아서 우스꽝 스러울 것이었다.

그래도 바닷가까지 와서 물에 들어가지 않으려니 몸이 더 근질 거렸다. 앞에서도 밝혔다시피 나는 코모 호숫가에서 어린 시절을 보냈고 우리 가족은 제노아나 비아레조 같은 이탈리아의 서해안 으로 자주 여행을 다녔다. 나도 거의 어머니만큼 물을 좋아했다. 나에게는 그것이 침례이자 정화였다. 교황이 얘기했던 마음의 벽

에 새겨진 문구를 그런 식으로 일부나마 지웠을지 모른다. 두 성
직자도 물에 몸을 담그면 좋아할 것 같았지만 로자가 절대 안 된
다고 못을 박았다. 때문에 우리는 모래사장으로 들어가 부분 가
발과 염소수염과 왁스를 바른 살갗을 벌써부터 긁어가며 북쪽으
로 걷기 시작했다.

500미터쯤 갔을 때 로자가 속삭였다. "저들이 남자 셋으로 이
루어진 그룹을 찾을 테니까 내가 텐진이랑 같이 뒤에서 갈게. 당
신이랑 교황님이 앞에 가. 안나가 보이더라도 손을 흔들거나 그러
지 마. 걔 뒤에 미행이 없는지 확인해. 변장이 얼마나 훌륭한지 시
험할 수 있겠다!"

그녀와 달라이가 뒤로 쳐졌다. 나는 도저히 참을 수가 없어서
신발과 양말을 벗고 바짓단을 걷어 올리고 얕은 물을 헤치며 걸
었다. 누가 유심히 쳐다보았다면 내 발목은 이탈리아 남부인의 색
이고 얼굴과 목과 손은 리비아인이나 튀니지인의 색이라는 것을
알아차렸을 것이다. 상관없었다. 그렇다 한들 내가 교황을 옆에,
달라이라마를 뒤에 거느리고 걷고 있다는 뜻이 되지는 않았다.

나는 뛰어들고 싶은 충동과 일전을 벌이며 잔잔한 파도가 끝나
는 지점에서 첨벙거렸다. 교황은 나보다 살짝 지대가 높은 곳에서
나란히 걸었다. 그의 너머에서 수많은 태양숭배자들이 걷고 어슬
렁거리고 눕고 앉아 있었다. 이탈리아인과 러시아인(리미니의 쇼핑
센터와 키릴 문자로 적힌 메뉴판을 좋아하고 허여멀건 피부를 비트 색이
될 때까지 익히는 것을 사랑했다)과 몇 안 되는 영어 사용자였다. 늘
보이는 조합이었다. 다른 유색인종은 잡동사니를 파는 아프리카

출신들뿐이었지만 리미니는 국제적인 도시였다. 30분만 걸어도 10여 개 언어를 들을 수 있기 때문에 이탈리아의 다른 바닷가와 다르게 거기에서는 내 분장이 그렇게 튀지 않았다.

교황이 조용히 물었다. "사촌, 지금 신나게 즐기고 있는 거 맞지?"

"그러려고 노력 중이에요. 제가 전부터 워낙 예민한 성격이잖아요. 몸값 어쩌고 하는 뉴스 때문에 더 심란해졌어요."

"내 생각은 다른데." 교황이 말했다.

"뭐가요, 더 심란해질 만한 일이 아니라고요?"

그는 고개를 저으며 폭소를 터뜨렸다. "자네가 전부터 워낙 예민한 성격이었다는 거. 내가 어렸을 때 본 자네는 그렇지 않았어."

"어린 아이들은 대개 그렇죠."

"이번에도 내 생각은 달라. 서구사회에서는 요즘 불안이 유행이야. 불안과 우울이. 청소년 자살이 심각한 나라도 있고. 얼마나 가슴이 아픈지 몰라."

"종교를 등지는 젊은이들이 너무 많아서요?"

"내 생각에는 젊은이들이 우리의 기대를 저버리는 게 아니라 우리가 그들의 기대를 저버리고 있는 게 아닌가 싶다네. 그들은 위선을 기가 막히게 간파하지. 심지어 교회와 관련된 문제에 있어서도. 어떨 때는 특히 교회와 관련된 문제에 있어서. 우리는 가난한 계층에 대해 계속 어쩌고저쩌고 떠들면서 금색 제의를 입고, 금으로 만든 성배를 하늘 높이 치켜들고, 난방비로 수백만 유로가 들며 전 세계 대다수 인구가 구경조차 한 적 없을 만큼 으리으리한 대성당에서 의식을 거행하잖나. 하느님의 사랑에 대해 얘기하면서 너무나 많은 사람들을 사랑받을 자격이 없는 죄인으로 몰아가고. 자네 딸을 봐. 삼촌이 주교와 대주교와 추기경을 거쳐 이제 교황이 된 집안에서 훌륭한 가톨릭교도로 자랐지만 이제는 불교도를 자처하고 있지 않은가!"

"교황님을 뵐 때마다 얼마나 민망한지 모릅니다. 죄송합니다."

"그런 데 기운 낭비할 것 없어. 예수님이 우리에게 원하시는 게 죄책감은 절대 아니니까. 나는 그 아이와 그 부분에 대해 얘기하고 싶다네. 그 아이는 뭐라고 할지 듣고 싶어. 솔직하게 얘기해줬으면 좋겠는데."

"그건 걱정 마세요. 안나 리자는 평생 자기 생각을 밝히는 데 어려움이 없었으니까요. 그런 점에서 제 엄마를 닮았어요."

"저기 있네! 꽃다운 아가씨로 자랐구먼. 그야말로 빛이 날 지경이야."

100미터 앞에서 우리 딸이 보였다. 자기 엄마처럼 키가 컸고 까만 머리에 까만 눈이었고 요즘 패션무대에 서는 모델처럼 깡마른 게 아니라 과거의 전통적인 미녀처럼 좀 더 탄탄했다. 꽃무늬 셔츠에 종아리 절반을 덮는 헐렁한 흰색 바지를 입고 있었다. 그리고 정말이지 빛이 나는 듯했다. 나만큼 바닷가를 좋아해서일 수도 있었고 엄마아빠를 만난다는 데 아니면 달라이라마와 교황을 한날 동시에 만난다는 데 신이 나서일 수도 있었다. 누구든 그렇지 않겠는가. 그 생각과 딸아이의 모습에 나를 덮고 있던 불안의 먹구름에 구멍이 뚫리면서 해가 살짝 비쳤다. "인사하지 마세요.

우리 변장이 얼마나 훌륭한지 보게요."

딸아이는 50미터 멀리에서도 우리를 알아보지 못했다. 나는 아이를 미행하는 사람이 있는지 살펴보았다. 없었다.

25미터로 좁혀졌는데도 여전히 아무 반응이 없었다.

산책과 물놀이를 하러 나온 사람들이 딸과 우리들 사이를 오갔고 러시아에서 온 아이들이 얕은 곳에서 시끄럽게 깔깔대며 서로 주먹질했다. 안나 리자는 아마 그 아이들에게 정신이 팔렸을 것이다. 10미터가 되고 우리들 사이에 이제 아무도 없는데도 그녀는 여전히 우리를 알아보지 못했다. 변장이 완벽하게 효과를 발휘했던 것이다. 하지만 이렇게 생각한 것도 잠시, 그녀가 "챠오, 바보!" 하며 달려와 나를 끌어안았다.

"걸음걸이를 보고 아빠 줄 알았어요!" 그녀는 교황을 향해 목례와 반절의 중간쯤에 해당하는 인사를 하고 그의 손을 잡았다.

"그걸로는 안 되지!" 그는 말하고 그녀를 와락 끌어안았다.

"두 분 끝내준다! 아무도 못 알아보겠어요."

"쉿. 조용히 해, 안나!"

"엄마는요?"

내가 어깨 너머를 엄지손가락으로 가리키자 그녀는 미소를 지었다. "대화를 나눌 수 있는 곳으로 가요, 아빠. 제가 아침에 가끔 명상을 하러 가는 데가 있어요. 거기 괜찮으세요?" 그녀는 교황의 귀에 대고 속삭였다. "성하, 괜찮으시겠어요? 불교도를 위한 공간이긴 하지만… 같이 기도할 수 있는데. 그럼 안 될까요?"

로자가 다가와 그녀를 포옹했다. 우리 딸은 다른 성직자를 향해서는 경외심에 사로잡힌 듯 좀 전보다 소심하게 인사했다. 그녀의 말이 맞았다. 해변은 허심탄회한 대화를 나누기에 알맞은 곳이 아니었다. 우리는 암묵적인 합의하에 큰길로 방향을 틀어 길을 건너고 유칼립투스 나무 그늘로 덮인 골목길을 따라서 계속 걸었다. 길 양쪽으로 어찌나 빽빽하게 주차가 되어 있는지 범퍼들끼리 서로 닿기 직전이었다.

안나 리자가 말했다. "아무 말도 못하겠어요. 진짜로요. 너무 흥분돼서 말문이 막혔어요. 이 시대 최고의 성인이시잖아요. 전 세계를 통틀어 저에게 가장 중요한 다섯 명 중에 네 분이 저를 만나러 이렇게 함께 오시다니!"

"우리도 흥분이 되네요." 달라이라마는 이렇게 말했지만 저녁을 먹는 자리에서 올리브 오일 좀 달라고 말하는 수준의 설렘과 떨림이 담긴 말투였다. 그는 내가 보기에 다정하고 현명하며 아주 흥이 많은 성격이었다. 하지만 '흥분'이라는 감정은 내장돼 있지 않은 듯했다. 적어도 우리 기준에서는 그랬다. 불교도라서 그런 모양이었다. 불교에서는 '평정'이라는 말이 시도 때도 없이 쓰인다고 들었다. 가톨릭교회에서는 자주 접할 수 없는 단어였고, 감정의 기복이 심하고 요란하게 친절을 베풀며 우울할 때는 바닥을 때리는 이탈리아인의 생활방식과는 특히 어울리지 않았다. 리미니의 조용한 골목길을 걷는 동안 우리 딸이 이질적인 종교에 매력을 느낀 이유가 그 때문인가 하는 생각이 들었다.

안나 리자는 원래 말이 많았다. 어렸을 때는 이미 침대에서부터 조잘거리며 일어나 아침을 먹는 내내 거의 숨 돌릴 틈도 없이 자기가 꾸었던 꿈을 믿을 수 없을 만큼 상세하게 설명하곤 했다. "그러고 나서요 엄마, 커다란 개처럼 생긴 동물이 나무 사이에서 나오더니 나한테로 와서 옆에 앉았고요, 그러더니 아빠, 그 아이가 할머니가 저한테 주신 빗으로 내 머리를 빗기기 시작했는데 너무 간지러워서 내가 웃으니까 그 아이도 따라서 웃었는데 꼭 큼지막하고 털이 북슬북슬한 개하고 비슷했지만 얼굴은 고양이처럼 생겼고…." 이런 식이었다.

그런 아이가 무슨 수로 3년 동안 묵언수행을 할 수 있을까?

다섯 명의 특이한 조합으로 이루어진 우리 일행은 나무 그늘이 드리워진 길을 걸어갔고 나는 아이가 하는 얘기에 귀를 기울였다. 아이의 목소리가 따뜻한 수증기처럼 내 심장을 감쌌다.

"무릎을 꿇거나 절을 하거나 뭐 그래야 할 것 같아요." 아이는 이렇게 종알거렸다.

교황이 말했다. "그건 우리가 원하는 방향이 절대 아니야. 우리가 며칠 동안 평범한 사람으로 지낼 수 있게 네 엄마와 아빠가 손을 써주었거든. 호들갑은 사양이다."

"교황님을 찾느라 전 세계적으로 난리가 났는걸요."

"알아." 교황과 달라이라마가 동시에 말했다.

그녀는 고개를 돌려서 어깨 너머로 나를 흘끗 쳐다보았다. "아빠 그렇게 변장한 거 보니까 이상해요. 다른 두 분은 말할 나위도 없고. 엄마 직원들이 해주신 거예요?"

"마리오가."

"나는 마리오 좋더라!"

나는 아이가 마리오를 안다는 데 조금 놀랐다. "마리오가 다섯 번째 인물이니? 아까 네가 좋아하는 다섯 명 중에 네 명이랑 같이 있다고 했잖아."

그녀답지 않게 얼굴을 붉혔다.

"남자친구야?" 로자가 넘겨짚었다.

안나 리자는 고개를 끄덕였다.

"진지하게 만나는 사이고?"

"만난 지 몇 달 됐지만 제가 원래 이런 얘기 잘 안 하잖아요. 아시죠, 아빠? 그이는 불교도예요, 교황님. 그이가 하는 명상 센터에서 만났어요." 그녀는 교황을 돌아보았다. "죄송해요, 교황님. 요즘도 성모님께 기도는 드리고 가끔 미사에도 참석해요. 두 신앙이 전혀 상충하지 않더라고요."

교황이 말했다. "너한테 그 얘기를 듣고 싶었어. 지구상의 다른 젊은이하고는 그런 얘기를 할 수 없잖니."

환하게 미소를 짓고 있었던 그녀의 얼굴이 거의 부루퉁하달 수 있는 표정으로 바뀌었다. 입을 오므리고 미간을 찌푸렸다. "저는 교황님을 진심으로 존경해요. 상처 받으실 만한 말씀은 드리고 싶지 않아요."

"그럴 일 없어."

나는 다가오는 난처한 상황을 직감했다. 안나 리자의 어깨에 손을 얹고 그녀를 진정시키고 주의를 주거나 이 지역 축구팀은 성적이 어떠냐고 묻거나 점심으로 피자, 치킨 카차토레, 와인을 마실지 여부로 화제를 돌려야 할 것만 같은 예감을 느꼈다. 하지만 납치당한 교황을 찾고 범인을 체포해 포상금을 받으려고 작정한 군장교나 경찰서장이 보이지는 않는지 두리번거리며 찾느라 정신이 없었다. 전국적으로, 거의 전 세계적으로 쫓기는 수배자의 삶은 녹록치 않았다. 이탈리아에서 교황 납치는 벨라루스의 보드카 양조장을 폭파하거나 암스테르담 사창가에서 악취폭탄을 터뜨리는 것보다 더 심각한 사형죄였다. 사람들이 이런 국보는 범죄 집단과 연루됐나 보다고 생각할지 몰라도 교황은 무죄의 화신이었다. 특히 이 교황은 인기가 많았다. 그의 납치범은 악마의 친구로 간주될 것이었다.

안나 리자가 당당하게 말했다. "대개는 원칙들이 문제예요. 성을 둘러싼 원칙. 피임, 혼전 성관계. 하지만 그뿐만이 아니에요. 여자들의 역할이나 그런. 죄송해요."

"그럴 것 없다. 공개적으로 토론해야 마땅한 문제들이야."

"하지만 단순히 원칙의 문제는 아니에요. 불교에서 말하는—" 그녀는 말을 멈추고 달라이라마를 흘끗 쳐다보았다. "—제 생각이 틀렸으면 바로잡아주세요. 불교에서 말하는 삶을 대하는 방식이 제가 보기에는 더 일리가 있어요. 일례로 불교에서는 환생을 믿는데, 그렇다고 하면 이 세상의 말도 안 되는 부분들이 제법 이해가 되거든요. 하지만 그게 없다 하더라도… 마음을 진정시키는 비법이 있어요. 가톨릭교회에도 기도문이 있고 미사에 참석하지만 그건 자기가 착한 사람이라는 걸 입증하는 체크리스트 항목을 하나씩 지우는 거하고 비슷하잖아요. 미사를 보고 나와서 들어가기 전과 조금도 달라진 게 없이 나쁜 짓을 저지르잖아요."

"모두가 그런 건 아니지."

"네, 당연히 그렇죠. 하지만 예를 들어 뭐에 중독이 됐거나 욱하는 성격이거나 무서워하는 게 있는 경우에 불교식 명상을 하면 곧바로 그 부분으로 접근해서 고칠 수 있어요. 저는 그게 좋아요. 그런 식의 차분한 기도가."

"가톨릭교회에도 향심기도가 있지. 묵주신공이. 우리도 오래전부터 수도원에서 전통적으로 렉시오 디비나(성경을 읽고 묵상하는 수행으로 '거룩한 독서'라고도 한다)를 비롯해 여러 가지 사색기도를 해왔단다." 교황이 말했다.

"저도 알아요. 서로 거의 비슷해서 저는 사실 두 종교를 항상 이리저리 섞어요. 성모송을 다섯 번 바치고 족첸 명상을 하는 식으로요!"

달라이라마는 그 말에 어떤 깨달음이라도 얻은 듯 "아"라고 말했다.

"입 안에서 벌이 윙윙대는 소리처럼 들린다." 내가 말했다.

"티베트어예요, 아빠. 불교의 한 수행법이에요. 족첸. 창시자는 파드마삼바바고요."

"그래, 그렇지. 파드마삼바바." 나는 그 이름을 들어보기라도 한 듯 이렇게 말했다. 자기 애 앞에서 어벙하게 보이고 싶은 사람은 없을 것이다.

"족첸은 '궁극의 경지'라는 뜻이에요. 얼마나 근사한지 몰라요!" 그녀는 몸을 돌려서 달라이라마를 마주보고 뒤로 걸었다. 이제 더는 조심스러워하지 않았다. "송구한 말씀이지만 성하께서 오신다는 얘기를 들었을 때 가르침을 한 말씀 들을 수 있지 않을까 생각했어요."

나는 사촌이 괴로워하지는 않는지 안색을 살폈다. 가톨릭교도로 자란 조카가 그의 바로 앞에서 다른 종교를 찬양하며 낯선 스승에게 영적인 가르침을 구하고 있지 않은가. 그는 상관없다고, 허심탄회하게 대화를 나누고 싶다고 했었지만 이 정도 수준을 예상했을지 궁금했다.

"양쪽 방식으로 기도하는 게 왜 나쁜가요?" 달라이라마가 머뭇거리는 기미를 보이자 로자가 물었다.

달라이라마가 외쳤다. "나쁘지 않아요! 불교에서는 믿음을 저버리라고 하지 않습니다. 예수의 곁을 떠나라고 하지 않아요, 오히려 정반대지. 예수를 더 잘 이해할 수 있는 법을 알려주지요!"

"하지만 남들 앞에서 절대 그런 얘기는 하지 않으시죠? 가톨릭교도는 다른 종교에 대해서 그런 식으로 얘기하면 안 되거든요."

이제 교황이 불편한 기색을 보이며 걸음걸이를 바꾸었다. 얼굴의 근육이 움직였다. 그는 신경 쓰이는 일이 있으면 뺨을 살짝 부풀리고 입을 굳게 다물고 실눈을 뜨는 습관이 있었다. 그래서 화난 사람처럼 보였지만 절대 그런 게 아니었다. 그가 시인했다. "맞아. 너도 알다시피 우리에게는 하느님이 보내신 독생자 한 분 뿐이지. 부처를 특별한 사람으로 인정할 수는 있을지 몰라도 신이 아니라 인간이고. 기분 나쁘게 듣지는 말아줘요, 텐진."

달라이라마는 폭소를 터뜨렸다. "부처님은 우리가 그분을 어떻게 부르든 별로 상관하지 않으실 겁니다. 사람들에게 '신'으로 불리길 원하지도 않으시고요.”

“하지만 우리는 상관이 있거든요, 텐진. 미안하지만. 나는 수없이 공표했다시피 모든 신앙을 존중합니다. 모든 가르침의 진지한 수행자를 전적으로 존중하고요. 내 임무는 사람들을 설득해서 가톨릭교도로 개종시키는 게 아니에요. 그것도 공식적으로 밝혔다시피. 하지만 이 지점에서만큼은 우리가 합의점을 찾지 못하겠네요. 기도의 형식에 있어서는 그래요, 불교에서 배울 것이 있죠. 나도 거기까지는 인정해요. 그리고 안나, 해묵은 원칙이 어째서 문제로 느껴지는지, 네가 어째서 이런 식의 내적인 기도에 끌리는지 나는 전적으로 이해한다. 나도 사실 그런 식으로 기도하거든, 물론 가톨릭교회식으로 말이다. 나도 장점을 알아. 하지만 예수님의 유일무이한 신성은 건드릴 수 없는 부분이란다. 부활을 믿는다면 예수님을 어느 누구하고도 견주면 안 되거든, 심지어 부처라 할지라도.”

난처한 침묵이 우리 사이로 번졌다. 지축을 뒤흔들었던 격돌, 피비린내 나는 성전, 평화가 아니라 승리를 향한 갈망으로 얼룩진 역사의 메아리가 내 귀에 들렸다. 우리는 어린 나이에, 대개는 부모님을 통해 특정 신앙 체계에 입문하고 그 계율을 우리의 머리와 가슴속에 새겼다. 그 계율을 옹호하고 변호하며 사수하고 거기에 헌신했다. 그리하여 구원에 이른 자도 있지만…… 전쟁을 일으킨 자도 있었다.

안나 리자는 우회전을 했고 밤색과 금색으로 문의 테두리를 칠한 건물 앞에서 걸음을 멈추었다. 방금 전에 우리가 지나온 길에서 빵 하는 경찰차 경적 소리가 들렸다가 점점 희미해졌다. 어머니는 항상 그 소리를 '곤경의 노래'라고 표현했다. "그 소리가 들리면 어딘가에서 누군가가 곤경에 처했다는 뜻이니까." 어머니가 그럴 때마다 그들을 위해 묵도하자고 했었기 때문에 나는 묵도했지만 또 한편으로는 경찰이 우리 뒤를 얼마나 바짝 쫓고 있을지 궁금해졌다.

달라이라마가 말했다. "나는 요즘 들어서는 가끔 '친절이 내 종교'라고 해요. 다른 말을 해봐야 편 가르기만 되거든요. 인간은 누구나 친절해질 수 있으니까요. 그리스도교도건 불교도건 이슬람교도건 힌두교도건 무신론자건. 그래야 분노를 줄일 수 있다고 봅니다. 증오도."

제 엄마한테서 직설적인 성격을 물려받은 안나 리자는 거침없었다. "두 분 다 정말 훌륭하시고 인기가 많으시죠. 하지만 달라이라마님, 가끔 힘들게 다가오는 게 뭔가 하면 부처님한테서는 따스함이 별로 느껴지지 않는다는 거예요. 위대한 스승이었고 진심으로 백성을 사랑하는 듯해 보였지만 말씀이 냉정해서 싫더라고요. 저는 두루 다니면서 가르치기도 하고 안아주기도 하는 분이 좋아요."

"친구가 죽었을 때 예수님은 눈물을 흘리셨지." 내 사촌이 희망 어린 목소리로 끼어들었다.

"네, 맞아요. 제가 말씀드리고 싶은 게 그런 거예요, 조르조 삼촌. 저는 불교의 내적인 측면과 그리스도교의 외적인 측면이 좋아요. 주변에서는 저더러 신앙이 뷔페도 아니고 여기서 조금, 저기서 조금 취하는 게 어디 있느냐고 나무라지만 저는 뷔페식이면 왜 안 되는지 모르겠어요."

교황이 뭐라고 대꾸하려고 했지만 그와 달라이라마는 남들 앞에서 소리를 내면 안 된다는 데 적응했고 몇 사람이 골목길을 지나 건물 입구로 다가오고 있었기 때문에 대화가 중단됐다. 나는 그때 종교적인 차이에 관심이 없었다. 사이렌 소리를 떠올리며 체포될 걱정을 하느라 딸을 만나서 즐거워야 할 시간에 먹구름이 드리워졌다. 그것 말고 다른 것도 있었다. 앞으로 몇 시간 있으면 새로운 영적인 모험이 내 앞에서 펼쳐질 것 같았다. 새벽에 교황과 대화를 나눈 뒤로 그런 묘하게 당혹스러운 예감이 어렴풋이 느껴졌다. 역사의 손길이라고 해야 할까. 위대한 화해를 향한 희망 또는 새로운 땅을 향해 내딛는 한 걸음이라고 해야 할까. 20년 전에 바티칸의 후원 아래 가톨릭계와 불교계의 '공통 관심사'를 점검하는 세미나가 열린 적이 있었다. 하지만 공통 관심사라고 하면 무미건조하고 지적이며 공식적인 느낌이었다. 내가 생각하는 그림은 그보다 사적이고 좀 더 즉각적이었다. 안나 리자처럼 똑똑하고 선한 젊은이들이 가르침을 서로 섞어가며 마음의 평화와 신앙심을 다지고 있다면… 교황과 달라이라마가 단순한 여행보다 좀 더 원대한 목표를 위해 한데 힘을 합친다면…… 로자와 내가 거기서 작은 역할을 맡는다면… 이런 생각이 꼬리에 꼬리를 물고 이어지자 불안해졌다.

"금방 끝나요." 안나 리자가 금색 테두리가 그려진 문을 열며 말했다. "한 20분 정도 명상을 한 다음 피에로가 잠깐 얘기를 해요.

그걸로 끝이에요. 괜찮으시겠어요, 아빠?"

"당연하지. 네가 그걸 물어본다는 게 모욕적이다." 내가 말했다.

"뭐, 아빠가 가만히 잘 앉아계시는 스타일은 아니잖아요."

내가 오랜 세월 동안 아빠 노릇을 하면서 여러 번 깨달은 사실이 있다면 아이들은 부모의 거울이라는 것이다. 아이들은 우리에게 우리 모습을 비추어 보인다. 우리는 자신의 결함과 기벽과 단점에 익숙해져 그걸 보지 못한 채 20년에서 30년 동안 그 모습 그대로 살아간다. 그걸 두고 배우자와 언쟁을 벌이더라도 기본적으로는 아무 문제없다고 생각한다. 그러다 이 제3의 존재가 우리 삶 속에 등장한다. 그들 역시 10년 정도 동안은 눈이 멀어서 부모를 무비판적인 시선으로 바라보고 사랑하고 받아들이며, 그들을 다스리는 왕과 왕비를 어느 누구와도 비교하지 않는다. 그러다 그들이 가족이라는 껍질을 깨고 나간다. 자기들만의 관점이 생긴다. 부모를 비판하기 시작하는데 처음에는 너무 심하게 몰아붙일 수도 있다. 그들은 부모에게 조명을 비춘다. 나는 그 순간까지도 내가 가만히 앉아 있는 걸 잘 못하는 사람인 줄 몰랐는데, 밤색과 금색으로 칠해진 문을 지나는 동안 미미한 감정적인 충격으로 따끔거리는 뇌를 달래며 생각해보니 맞는 말인 것 같았다.

건물 내부는 넓은 방이었다. 검은색 방석이 네 줄로 빈듯하게 놓여 있고 앞쪽에는 문을 등지고서 얕은 단이 설치되어 있고 사용감이 많은 소파 두 개가 뒷벽을 지키고 있었다. 적갈색 승복을 입었고 어깨가 넓고 잘생긴 청년이 검은색 방석을 깔고 단상에 가부좌로 앉아 있었다. 안나 리자가 그에게 손을 흔들었다. 허물

없는 사이처럼 보였다. "아무 데나 앉으세요." 그녀가 말했다. 그녀는 순식간에 우리 곁을 떠나 한 방석 위에 자리를 잡고 가부좌로 앉았다. 달라이라마는 실내라 더 우스꽝스러워 보이는 오버사이즈 선글라스를 쓴 채로 다가가 그녀의 옆자리에 앉았다. 로자는 그쪽으로 한 발짝 움직였다가 생각을 바꾸고 유턴을 해서 소파에 앉았다. 교황이 그녀의 왼편에 앉았다. 나는 그녀의 오른편에 자리를 잡았다.

잠깐 기다리자 사람들이 몇 명 더 들어왔다. 말을 하는 사람은 없었다. 대부분 방석에 앉았지만 조금 나이가 많은 여자가 내 오른편으로 마지막 남은 소파 한 자리를 차지했다.

"아롤라." 단상의 청년이 우리를 향해 고개를 들며 말했다. 흔히 쓰이지만 번역은 불가능한 이탈리아어로 상황에 따라 '좋습니다' 내지는 '자, 시작해볼까요' 내지는 '그럼 이제…'로 달라지지만 아무튼 가까운 미래를 지칭한다. "아롤라, 얼마인지 계산하자." "아롤라, 이제 수다는 그만 떨고 일 시작하자." "아롤라, 내가 뭐 좀 보여줄게." 이런 식이다. 청년은 척추가 대나무처럼 곧았고 두 손은 오므려 무릎에 얹었고 이탈리아어에서 살짝 로마폴로 사투리가 느껴졌다. "처음 오신 분들께 제 소개를 하자면 저는 피에로라고 합니다. 모두 환영합니다. 앞으로 20분 동안 조용히 앉아 있다가 제가 몇 마디 할 테고 그걸로 끝이에요. '호들갑 떨지 않기'가 우리의 모토거든요. 날마다 이렇게 모이고 주말에는 하루에 두 번씩 만나니까 시간이 나는 대로 동참하시면 됩니다."

가톨릭교회에서 전하는 메시지하고는 조금 다르네. 나는 생각했다. 강요가 없었다. 예배를 빼먹어도 대죄가 아니었다. 나는 이런 편안한 분위기가 조금 어색하고 낯설게 느껴졌다. 승복, 쿠션, 가부좌도 그랬다. 하지만 딸아이가 좋다고 하니 아버지로서 그이상 뭘 바랄 수 있을까?

잠시 후에 방 안의 모든 사람들이 눈을 감고 미동조차 하지 않았다. 나는 교황을 보았다. 표정이 편안해 보였다. 로자마저 눈을 감고 기도문 아니면 좋아하는 노래가사를 우물거리는 것 같기에 나도 눈을 감고 피에로의 마지막 설명에 귀를 기울였다. "떠오르는 생각을 관찰하면서 호흡이나 주문이나 사랑하는 사람의 얼굴 등 돌아갈 거점을 찾으세요. 잡념이 떠오르면 이 과정을 반복하면서 잡념이 가라앉는지 살피고요. 시작합니다."

모두 시작했다. 아니, 다른 사람들은 시작했다. 나는 당장 다시 눈을 뜨고 방 안을 둘러보았다. 한쪽 구석에 놓인 축구공. 조금 어울리지 않았다. 커튼이 쳐진 창문. 책이 깔끔하게 쌓여 있는 테이블. 피에로 뒤편의 부처상이 보이자 라킬라의 식당에서 본 무솔리니 흉상이 떠올랐다. 불손하게 하는 말이 아니라 둘의 재질이 비슷해 보였고―황동 아니면 가짜 황동 아니면 금색으로 칠한 나무였다―들어오는 모든 사람을 볼 수 있는 자리에 있었다. "가만히 잘 앉아계시는 스타일은 아니잖아요"라는 말에 대해 생각하며 딸을 쳐다보았다. 방석 위에 가부좌로 앉아서 숨을 참은 듯이 보이는 달라이라마를 보았다. 다시 교황과 로자를 흘끗 쳐다보았다. 내 옆에 앉은 여자가 기침을 하자 가만히 있지 못하는 내게 짜증이 났나 싶어서 눈을 감고 심호흡을 하고 머릿속을 정리하려고 애를 써보았다.

내가 어렸을 때, 8살에서 10살 사이에 부모님이 잠깐 개를 키운 적이 있었다. 이름은 이탈리아어로 '미쳤다'는 뜻의 파초였다. 알 맞은 이름이었다. 흰색 털은 곱슬거리고 주둥이는 네모난 잡종 소형견이었고 도무지 가만히 있을 줄 모르는 개의 으뜸 사례였다. 파초는 아무 소리도 나지 않는 데서 소리를 듣고 현관문으로 달려가 짖어대곤 했다. 0.5초가 지날 때마다 표시라도 하듯 카랑카 랑하게 왈-왈-왈 거려서 짜증, 그 자체였다. 그러다 뒷문에서 무슨 소리가 들린 것 같으면 발톱으로 타일을 긁어가며 달려가 방충문을 앞발로 딛고 서서 또 계속 짖어댔다. 그러다 소파 위로 폴짝 올라가 이번에는 창밖을 내다보며 계속 짖었다. 결국 히스테리를 일으킬 지경에 다다른 사람이 문을 열어주면 철제 울타리로 달려가 시에로라는 이름의 옆집 개를 향해 미친 듯이 짖었다. '하늘'이라는 뜻의 시에로는 희한하게 조용한 골든 리트리버였는데, 느릿느릿 고개를 돌려서 짖어대는 파초를 쳐다보며 둘 사이의 울타리가 멀쩡해 땅의 경계를 넘을 수 없는지 확인한 다음 고개를 다시 조용히 앞발에 얹고 파초가 지쳐서 항복할 때까지 짖도록 내버려두었다. 하지만 파초는 짖는 걸 잠깐 멈추는 거라면 모를까 항복하지는 않았고 지친 적은 절대 없었다. 진짜 새 아니면 상상의 새를 쫓느라 대문까지 달려가거나 바람에 실려 온 다른 개나 고양이나 다섯 블록 너머의 어떤 집에서 만드는 볼로네제 파스타 냄새를 맡고 다시 미친 듯이 짖었다.

우리는 이 모든 것에도 불구하고 파초를 사랑했다. 하지만 어느 날 파초는 넘치는 호기심을 주체하지 못하고 부서진 대문 틈새 아래로 뛰쳐나갔다가 우리 옆집에 냉장고를 배달하러 온 트럭에 곧바로 치이는 슬픈 사고를 당하고 말았다. 우리는 그 자리에서 넙치가 된 시체를 발견했다. 기사는 속상해서 어쩔 줄 몰라 했다. 우리는 괜찮다고 했다.

명상을 하는 그 20분 동안 내 머릿속이 파초의 머릿속과 비슷했다. 껑충거리며 불안한 상상을 쫓아다녔다. 추적당하기 전까지 얼마나 시간이 남았을까? 잡히면 어떻게 될까? 나는 왜 닥치지도 않은 일을 사서 걱정하는 성격일까? 왜 그런 식으로 일을 망칠까? 우리 결혼생활이 무너진 것도 그 때문이지 않나? 교황은 안나 리자의 불교 타령을 언제까지 받아줄 수 있을까? 여기에서 전혀 엉뚱한 곳으로 생각이 옮아갔다. 내 옆에 앉은 여자의 숨소리. 이 여자가 전염병에 걸려서 나도 옮는 건 아니겠지? 내가 딸이 창피해할 만한 짓을 저질렀을까? 이 피에로라는 작자는 누구일까? 남자친구? 로자는 지금 무슨 생각을 하고 있을까? 나중에 무슨 생각을 했는지 대화를 나눠봐야겠다. 명상에 대해 어떤 인상을 받았는지 몰라도 우리 둘이 180도 다르겠지. 왜 우리는 싸우지 않고는 못 배길까? 우리로 말할 것 같으면 결혼계의 팔레스타인과 이스라엘이었다. 마리오가 발라준 갈색 왁스인지 뭔지가 말라서 몇 군데 갈라지기 시작한 것 같았다. 이게 얼마나 지속될까? 로자는 마리오한테 반했을까? 둘 사이에 뭔가가 있을까? 내가 이렇게 신경을 쓰는 이유는 뭘까?

20시간처럼 느껴지는 20분 동안 계속 이런 식이었다. 왈-왈-

왈! 잠시 후에 조그만 종소리와 함께 방 앞쪽이 부스럭거렸고 피에로가 말했다. "좋습니다. 이제 마지막으로 두어 번 천천히 숨을 쉬고 잠깐 얘기를 나누도록 할게요." 나는 벌떡 일어나서 박수를 치고 싶었다. 그런데 그 대신 한숨이 나왔다. 오른편에 앉은 여자가 나를 쳐다보는 것이 느껴졌다. 내가 결례를 저지른 모양이었다. 이런 데서는 한숨을 쉬면 안 되는 모양이었다. "아빠!" 하고 외치는 안나 리자의 짜증 섞인 목소리가 벌써부터 들리는 듯했다. 그리고 다른 사람들은 머릿속이 시에로 같을지 몰라도 나는 파초 같았다.

하지만 불교식 명상에 입문하는 시간이 끝났다는 데 가톨릭교식으로 감사의 기도를 드렸다.

솔직히 피에로는 호감형이었다. 가식적이지도 않고 비굴하지도 않았다. 승복은 마음에 들지 않았다. 달라이라마가 입었더라면 베를루스코니가 한 300유로짜리 실크 넥타이처럼 자연스러웠을 테지만, 피에로는 볼로냐대학교 앞 카페에서 공부를 하거나 트라스테베레에서 여자친구와 함께 와인과 파스타를 먹는 청년처럼 보였다.

"제가 생각의 모이 삼아 몇 마디하고 내일 다시 뵐 수 있으면 좋겠습니다." 피에로는 심호흡을 하고 자기 손을 내려다보았다가 다시 고개를 들었다. 우리 딸이 몸을 기울여 달라이라마의 귀에 대고 뭐라고 속삭이는 것이 보였다.

피에로가 말문을 열었다. "오늘은 예컨대 부처님이 지금 이 방에 계시다면 우리는 어떤 식으로 행동할까 하는 생각이 드네요.

부처님이 우리의 일상 속을 함께 걸으신다면, 우리가 침대에 누울 때, 아침을 먹을 때, 회사에서 일을 할 때, 사랑을 나눌 때, 수영을 할 때, 공과금을 낼 때 함께 계신다면. 우리는 우리 곁의 그 존재를 느끼고 다르게 행동할까요? 부처님의 존재가 전하는 메시지는 무엇일까요? 세심하게 주의를 기울이되 주의를 기울이는 것에 대해 너무 의식하거나 자, 이제 주목하자, 이런 식으로 생각하면서 그러지는 말자는 거라고 생각합니다. 병원 대기실에서 기다릴 때 몇 초마다 한 번씩 휴대전화를 체크하듯 그냥 습관적으로 그렇게 하자는 것이지요."

달라이라마가 고개를 끄덕였다. 여기까지는 좋았다.

피에로가 하던 얘기를 계속했다. "'숨 쉴 때마다 기도하라'는 말이 있더군요. 우리가 여기서 나갔을 때 날마다 단 몇 분 동안만이라도 그걸 시도해볼 수 있을까요? 감사의 기도가 될 수도 있겠죠. 우리 몸속을 들어갔다가 나오며 우리의 생명을 유지시켜주는 호흡이라는 기적에 대한 자각. 예를 들어 연인과 싸움이 벌어지려고 할 때 아니면 짜증이 날 때 그걸 떠올릴 수 있다면. 우리의 분노나 짜증이라는 있는 그대로의 사실로 관심을 돌려 변화를 관찰할 수 있다면. 시도해볼 만한 일이라고 생각합니다. 공포도 마찬가지예요. 달라이라마는 물을 무서워한다고 들었습니다. 헛소문일 수도 있지만 그렇다고 어딘가에서 듣거나 읽은 적이 있어요."

그 말을 듣고 나는 달라이라마를 쳐다보았다. 전보다 더 미동도 없는 듯이 보였다. 그게 헛소문이라면 벌떡 일어나서 "아니에요,

아니에요! 나는 물을 좋아해요!"라고 항의하지 않을까 싶었다. 그 말이 맞다면 그는 스키 리프트에 탔을 때 교황이 그랬던 것처럼 지금 얼마나 당황스러울까.

피에로는 아무것도 모르고 하던 얘기를 계속했다. "그분도 인간이십니다. 그분도 우리처럼 두려워하는 것이 있습니다. 하지만 저는 그분이 수영하자는 얘기를 들었을 때 어떨지 상상해봅니다. 이상하게 들릴지 몰라도 여기 이곳의 바닷가에서 누군가가 그분에게 물속으로 들어가자고 했을 때 말이죠. 그분 안에서 공포가 점점 자라나겠지만 그분은 그 공포를 지켜볼 겁니다. 그것이 공포를 극복하는 첫 번째 단계가 될 테니까요. 그것이 그분의 삶에 미치는 영향은 눈곱 만큼일 겁니다. 그 공포, 물을 무서워한다는 부끄러움, 물에 얽힌 나쁜 기억. 이생에서 온 것이든, 전생에서 온 것이든, 그분에게는 지대한 타격을 미치지 않을 겁니다. 우리 모두에게도 그런 게 있지 않은가요? 공포, 분노, 짜증의 원인이. 우리를 현재에 집중하지 못하게 하는 요소가. 어떤 것들이 그런 역할을 하는지 생각해보기로 합시다."

피에로는 정다운 시선으로 방 안을 한 바퀴 둘러보았다. "네. 좋습니다. 와주셔서, 제 얘기를 들어주셔서 감사합니다. 조만간 다시 만날 수 있길 바랍니다."

그가 좌중을 향해 살짝 목례를 하자 우리도 목례를 했다. 사람들이 일어나 소지품을 챙기고 문 쪽으로 걸어갔다. 달라이라마는 그 자리에 앉아 있었다. 안나 리자가 환하게 웃고 있지만 살짝 걱정하는 표정으로 우리를 돌아보았다. "괜찮으셨어요?"

나는 수십 년의 아버지 노릇을 통해 터득한 융통성을 발휘했다. "아주 좋았어. 눈이 번쩍 뜨일 정도로."

"진심이세요?"

"당연하지. 괜찮은 사람 같네."

"엄마도 마음에 들었어요?"

"엄청." 로자는 진심인 듯했다.

교황은 목소리를 들키지 않기 위해서인지, 이 자리에 참석한 것이 못마땅해서 그래서인지 몰라도 아무 말도 하지 않았다.

안나 리자는 계속 조잘거렸다. "피에로가 다들 만나고 싶대요. 뒤편에 조그만 방이 있거든요. 피에로가 거기서 차를 끓이고 있어요. 거기로 오래요."

"그게 과연 좋은─" 나는 말문을 열었지만 로자의 서슬 퍼런 시선이 느껴졌다. 이제 그 방에는 우리 넷밖에 없었다. 달라이라마는 다리를 쭉 뻗고 자리에서 일어나는 중이었다. "교황님, 괜찮으시겠어요?"

"괜찮지 않을 이유가 없지."

"달라이라마님은요?"

"좋습니다, 좋아요." 그는 이렇게 대답했지만 수상한 낌새를 느낄 수 있었다. 물에 대한 공포가 언급돼서 그런 게 분명했다. 평소에는 평온하던 달라이라마의 얼굴이 가벼운 짜증으로 일그러져 있었다. 적어도 내 눈에는 그렇게 보였다. 안나 리자가 제 엄마와 변장한 두 성직자를 뒷방으로 안내했고 나는 불안으로 무거운 마음을 달래며 맨 뒤에서 따라갔다.

아무것도 모르는 피에로는 승복을 벗고 치즈와 과일을 접시에 담아서 조그만 사각 테이블에 차려놓았다. 우리가 들어가자 그가 어깨 너머로 말했다. "차를 끓이고 있어요. 앉으세요."

우리는 자리에 앉았다. 나는 명상의 시간에 새롭게 터득한 깨달음을 통해 방 안을 감도는 엄청나게 불편한 기운을 감지할 수 있었다. 피에로는 손님들의 정체를 전혀 모르는 눈치였다. 찻물이 쉭쉭거리며 끓는 소리가 들렸다. 우리 일행은 서로 쳐다보지 않았다.

"아까 정말 흥미로웠다, 안나." 내가 말했다.

그녀는 나를 보며 미소를 지었고 불안한 눈빛으로 교황을 쳐다보았지만 선글라스를 낀 달라이라마의 시선은 아예 피했다.

피에로가 차를 들고 와서 송구스러워하며 격식을 갖추고 조심스럽게 다섯 잔을 따랐다. 좀 전에 그로 인해 살짝 골치 아픈 상황이 벌어지기는 했지만 나는 그가 마음에 들었다. 만약 한 테이블에 앉아 있는 사람들의 정체를 알아차리면 자신의 실언을 떠올리며 혀를 깨물고 싶은 심정이 되지 않을까 걱정스러워질 정도로 마음에 들었다.

그가 명랑한 목소리로 말했다. "안나, 소개 부탁해요."

안나 리자는 헛기침을 하고 간청하는 눈빛으로 제 엄마를 쳐다보았다.

"그냥 사실대로 얘기하는 게 좋을 것 같아." 로자가 말했다.

우리 딸은 말문을 열었다. "음, 이분은 우리 엄마예요. 그리고 여기 이분은 변장한 우리 아빠고요."

"아, 그 납치범이시로군요!" 피에로가 외쳤다.

농담 삼아 한 얘기라는 것을 알 수 있었지만 조준이 잘못됐다. 왜 그런지 몰라도 그는 우리 앞에서 긴장을 감추지 못했다. 이게 다가 아닌데. 나는 생각했다.

로자가 교황을 가리켰다. "그리고 이분은, 이분은, 음, 사실 교황님이세요. 마찬가지로 변장을 하셨고요."

"하, 하!" 피에로는 호탕하게 웃었다. 이제 보니 그의 앞섶에 안경이 걸려 있었다. 렌즈가 두툼했다. 명상 시간 동안 아니면 차를 끓이는 동안 김 서림 때문에 벗어놓은 모양이었다. 그는 천진난만한 표정으로 안나 리자에게서 교황을 거쳐 나에게로 시선을 옮겼다가 다시 안나 리자를 보았다. 서글서글하게 장단을 맞추며 묘한 조합으로 이루어진 우리 일행 중에서 아직 소개되지 않은 멤버를 가리켰다. "그렇다면 머리를 기른 여기 이분은 달라이라마시겠네요! 하, 하, 하!"

잔인한 정적이 이어졌다. 어마어마하게 잔인한 정적이었다. 안나 리자는 깎아놓은 배를 내려다보았다가 피에로의 얼굴을 올려다보았다. 아주 다정하게 손을 내밀어 그의 팔에 얹었다. 나는 그의 눈과 입을 지켜보았다. 새벽 햇살이 1초씩, 1센티미터씩 하늘을 밝히듯 평온하던 그의 얼굴 위로 깨달음이 번져나가는 것을 지켜보았다. 잔인한 깨달음이었다. 무슨 이유에서인지 그는 나를 쳐다보았다.

"나도 이게 원래 모습은 아니에요." 내가 말했다.

그는 로자를 흘끗 쳐다보았다. 그녀의 원래 모습은 어떤지 궁금해 하는 듯한 눈빛이었다. 그는 교황에게로 시선을 돌렸고 끝이 너무 일정한 염소수염과 눈에 익은 눈과 코와 얼굴형을 드디어 알아차린 것 같았다. 그가 이윽고 용기를 그러모아 달라이라마를 쳐다보았다. 시선의 움직임에서 망설이는 기미가 느껴졌다. 그는 시선을 반만 옮겼다가 완전히 옮겨서 부분 가발과 오버사이즈 선글라스와 그 유명한 뺨과 입을 살폈다. 2초, 다시 4초 동안 정적이 흐르다 그가 말했다. "우리 부모님 같으면 이렇게 말씀하셨을 거예요. 아이쿠."

피에로가 더듬더듬 앞섶에 꽂아놓은 안경을 꺼냈다. 안경을 써서 코 위에 얹었다.

달라이라마는 그를 보며 웃고 있었지만 까만 렌즈가 눈을 가리고 있었기 때문에 그 미소 뒤에 어떤 표정이 감추어져 있는지 알 길이 없었다. "이제 마음의 준비를 하세요." 그는 천천히, 드라마틱하게 손을 올려서 큼지막한 선글라스를 벗었다.

피에로가 말했다. "제가 정말, 정말, 정말 바보 같은 짓을 저질렀네요. 죄송합니다, 달라이라마님. 저의 발언이 불경하게 들렸다면—"

달라이라마는 손가락을 모두 붙인 채 바닥이 보이도록 한 손을 들었다. 티베트에서는 용서한다는 뜻을 전할 때 그렇게 하는 모양이었다. "당신이 한 말은 모두 사실이에요." 그가 말했다.

"정말이십니까?"

달라이라마는 특유의 폭소를 터뜨렸다. "진실을 두려워하면 안 되지요! 설령 두려움에 관한 진실이라 할지라도! 하! 그리고 부처님에 대해 한 얘기는 괜찮았어요. 상당히 훌륭했어요. 하지만 이제는 다람살라(티베트 망명정부가 있는 인도의 마을-옮긴이)에 와서 승려들과 함께 공부하는 게 좋겠어요!"

그는 충격에서 헤어나올 시간적인 여유를 허락하고 싶은지, 피에로가 받으면 좋은 다양한 수업과 외워야 하는 경전과 시도해볼 만한 수련법에 대해 소개했다. 1분쯤 뒤에 그의 얘기가 끝났을 때 잠깐 희망 어린 정적이 흐르자 나는 모두 잘 끝났다고 생각했지만, 안나 리자가 나와 제 엄마를 번갈아 곁눈질하는 것을 보고 조만간 들이닥칠 새로운 폭풍의 조짐을 느낄 수 있었다. "피에로하고 제가…." 그녀는 말문을 열었다가 용기가 나지 않는지 말끝을 흐리며 입가를 실룩였다. "저희가… 음…." 그녀가 피에로를 쳐다보자 피에로는 나를 쳐다보았다. "저희한테 아이가 생겼어요. 저희는 서로 사랑하는 사이예요. 약혼한 거나 다름없어요."

이쯤 되자 스트레스가 너무 심했는지 안나 리자가 울음을 터뜨렸다. 로자가 일어나 그녀를 끌어안고 표독한 눈빛으로 나를 노려보았다. "아무 말이라도 해봐, 파올로!" 이런 눈빛이었다. 나는 충격으로 얼어붙었다가 잠시 후에 이렇게 외쳤다. "딸, 이렇게 놀라운 소식이라니! 이 자리에서 사윗감을 만나서 정말, 정말 반갑다. 네가 행복하다면 우리도 행복해! 기쁜 일이야. 사랑한다!"

나도 다가가 딸아이를 안아주었다. 피에로와 악수를 하려고 했다가 불교도에게 어울리지 않고 너무 식상한 예비 장인의 행동이라는 생각이 들었다. 허리를 숙여서 절을 할까 했다가 그마저도 포기하는 바람에 결국에는 똑바로 선 것도 아니고, 허리를 숙여서 우는 딸과 덩달아 울음을 터뜨린 아내를 끌어안은 것도 아니고, 악수하는 것도 아닌 어정쩡한 자세가 되고 말았다. "잘됐다! 놀라워! 정말 기쁘다!" 이 말만 영어와 이탈리아어로 반복했다. 그러다 원시적인 본능에 따라 아내의 어깨를 붙잡고 으스러져라 입을 맞추었다.

로자는 놀란 표정으로 뒷걸음질을 쳤다.

안나 리자가 물었다. "진심이세요, 아빠? 정말 행복하세요?"

"그게 무슨 소리냐? 당연히 행복하지! 아이한테 세례 받게 할 거니?"

나도 모르게 그 말이 튀어나왔다. 마치 딸아이의 결혼식장에서 밴드가 흥겨운 댄스곡을 연주하는 무대 위로 올라가 반짝이는 구두로 베이스 드럼을 있는 힘껏 갈겨놓고 바보처럼 웃는 것에 비유할 만한 발언이었다. 나는 뱉은 말을 다시 주울 수 있길 바라며, 아니면 인정 많은 두 성직자 가운데 한 명이라도 농담을 던지거나 하다못해 한 마디라도 건네 나를 구해주길 바라며 온 몸에 힘을 주었다. 하지만 헛된 바람이었다. "농담이야. 농담반 진담반이야. 당연히 네가 알아서 할 일이지. 우리는 상관없다." 나를 쳐다보는 교황의 시선이 느껴졌다. "아니 그러니까, 세례를 받게 하면 좋겠지만 너희 둘이 편한 대로 해야지. 다 잘 될 거야. 피에로, 기뻐요! 우리 모두 기뻐요!"

이 말에 배경음악처럼 울음 소리가 깔렸다. 로자가 두 손으로 안나 리자의 어깨를 잡고 있었다. 교황과 달라이라마는 웃고 있었지만 내 눈에는 억지웃음처럼 보였다. 명상실에서는 겸손하지만 진심으로 자신만만해 보였던 피에로가 이제는 한 손에는 와인 잔을, 다른 손에는 끓는 물이 담긴 냄비를 들고 있는 사람 같은 표정을 짓고 있었다. 행복해하고 있다는 것을 누가 봐도 알 수 있었다. 하지만 그와 동시에 불과 30분 전만 해도 사는 게 간단하기 그지없었다는 생각을 하고 있을 게 분명했다. 그런데 이제는 미래의 장인 겸 아이의 할아버지가 배고픈 난민으로 변장해 한심한 소리를 쏟아내는 납치범으로 밝혀졌고, 여자친구와 그 어머니는 그린란드 연안에서 침몰해 사선으로 기운 배의 갑판을 미끄러져 내려가는 사람들처럼 서로 끌어안은 채 대성통곡하고 있었다. 그리고 달라이라마와 교황이 그 옆에 앉아서 그를 쳐다보고 있었다.

한참 만에 교황이 말문을 열었다. "내가 요즘 들어 이상한 꿈을 꾸고 있었어요."

나는 그가 이 상황에 무솔리니를 추가하려는 건가 싶어서 심장이 철렁 내려앉았다. 이 공간은 지금 그렇게 무거운 짐을 감당할 수 있는 분위기가 아니었다.

"어떤 아이가 등장하는 꿈인데 사랑하는 조카야, 네 아이는 아니고 이미 태어난 특별한 아이였어, 어쩌면 거룩한 아이일 수도 있는. 어쩌면 내가 절대 만나지 못할. 참 이상하지." 그는 말을 멈추고 불안한 눈빛으로 달라이라마를 흘끗 쳐다보았다. "사실 내가 사랑하는 사촌에게 이 특별한 여행을 떠날 수 있게 해달라고 도움을 청한 것도 이 꿈을 꾸고 나서였거든."

그거 참 이상하네요. 나는 이렇게 얘기하고 싶었지만 그건 무례한 발언이 될 테고, 나는 보좌관으로 일하는 동안 어떤 식으로든 교황을 불손하게 대한 적이 없었다. 하지만 어린아이, 여자, 헬리콥터, 축구공, 유명한 감독이 나오는 꿈이라니. 어떤 무의식의 소산일까? 거기서 무슨 일이 벌어지고 있었던 걸까? 그리고 무슨 달라이라마가 물을 무서워한담?! 내가 알기로 티베트에는 물이 없어서 무서워 할 일도 없는데! 문득 그 둘이 공모한 게 아닌가 하는 생각이 들었다. 신비로운 꿈을 꾸던 두 사람이 유명인의 짐을 벗고 짤막하게 여행을 떠났으면 한다고 나를 속인 건 아닐까?

로자가 나를 쳐다보며 말했다. "나가서 샴페인 사와." 싫다는 대답을 용납하지 않을 말투였다.

"엄마, 나 술 마시면 안 되잖아요."

"반 잔은 괜찮아. 나도 너 가졌을 때 조금 마시고 그랬어."

"맞아. 그래도 둘 다 별 일 없었지." 나는 얼른 거들었다.

"교황님하고 달라이라마는 술 안 드시지 않아요? 그렇죠, 두 분?" 안나 리자는 고개를 들고 '기대하는' 눈빛이라고 해야 어울릴 법한 눈빛으로 그들을 쳐다보았다.

"와인은 좀 마시지." 교황이 말했다. 달라이라마는 고개를 저으려다가 말고 어깨를 으쓱하고 가발을 긁었다.

로자는 허리춤에 손을 얹어놓고 있었다. 위험 신호였다. "파올로." 그녀가 단호하게 말했다. "나가서 뭐라도 좀 사와. 정 어쩔 수 없으면 나 혼자 다 마실 테니까."

"근처에 와인을 파는 가게가 있어요." 피에로가 이제는 이탈리아어로 말했다. "제가 같이 갈까요?"

∽ 26 ∽

젊은 불교도와 나는 다르지만 서로 상관있는 이유로 무릎을 벌벌 떨며 그 자리에서 벗어나 뜨거운 정오의 태양 아래로 나섰다. 어색한 분위기를 풍기며 도심 쪽으로 조금 걸어갔을 때 그가 울부짖었다. "제가 달라이라마 앞에서 그런 말을 했다니 믿기지가 않아요!"

"달라이라마는 별로 신경 쓰지 않으시는 눈치던데."

"무슨 생각을 하시는지 도통 알 수가 없는 분이라."

"하긴. 평정심의 상징이니."

"그래도 비참해요."

"나라면 그냥 잊어버리겠네. 자네도 눈치 챘을지 모르겠지만 나로 말할 것 같으면 실언이라는 분야에서 경험이 풍부하거든. 가장 좋은 방책은 잊어버리는 거야. 기억을 지워. 그 순간을 자꾸 곱씹지 말고." 나는 입으로는 그렇게 얘기하면서 머리로는 내가 세례를 운운했던 순간을 곱씹고 있었다.

"그럴게요. 고맙습니다." 그는 대답하고 다시 말을 이었다. "따님과의 결혼을 허락해주십사 아버님께 여쭙고 싶습니다."

"그건 아니지." 나는 말하고 잠깐 동안 묵묵히 딴 생각을 했다. 내 한심했던 행동, 할아버지가 된다는 것, 나를 향한 가톨릭교회와 불교계의 분노, 딸이 손자와 함께 감옥으로 면회를 오는 상상, 안나 리자의 폭탄선언을 들었을 때 아내의 표정. 아내와의 입맞춤. 평정심. 신의 농담.

셋째 날

"너무하시네요." 피에로가 말했지만 내 귀에는 먼 나라에서 중얼거리는 소리처럼 들렸다. "종교가 다르다고 해서, 안나 리자와 저는 종교가 다르지 않습니다만, 결혼을 허락하실 수 없다고 하시는 건—"

"아니, 아니, 아니!" 나는 외쳤다. "아니, 그건 걱정할 필요가 없다는 말일세. 안나 리자는 내 딸이지 내 소유물이 아니잖나. 나한테 허락을 받고 말고 할 문제가 아니지. 그 아이는 내게 세상 그 무엇보다 귀한 존재이고 나는 그 아이가 행복하다면 그걸로 충분해. 그 아이에게 행복을 선물해주게. 아니면 지금처럼 계속 행복을 지켜 주든지. 아니면 쉴 새 없이 조잘대는 습관을 고쳐주어도 좋고. 아무튼 내 걱정은 할 것 없네."

그는 대꾸가 없었다. 나는 그를 흘끗 쳐다보았다. 잘생긴 청년이었다. 그리고 진실했다. 사근사근한 편이었지만 충분히 남자다웠다. 영어는 투박하고 이탈리아어는 유창했다. 나는 순서가 바뀌었다면 좋았겠다는 생각을 할 만한 나이였다. 결혼이 먼저고 아이는 나중이었다면 좋았겠다고 말이다. 하지만 로자와 나는 그 순서대로 했지만 지금 이렇게 됐으니 아무 말도 하지 않았다.

그가 말했다. "저희 가족은 유대인이에요. 사실 아버지가 랍비세요. 베네치아에 사시고요."

"그런데 자네는 어쩌다 이렇게 됐나?"

그는 나지막하게 웃는 소리인가 싶은 소리를 냈다. 함께 걸어가는 동안 그에 대한 평가가 계속 바뀌었는데, 그렇게 웃는 걸 보니 유머감각이 있는 모양이었다. 나는 항상 옳고 그름을 따졌지만, 로자도 가끔 그랬지만, 사실 그럴 필요는 없었다. 시시각각으로 폭풍과 평온이 반복되는 결혼생활이라는 거친 바다에서 그들이 탄 사랑이라는 쪽배는 가라앉지 않을 수도 있을 것 같았다. 게다가 교황과 어렸을 때 가장 친하게 지냈던 친구도 랍비가 됐으니 공통의 화제도 있었다.

그가 말했다. "제가 이렇게 된 이유는 안나 리자가 이렇게 된 이유하고 같을 겁니다. 저희는 어렸을 때 더불어 자란 종교를 존중하지만 전통적인 가톨릭과 전통적인 유대교는 이해가 되지 않는 부분과 지켜야 하는 원칙이 너무 많았어요. 저희 기준에서는요. 다른 사람들은 뭘 믿든 뭘 믿지 않든 상관없습니다. 진심으로요."

"그나저나 유대교에서 믿는 건 뭔가? 예수는 구세주가 아니고 율법에 입각한 정결한 음식을 먹어야 한다는 것 말고는 어떤 걸 믿는지 전혀 아는 바가 없어서 말이지."

"간단하게 말씀드릴 방법이 없네요." 그가 말했다.

"세상에 간단한 건 없지. 결혼에 대해서건 뭐에 대해서건 내가 충고할 건 없지만 딱 하나, 나이를 먹을수록 모든 게 더 복잡해지는데 그중에서도 결혼이 최고야. 적어도 내 경우에는 그랬어. 지금도 현재진행형이지만. 자네는 좀 더 잘 헤쳐나갔으면 좋겠네만."

"안나 리자 말로는 두 분이 아직 사랑하는 사이라던데요. 아까 키스하시는 것도 제 눈으로 봤고요."

로자와 내가 아직까지 서로를 얼마나 사랑하는지 논의할 만큼 피에로와 잘 아는 사이가 아니었기 때문에 나는 다소 긍정하는 분위기로 툴툴거리고 계속 앞만 보고 걸었다.

그가 말했다. "유대인들은 기본적으로 기도는 오직 하나님에게만 해야 하고 부활이 있을 거라고 믿습니다. 하지만 언제, 어떤 식의 부활일지에 대해서는 의견이 엇갈려요. 정통파 유대교, 보수파 유대교, 개혁파 유대교가 있고 저마다 해석이 조금씩 다르지만 기본적으로는 선하고 온당한 삶을 살려고 합니다. 하지만 그게 복잡해질 수 있어요. 혹자의 말로는 토라에 613가지 계율이 있다고 하거든요."

"그건 좀 심한데?"

"최소 4000년의 역사를 자랑하는 종교이고 훌륭한 전통도 있어요. 성년식. 속죄일. 유월절."

"유월절이 뭔가? 들어는 봤네만."

"일종의 명절이에요."

"나는 명절을 좋아한다네. 불교에는 그런 명절이 없지, 아마? 유감이야. 그래서 내가 불교로 개종할 수가 없어. 명절은 없고 밤낮으로 앉아 있어야 하니. 이탈리아에서 인기가 있을 만한 종교가 아니야."

나는 헛소리 모드가 발동 중이었다. 피에로는 개의치 않거나 별로 귀담아듣지 않는 눈치였다. 나는 그가 우리 가족과 잘 어울리겠다는 결론을 내렸다.

그는 하던 얘기를 계속했다. "다른 종교도 그렇듯이 유대교도 스펙트럼이 넓어요. 저희 가족은 개혁파예요. 덜 엄격하고 현대적이죠. 사실 저희 부모님은 대제일을 지키시지만 다른 날은 일반적인 이탈리아 사람들과 비슷하게 지내세요."

피에로가 오른쪽을 가리켰다. 우리는 그쪽으로 방향을 틀었다. "한 블록만 더 가면 돼요." 그가 말했다.

내가 말했다. "어디에선가 읽었는데 요즘은 매주 일요일마다 미사에 참석하는 이탈리아 인구가 30퍼센트 정도밖에 안 된다고 하거든. 내가 어렸을 때는 90퍼센트였는데."

그는 몇 걸음 걷는 동안 곰곰이 생각을 하고는 말했다. "대부분의 사람들은 살아가는 동안 종교적인 가르침이나 적어도 믿을 수 있는, 좀 더 위대한 존재가 있길 바란다고 생각해요. 다만 낡은 원칙이 불편하게 느껴지는 거죠. 매주 일요일마다 미사에 참석하지 않으면 지옥에 간다. 율법에 입각한 정결한 음식만 먹어라, 수염을 특정 스타일로 길러라. 대부분의 사람들은 현대 생활 속에서 종교적인 의미를 찾겠다는데 이런 원칙들이 무슨 상관인가 생각하거든요. 제가 명상 모임에서 지향하는 것은, 우리 아이에게, 아니 우리 아이들에게 가르치고 싶은 것은 새로운 시도예요. 아름다운 전통과 과거의 규율을 활용하고 존중하되 선한 마음씨가 됐건 이타주의가 됐건 봉사정신이 됐건 창조의 신비로움 앞에서 느껴지는 경외가 됐건 좀 더 현대적인 동시에 현실적인 측면에서 납득이 되는 믿음의 중심을 만드는 것."

"나중에는 나까지 개종하는 게 아닌가 모르겠네." 나는 말히고 그와 함께 와인 가게로 들어갔다.

나는 피에로에게 샴페인은 그가 골라도 되지만 돈은 내가 낼 거라고 말했다. 그와 안나 리자에게 주는 첫 선물이라고 말이다. 그는 왈가왈부하지 않았다. 그는 2~3분 동안 둘러보다가 중간급에서 가장 저렴한 샴페인을 골라 카운터로 들고 갔다.

"축하할 일이 있으세요?" 점원이 물었다. 그는 턱살이 늘어졌고 배가 어마어마하게 나왔고 일주일째 면도를 하지 않았지만 누가 봐도 편안한 분위기를 풍기는 그런 사람이었다. 내 평생 그런 분위기를 이 정도로 심오하게 느낀 적이 없었기 때문에 남자에게 그 근원이 어디인지, 비법이 뭔지, 어떤 종교를 믿는지 물어보고 싶어졌다. 그리고 이 가게에서 파는 상품을 하루에 얼마나 소비하는지도.

내가 말했다. "이쪽은 제 예비 사위예요. 방금 전에 이 친구하고 저희 딸한테서 약혼 소식을 들었어요. 딸아이를 만나러 온 길에. 그래서 축배를 들려고요."

"좋으시겠어요!" 남자가 외쳤다. 그는 샴페인을 잡고 들여다보고 있었다. 가격을 확인하는 건 줄 알았더니 잠시 후에 그가 이렇게 말했다. "이거 마실 만한 괜찮은 샴페인이에요. 최고급은 아니지만 마실 만해요." 그가 나를 쳐다보았고 그 순간 나는 다시금 깨달았다. 나는 지금 백인이 아니었으니 이 남자에게 딸아이가 국제결혼을 추진 중이라는 오해를 심어줄 가능성이 컸다. 그의 촌평에 대비해 마음의 준비를 했다. 유색인종은 날마다 이런 식으로 세상을 살아나가야 하는 걸까? 촌평이나 험상궂은 눈초리나 그보다 더 심한 반응에 대비해 마음의 준비를 해가며? 나는 피부에 왁스를 바르기 전까지는 이런 심정을 제대로 이해한 적 없지 않았나? 이야말로 진정한 영적인 교훈 아닌가? 하지만 남자는 까칠한 수염으로 덮이고 아래로 늘어진 뺨을 움직여 미소를 지었

230

다. "그럼 이건 제가 선물할게요. 젊은 커플에게 드리는 선물이에요. 받아주세요. 제발. 지금까지 여름 장사가 잘 됐거든요. 러시아에서 많이들 놀러왔는데 태어나서 지금까지 사막에서 살다 온 사람들처럼 술을 마시더라고요! 그러니까 이건 제 선물이에요."

그가 애정 어린 손길로 샴페인을 종이가방에 담아주었고 우리는 돈을 내려는 척하다가 고맙다고 인사하고 밖으로 나왔다.

내가 말했다. "내가 지금까지 여러 곳을 다녀봤지만 이탈리아 사람들만큼 저런 호의를 자주 베푸는 사람들도 없지."

"여행을 많이 하세요?"

"교황님을 모시고. 어렸을 때 다닌 곳도 있고."

"저희도 여행을 자주 다녔으면 좋겠어요."

"주변에서 어린애 데리고 여행 못 다닌다고 해도 듣지 마. 사실 어린애 데리고 다니는 게 더 쉬워. 나중에는… 힘들어지지. 우리 부모님은 유럽 전역, 뉴욕, 남아메리카까지 나를 데리고 다니셨어. 사랑할 수밖에 없는 괴짜 아티스트이자 좋은 분들이셨지."

"요즘 세상에는 괴짜들이 더 많아져야 해요." 피에로가 말했다.

그에 대한 호감도가 한 칸 더 상승했다.

안나 리자의 폭탄선언, 점점 마음에 드는 미래의 사위, 공짜로 얻은 샴페인. 이 모든 것을 감안하면 그 어느 때보다 즐거운 오후 시간이 되었어야 하는데, 우리가 금색과 밤색으로 테두리를 칠한 문을 지나 뒷방으로 들어가 보니 네 사람이 경악에 가까운 표정으로 앉아 있었다. 나는 순간 말다툼과 분쟁이 벌어졌거나 아니면 정반대로 두 성직자 중 한 명이 근사한 설교를 했거나 교황이 이른바 '혼전 성관계'라는 대죄를 저질렀다며 우리 딸을 나무란 줄 알았다. 아니면 달라이라마가 남들 앞에서 물을 무서워하는 사람으로 비쳐졌다며 화를 냈거나.

하지만 아니었다.

"안나랑 같이 사는 베아트리체한테서 방금 전에 전화를 받았어." 로자가 설명하며 큰방을 지나 대문 쪽으로 나를 데려갔다. 나머지 일행도 우리를 뒤따라왔다. "경찰이 애들 아파트로 찾아가서 이것저것 물었대. 안나 리자는 어디 있느냐, 아버지한테서 연락을 받은 적 있느냐, 기타 등등. 베아트리체는 안나 리자가 바닷가에 간 것 같다고 대답했대. 그리고 라퀼라에서 변장한 교황을 본 것 같다는 제보가 들어왔다고 뉴스에 보도됐어. 떠나야겠어, 파올로. 지금 당장."

나는 교황과 달라이라마를 보고 딸에게로 고개를 돌렸다. 나는 "그냥 자수할까"라고 얘기를 꺼내려고 했다가 안나 리자의 표정을 본 순간 입을 다물어버렸다. 그녀는 감탄하는 표정을 짓고 있었다. 나를 향한 감탄이었다. 범죄자 아버지를 두는 것이 소원이었던 모양이었다.

그녀가 말했다. "이런 계획을 감행하신 아빠가 자랑스러워요. 아빠가 피에로하고 샴페인 사러 가신 동안 지금 난리가 났지만 그래도 이런 식으로 탈출한 것이 얼마나 큰 의미인지 두 분께 얘기를 들었거든요. 아빠를 보호하고 사람들 걱정도 덜 수 있게 짤막하게 녹음했어요. 아빠가 정말 자랑스러워요!"

나는 사나이답게 어깨를 으쓱하고 샴페인을 쳐다보았다. "한 잔 마시고 갈까?"

로자가 말했다. "출발해야 한다니까! 지금 당장!"

피에로가 충고했다. "경찰이 바닷가로 출동했을 경우에 대비해서 차를 세워놓으신 곳까지 다 같이 가지 않으시는 게 좋겠어요." 호감도가 한 칸 더 상승했다. 그가 안나 리자를 한 팔로 감싸 안았다. 두 칸 더 상승했다. "아버님만 가셔서 차를 이쪽으로 몰고 오시는 게 좋지 않을까?"

안나 리자가 말했다. "여긴 안 돼. 경찰이 찾아올 테니까. 내가 명상하러 여길 다닌다는 정보를 입수할 거야."

피에로가 말했다. "그럼 두 팀으로 나눠서 가셔야겠다. 어머님 ─ 제가 어머님이라고 불러도 될까요?"

"당연하지."

"이걸 머리에 두르세요. 저희 어머니 스카프인데 제가 행운의 부적으로 가져다놓았어요. 이걸 두르시면 유대교도 아니면 이슬람교도로 보일 거예요. 어머님과 아버님이 같이 가시고 교황님과 달라이라마님은 조금 떨어져서 가세요."

"사람들이 눈치 챌 텐데."

"그럼 러시아어로 얘기하세요." 피에로가 말했다.

"러시아어를 한 마디두 모르는걸." 교황이 그에게 말했나.

"제가 몇 마디 알아요. 식당에서 웨이터로 일하거든요. 여름마다 러시아에서 놀러오는 사람들이 많아서요. 교황님과 달라이라마님은 조용히 계시되 누가 지나가면 이렇게 말씀하세요. '누, 라드나', '슈토?' 그리고 '피바!'"

"그게 다 무슨 뜻인가요?" 달라이가 물었다. 누가 들어도 재미있어하는 말투였다. 변장의 강도를 한 단계 높이자고 해도, 좀 더 교묘하게 해보자고 해도 그는 좋다고 할 것이었다. 재밌겠네요! 그와 교황은 악동 커플이었다. 소울메이트였다.

피에로가 그에게 설명했다. "'뭐, 좋아', '뭐라고?' 그리고 '맥주!'예요. 차례대로. 발음하실 수 있으시겠어요?"

교황과 달라이라마가 피에로가 식당에서 배운 엉터리 러시아어를 번갈아 가며 더 엉터리로 발음했다.

피에로가 다시 말했다. "그리고 이거요. 이 축구공을 들고 가서 주거니 받거니 하세요. 그러면 사람들의 시선이 두 분이 아니라 그 축구공으로 향할 거예요. 교황과 달라이라마가 축구공을 들고 러시아어로 얘기하면서 바닷가 쪽으로 걸어갈지 모른다고 어느 누가 상상이나 하겠어요. 45번 해변에 두고 가시면 제가 나중에 가서 찾아올게요. 아니면 제가 드리는 선물 삼아 들고 가셔도 되고요."

"아빠, 엄마랑 먼저 출발하세요."

"그래." 로자는 검은색 스카프를 머리에 쓰고 딸이 건넨 선글라스를 받았다. "교황님, 대로 건너편에서 저희를 보면서 걸으세요. 차를 주차한 곳에서 만나서 최대한 빨리 여길 빠져나가요."

서로 포옹과 악수를 주고받았다. 우리는 한낮의 폭염 속으로 다시 나서 잽싸게 양쪽 인도로 헤어져 나란히 종종걸음을 걸었다. 나는 발걸음을 재촉하며 아내에게 말했다. "있잖아, 잘 지낼 것 같아. 두 아이 말이야."

"우리보다는 낫겠지." 그녀가 어찌나 서글픈 목소리로 이렇게 얘기하던지 나는 손을 내밀어 그녀의 어깨를 감싸안았다. 그녀는 뿌리치지 않았다. "아까 당신, 나한테 키스를 했어."

"그랬지."

"몇 년 동안 키스한 적 없었는데."

"내가 아무 생각이 없었어. 미안."

"그 말 취소해. 안 그러면 한 대 때려줄 거야."

"취소하라니, 뭘?"

"그 끔찍한 사과. 나한테 키스했다고 감히 사과할 생각을 하다니!"

"알겠습니다, 할머니." 내가 말하자 그녀는 나를 때렸지만 내 팔을 애교 있게 찰싹 치는 수준이었다. "그나저나 녹음을 했다니 무슨 소리야?"

그녀는 마리오의 전화기를 들어 보였다. "텐진의 아이디어였어. 그도 그렇고 조르조도 그렇고 전 세계적으로 걱정을 끼쳐서 마음이 안 좋대. 텐진이 짧은 영상을 촬영해 TV 방송국으로 보내자고 하더라고. 그런데 영상을 보내면 변장이 탄로 날 테니까 그냥 목소리만 녹음했어."

"납치범들이 인질 시켜서 만드는 그런 거 말이지?"

"30초짜리야. 두 분만 잘 있다고, 조만간 복귀하겠다고 얘기하고. 다친 데 없다고. 내가 나폴리TV 방송국에 근무하는 친구한테 이메일로 보냈어."

"발신지를 추적할 수 있지 않을까?"

"맞아, 마리오의 전화기를 추적할 수 있겠지. 하지만 시간이 걸릴 거야. 왜냐하면 내가 안나 리자한테 파일을 보냈고 걔가 그걸 방송국으로 보냈거든."

"당신, 범죄의 귀재로구나?"

바로 그때 달라이라마가 길 건너편에서 "피바!"라고 너무 우렁차게 외치는 소리가 들렸다. 교황이 "누, 라드나"라고 대답했다. 둘 다 너무 오버하는 느낌이었다. 누가 지나갈 때마다 최소 한 번 이상 떨어뜨려가며 축구공을 주고받았고 러시아어를 외쳤다. 이러다 러시아 본토박이가 지나가면 어떤 사태가 벌어질지 궁금해졌다. 달라이라마가 "피바!"라고 외치자 반대편으로 걸어가던 남자가 갑자기 걸음을 멈추고 고개를 돌리더니 스텝 지대 사투리인 게 분명한 말로 뭐라고 우렁차게 물었다. "맥주가 어디 있어요?"일 가능성이 컸지만 "푸틴은 신과 같은 존재죠?" 아니면 "이 근처에 《카라마조프 가의 형제들》 파는 서점 있어요?"일 수도 있었다. 교황은 요행히 때려 맞혔거나 번뜩이는 영감을 느꼈는지 도심 쪽을 가리켰다. 남자는 고맙다는 인사일지 모를 말을 하고 허둥지둥 걸음을 옮겼다.

우리는 별다른 사건 없이 해변도로에 도착했다. 로자가 말했다. "공을 저기 놓고 갈 겨를 없어. 우리가 그냥 들고 가자. 출발해!" 내가 얼른 고개를 돌려서 그녀를 한번 쳐다보는 동안—헤드 스카프와 선글라스를 쓴 모습이 묘하게 도발적이었다—교황과 달라이라마가 문을 열었고 우리는 찜통 같은 마세라티에 올라타 리미니의 여름 차량 행렬을 헤치며 나아갔다.

"경찰차 조심해." 로자가 말했다.

"잘 보고 있어."

"당신이 피에로랑 같이 샴페인 사가지고 돌아왔을 때만 해도 포기하려는 게 아닐까 생각했었는데."

"그랬었는데 지금은 아니야."

"철이 들었네. 이해하기 시작한 걸 보면."

"무슨 말이 그래? 철이 들었다니, 로자. 그게 남자한테 할 소리야?"

"미안."

"24시간 동안 두 번이나 사과를 하다니. 기적이네. 두 번의 기적! 당신, 성인으로 추대해달라고 신청해도 되겠어."

"누가 누구더러 말을 이상하게 한다고 하는지 모르겠네."

교황이 손을 내밀어 내 오른쪽 어깨와 로자의 왼쪽 어깨에 한쪽씩 얹었다. "이런 축복이! 이렇게 훌륭한 딸이 있을까! 그 아이는 멋진 엄마가 될 거예요!"

혼전 성관계나 족첸이나 경찰에 대해서는 일언반구도 없었다. 이 얼마나 존경스러운 교황인가! 이 얼마나 호탕한가! 그와 비교하자 나의 너그럽지 못한 면모가 느껴지면서 내가 졸렬하게 느껴졌다. 로자와 눈을 맞출 수가 없었다.

내가 막 사과를 하려던 찰나, 그녀의 전화기가 울렸다. 나는 곁눈으로 그녀가 전화를 받는 것을 확인했다. 잠시 후에 그녀의 말소리가 들렸다. "마리오? …뭐라고? …언제? …오케이, 알았어, 걱정 마. 고마워. 내 전화기로 전화하는 건 아니겠지?… 응, 어쩌면 그러는 게 좋을지도. 다시 사면 돼. 이 신세는 잊지 않을게… 알았어… 응, 아주 재밌게 보내고 있어, 고마워. 난생 처음이야… 잘했어. 끊을게.”

그녀는 나를 돌아보았다. “가게로 연락이 왔대. 마리오가 생각하기로는 바티칸 경찰인 것 같다고 해. 내가 아프리카로 여행을 갔다고 얘기했는데 그쪽에서 아프리카 어디로 갔느냐고 물으니까 몬테카를로라고 했다지 뭐야. 상대방이 그의 말을 안 믿는 눈치래.”

“왜 안 믿는지 이해가 잘 안 되네?”

“그쪽에서 가게에 잠깐 들를 수 있다고 했대. 간밤에 겁이 나서 내 전화기를 강에 던져버렸대. 그리고 지금은 뉴스를 보고 있고. 교황을 알아본 사람이 있었다는데, 마리오의 설명을 들어보니 라퀼라의 길거리에서 만난 그 여자인 것 같아. 당신이 ‘교황님’이나 뭐 그렇게 얘기하는 걸 들은 모양이야.”

“젠장.” 내가 말했다.

내 뒤에서 달라이라마가 외쳤다. “피바!”

“그러니까 경찰에서 우리가 라퀼라까지 갔다는 걸 알아냈고 이메일을 추적하면 우리가 거기서 안나 리자를 만나러 리미니로 이동했다는 걸 알아내서 그 아이를 들들 볶겠군. 뭐 좋은 방법 없을까?”

“하나 있어.” 그녀는 말하고 고민하느라 잠깐 머뭇거렸다. “파두아에 아는 친구가 있거든. 경찰은 아마 우리가 여기서 거기로 갈 거라고 예상하지 못하겠지. 그 친구한테 얘기하면 우리를 분명 재워줄 거야."

"카를로 만치니야?"

"아니, 다른 유명한 친구."

"누군데?"

"안토니오 마초."

"농담이지? 진짜 농담이지, 로자? 아니면… 거짓말이지?"

그녀는 고개를 젓고 전화번호를 누르기 시작했다. "내가 아는 어떤 사람들하고 다르게 나는 거짓말은 하지 않아."

∽ 27 ∽

모르는 사람은 거의 없겠지만 그래도 소개하자면 안토니오 마초는 이탈리아를 대표하는 영화계의 스타이자 전 세계적인 섹스 심볼이었다. 우리가 찾아갔을 무렵에는 간간이 카메오 출연만 할 뿐 은퇴한 상태였지만 전성기 시절에는 소피아 로렌, 지나 롤로브리지다, 마르첼로 마스트로이안니, 지안카를로 지안니니 등 기라성 같은 배우들과 함께 영화를 촬영했고 말론 브란도, 프랭크 시나트라, 마릴린 먼로와 같은 미국의 유명한 스타들과 가깝게 지냈다. 수십 명, 어쩌면 수백 명의 미녀들과 염문을 뿌렸다. 조지 클루니가 그의 설득에 넘어가 이탈리아에 집을 장만했다는 소문도 있었지만 그가 예전에 남긴 말이 있었다. "나를 둘러싸고 이러니저러니 말들이 많지만 그 가운데 진실은 10퍼센트도 될까 말까다."

나도 로자의 고객들 중에 돈이 많고 특히 영화계에서 유명한 사람들이 있다는 걸 당연히 알았지만 그녀는 나와 별거하기 시작한 이후로 이런 사람들과 친구가 된 모양이었다. 카를로 만치니에게 새 마세라티를 빌리고, 안토니오 마초의 연락처를 아는 수준을 넘어 편하게 전화해 '친구' 세 명을 데리고 파두아 근처에 있는 그의 별장에서 하룻밤 신세를 질 수 있겠느냐고 물어볼 수 있는 정도면 얼마나 가까운 사이일까. 그들 중 몇 명과는 친구 이상의 사이는 아닌지 궁금해졌다. 별거 중인 남편이라면 누구나 궁금하지 않을까? 특히 마초는 퇴폐적인 생활방식과 질펀한 파티로 유명했고, 로자와 바람을 피우기에는 나이가 너무 많을지 몰라도 결혼반지를 끼고 있는 모르는 여자와의 성관계를 도덕적으로 아무렇지 않게 여기는, 점심식사를 같이 하거나 악수를 하거나 아침에 마시는 에스프레소에 설탕을 넣는 것과 다를 게 없다고 생각하는 남자를 여럿 소개해줄 수는 있었다.

　로자가 먼저 비서를 거쳐 마초 본인과 직접 통화하는 동안 나는 질투라는 냄새 고약한 방 안에서 벽 너머로 귀를 기울였다. 그녀는 예전에 나하고 만나기 전에 남자친구가 '상당히 많았다'고 했는데, 그래서 남자들과 스스럼없이 잘 지내는 것일 수도 있었다. 하지만 적어도 내가 듣기에는 항상 그냥 스스럼없는 정도가 아니었다. 꼬리친다고까지 할 수는 없었지만 단순히 스스럼없는 건 아니었다. 손님이 오면 그녀는 가게 문 앞에서 맞이하고 양쪽 뺨에 키스를 받고 가까이 서서 그의 손을 잡았고, "마시모, 정말 너무 오랜만이에요"처럼 아주 간단한 인사를 건네더라도 내가 듣기에는 육체적으로 가까운 사이 같은 뉘앙스를 풍겼다. 절대 아무 일도 없는 사이인데도 그랬다. 이런 말투, 이렇게 반들반들하니 친근한 말투는 불안감이라는 건초가 든 헛간에 던져진 성냥불과도 같았다. 우리는 그걸 두고 백 번쯤 싸웠다. 백 번 모두 내가 잘못했다는 걸 나도 안다. 인정한다. 나도 20대 시절에 애인이 여럿 있었고 다른 여자들에게 쓰는 말투가 로자에게 쓰는 말투와 같았을 것이다. 그럼에도 끈질긴 의심의 속삭임이 그칠 줄 몰랐다. 무슨 일 있는 거 아니야? 무슨 일 있었던 거 아니야? 그녀와 나, 둘 중에 누구의 질투가 더 불같았는지 모르겠다.

나는 결혼생활 내내 아무리 노력했어도 그 생각을 지우지 못했다. 이제 이렇게 따로 살고 보니 편해진 게 아니라 더 나빠졌다. 어쩌면 별거 중인 다른 부부는 아무 거리낌 없이 다른 이성과 동침하고 다닐지 몰랐다. 그것이 별거의 기본 전제였다. 하지만 우리 사이에서는 그렇지가 않았다. 대놓고 언급한 적은 없었지만 가끔 둘 중 한 명이 우리 둘 다 다른 이성을 만난 적이 없고, 어쩌면 아직 재결합의 가능성이 남아 있고, 안 그래도 충분히 복잡한 우리 상황에 애인까지 추가할 필요는 없음을 넌지시 암시하곤 했다. 나의 친구들과 로자의 친구들은 우리의 이런 관계를 이상한 수준을 넘어 불가능에 가깝다고 생각했다. 하지만 이상할지 몰라도 그것이 우리의 현주소였다. 우리는 성욕이 왕성한 나이는 지녔다. 이 상황에 애인을 만들면 안나 리자가 속상해하지 않을까 노심초사했다. 우리 둘 다 구식 가톨릭교도로 자랐고 양가 부모님은 돌아가실 때까지 혼인 관계를 유지했다. 어쩌면 이런 것들이 이유일 수 있었고 다른 이유가 있을 수도 있었다. 맹세를 했으니 부부 간의 신의를 지켜야 한다는 구닥다리 사고방식. 아니면 암묵적인 희망.

그럼에도 로자는 안토니오 마초에게 전화로 달콤하게 속삭이고 나는 마세라티를 몰고 북쪽으로 해안도로를 달리는 동안 질투라는 조그만 뱀이 다시 고개를 들고 내 머릿속을 스르르 헤집고 다녔다.

그녀는 "내 아이돌"이라는 호칭으로 통화를 시작했다. "어떻게 지내요? 어떻게 지냈어요? 너무 오랫동안 못 만나서 괴로울 지경이에요. 정말이지 몸이 괴로울 정도라고요… 맞아요, 맞아요, 끔찍하고 지독하고 그야말로 최악이죠… 내 말이요. 부탁할 게 있어서 연락했어요. 내가 지금 세 명의 특이한 친구들을 데리고 라벤나 남쪽에서 해안가를 따라 올라가는 중인데 혹시 우리를 하룻밤 재워줄 수 있나 해서요. …돼요?! 당신은 천사예요. 이 세상에 당신 같은 사람이 어디 있을까! 그런데 한 가지 애로사항이 있어요, 안토니오. 이유는 나중에 설명하겠지만 절대 비밀이 지켜져야 해요. 우리가 왔다는 걸 아무도 알면 안 돼요. 가능할까요?" 이 말에 안토니오가 짓궂은 농담을 했는지 내 사랑스러운 아내가 고개를 뒤로 젖히고 깔깔대며 웃었고 그 뒤를 이어서 여진과도 같은 키득거림이 이어졌다. 나는 백미러로 교황의 안색을 확인했다. 그는 눈을 감고서 기도를 하는 듯이 보였다. 저를 위해 기도해주세요, 교황님. 나는 생각했다. 질투에 눈이 멀어 두 분이 보는 앞에서 돌변하지 않게 해달라고 기도해주세요. 제 안의 애정과 품위가 불안감에 오염되지 않게 해달라고 기도해주세요. 아내가 남자인 친구들에게 이런 식으로 얘기하지 않게 해달라고 기도해주세요.

로자는 교향곡과 같았던 웃음소리를 그치고 이렇게 말했다. "그럼 일이 복잡해지는데. 하지만 그러면 되긴 하겠어요. 어쩌면 쉽게 해결될 수도 있겠다. 가면무도회라고요? 당신의 그 유명한 파티? 이탈리아의 위대한 개츠비라니까? 그렇게 불리는 거 알아요?… 그나저나 방 있는 거 확실해요?… 아, 조물주가 창조하신 남자 중에 당신보다 더 완벽한 사람이 있을까? 보고 싶어요! 두세 시간 있으면 도착할 거예요, 차가 막히거나 도중에 배가 고파서 뭘 좀 먹으면 조금 더 늦어지겠지만… 고마워요, 고마워요, 달링! 바이바이!"

그녀는 전화를 끊고 한숨을 쉬었다. 나는 노란불이 빨간불로 바뀌려는 순간 네거리를 통과했다. 그녀가 말했다. "조심해, 파올로! 경찰한테 붙잡히는 건 절대 안 돼."

나는 뺨 안쪽 부분을 세게 씹었다. 심호흡을 했다. 그런 다음 물었다. "통화는 잘 끝났어?"

그녀는 고개를 돌려 나를 쳐다보았다. 나는 질투하는 티를 내지 않으려고 했지만 말투에서 스멀스멀 묻어났다. 그녀도 분명 감지했을 것이다. "완벽하게." 그녀가 표독스럽게 속삭였다. "이상적으로. 훌륭히."

"그 집에서 신세져도 된대?" 나도 마주 속삭였다.

"파두아 바로 외곽에 어마어마하게 넓고 고풍스러운 별장이 있는데 마침 이번 주에 거기 있대. 연락해보길 잘했지 뭐야. 대환영이라 그러더라고."

"'특이한 친구들' 데려와도 대환영이래?"

"그럼 뭐라고 표현했어야 하는데, 파올로? 어떤 단어를 썼어야 하는데?"

"'남편이랑 특이한 친구들'이라고 했으면 어땠을까?"

전혀 공감하지 못하고 나를 빤히 쳐다보는 그녀의 눈빛이 느껴졌다. 나는 도로에 시선을 고정했다. 그녀가 말했다. "보도된 뉴스를 봐서 알겠지만 납치범으로 국제적인 수배를 받고 있는 남편과… 교황과 달라이라마라고 했으면 어땠을까? 그랬으면 당신 기분이 괜찮았겠어?"

"파티는 또 뭔데?"

"말은 왜 돌리는 건데? 안토니오는 나이가 90살은 됐을 거야. 우리 둘 사이에는 아무 일 없어. 예전에도 그랬고 앞으로도 그럴 거야. 당신 머릿속이 추잡한 거지."

"당신은 얼마 전에 파리 사창가를 운운했잖아."

"농담이었지."

"좋아. 그럼 이거 하나만 묻자. 그 사람이 파티를 연다는데 우리가 무슨 수로 거기 갈 수 있겠는지."

"코스튬 파티야, 가면이랑 기타 등등 쓰고 하는. 완벽하잖아. 그리고 집이 워낙 넓어서 파티에 참석하고 싶지 않으면 우리끼리 조용히 있을 수 있을 거야."

"우리 일행이 누군지 깜빡한 모양인데."

"그럴 리가."

"마초는 퇴폐의 대마왕인데 우리가 그의 소굴로 두 성직자를 데려가고 있어. 살짝 문제가 있다는 생각 안 들어?"

그녀는 짜증을 섞어서 혀를 찼다. 내가 딸아이의 목소리만큼이나 잘 아는 소리였다. 그 안에 짜증, 경멸, 유감, 우월감 등 여러 가지 의미가 담겨 있었다. 나는 한심한 어린애가 된 것처럼 죄책감을 느끼는 한편으로⋯ 해명을 하고 싶어졌다.

"그 소리 참 듣기 좋네." 내가 말했다.

"미안. 당신이 싫어하는 거 아는데. 내 나쁜 습관이야. 하지만 당신은 이 차 뒷자리에 앉아 있는 두 분이 당신하고 다르다는 걸 모르는 것 같아. 저 두 분은 타락할 일이 없어. 지금까지 기도하고 명상하고 금식하신 세월이 몇 년이야? 50년? 60년? 70년? 살아 숨쉬는 여자들과 술이 있는 파티장에 한 번 가신다고 해서 저분들이 당장 죄인이 되는 건 아니잖아. 내가 어떻게 하면 당신이 걱정을 멈출 수 있겠어?"

"글쎄. 나도 노력 중이야. 안나 리자를 만나기 직전까지는 그 아이가 교황과 달라이라마와 시간을 보낼 수 있다고 얼마나 좋아할까, 그 생각을 했어. 아무나 누릴 수 없는 기회이자 선물이라고, 소중히 간직할 만한 역사적인 순간이잖아. 내 경우에도 마찬가지라는 생각을 하면서 불안을 지우려고 애를 쓰는 중이야. 하지만 예전부터 감옥은 워낙 엄청나 공포의 대상이었거든. 음식. 비좁은 환경. 거친 재소자들."

"거미도 있지." 그녀가 말했다.

"고마워."

"미안, 내가 심했다. 하지만 당신 또 노이로제를 일으키려고 하고 있어. 제발 정신 차려."

"그래, 알았어. 하지만 당신은 왜 그런 공포가 없는지 전부터 궁금하더라."

"나도 있어. 하지만 비밀이야. 나중에 얘기해줄게. 지금은 너무 창피해서 얘기 못해."

"듣고 싶은데."

"지금은 안 돼. 나중에."

냉랭한 침묵 속에서 1킬로미터쯤 달렸을 때 그녀가 말했다. "녹음한 게 있으니까 당신은 혐의를 벗을 수 있을 거야."

"사람들이 그걸 믿어주면. 내 적들이 끼어들어서 어찌어찌 왜곡하지 않으면."

"그럼 당신은 아무 죄가 없다고 서면으로 적고 거기에 교황님의 서명을 받아야겠다. 그러면 걱정을 좀 덜 수 있겠어?"

"응."

"서명하겠네." 교황이 뒤에서 말했다.

"나도요." 달라이라마도 맞장구쳤다. 그는 잠시 후에 "돈 몇 푼 주면요"라고 덧붙이고 다시 껄껄 웃음을 터뜨렸다.

"그럼 불안해하지 않으려고 노력해볼게. 내 천성상 잘 안 되겠지만."

달라이라마가 쿡쿡 웃으며 말했다. "당신의 천성은 부처님과 같아요. 하늘처럼 맑아요. 그걸 믿도록 해요."

교황이 옆에서 거들었다. "그리고 부인 좀 그만 괴롭히고. 우리를 도우려고 모든 인맥을 동원하고 있잖아." 그가 한손을 내 어깨에 얹고 주무르는 것이 느껴졌다. "자네가 그랬던 것처럼. 긴장 풀고 즐겨. 기도하고 걱정은 잊어. 조만간 손자가 태어난다잖아. 주님이 주신 그 선물을 생각해!"

"그걸 믿도록 해요." 달라이라마가 충고했다.

나는 열심히 노력했다. 베네토의 야트막한 언덕을 넘어 내가 사랑해 마지 않는 파두아라는 아름다운 도시로 가는 동안 걱정을 떨쳐버리려고 속으로 무지 애를 썼다. 예전에 로자는 나와 싸운 뒤에 불안도 일종의 통제욕이라고 얘기한 적이 있었다. 우리 머릿속에 그린 그림에 맞춰 현실을 왜곡하려는 절박한 몸부림이라고 했다. 거의 예외 없이 미래를 현재에 강제로 대입하려는 시도였다. 논리로 교활하게 위장한 공포였다.

그녀는 이렇듯 수많은 방식으로 불안을 묘사했으면서 어떻게 예전부터 거기에 휘둘리지 않는 듯이 보일 수 있었을까? "무슨 일이 벌어지든 해결할 수 있을 거야." 그녀는 입버릇처럼 이렇게 얘기했다. 아니면 "그건 내일 생각하자"라고 했다. 아니면 "상상한 것 이상으로 나쁜 결과가 나오는 경우는 거의 없어"라고 했다. 그녀가 아이가 생겼다고 선포한 그 순간부터 나는 공포에서 거의 벗어날 길이 없었다. 그녀가 뭘 먹고 뭘 마시는지 예의 주시했고, 병원에 정기검진을 받으러 가면 불길한 소식에 대비해 마음의 준비를 했고, 그녀가 밟고 넘어질 만한 물건이 없도록 집안 곳곳을 단속했고, 염색약과 선천성 기형에 대해 연구했다. 그러고 나서 로자의 진통이 시작되자 내 머릿속은 온갖 소름끼치는 상상과 의학 사고와 끔찍한 질병으로 도배가 됐다. 기나긴 진통 도중에 태아

모니터에 기록된 우리 아이의 심장박동이 정상수치인 백 몇 회에서 80, 62, 다시 41로 떨어지자 내 심박수는 반대 방향으로 솟구쳤다. 간호사들이 방석 위에 앉은 명상가처럼 평온하게 로자의 자세를 바꾸자 아이의 심박수가 다시 정상으로 돌아갔지만 내 셔츠는 땀으로 흠뻑 젖은 뒤였다.

물론 결국에는 로자가 항상 강조하듯 모든 게 잘 끝났다. 우리 딸은 건강하게 태어났고 별 탈 없이 아동기와 청소년기를 지나 이제 20대가 되었다. 물론 그건 다행스러운 일이었지만 나는 로자의 인생은 굴곡이 거의 없었다는 것을 모르려야 모를 수가 없었다. 그녀가 시작한 사업은 비 맞은 대숲처럼 쑥쑥 자랐다. 내가 시작한 사업은 모든 노력을 기울이며 열심히 매달려도 시들시들하다가 죽어버렸다. "걱정하면 없던 문제도 생기는 법이야." 그녀는 입버릇처럼 말했다. 나는 이 말 때문에 걱정거리만 하나 더 늘었을 뿐이었다.

그랬음에도 마초의 별장으로 가며 나눈 대화를 기점으로 노력했다. 나는 죽지 않고 손자를 만날 수 있을 거라고, 안나 리자는 임신기간 동안 별 탈 없을 거라고, 피에로는 좋은 남편이자 아버지가 될 거라고, 녹음 파일과 교황과 달라이라마의 편지가 미래의 골칫거리를 예방하는 일종의 보험 역할을 할 거라고 내 자신을 달랬다. 교회에서 잘리더라도 어찌어찌 생계를 유지할 수 있을 거라고. 무솔리니의 고향인 포를리 인근의 평평한 지대를 지나는 동안에는 코모 호수로 뛰어내렸던 어머니와 그림이 한 점 팔릴 때마다 알몸으로 어두컴컴한 집 밖을 달렸던 아버지를 생각했다. 나도 그렇게 겁이 없고 모험을 좋아하며 자축할 줄 알고 질투가 뭔지 모르는 사람이 되고 싶었다.

하지만 나는 나였다.

우리는 감시 카메라가 많은 고속도로를 피해 S16 국도를 따라서 라벤나를 관통하고 다소 평평하고 별 특징 없는 평원을 지나 볼로냐 동쪽으로 향했다. 해바라기 꽃밭과 느릿느릿 흐르는 레노강과 교회, 주유소 겸 피자가게, 돌에 벽토를 바른 대여섯 채 주택의 기와지붕이 옹기종기 모여 있는 동네였다. 나는 로자에게 불안과의 전쟁에서 이길 수 있게 라디오를 틀지 말아달라고 했고 고맙게도 그녀는 내 부탁을 들어주었다. S16을 따라가자 마지막 교통혼잡 구간을 지나 페라라로 들어설 수 있었다. 페라라는 중세에 건설된 높은 담벼락으로 에워싸여 있고, 옛적부터 유대인 인구가 상당하며, 15세기에 이단에 오염된 것으로 보이는 책을 불태워 없애길 즐겼던 도미니크회 수사 지롤라모 사보나롤라의 탄생지였다. 막판에 사보나롤라는 교수형을 당했고 교수대 아래에 장작더미가 쌓였다(우리 아버지의 표현을 빌자면 '인과응보'였다).

이처럼 우중충한 역사가 깃들어 있지만 우리는 여기에서 쉬었다 가기로 했다. 배가 고팠다. 로자가 제안했다. "먹을 것을 사다가 야외에서 먹어요. 들킬 염려 없게."

하얗게 칠한 페라라 대성당 맞은편에 주차공간이 있었다. 로자와 나는 창문을 열어놓은 뜨끈뜨끈한 뒷좌석에 두 성직자를 앉혀놓고 먹을거리를 사러 나갔다. 교황과 달라이라마는 그동안 기도를 하고 있을 테니 천천히 오라고, 점심은 아무거나 상관없다고 했다. 약간의 과일과 빵과 물이면 충분하다고 했다.

나는 과거의 결정적인 순간들이 기억의 틈새 속에, 의식의 저 아래에 어떨 때는 영원히 숨어 있다고 생각한다(별로 독창적인 발상은 못된다). 눈에 보이지는 않지만 가장 깊숙한 불안과 공포의 근간에는 이런 기억이 도사리고 있지 않을까?

로자와 내가 페라라의 뜨거운 인도를 따라 서둘러 발걸음을 옮기는 동안 태곳적의 기억 하나가 뭔가에 의해 눈을 떴다. 뭣 때문이었는지 모르겠지만, 2층짜리 아파트에서 흘러나오던 옛 노래 때문이었는지 어머니 아니면 아버지를 닮은 목소리 때문이었는지 근처 카페 주방에서 조리 중인 어떤 음식 냄새 때문이었는지 모르겠지만, 그 정체 모를 기폭제로 인해 한참 동안 묻혀 있어 거의 잊혔던 어린 시절의 사금파리 한 조각이 고개를 내밀었다.

나는 그때 네 살이었다. 계절은 여름이었다. 어머니와 아버지가 내 행방에 관심을 두지 않은, 아주 드문 순간에 뒷문 밖으로 나선 참이었다. 아버지는 그림에 추가하고 싶은 게 생각나서 2층 작업실로 올라갔을지 모른다. 어머니는 파리나 베를린의 화상과 통화하며 계약 조건과 전시회 날짜를 조율하고 있었을지 모른다. 아무튼 나는 반바지에 맨발로 뒷마당으로 나섰고 뒷문을 열고 덤불과 조그만 나무로 뒤덮인 얕은 골짜기로 향하는 길을 따라 걸었다. 봄에는 거기에 강물이 흘렀지만 그때는 한여름이라 강이라고 해봐야 바닥을 간신히 덮는 진창이었고 수풀이 울창했다. 나는 숲속으로 점점 더 깊숙이 들어갔다. 몇 분이 지나 피곤해지자 바위를 찾아서 걸터앉고 따뜻한 흙탕물에 발을 담그고 앞뒤로 움직였다. 왜 그랬는지 아무도 모를 일이었지만 거기 있으면 부모님을 피해 숨을 수 있겠다는 생각이 들었다. 잠시 후에 내 이름을 부르는 부모님의 목소리가 들렸다. 어린 나이였음에도 심상했던 두 분의 목소리가 불안을 거쳐 공포로 물들어가는 것을 느낄 수 있었다. 하지만 나는 고집 센 개구쟁이처럼 일부러 못 들은 척했고 그 자리에서 꿈쩍하지 않았다. 이것도 일종의 죄성 아니면 죄에 끌리는 본능이 아닐까 싶다. 나 때문에 부모님이 전전긍긍하고 있다는 걸 알면서도 나는 음흉한 충동에 이끌려 잠자코 있었다.

아마 기껏해야 10분 정도였을 것이다. 결국에는 아버지가 그 길을 따라왔고 결국에는 흙탕물 근처에서 내 하얀색 반바지를 보았고 바위에 앉아 있는 나를 보았다. 적어도 내가 기억하기로 나는 자신을 지배하던 거인을 상대로 조그만 승리를 거둔 악마의 미소를 짓고 있었고 아버지는 분명 그 표정을 보았을 것이다.

우리 부모님은 단 한 번도 나를 때린 적이 없었다. 사실 두 분이 나에게 아니면 서로에게 언성을 높인 경우도 손에 꼽을 정도였다. 하지만 로자와 함께 먹을거리를 찾아 페라라의 중심가를 걷는 동안, 그때 아버지가 씩씩대며 조금 거칠게 나를 안고 집으로 돌아간 이후에 어떤 목소리였는지 비현실적일 정도로 생생하게 떠올랐다. 아버지는 나를 진흙이 묻은 맨발 그대로 부엌 바닥에 내려놓고 얼마나 못된 짓을 저질렀는지 아느냐며 어머니와 함께 소리를 질렀다. 어머니의 뺨을 타고 눈물이 쏟아졌던 것도 기억이 났고, 훈계가 끝나자 아버지가 나를 안고 들어 올려 어머니가 세면대에서 발을 씻길 수 있게 한 다음 손을 잡고 나를 내 방에 데려다놓고 등 뒤로 문을 쾅 닫고 나가버렸던 것도 기억이 났다. 나는 침대 위에 엎드려 울었다. 잠시 후에 들어온 어머니가 내 옆에 앉아서 많이 진정된 목소리로 두 분이 얼마나 무서웠는지, 내가 얼마나 바보 같은 짓을 저질렀는지 얘기하고 나더러 다칠 수도 있었다고, 그보다 더 끔찍한 사고를 당할 수도 있었다고 했다. 어머니는 나를 부엌으로 데려가 페스토 파스타를 만들어주셨고, 진정이 된 아버지가 몇 분 뒤에 2층에서 내려와 내 조그만 어깨에 양손을 얹고 내 얼굴을 들여다보며 소리 질러서 미안했다고 사과하고 두 번 다시 그런 짓은 절대, 절대, 절대 저지르지 말라고 했다.

두말하면 잔소리지만 나는 두 번 다시 그런 짓을 저지르지 않았다. 내 어린 시절 추억들은 따뜻한 햇살로 가득하다. 함께 떠난 여행, 웃음꽃이 피었던 저녁 식탁, 온화하고 다정했던 어머니와 든든하고 동지애로 똘똘 뭉쳤던 아버지. 하지만 그 우울했던 순간의 기억이 묻혀 있다가 고개를 내밀자 키가 큰 유리창을 덮고 있던 커튼이 젖혀지고 창문이 열리고 내가 그 앞에 서서 어린 시절의 나를 내려다보는 듯한 느낌이 들었다. 여름의 그날 이후로 나는 병적일 정도로 말을 잘 듣는 아이가 되었다. 욕을 하지도 술을 마시지도 않았고 대학교 3학년 때까지 순결을 지켰다. 스물네 살 때까지 미사를 단 한 번도 빼먹지 않았다.

나중에 당연히 반항의 시기가 찾아왔지만 그조차도 비교적 가볍게 지나가서 술을 좀 마시고 편하게 만나는 여자친구를 몇 명 사귄 정도였다. 사실상 부모님의 뜻을 어긴 것은 남아메리카의 조르조 집으로 놀러갔을 때 둘이서 같이 집을 몰래 빠져나가 신나는 시간을 보냈을 때뿐이었다. 그러고 나서 집으로 돌아가면 그가 나이 많은 사촌형으로서 책임을 떠맡고 부모님에게 혼나지 않게 나를 보호했다.

내가 로자에게 반한 이유 가운데 그게 있었다. 그녀는 고분고분 하거나 온순하거나 머리에 베일을 쓰고 미사에 참석하거나 다섯 번째로 데이트하는 날 수줍게 입을 맞추는 그런 여자가 아니었다. 방금 전까지 서로 고함을 지르고 욕을 하다가도 금세 끌어안고 입을 맞추고, 남들 날씨 얘기하듯 잠자리 얘기를 하는 집안 출신 이었다. 그녀가 부모님과 할머니와 두 동생과 함께 살았던 나폴리 의 조그만 아파트에서는 날마다 대활극이 펼쳐졌고 차분한 분위 기와 그보다 더 정반대일 수가 없었다.

나는 초창기에는 그 모든 것을 사랑했다. 그녀의 거침없는 성격 도, 열차를 타고 나폴리로 건너가 격렬한 애정 표현과 말다툼 속 에 휘말리는 것도. 하지만 그러다 특히 안나 리자가 태어난 이후 에 예전의 나로, 안전 추구형 인간으로 조금씩 후퇴하기 시작했 다. 로자가 해 떨어진 이후에 혼자 스쿠터를 타거나 안나 리자를 데리고 나가서 비를 맞으며 웅덩이에서 물장난을 치는 식으로 아 주 살짝이라도 위험한 행동을 저지르면 내 안에서 불안이 새끼를 쳤다. 부모 노릇의 기본을 눈 곱민큼이라도 이틸하면 벌을 빌을지 모른다고 생각했나 보다. 상자에 담긴 체리와 야생 버섯을 앞에 내놓고 파는 과일 노점 쪽으로 로자와 나란히 몸을 돌린 그 눈 깜 빡할 순간에, 진땀나던 그 찰나의 순간에 나는 어린 시절의 순종 이 어른이 되어서는 노이로제라는 기본 성향으로 변질되었음을 깨달았다. 어쩌면 내 사업이 망한 이유도 신경에 거슬리는 그 염려증 때문이었을지 몰랐다. 내가 손님들에게 불안한 인상을 풍겼을지 몰랐다. 여행객에게 가장 필요 없는 그것을. 우리 결혼생활에서 열정이 식은 이유 중에 그것도 분명 있을 것이었다.

그 몇 초 안 되는 순간에 떠오른 또 다른 깨달음이 있었다. 나는 교황이 나를 부관으로 채용한 이유가 나에게 경제적, 사회적, 종교적으로 좀 더 안정적인 환경을 제공하기 위해서인 줄 알았다. 하지만 이제 생각해보니 오히려 그 반대일 수도 있지 않을까 싶었다. 위험부담이 크고 사방에서 끊임없이 주시하는 지금의 위치에서 그가 모험을 감행한 이유는 나에게 교훈을 가르쳐주기 위해서였을 수 있었다. 그는 나에게 입버릇처럼 말했다. "원칙도 좀 어겨보고 그래, 파올로. 아슬아슬한 창의성을 삶 속에서 발휘해봐. 그런다고 주님께 벌을 받지도 않을 텐데."

그 뒤를 이어서 이런 생각이 들었다. 이런 식으로 바티칸의 예법과 신도들의 기대에서 벗어난 것이 가장 큰 교훈일 텐데 내가 또다시 걱정과 불안으로 그걸 망치고 있구나.

나는 로자의 팔꿈치를 잡았다. 그녀에게 얘기하고 이해시키고 사과하고 달라지겠다고 약속하고 싶어서 몸이 달았다. "내가 바보 같았어."

그녀는 토마토 한 개를 만져보다 말고 묘한 눈빛으로 나를 쳐다보며 말했다. "지금 그 생각하고 있었어?"

"아니… 응. 내가 잡히면 어쩌나, 곤란한 상황이 벌어지면 어쩌나 전전긍긍하느라 이 멋진 여행을 망치고 있었어, 그치?"

"우리 셋은 당신보다 훨씬 앞서가고 있어. 내가 할 수 있는 얘기는 거기까지야."

"하지만 내가 결혼생활에서도 그랬잖아, 맞지?"

그녀는 토마토를 내려놓고 입 꼬리를 늘어뜨렸다. 우리 뒤편에서 어떤 여자가 엄청난 관심을 보이며 귀를 기울이고 있었다. 로자는 능글맞게 웃으며 눈썹을 추어올렸다. 그게 전부였다.

내가 말했다. "달라지겠어. 지금 이 순간부터."

"그래, 잘 생각했어."

"손자가 태어날 거잖아. 노이로제에 걸린 할아버지라니 얼마나 끔찍하겠어!"

'손자'라는 단어에 로자 뒤편의 여자가 얼굴을 환히 빛냈다. 그녀가 몸을 앞으로 숙였다. 당장이라도 축하 인사를 건네거나 충고를 전할 기세였다.

로자가 말했다. "맡은 일에 집중하자. 가서 체리 1파운드짜리 집어 와, 싱싱해 보이네. 나는 옆 가게에 가서 빵하고 소시지 사올게. 당신은 체리하고 음료수 챙겨. 다른 괜찮은 거 보이면 그것도 사고. 앞에서 만나자. 두 분이 계속 기다리고 있잖아. 이 얘기는 오늘 저녁 때 하자, 알았지?"

6분 뒤에 로자와 나는 양쪽 가게에서 산 음식을 봉지에 챙겨들고 인도로 나서 서둘러 발걸음을 옮겼다. 나는 젊어지고 행복하고 희망이 넘치는 느낌이었다. 나는 할아버지가 될 것이었다! 달라질 것이었다! 그런데 바로 그 순간 우리는 신문이 판매대에 진열된 모퉁이 담뱃가게를 지났다. 헤드라인들이 다음과 같았다.

교황 납치당하다

달라이라마도 함께

용의자는 교황의 사촌

〈라 가제타〉 1면 왼쪽에 내가 썼다는 메모가 사진으로 실렸는데, 서명이 내 친필과 똑같았다. 그 오른쪽에는 특종과 상관없어 보이는 아주 조그만 기사가 실렸다. 카를로 만치니가 산악자전거 선수권 보유자와 내연의 관계인 것으로 보이는데, 그의 마세라티한 대가 아브루초 국립공원 리프트 근처에서 사진으로 찍혔기 때문이었다. 자세한 이야기는 6면에 있다고 했다.

사람들이 저마다 신문을 들고 그 앞에 옹기종기 서서 옥신각신했다. 교황은 어디 있을지, 동기는 무엇인지, 이 사악한 사촌은 어떻게 생겼는지. "사탄!"이라는 단어가 들렸다. 누가 2면에 그 사악한 사촌의 사진이 실렸다고 했다. 방금 전에 뉴스에서 인질들의 녹음 파일이 공개됐는데, 가짜이거나 강제로 녹음했을 게 분명하다고 했다.

로자와 나는 얼른 자리를 피했지만 거기서 반 블록 더 가면 나오는 야외 식당에서 텔레비전을 너무 시끄럽게 틀어놓았다. 그녀가 내 팔을 잡고 멈추어 세웠다. 안나 리자의 얼굴이 화면에 비쳤고 피에로가 그녀의 옆을 지키고 있었다. 그녀가 기자의 마이크에 대고 말했다. "네, 아빠가 여기 오셨어요. 하지만 지금은 어디 계실지 전혀 몰라요." 이번에는 내가 그녀를 자랑스럽게 여겨야 할 차례였다. 그녀는 불안해하거나 주눅이 들기는커녕 카메라를 똑바로 쳐다보았고 누가 들어도 반항적인 말투였다. 훗날 아들 아니면 딸에게 할아버지가 교황을 납치한 적이 있었다고 얘기할 수 있겠지!

기자가 말했다. "체포되면 아버님은 종신형을 선고받을 가능성이 큽니다. 그런데도 당신은 불안해하지 않네요."

우리는 몸을 돌렸지만 내 어깨 너머에서 이렇게 대답하는 피에로의 목소리가 들렸다. "훌륭하신 분입니다. 훌륭하신 가톨릭교도고요. 전말이 모두 밝혀질 거라고 봅니다."

미래의 사위를 향한 호감도가 다시 한 단계 높아졌다.

우리는 발걸음을 재촉했다. 깨달음의 희열이 찾아왔을 때처럼 빠른 속도로 내 곁을 떠났다. 교황과 달라이라마가 내 결백을 증언하겠지만 설명이 이루어지기 전에 내가 군중들에게 붙잡히면 어쩔 것인가. 그들이 사보날로나에게, 무솔리니에게 어떻게 했는지 생각해보라!

페라라 도심에서 군중들 손에 살해당한 교황의 사촌

이것이 내가 상상한 헤드라인이었다.

갈가리 찢기고 차이고 침을 맞다
상심한 미망인은 남편의 무죄를 주장하며
안토니오 마초의 요트로 피신

로자가 그녀답지 않게 조용했다. 그녀의 구두굽이 스타카토로 불안하게 콘크리트 바닥을 때렸다. 한 블록 더 갔을 때 마침내 그녀가 말문을 열었다. "사라지셨네."

"누가?"

그녀는 마세라티를 턱으로 가리켰다.

뒷좌석에 아무도 없었다. 나는 식료품이 담긴 봉지를 놓쳤다가 인도 위로 떨어지기 직전에 다시 잡았다.

내가 말했다. "붙잡혀서 경찰 본부로 옮겨지신 거야."

"그건 아닐 거야. 그랬다면 경찰이 여기서 기다리고 있었겠지."

나는 천천히 고개를 돌렸다. 동양에서 온 여행객을 토해내고 있는 관광버스. 배낭을 멘 여학생 네 명. 쌩하니 지나가는 스쿠터, 햇빛을 받고 반짝이는 자동차, 자전거를 탄 남자아이, 경찰차. 교황은 없었다. 달라이라마도 없었다.

나는 로자에게 말했다. "자수해야겠어. 마침 경찰차도 저기 있네."

"말도 안 되는 소리하지 마."

"군중들 손에 갈가리 찢기기 전에."

"무슨 군중? 당신 왜 그래?"

"어쩌면 내가 납치범일지 몰라. 사악한 납치범. 어쩌면 내가—"

"파올로, 그만! 저길 봐!"

그녀가 내 어깨를 잡고 돌려세웠다. 눈에 익은 두 사람이, 독일에서 온 사업가와 돈 많은 록스타 친구가 위가 둥그스름한 대성당의 가운데 문을 열고 등장했다. 우리를 향해 걸음을 옮기는 그들을 둘러싼 평정의 기운이 손에 만져질 듯하고 눈에 보일 듯했다. 지금 내 기분과 정반대였다. 저런 게 바로 믿음이구나, 하는 생각이 들었다.

두 도주자는 태연하고 느긋하게 지나가는 차가 끊기길 기다렸다가 진지하게 대화를 나누고 고개를 끄덕이며 길을 건넜다.

"미안해요, 미안해요!" 우리와 가까워졌을 때 달라이라마가 말했다. "차가 너무 더워서요! 아름다운 교회가 보이길래 내가 교황님한테 안을 구경시켜달라고, 들어가서 기도하자고 했어요. 우리가 늦었지요?"

다 같이 차에 올라탔다. 로자가 말했다. "아니에요. 하지만 괜찮으시면 점심은 외곽으로 나가서 먹는 게 좋겠어요. 이 도시는 왠지 모르게 불안해서요." 그녀는 몸을 완전히 돌려 승객들을 쳐다보며 물었다. "왜 그러세요? 두 분 다 표정이 이상하세요. 무슨 일 있었어요?"

약 5초에서 6초 동안 정적이 흐르고 교황이 "아무 일 없었어요"라고 대답했지만 하도 그답지 않은 어색한 목소리라 나는 도로에서 시선을 떼고 룸미러를 들여다보았다.

"교황님을 알아본 사람이 있었어요?"

"없었어, 사촌."

"그럼 뭔데요?" 로자가 따지고 들었다.

다시 정적이 흘렀다. 마침내 페라라에서 벗어나 벌판으로 들어서자 달라이라마가 너무 요란하게 외쳤다. "아름다웠어요, 아름다웠어요, 그 교회! 창문! 그림! 아름다웠어요!"

내가 다시 룸미러를 들여다보니 교황이 억지웃음을 짓고 있었다. 그런 채로 땀을 흘리고 있었다. "그 모든 게 주님의 은총으로 만들어졌지요. 심지어 건물 설계도 주님의 은총이에요."

"은총이라니 그게 무슨 뜻인가요?" 달라이라마는 이렇게 물었지만 이미 알고 있는 듯했다. 내가 보기에는 분명 알고 있었다. "정확히 어떤 뜻인가요?"

두 사람은 희한한 연극을 하고 있었다.

"아, 파올로, 자네가 설명해드리게. 자네가 나보다 영어를 더 잘하잖아. 뭐라고 정의하면 좋을지 생각해봐."

"천상의 영감이요." 나는 의심스러워하며 대답했다.

로자는 "조물주의 창의력이요"라고 했다. "조물주의 창의력이 특별한 인간을 통해 발휘된 거죠."

달라이라마가 말했다. "아, 우리에게도 그런 작품이 있어요. 동상, 그림, 사찰. 아주 아름답죠. 불교 안에도 이런 작품이 있어요. 부처님은 당신의 형상을 떠받들지 말라고 하셨는데 우리는 그런 걸 만들었어요! 수많은 동상과 그림을. 아주 아름답죠!" 그는 이윽고 예술가와 인류 사회에서 그들의 역할을 주제로 강연에 가까운 일장 연설을 늘어놓았다. 그들이 일상이라는 아수라장에 휩쓸리지 않고 한쪽으로 비켜서 관찰한다는 점에서 얼마나 승려와 비슷한지, 그들이 그 엄청난 재능을 통해 인류에 이타적으로 기여한 바가 얼마나 많은지. 그리고 세상은 미적인 측면을 얼마나 중요하게 여기는지, 전 세계의 수도원이 어떤 식으로 대개 풍광이 아름다운 곳에 지어졌는지, 불교의 일부 종파에서는 어떤 식으로 전생에 인내심이 남달랐던 사람들이 이생에 미남, 미녀로 태어난다고 생각하는지, 그들의 미모가 남들에게 선물이 될 수 있지만 그와 동시에 어떤 식으로 덫이 되고 집착이 될 수 있는지에 대해서도 얘기했다.

그는 터널에서 손전등이 꺼졌을 때 칼리에 대해 설명한 이후로 했던 얘기를 모두 합한 것보다 그 10분의 연설을 통해 한 얘기가 더 많았다. 그의 웅변이 재밌긴 했지만 교황의 미소처럼 어색하고 놀랍게 느껴졌다. 조짐이 이상했다. 성당에서 무슨 일인가 벌어진 게 분명했다. 내가 제한속도에 맞춰 2차로짜리 시골길을 달리며 무슨 일이 있었느냐고 물어보려던 찰나, 종교생활과는 관계가 덜 하다고 볼 수 있는 다른 종류의 아름다운 것이 우리를 맞았다.

∞ 28 ∞

이탈리아에서는 당연히 매춘이 불법이지만 법을 아무렇지 않게 무시하는 나라이다 보니 그날 우리가 지난 것과 비슷한 도로를 지나다보면 도발적인 자세로 양옆에 서 있는 여자들과 종종 맞닥뜨리게 된다. 그들은 아프리카, 러시아, 동유럽 출신들로 거의 다 젊고 매력적이었다. 대개 짧은 치마 아니면 아주 짧은 반바지를 입고 배를 드러냈고 입술을 야한 자주색 아니면 빨간색으로 칠했다.

"차 세우게." 교황이 말했다.

"교황님, 저 여자는—"

"나도 정체를 알아. 주님의 자녀지."

이 주님의 자녀는 차를 세 대 댈 수 있을 만큼 넓고 자갈이 깔린 대피로의 접이식 의자에 앉아 있었다. 뒤편에 주차된 조그만 캠핑카에서 손님을 접대하는 모양이었다. 내가 브레이크를 밟자 타이어에서 흙먼지가 피어올랐다. 완전히 멈추어 서기도 전에 교황이 차에서 내렸고 달라이라마가 그를 바짝 뒤따랐다. 여자가 그들을 맞이하기 위해 일어서자 얇고 짧은 셔츠 아래에서 풍만한 젖가슴이 흔들렸고 얼굴이 전문 접대부의 표정으로 바뀌었다. 로자와 나는 아주 살짝 망설였지만 따라 내려서 어떻게든 피해를 최소화하는 것 말고는 선택의 여지가 없다는 것을 알 수 있었다.

여자가 심한 억양이 느껴지는 이탈리아어로 외쳤다. "네 분이네요! 단체! 외국인에 여자분까지! 재밌겠다! 하지만 단체는 돈 더 받아요!"

누구라도 이렇게 외설스러운 인사를 받으면 그랬겠지만 나는 교황이 예수 그리스도를 받아들이면 인생이 달라지고 영혼이 구원을 받을 수 있다고 애정이 깃든 다정한 목소리로 얘기할 줄 알았다. 죄로 얼룩진 삶을 버리면 바티칸 집무실 청소부나 뭐 그런 걸로 취직시켜주겠다고 할지도 모른다고 생각했다. 그것이야말로 내가 아는 그에게 완벽하게 걸맞은 태도였다. 극단적으로 연민이 넘치고 잊을 만하면 희한한 행동을 보이며 평생 그를 지탱해온 믿음을 고수하지만 신도들에게 충격 요법으로 그리스도의 말씀에 대한 이해를 높이려는 듯 가끔 깜짝쇼를 벌이는 교황. 그가 각계각층의 존경과 사랑을 받는 특별한 교황인 이유가 그 때문이었다.

그는 여자에게 다가가 손을 내밀며 인사를 건넸다. 여자는 나른하고 경박하게 그 손을 잡아서 위아래로 한 번 흔들고 다른 쪽 손으로 그 손을 덮었다.

"점심을 같이 먹고 싶어요." 그가 말했다.

여자는 그를 잠깐 쳐다보았다. 전문 접대부의 미소가 흔들렸고 그녀가 실눈을 뜨자 마스카라가 찌그러져 뺨 위로 가루가 떨어졌다. 내가 보기에는 장난을 치는 건가, 다른 여자와 세 남자와 점심을 같이 먹자니 신종 섹스 게임인가 고민하는 눈치였다. 그녀는 달라이라마와 나를 차례대로 쳐다보다가 로자에게로 고개를 돌렸고 겁을 먹지는 않았지만 조심스럽게 호기심을 보였다. 나는 그 표정을 통해 그녀와 같은 인생에는 어떤 위험이 내재되어 있는지 난생 처음 진심으로 이해할 수 있었다. 그녀는 페라라에서 16킬로미터 떨어진 길가에 이렇듯 혼자 서 있었다. 아무라도 차를 세우고 그녀를 저 캠핑카로 데리고 들어갈 수 있었다. 그 아무는 짐승일 수도, 성폭행범일 수도, 범죄자일 수도, 출소한 지 얼마 되지 않은 전과자일 수도, 주머니에 칼이 들었거나 머릿속에 이글거리는 증오를 품은 남자일 수도 있었다. 그런 하루를 보내고 나면 포주가 끌고 가 다시 성폭행을 하거나, 여자의 몸을 한 현금인출기인 양 날이면 날마다 써먹을 수 있게 먹을거리와 잠자리를 제공할 것이었다. 1년 또는 몇 년 동안 계속 이런 생활을 하다가 버려지거나 아니면 심지어 죽임을 당할 것이었다.

그녀는 불그스름한 금발로 조잡하게 염색했지만 그랬음에도 불구하고, 자주색 립스틱과 우스꽝스러운 옷차림에도 불구하고 '미인'이라는 단어가 내 머릿속에 떠올랐다. '우아하다'는 단어도 떠올랐다. 나는 이탈리아와 유럽을 여행하며 도로변의 매춘부를 숱하게 만났다. 그들은 대부분 매력적인 구석이 있었다. 그렇지 않으면 무슨 수로 돈을 벌 수 있겠는가. 내가 그들의 직업에 감정적으로 약점이 있다는 소문은 전혀 사실이 아니다. 그들의 삶은 가혹하고 잔인했고 가장 비인간적인 형태의 자유 시장이었다. 여자들을 이런 식으로 붙잡아놓는 남자들이야말로 가장 못된 범죄자였고 이 여자들이 손님과 나누는 행위는 아무리 양보해도 '사랑'이라고 표현할 수 없었다. 하지만 이 여자는 어느 정도 기품을 갖추고 있었고, 누가 봐도 우아하고 누가 봐도 용감했다. 걱정하느라 전전긍긍하지 않았다. 적어도 겉보기에는 그랬다. 나는 부끄러워졌다.

"무슨 생각으로 그런 제안을 하시는지 모르겠네요." 그녀는 교황을 보며 엉망인 이탈리아어로 능글맞게 말했다.

그는 차가 있는 쪽을 가리켰다. "우리가 점심을 먹으려고 음식을 좀 사왔거든요. 그걸 당신과 함께 먹고 싶어서요. 파올로, 차에서 봉지 꺼내주겠나?"

여자는 별로 탐탁지 않아 했다. "음, 초대해주셔서 감사하지만 손님들하고 점심을 먹으면 내가 돈을 내야 할지 몰라요."

"우리가 두 시간 비용을 지불할게요. 얼마면 될까요?" 교황이 말했다.

"농담이죠, 그죠?" 여자는 이렇게 말했지만 기품이라는 뼈대가 흔들리기 시작했다. 그녀는 교황의 손을 놓고 뒤로 반 걸음 물러났다.

"아니에요. 금액을 얘기해요. 지불할게요. 우리는 차 옆에 서 있을게요. 의자를 들고 가서 우리 같이 점심 먹어요."

여자는 고개를 한쪽으로 꼬았지만 시선은 앞에 서 있는 남자에게 고정했다. "그거 가짜 수염이죠?"

"맞아요, 가짜 수염이에요."

"무슨 꿍꿍이속이에요? 은행이나 뭐 그런 데를 털었어요? 그리고 손님 친구가 쓰고 있는 허접한 가발은 뭐예요? 지금 도망치는 중이에요?"

나는 얼른 머리를 굴린 끝에 그럴 듯한 대답을 생각해냈다. 관용과 열린 마음을 주제로 제작되는 연극에 출연하려고 로마에서 베네치아로 이동 중인 극단이라고 말이다. 그런데 내가 첫 마디를 꺼낼 겨를도 없이 사촌이 이렇게 말했다. "나는 교황이에요. 그리고 이쪽은." 그는 친구의 어깨에 손을 얹었다. "달라이라마고요. 뉴스 들었죠?"

여자는 어색하게 웃음을 터뜨렸다. "저는 뉴스를 별로 좋아하지 않아서요. 그리고 독실하지도 않고요. 하지만 마지막 손님한테 언뜻 들었어요. 이슬람교도들이 교황을 납치해서 몸값을 요구하고 있다고. 내부자의 소행이라고. 그 손님 말로는 바티칸 직원 중에 그 이슬람교도들의 친구가 있었다고 했어요. 그런데 오바마 대통령이 같이 납치당했다고 하던데요?"

로자가 말했다. "오바마 대통령이 아니라 달라이라마예요. 불교계의 교황님. 대단한 분이시죠."

여자는 "저도 그 이름 들은 적 있어요"라고 하고 우리를 차례대로 쳐다보았다. "손님은 누구예요?" 그녀가 나를 가리키며 따져 물었다.

"내가 납치범이에요." 나는 농담처럼 말했다.

"납치범처럼 생겼더라니. 예전에 나 만나러 온 적 있지 않아요? 낯이 익은데."

"아뇨, 그럴 리가요. 내 본모습은 이렇게 생기지 않았어요!" 나는 한쪽 바짓단을 들어올렸다. "변장한 거예요."

"그런데 뭐요? 나랑 점심을 같이 먹었으면 하는 이유가 뭐예요? 개종시키려고요?"

교황이 말했다. "절대 아니에요. 그냥 점심이나 먹자는 거지. 얼마를 내면 될까요?"

"두 시간이면 200이요."

교황은 나를 향해 고개를 끄덕이고 손가락 세 개를 들어보였다. 나는 주머니에서 지폐뭉치를 꺼내 100유로짜리 지폐 세 장을 세서 건넸다.

교황이 지폐를 여자에게 넘기며 말했다. "자, 이제 식사를 시작해볼까요?"

우리는 다섯 명이서 비뚤배뚤한 초승달 모양으로 마세라티를 감싸고 연두색 보닛 위에 종이를 깔고 편육과 체리와 빵을 펼쳐놓고 먹었다. 가끔 지나가던 차량이 속도를 늦출 때도 있었고 한 번은 자갈 깔린 대피로로 잠깐 들어온 차도 있었지만 식사하는 우

266

리를 보고 다들 쌩 하니 사라졌다.

달라이라마가 이름을 묻자 여자는 처음에는 '마르타'라고 대답했다가 잠시 후에 유창한 영어로 다시 말했다. "사실 타라예요. 마르타는 일할 때 쓰는 이름이고."

달라이라마가 명랑하게 외쳤다. "아! 티베트에서 타라는 여자부처 이름이에요! 자유의 어머니라고 불리죠. 보리살타."

"보리살타가 뭔데요?" 여자가 궁금해 했다.

나도 궁금했다.

"남을 위해 사는 사람. 긍휼이 가장 넘치는 사람이요!"

"저 맞네요." 여자는 비꼬는 투로 말했지만 따뜻한 말을 거의 들어본 적 없는지 고마워하는 눈빛으로 달라이라마를 바라보았다. 그녀는 음식을 좀 먹긴 했지만 우리한테 당장이라도 뺏기거나 그 안에 약이 들어서 정신을 잃지는 않을까 걱정하는 사람처럼 경계하며 머뭇머뭇 입에 넣었다. 교황은 한 손에는 소시지 파니니 반쪽을, 다른 손에는 물병을 들고 서 있었는데, 달라이라마처럼 전혀 어색하지 않고 느긋했다. 매춘부가 아니라 여왕이나 극빈자나 다른 사촌이나 누이나 수녀와 점심을 먹는 분위기였다. 로자와 나도 그를 본받아 서로 시선을 피하며 무슨 말을 하면 좋을지 고민했지만 전혀 아무 말도 생각나지 않았다.

타라가 다시 나를 돌아보았다. "왜 이런 짓을 저질렀어요? 뭘 노린 거예요? 내 앞에서 차를 세운 거 말고 납치 말이에요. 돈 때문이에요? 두 분을 팔아넘길 거예요?"

"두 분이 이렇게 해달라고 부탁하셨어요. 나는 바티칸에서 교황님을 모시는 직원인데 교황님이 좀 쉬고 싶다고, 잠깐 동안이라도 평범한 사람처럼 지내고 싶다고 하셨어요. 마침 방문 중이었던 달라이라마도 같은 생각이었고요."

"그래서 그냥 떠났다?"

"아내인 여기 이 로자가 메이크업 겸 헤어숍 사장이에요. 직원 하나가 이렇게 변장을 해줬어요."

"솜씨가 괜찮네요. 이제 어쩔 참이에요?"

우리는 서로 쳐다보았다. 로자가 말했다. "오늘 저녁에는 친구를 만나러 갈 거예요. 내일은 잘 모르겠고요."

"나도 몰랐으면 좋겠다." 타라가 말하고 자조적인 웃음을 터뜨리자 나는 가슴이 아팠다. "나도 내가 내일 뭘 할지 몰랐으면 좋겠어요. 그게 제일 큰 소원이에요."

그녀는 두 성직자를 번갈아 쳐다보았다. 음식이 거의 바닥났다. 빨간색 스포츠카가 한 번 우리 옆을 지나쳤다가 다시 왔다가 이윽고 사라지자 타라는 그 차의 꽁무니를 바라보았다. 동경하는 눈빛이라기보다 습관적으로 그런 것 같았다. 그녀는 우리에게 받은 돈을 검은색 브래지어가 비쳐 보이는 얇은 셔츠 앞섶 사이로 쑤셔넣었다. 종이 냅킨으로 우아하게 입을 닦았다. 달라이라마가 우리와 같이 가겠느냐고 물었고 나는 그녀가 좋다며 뒷좌석의 가운데 자리로 몸을 욱여넣을지 모르겠다는 생각을 했다. "같이 가겠느냐고요?" 여자는 되묻고 어떤 이유에선지 로자를 쳐다보았다. "그러면 죽기 딱 좋죠."

교황은 그 말을 듣고 나한테 펜을 달라고 했다. 쓰지 않은 종이 냅킨에 뭐라고 적어서 그녀에게 건넸다. "우리가 어디에 있는지 정보를 제공하는 사람한테 포상금을 준다고 들었어요. 그것도 아주 엄청난 금액을. 우리가 떠나면 해가 질 때까지 잠깐 기다렸다가 이 번호로 연락해서 우리가 차를 세우고 길을 물어보았는데 일행 중에서 내 얼굴이 보였다고 해요. 우리가 북서쪽으로 갔다고 하고요. 하지만 다른 사람들한테는 비밀로 해요. 돈을 빼앗길 수도 있으니까."

여자는 고개를 옆으로 꼬고 그를 빤히 쳐다보았다.

"포상금이 500만 유로예요." 로자가 말하자 타라의 눈빛이 예리해졌다.

교황이 말했다. "나중에 나를 만나러 와요. 포상금을 받은 뒤에. 그 번호로 전화해서 당신 이름을 밝히고 페라라 근처에서 만났을 때 내가 당신을 초대했다고 말해요. 내가 그 번호를 쓰는 담당자한테 타라가 전화할 거라고 얘기해놓을게요."

"어차피 지금은 전화기도 없어요."

로자가 외쳤다. "맙소사! 어떻게 전화기도 없이 지낼 수 있어요? 여기 이런 데서."

"없어요. 하지만 빌려 쓸 수 있을지 몰라요. 나중에."

"그럼 이거 써요." 로자가 말하고 마리오의 전화기를 건넸다.

타라는 망설였다.

"받아줘요. 비상용으로라도. 이번 달 말까지 쓸 수 있을 거예요."

타라는 전화기를 받아서 이 손바닥에서 저 손바닥으로 던졌다.

좀 전의 그 빨간색 스포츠카가 또다시 우리 옆을 지나갔다. 이제 남은 음식을 치우고 타라에게 몇 시간 동안은 비밀을 지켜달라고 당부하고 작별 인사를 하는 수밖에 없었다.

우리가 안전벨트를 매는 동안에도 그녀는 우리를 계속 쳐다보고 있었다. 나는 대피로에서 빠져나오며 뒤를 돌아보았다. 그녀는 한손에는 바람에 펄럭이는 냅킨을, 다른 손에는 마리오의 전화기를 쥐고 있었다. 나는 손을 흔들었다. 그녀는 눈썹만 추켜올리고 도로 쪽으로 고개를 돌렸다.

∞ 29 ∞

북쪽 알프스에서 남쪽 시칠리아에 이르기까지 이탈리아의 시골에는 웅장하고 고풍스러운 별장들이 점점이 흩어져 있다. 빨간색 기와지붕을 이고 벽에 벽토를 바르고 과수원 아니면 포도원 한복판에 서 있거나 줄줄이 늘어선 올리브나무 아니면 밭에 에워싸인 이 근사한 저택들은 귀족층은 호사롭게 지냈지만 수십 명 때로는 수백 명에 달하는 농민들은 땅을 일구고 난방시설도 없는 헛간에서 가축들과 함께 잠을 청했던, 그다지 훌륭하지 못했던 과거의 유산이다. 베르톨루치의 <1900년>이나 에라만노 올미의 <나막신 나무>와 같은 이탈리아 걸작 영화를 보면 이 시대의 분위기와 이탈리아인들의 머릿속에 오늘날까지 남아 있는 역사적인 교훈을 제대로 느낄 수 있다.

탄압이 계속되고 삶이 점점 피폐해지자 수백만 명의 농민들이 남아메리카와 북아메리카로 이주했다. 남은 농민들은 점점 반항적으로 변해갔다. 구체제가 붕괴되기 시작했다. 소요 사태, 도로 위의 폭력, 파업, 시위, 조직폭력배, 무정부주의가 만연했다. 러시아의 볼셰비키 혁명에서 용기를 얻은 노동 운동이 시작돼 결국 이탈리아 공산당이 서유럽을 통틀어 가장 막강한 힘을 과시하게 되었고 공산주의에 대한 반발로, 아니면 그냥 변화 내지는 질서 비슷한 것에 대한 갈망으로 반발과 혼란의 와중에 베니토 무솔리니라는 카리스마 넘치는 이기주의자가 탄생했다. 그 이후는 모두 다 아는 이야기다. 무솔리니가 일종의 질서를 가져온 건 맞지만 폭력과 협박을 통해서였고 이탈리아인들의 가장 저속한 충동에 호소함으로써였다. 몇 가지 중요한 도시 개량이 이루어졌지만 다수의 대실패가 잇따랐다. 그 뒤로 군사모험주의, 히틀러, 전쟁, 끔찍한 가난이 이어졌다. 이탈리아가 살아남은 것이 기적이었다. 이 나라가 정상 비슷한 상태로 되돌아간 것은 그보다 더 엄청난 기적, 마셜 플랜의 기적이었다.

이제 구시대의 별장 일부는 버려져 지붕이 무너지고 창문 사이로 나뭇가지가 고개를 내민 상태로 길가에서 썩어갔다. 나머지는 귀족집안의 후손이나 이탈리아식 호화로운 삶을 원하는 부유한 외국인들이 다소 소박한 형태로 거주했다. 아니면 칙하층 농민의 도움 없이 부를 일구고 수백 그루의 올리브나무나 포도나무가 딸린 근사한 영지를 취미 삼아 관리하는 안토니오 마초 같은 남자들이 거주했다. 그들에게 있어 이런 별장은 유명인의 스트레스를 벗어던지고 별다른 죄책감 없이 장원의 영주처럼 사치스럽게 지낼 수 있는 곳이었다.

우리가 마초의 별장에 도착했을 무렵은 늦은 오후라 7월의 황금빛 햇살이 길가의 철문을 어루만지고 기다란 벌판을 마지막으로 포옹하는 시점이었다. 벽토는 황토색으로 빛이 바랬고 길이가 거의 축구장만 한 3층짜리 별장은 조금 망가진 왕궁과 다를 바 없었다. 다가가는 동안 내 뒤편에 앉아 있던 달라이라마가 "여긴 어떤 왕이 사는 곳인가요?" 하고 물었다.

"왕이 아니라 나이 많은 영화배우가 사는 곳이에요." 로자가 말했다. 그녀는 친구를 만날 생각에 좋아서 어쩔 줄 몰라 했다. 나도 파티라는 발상이 걱정스럽기는 했지만 솔직히 편안한 침대와 상쾌한 목욕과 캄포 임페라토레에서 먹었던 것보다 맛있는 음식이 기다려졌다. 자갈이 깔린 진입로에 다른 차는 없었고 아내가 마세라티를 세우자 나는 파티가 마초의 농담이었거나 로자가 잘못 들은 것이었거나 우리가 이 마을을 떠나고 한참 지난 내일 저녁에 열리길 바라는 마음이 생겼다.

정문은 위가 둥그스름한 초록색 나무문이었고 이빨 없이 입을 떡 벌린 사자 석상이 양옆을 지키고 있었다. 우리가 차에서 내리자 왼쪽 문이 열리면서 아주 나이가 많은 노인이 등장했다. 왜소하고 어째 울퉁불퉁하며 탄탄하다는 점에서 밤나무를 연상시키는 노인이었다. 옅은 갈색의 근사한 양복을 입었고 하얀색 드레스 셔츠는 맨 위 단추를 풀어서 헤쳤고 얼굴에서는 성형수술의 광채가 흘렀고 머리칼은 마세라티의 타이어처럼 까맸다. 은막에서 보았던 모습보다 어찌나 작고 늙고 순해 보이던지 내가 품었던 질투심이 연기처럼 그 자리에서 당장 사라졌다. 그가 두 팔을 벌려 반갑게 환영하고 "꿈에서 만나는 나의 여인!"이라고 외치며 아내를 와락 끌어안아도 전혀 기분 나쁘지 않았다.

로자가 어떤 식으로 우리를 소개할지 궁금했었는데 다행히 그녀는 그냥 가깝게 지내는 친구 파비오, 안드레아, 도메니코라고 하고는 끝이었다. 마초는 아주 따뜻하고 기품 있게 우리와 악수했지만 두툼한 유리벽 안에서 지내는 사람 같았다. 얼굴은 진심 어린 미소를 머금은 표정으로 굳어 있었고 눈빛은 멍했다. 약에 취했거나 병이 있거나 아니면 둘 다였다. "식사는 하셨나요?" 그가 물었다. 손님이 왔을 때 이탈리아 사람들이 인사를 한 뒤에 제일 먼저 묻는 말이었다. "배고프신가요?"

우리는 고개를 저었다. 로자가 "아니에요, 점심 먹은 지 얼마 안 됐어요"라고 했지만 마초는 그 말을 듣지 못했거나 이해하지 못한 눈치였다. "간단하게 준비했어요. 처음에는 간단하게 시작하고 나중에는 파티로!"

그는 우리를 집 안으로 안내했고 하얀색의 으리으리한 대리석 계단을 아주 천천히 올라가 깔끔하게 늘어선 포도나무가 내다보이는 2층의 식당으로 앞장섰다. 방금 전에 통보를 받았음에도 우리를 맞이할 준비기 되이 있었다. 원형 식탁에 우아하게 식기가 차려져 있었고 자리에 앉은 지 10초쯤 됐을 때 남자와 여자가 등장해 와인과 물을 따랐고 또 다른 남녀 커플이 캐비어를 얹은 크래커, 초콜릿, 포도, 배, 여러 종류의 치즈, 앙증맞은 빵이 담긴 은쟁반을 들고 왔다.

마초가 말했다. "드세요. 손님들을 배불리 대접하는 것이 저의 기쁨입니다. 와인은 여기서 제가 키운 포도로 만든 거랍니다." 그는 우리와 함께 자리에 앉기 전에 숨을 몰아쉬며 의자 등받이에 두 손을 얹고 잠깐 멈추어 섰다. 내온 음식과 우리 표정과 잔에 물과 와인이 어느 정도 따라졌는지 확인한 다음 "저도 잠깐 동석하겠습니다"라고 하고는 자리에 앉아서 냅킨을 앞섶에 꽂고 와인을 길게 한 모금 마셨다.

그는 도톰한 입술을 닦고 로자에게 물었다. "어떻게 지냈어요? 얘기해봐요. 시시콜콜 자세하게. 기쁜 소식만 골라서."

"딸아이한테서 방금 전에 첫 손자를 임신했다는 소식을 들었어요!"

"오호라!" 마초는 외치고 다시 잔을 들었다. "아들이에요, 딸이에요?"

"아직 몰라요!"

"예쁜 딸이었으면 좋겠네요. 젖가슴이 튼실한 사랑스러운 여인으로 자라서 나중에 그 안에 아이들을 품을 수 있길. 천년만년 행복하고 건강하게 지내길. 허락해준다면 명예 대부로서 내 집에서 그 아이의 결혼식을 치를 수 있길!"

그가 건배를 제안하자 우리도 잔을 들었다. 로자와 나는 와인 잔을, 달라이라마와 교황은 물 잔을 들었다. 우리는 공손하게 음식을 집어먹었다. 안토니오 마초는 좋아할 수밖에 없는 남자였지만 갇혀 있는 유리벽 사이로 로자밖에 안 보이는 눈치였다. 나머지 우리 셋은 투명인간이나 다름없었는데, 정황상 반가운 반응이었다.

그는 묻지도 않은 얘기를 꺼냈다. "나로 말할 것 같으면 나이 먹는 것에 적응이 되지 않아요. 병약해지는 것도. 죽음도. 여자, 와인, 음식, 여행, 명성, 돈. 살면서 좋은 것을 수없이 누렸지만 그래도 뭔가가 빠진 기분이거든요, 로자. 그걸 잡으려고 하는데, 절벽꼭대기에서 떨어지며 허공 속에서 팔을 젓는 심정이에요. 그게 뭘까? 나는 혼자 고민해요. 또 한 명의 미인일까? 또 한 번의 근사한 식사일까? 요트를 타고 코스타 스메랄다로 떠나는 또 한 번의 여름 맞이 여행일까? 그렇다고, 내 안의 어딘가에서 대답해요. 그렇다고, 그렇다고, 그렇다고, 그 모든 것들이라고. 하지만 잠시 후에 또 다른 어딘가에서 내가 알아들을 수 없는 말로, 잘 들리지 않는 목소리로 뭐라고 중얼거려요. 나는 그 목소리가 뭐라는지 들으려고 몸을 앞으로 숙이다가 절벽에서 떨어지며 팔을 젓고 잠결에 소리를 질러요. 하지만 정답이 내게는 들리지 않아요, 로자. 들리지 않아요."

거의 암송에 가까웠고 예전에 맡았던 셰익스피어나 펠리니의 작품 속 주인공의 독백 같았다. 얘기를 마친 마초는 고개를 돌렸고 이제 비로소 다른 남자들의 존재를 어렴풋하게나마 인지한 것 같았다. "이런 게 인간의 조건이겠지요?" 그가 내게 물었다.

"네. 인간이라면 누구나 그렇게 느끼죠." 나는 대답했다.

하지만 어째 틀린 말 같았다. 그건 사실이 아니었다. 교황과 달라이라마는 전혀 그렇게 느끼지 않는 눈치였다. 나는 교황과 함께 수십 년을 지내는 동안 그가 그 비슷한 소리를 늘어놓는 것을 한 번도 들은 적이 없었다.

마초는 하던 얘기를 계속했다. "그건 부당한 처사 아닌가요? 가끔은 우리가 심술 사나운 신이 맞춰놓은 잔인한 퍼즐 속에서 사는 건 아닌가 하는 생각이 들 때도 있어요. 우리에게 주어지는 숭고한 즐거움은 노력해서 얻은 부분도 있지만 단순히 운이 좋아서 얻은 부분도 있어요. 근사한 연인과 잊을 수 없는 밤을 보내고, 에덴에서 키워 천사가 수확한 게 아닌가 싶은 와인을 마시고, 20년이나 30년이나 40년 동안 기억에 남을 음식을 먹다가 이 모든 것을 박탈당해요. 달이 지날수록, 해가 지날수록 육체적인 사랑을 즐길 수 있는 능력이 조금씩 줄어들고, 나는 아니지만 어떤 경우에는 그 능력이 아예 소멸되죠. 술을 마시고 먹은 것을 소화시키고 달리고 헤엄치고 산을 오르는 능력도! 일과 관련된 능력도! 모두 박탈당하고 말아요. 이제 나는 이 모든 것에서 비극을 느껴요, 로자. 당신은 아직 젊지요. 아직은 이런 기쁨을 누릴 수 있지요. 그리고 이제는 손자라는 최고의 축복이 찾아왔고. 하지만 내게는 차가운 부검과 모든 것의 종말 말고는 남은 게 없어요. 어떤 날 저녁에는 거대하고 설명할 길 없는 외로움이 나를 덮쳐요. 이 아름다운 나라의 어딜 가든, 그 모든 곳에 내 집이 있는데, 그 외로움이 나를 붙잡고서 놓질 않아요!"

마초는 얘기를 하는 동안 재킷 안주머니에서 매직을 꺼냈고 종이를 찾다가 보이지 않자 식탁에 놓여 있던 하얀색 실크 냅킨을 집어 그 위에다 뭐라고 끼적이기 시작했다. 나는 순간 그가 실성한 게 아닌가 하는 생각이 들었다.

"하지만 파티가 있잖아요. 수많은 친구들과 팬들도 있고. 그동안 출연한 작품들도 있고." 로자는 못 쓰게 된 냅킨을 못 본 체하며 다정하게 말했다.

"맞아요, 맞아요." 마초는 우리를 한 명씩 차례대로 쳐다보며 말했다. 자기만족적인 미소가 그 유명한 입술을 몇 초 동안 수놓았다가 사라졌다. "오늘 저녁 파티는 내 일생일대의 걸작이 될 거예요. 나는 손님들이 도착한 순간부터 몰래 유심히 관찰하며 어떤 복장이 가장 잘 어울릴지 고민하고 있었어요. 그걸 이렇게 적고 있고." 그는 잉크로 뒤덮인 냅킨을 들어보였다. "이제 내 말 잘 들어요." 그는 다시 한 번 와인으로 입술을 축였고 잠깐 동안이나마 고뇌를 잊은 듯이 보였다. "이 집에는 온갖 의상이 든 상자로 가득한 방이 여러 개예요. 네 분이 평범한 가면을 쓰고 춤추고 마시는 건 내가 원하는 바가 아니에요. 제대로 갖추어 입었으면 해요! 내가 메모한 이걸 지아코모에게 주면 그 친구가 딱 맞은 의상을 선택할 수 있도록 손님들을 도울 거예요. 그리고 그가 요청하는 대로 따라주세요! 그렇지 않으면 내가 무척 언짢아질 거예요." 그는 식탁을 한 바퀴 둘러보며 관심의 시선으로 우리를 적셨지만 우리 중 어느 누구도 눈여겨보지는 않는 것 같았다. 그가 말했다. "이제 지아코모가 손님들을 방으로 안내할 겁니다. 쉬세요. 원하시면 수영장을 쓰셔도 됩니다. 나는 주최자 역할을 제대로 할 수 있게 잠깐 낮잠을 자야겠어요. 누가 알겠어요, 나중에 그보다 더 중요한 역할을 하게 될지. 하지만 부디 집처럼 편히 지내세요. 전혀 거리낄 것 없이… 마리아!" 그가 하녀 중 한 명을 불렀다. "지아코모를 불러줘. 내 사랑 로자하고 친구분들을 세심하게 돌봐달라고 전하고."

마초는 살짝 끙끙대며 자리에서 일어났다. 마침내 똑바로 섰을 때 그는 와인을 마지막으로 한 모금 마시고 우리에게 한 명씩 목례를 한 다음 위대한 연극배우처럼 성큼성큼 스포트라이트에서 벗어나 밖으로 나갔다. 복도 타일을 딛는 그의 발소리가 들리는가 싶더니 잠시 후에는 영영 사라졌다.

∽ 30 ∽

"대단한 분이죠?" 다시 우리끼리 남았을 때 로자가 교황에게 물었다.

교황은 초콜릿 접시를 흘끗거리며 캐비어를 얹은 크래커를 조금씩 먹고 있었다. 그는 시선을 내 아내에게로 옮기고 크래커를 씹어서 삼키고 실크 냅킨으로 조심스럽게 입을 닦았다. 눈가에 주름이 잡힌 것을 보니 두루뭉술하게 대꾸하려는 모양이었다. "그러네요. 하지만 어딘지 모르게 서글픈 구석이 있어요."

"평생 베풀며 살아온 분이에요." 로자는 넘치는 것을 좋아하는 성향 때문에 마초가 두 성직자의 눈에 안 좋게 비쳤을까 봐 걱정이라도 되는지 변명조로 말했다. "그런 영혼이 이승에서의 삶을 마감하면 하느님이 어떻게 하는지 가끔 궁금해요."

교황이 말했다. "그의 착한 마음씨는 잊히지 않을 거예요. 청하면 죄도 용서받을 테고요."

아내는 보일락 말락 하게 짜증난 티를 내며 입술을 굳게 다물었다. 나는 교황이 알아차리지 못했길 바랐다. 로자가 그러는 이유는 그의 설명이 성에 차지 않기 때문이었다. 그녀에게는 가톨릭 교회의 진부한 이야기가 설득력을 잃은 지 오래였고 안나 리자의 경우에도 마찬가지였다. 나는 사촌이 교황으로 선출되기 전에 그에게 이 문제를 언급한 적이 있었다. 그때 그는 이렇게 말했다. "파올로, 그런 이야기들이 진부한 건 맞지만 그 안에 심오한 의미가 담겨 있어. 예를 들면 '하느님은 사랑이다' 아니면 '예수님은 우리의 죄를 대신해 죽으셨다' 몇 년 동안 헌신하고 기도해야 그 의미의 핵심에 닿을 수 있지. 우화하고 같아. 예수님도 간단한 이야기를 통해 아주 복잡하고 수수께끼 같은 진실을 밝히셨지. 몇십 년 동안 묵상해도 될 만한 진실을."

하지만 내 믿음의 집 한쪽 구석에서 들썩이는 회의론자를 잠재우기에는 그런 설명으로도 부족했다.

로자가 달라이라마를 돌아보며 물었다. "불교에서는 제 친구 같은 사람이 숨을 거두면 어떻게 된다고 하나요?"

"그의 욕망과 집착이 다른 육신 속으로 그를 소환하지요." 달라이라마는 일말의 망설임도 없이 대답했다. 접시에 놓인 치즈 조각처럼 빤하지 않으냐는 투였다. 내 사촌이 하느님의 사랑을 확신하듯 이와 같은 인과응보의 법칙을 확신하는 투였다. "몇 번이고 소환돼요. 몇 번의 생을 거듭하도록. 그러다 어느 날 육체적인 즐거움은 마음속 가장 깊은 곳을 만족시킬 수 없다는 사실을 깨닫지요. 바로 그 순간, 바로 그 생에 자유의 길로 들어서는 거예요."

"그럼 그 자유라는 건 어떤 모습인데요? 어떤 느낌인데요? 거세당하고 감정이 마비되는 건가요? 소멸되는 건가요?"

달라이라마는 고개를 저었다. "자아의 소멸, 당신은 삶과 동떨어진 일개 개인에 불과하다는 인식의 소멸이에요. 욕망의 소멸이에요. 부처님은 자아가 끝을 맞이하면 말로 설명할 수 없는 상태, 인간의 이성으로는 이해할 수 없는 상태에 도달한다고 말씀하셨어요."

교황이 말했다. "우리의 믿음과 아주 흡사하군요. 환생만 다를 뿐."

"그리스도교에는 연옥이 있지요."

"네."

"영혼이 고초를 겪는 곳이지요? 신을 언뜻 접하기는 하지만 정화가 이루어질 때까지 고초를 겪어야 하는."

"맞습니다."

"불교의 경우에는 여러 생애에 걸쳐 정화가 이루어집니다. 거의 같아요."

내가 말했다. "정화라는 단어를 들었더니 수영을 하고 싶네요. 여기까지 온 마당에 제대로 하고 싶은데."

"당신 왁스 어쩌려고?" 로자가 경고하고 두 성직자를 가리켰다. "그리고 두 분 변장은?"

내가 변장 유지는 둘째 치고 땀에 전 당나귀가 된 느낌이 더 싫다고 얘기하려던 찰나, 문이 열리면서 다른 남자가 등장했다. 전 직원이 연극배우처럼 움직이도록 교육을 받았는지 이 남자는 2초 동안 포즈를 잡았다가 세 걸음 만에 성큼 식당으로 들어오더니 걸음을 멈추고 거의 군인처럼 허리를 똑바로 펴고는 외쳤다. "안녕하세요, 지아모코입니다! 저랑 같이 가시죠! 어떤 의상을 입으시면 되는지 보여드리겠습니다!"

∞ 31 ∞

이 세상에는 싫다는 말이 통하지 않는 사람들이 있다. 워낙 말주변이 좋고 완강하고 고집이 세거나 보기 안쓰러울 정도로 약해 보여서 노화나 죽음을 막을 수 없듯 왠지 모르게 거부할 수 없는 사람들이 있다. 안토니오 마초가 그 모든 항목에 해당하는, 그런 사람이었다. 그를 거부할 수 없는 이유 중에는 우리를 먹여주고 대저택에서 재워주고 있다는 것도 있었다. 타고 나기도 했고 엄청난 성공을 통해 부여되기도 한 카리스마도 있었다. 하지만 유리 진열장 안에서 금방이라도 바스라지게 생긴 아주 귀한 양피지처럼 아슬아슬한 그의 자존심을 지켜주고 싶었다는 것이 가장 큰 이유였다. 그와 악수를 하면 그 양피지가 얼마나 약한지 알 수 있었다. 누렇고 축축한 눈에서, '뭔가'가 빠진 기분이라는 그의 한탄 속에서 느낄 수 있었다. 이 자존심을 지키는 것이 집사인지 보좌관인지 별장 관리인인지 모를 지아코모가 맡은 일이었다. 그는 왕의 시종이었다. 나는 시종의 인도를 따라 긴 복도를 지나 넓은 창고로 가는 동안 교황은 그렇지 않다는 생각이 드는 것을 어쩔 수 없었다. 물론 그도 자기 고집대로 강행할 때가 있었다. 하지만 그

고집의 근원은 자존심이 아닌 확신이었다. 나약함이 아닌 굳건함이었다.

내 묵상과는 별개로 한 가지 사실만큼은 분명했다. 우리가 마초가 골라놓은 옷을 입고 파티에 참석해야 한다는 것이었다. 교황이 내키지 않아 한다는 것을 느낄 수 있었지만 재론의 여지가 없었다.

마초의 창고는 패션 대식가의 식료품 저장실 같았다. 원피스, 정장, 외투가 끝도 없이 이어졌다. 종이상자마다 뭐가 그렇게 잔뜩 들었는지 고개를 삐죽 내민 모자와 장갑과 허리띠와 란제리와 잠옷이 보였다. 구두 수백 켤레가 한쪽 벽면을 따라 줄을 섰고 그 옆으로 다시 양말과 레깅스 상자가 이어졌다. 슬리퍼와 샌들도 있었다. 부츠는 차고 넘쳤다. 안으로 좀 더 들어가보니 모피, 스카프, 칼, 헬멧, 각양각색의 가면이 1년 동안 볼리우드 영화 제작사의 모든 의상을 담당할 수 있을 만큼 많았다.

우리는 왕궁에서 오리엔테이션을 받는 신입 견습생이라도 되는 것처럼 아무 말 없이, 거의 '주눅이 든' 상태로 반원을 그리며 지아코모를 마주보고 섰다. 지아코모는 70대 초반 아니면 중반이었고 이탈리아인치고는 황당하리만치 키가 크며 머리가 벗겨져가고 있었고 말랐고 턱이 넓어서 얼굴이 표주박처럼 생겼는데, 우아한 이탈리아어를 구사했고 반박을 용납하지 않는 말투가 느껴졌다. 꼭 로마 원로원에서 방금 전에 제정한 법률을 공표하는 사람 같았다. "클라우디우스 황제가 모든 노예는 안식일 저녁에 포도주 여덟 잔을 마셔야 한다고 명하노니…"

어느 누가 왈가왈부할 수 있겠는가?

지아코모가 우리에게 들어와 깔끔하게 접어놓은 옷들이 쌓여 있는 테이블 옆에 서라고 손짓했다. 그가 마초의 메모가 적힌 냅킨을 들고 또다시 연극배우처럼 움직였다. "자, 아리따운 여자분." 그가 메모를 확인하고 로자의 어깨에 한 손을 얹자 나는 저절로 눈살이 찌푸려졌다. "손님은 수녀로 분장하고 파티에 참석할 겁니다."

그렇게 결정이 내려졌다.

로자의 미소가 카메라 플래시처럼 환하게 창고를 밝혔다. 우리 일행 중에 수녀도 아닌 여자가 수녀 옷을 입으면 신성 모독으로 받아들일 수도 있는 사람이 존재한다는 것에 대해서는 눈곱만큼도 신경 쓰지 않고 나를 흘끗 쳐다보더니, 머리칼을 넘기고 고운 이를 드러내고 귀걸이를 흔들고 목덜미의 핏줄을 불손하게 펄떡거리며 깔깔대고 웃었다. 재밌어 하는 그녀를 보고 교황도 미소를 지었지만 온갖 오묘함이 담긴 미소였다. 나는 그와 그 많은 시간을 함께 보냈음에도 불구하고, 사실상 평생 동안 함께 지냈다고 볼 수 있음에도 불구하고 그 순간 그의 표정을 읽을 수가 없었다. 달라이라마는 선글라스를 쓰고 있어서 더욱 알 수 없었다. 그는 마초의 빌라 입구를 지키는 사자처럼 가만히 서 있었다. 그 유명한 얼굴에서 엄연한 권위가 느껴졌지만 아무 표정이 없었다. 사랑스러운 내 아내는 두 사람 모두를 의식하지 않고 좋아서 어쩔 줄 몰라 하며 지아코모에게 건네받은 수녀복을 자기 몸에 대어보았다.

"손님은." 이번에는 지아코모가 길고 울퉁불퉁한 손가락으로 달라이라마를 가리키며 파란색과 금색으로 테두리가 둘러진 경감 유니폼을 집었다. "손님은 경찰로 변신하실 겁니다. 하지만 이건 평범한 파티가 아니죠." 그는 엄청나게 격식을 갖추어가며 유니폼을 건네는 한편으로 이렇게 덧붙였다. "마초님의 파티죠! 그렇기 때문에─" 그는 테이블 아래에 있는 상자 안으로 손을 넣었다. "홀스터와 총과 야경봉도 준비해 놓았습니다. 전부 진품이지만 권총에 총알은 없습니다. 사고가 나면 안 되니까요!"

나는 비폭력의 상징인 달라이라마가 허리춤에 권총을 차고 파티에 참석해야 한다는 사실에 어떤 식으로 반응하는지 살폈어야 하는데, 쌓인 옷더미에서 시선이 움직일 줄 몰랐다. 이제 반으로 줄어든 옷더미의 다음 차례는 아무 무늬 없는 트위드 양복이었고 그 옆에 파이프 담배, 페도라, 두툼한 안경이 놓여 있었다. 내 옷인가 싶었다. 양복 가장자리 너머로 중세 왕의 제의가 고개를 삐죽 내밀고 있었다.

지아코모가 특유의 너무 격식을 차린 이탈리아어로 또다시 연극배우처럼 과장된 몸짓을 보여가며 말했다. "지난 몇 차례의 파티에서 황당한 사태가 벌어진 적이 있었기 때문에 마초님께서 오늘 저녁에는 정신 분석 전문의를 초빙하기로 하셨습니다." 그는 유들유들한 미소를 지으며 내게 양복을 건넸다. 반으로 접혀 있었다. 나는 교도소에서 받은 담요라도 되는 듯 양복을 끌어안고 그대로 서서 왕의 제의를 빤히 쳐다보았다. 잠시 후에 시선을 로자에게로 돌렸다. 그녀도 그 다음 차례는 뭔지 확인하고 조금 걱정하는 기미를 보였다. 왕으로 분장한 교황. 그가 지금 입고 있는 사업가 복장보다 더 불경스럽게 느껴질 이유도 없었는데 왠지 모르게 그랬다. 만약 교황에게 권위를 상징하는 옷을 입힌다면 세속적인 권위가 아니라 종교적인 권위라야 했다. 거대한 파도가 지나간 바다처럼 로자의 얼굴에서 웃음기가 가셨다. 그녀의 시선이 잽싸게 교황에게로 향하는 것을 보고, 지아코모가 희희낙락 건네는 파이프 담배와 안경을 받아서 품에 안은 옷더미 위에 얹으며 나도 용기를 내서 고개를 돌렸다.

교황은 뒷걸음질 치려는 사람처럼, 어이없는 장난에 더 이상 장단을 맞출 수 없게 된 사람처럼 뺨에 잔뜩 힘을 주고 어깨를 뒤로 젖혔다. 마리오라는 실력자의 손에서 탄생된 다소 황당한 분장은 괜찮았다. 매춘부와의 점심식사도 전혀 아무 문제없었다. 사실 그의 제안으로 이루어진 일이었다. 사랑하는 조카가 불교의 매력에 대해 퍼붓는 것으로도 모자라 모르는 사람들과 가부좌를 하고 앉아서 명상하는 곳으로 데려가도 아주 좋았다. 영적인 자신감이 워낙 투철했기에 그 모든 것에 평온하게, 심지어 행복하게 동조했고 며칠 동안이나마 평범하게 살고 싶다는 기존의 계획을 고수했다. 하지만 퇴폐의 극치가 될 게 뻔한 파티에 참석하기 위해 왕의 제의로 갈아입는다? 사촌이 아닌 누구라도 그의 태도와 표정을 보면 그건 평범이라는 무거운 짐을 더 이상 감당할 수 없게 만드는 '장난'이라는 것을 알 수 있었다('장난'이라는 단어를 써도 될지 모르겠지만).

그가 거부하겠다는 느낌이 왔다. 거부하면 그와 마초 사이에서 갈등이 빚어질 것이다. 지아코모는 해명을 요구할 테고 손님들은 집주인의 지시에 따라야 하는 의무가 있다고 할 것이다. 예전부터 그랬다고, 그렇지 않으면 대배우가 기분 나빠할 거라고, 상처받을 거라고. 내가 중재자로 나서 보겠지만 소용없을 것이다. 로자는 친구에게 다른 옷을 주거나 아니면 지금 모습 그대로 참석하게 해 달라고 제안할 것이다. 지아코모는 기존의 입장을 완강하게 고수할 것이다. 교황을 보고 달라이라마도 비슷한 감정을 느낄 테고 시골 별장에서 하룻밤 편안하게 자고 갈 수 있겠다는 희망은 금세 무너질 것이다. 우리는 결국 벌판에서 잠을 청하고, 나무 뒤에서 볼일을 해결하고, 번갈아 보초를 서는 가운데 악취가 진동하는 도로변 개골창에서 몸을 씻게 될 것이다.

나는 트위드 양복 아래에서 손을 내밀어 사촌의 어깨에 얹었다. 그느라 파이프 담배가 바닥으로 떨어져 흉측하게 깨지는 소리가 들렸다. 지아코모는 미간을 찌푸리며 그걸 주우려고 어마어마하게 긴 몸을 접었다. 나는 "만약"이라고 말문을 열었다. "만약 불편하시면 그렇다고 말씀하세요. 그럼 다 같이 파티에 참석하지 않는 걸로 할게요. 숙소야 다른 곳을 찾으면 되죠."라고 말하기 위해서였다. 하지만 내가 그 다음 부분을 미처 얘기하기도 전에 뭔가를 결심한 표정이 교황의 얼굴을 스치고 지나갔다. 반항의 순간이 지나갔다. 그는 입을 굳게 다물고 고개를 끄덕였다.

지아코모는 마초의 가장 놀라운 상상력과 창의력의 소산을 소개하는 사람처럼 역겨운 미소를 지으며 의기양양하게 왕의 제의를 집어 들었고 테이블 아래에서 황동 왕관을 꺼냈다. 그가 기세

등등하게 내 사촌을 쳐다보며 선포했다. "그리고 손님은… 위대한 황제, 백성의 지도자로 파티에 참석할 겁니다!"

나는 뺨 안쪽을 세게 씹었다. 흐뭇해서 어쩔 줄 몰라 하는 지아코모에게 이렇게 외치고 싶었기 때문이었다. "키만 멀대 같이 큰 바보야! 등신아! 표주박처럼 생긴 이 건방진 등신아!"

하지만 내 사촌은 마음의 평화를 되찾았다. "네, 좋습니다." 그는 살짝 억양이 느껴지는 이탈리아어로 조금 어색하게 대답했다. "멋진 계획이네요. 사실 나더러 지도자의 자질을 갖추었다고 하는 사람들이 많거든요. 다만 왕관은 생략해주세요. 내가 두피가 안 좋아서 더운 날 모자를 쓰면 안 되거든요. 그 부위에 땀이 나면 상태가 악화돼요. 마초 씨가 옷은 입되 왕관은 생략해도 된다고 허락해주실까요?"

지아코모는 넓적한 하관을 요란하게 일그러뜨려가며 고민했다. 나는 그 순간 이 자는 내 취향이 아니라는 결론을 내렸다. 그는 어딘지 모르게 거들먹거리는 분위기를 풍겼다. 그걸 보고 나는 유명한 사람과 가깝게 지낸다는 것만으로 자기들이 평범한 인간들보다 우월하다고 생각하는 바티칸의 일부 보좌관들을 떠올렸다. 내 안에서 조심스럽게 꿈틀거리는 분노를 느낄 수 있었다. 분노의 소용돌이가 대개 그렇듯 지금 실제로 벌어지고 있는 사건보다는 기억과 연상 작용에서 비롯된 분노였다. 교황 실종 사건을 나에게 물 먹이는 기회로 삼은 바티칸의 동료들이 생각났다. 그들은 내가 관직을 남용해 현대 들어 가장 많은 사랑을 받은 교황의 이름에 먹칠한 죄로 바티칸에서 잘리거나 감옥에 가거나 죽을 때까지 손가락질을 당하면 좋아서 어쩔 줄 몰라 할 것이었다. 내가 거만하게 미소를 짓고 있는 지아코모에게 뭐라고 쏘아붙이려던 찰나 로자가 구원병으로 나섰다.

"내가 직업이 헤어디자이너거든요, 지아코모. 그래서 이런 경우를 접한 적이 있는데 사실 상당히 위험한 증상이에요. 두피 신경이 자극을 받으면 염증이 뇌실벽으로 번져서 심각한 상황이 벌어질 수 있거든요. 파티 중간에 구급차를 부르면 분위기가 망가지지 않겠어요?"

지아코모는 설마 하는 표정으로 저 위에서 그녀를 내려다보았다. "전에도 구급차가 몇 번 출동한 적 있기는 합니다."

하지만 2초 정도 망설인 끝에 그는 왕관은 어찌되든 상관없는 척 천천히 어깨를 으쓱하고 내 쪽으로 관심을 돌렸다. "테이블과 의자가 마련될 테니 손님은 거기 앉아주세요. 적어도 댄스가 시작되기 전, 파티의 전반부 동안은. 다른 분들이 상담을 받겠다며 올 텐데 마초 님은 손님이 적절히 장단을 맞춰가며 그분들을 웃기고 토닥여주길 기대합니다. 이민자로서 쌓은 지혜와 경험도 들려주시고요. 가능하시겠습니까?"

"그럼요. 당연하죠." 나는 화제가 교황의 왕관에서 다른 것으로 바뀐 데 기뻐하며 얼른 대답했다.

"저분은 아는 게 아주 많아요. 이민자 치고는요." 로자가 끼어들었다.

지아코모가 고개를 끄덕이며 어찌나 꼼꼼하게 나를 뜯어보던지 내 변장이 많이 벗겨졌는지, 외국인 억양이 전혀 없어서 정체가 탄로 났는지 걱정스러울 정도였다. 잠시 후에 그가 말했다. "파티는 상당히 일찍 시작될 겁니다. 마초님은 시간 엄수를 중요하게 생각하세요. 나중에 보면 아시겠지만 모든 손님이 8시 정각에 도착할 겁니다. 주차 요원은 몇 명 대기시켜놓았어요. 마초님께서는 공간 확보 차원에서 손님들이 타고 오신 차를 마구간으로 옮겼으면 하시는데요. 열쇠를 제게 주시겠습니까?"

내가 열쇠를 건넸다. 그는 다시 거만하게 미소를 지었다. 비아냥거리듯이 목례를 했다. "8시입니다." 그는 했던 말을 반복하고 자기가 모시는 집주인처럼 성큼성큼 사라졌다.

∽ 32 ∽

내가 조심스럽게 샤워를 하고, 어설프게나마 피부와 머리에 크림을 덧칠하고, 너무 두꺼운 트위드 양복을 갖춰 입고, 파이프 담배와 모자와 뿔테 안경을 챙겨 들고, 씩씩대는 한편으로 벌써부터 땀을 흘려가며 8시 15분 전에 카펫이 깔린 복도를 지나 교황의 방으로 찾아가 보니 그는 창문 앞에 서서 밖을 내다보고 있었다. 왕의 제의를 입고 있었지만 그보다 체구가 작은 사람용인지 어깨가 잘 맞지 않았다. 바닥에서부터 천장까지 이어지는 전면 유리창이 열려 있어서 뜨거운 공기가 방 안으로 들어왔다. 별장 앞 벌판을 금색의 부드러운 이불로 덮은 햇빛이 시시각각으로 천천히 그 광채를 잃어가는 것이 창문을 통해 보였다. 나는 그의 등에 대고 나지막이 말했다. "교황님, 너무 싫으시면 지금이라도 파티에 참석

하지 않겠다고 해도 돼요. 그래도 지아코모 말고는 아무도 모를
거예요."

그는 아무 대꾸가 없었다.

나는 하던 얘기를 계속했다. "신성 모독에 가까울 정도로 불경
스러운 건 둘째 치고 위험하기도 해요. 교황님을 알아보는 사람이
분명 있을 테고 우리는 날이 밝는 대로 로마로 끌려갈 거예요."

여전히 아무 대꾸가 없었다.

"교황님?"

그가 몸을 돌렸다. 나는 싸구려 복제품이라는 것을 알고 있었
음에도 왕의 제의를 갖추어 입은 그를 보고 경외감을 느꼈다. 그
의 몸짓에서 풍기는 분위기가 달라졌다. 금색 염소수염과 가발은
여전하고 햇볕에 타서 얼굴이 살짝 벌겠음에도 교황으로 돌아갔
다. 권위 있고 위풍당당한 그리스도의 대리자로 돌아갔다. 파티
참석자들도 모르려야 모를 수가 없겠다는 생각이 들었다. 개중에
엄청난 포상금을 기억하고 우리를 신고할 사람이 분명 있을 것이
었다. 마초의 파티에 초대 받을 만한 손님들은 오늘 저녁에 술에
취하지 않더라도 교황의 사진을 열심히 들여다보거나 그가 출연
하는 TV프로그램을 챙겨보거나 화려한 여행 잡지에 실린 기사
를 읽을 타입이 아닐 거라는 데 실낱같으나마 희망을 걸고 있었
건만.

"같이 테이블에 좀 앉을까?" 그가 심각한 투로 말했다.

우리는 등받이 높은 의자 두 개가 놓인 조그마한 테이블에 서
로 마주보고 앉았다. 내가 테이블 위에 손을 올려놓자 교황이 자

기 손으로 내 손을 잠깐 덮었다. "사랑하는 사촌." 그가 말했다. 한쪽 구석에 TV가 있었다. 그가 TV를 보고 이렇게 엄청난 소동이 벌어졌다는 데 죄책감을 느낀 게 아닐까 싶었다. 나는 최소한 그가 파티를 생략하자고 할 줄 알았다. 다시 현실세계로 돌아갈 테니 바티칸에 연락해 전용 헬리콥터를 요청하라고 할 줄 알았다.

그가 말했다. "할 얘기가 있어. 중요하고 심란할 수도 있는 얘기야."

"말씀하십시오, 교황님." 나는 차분하게 말했지만 그가 손을 치우자 내 손을 무릎 위에 올려놓고 으스러져라 맞잡았는데, 이제 보니 래커 칠이 된 테이블 표면에 땀에 젖은 손자국이 남아 있었다.

그는 내가 그런 식으로 대답할 때 종종 짓는 표정을 지었다. 입술 한쪽 끝을 실룩이고 시선을 돌리며 우뚝하고 주근깨로 뒤덮인 이마를 짜증스럽게 찡그렸다.

"사실 달라이라마하고 내가 자네한테 할 얘기가 있어."

"말씀하십시오." 나는 어색하게 했던 말을 반복했다. 우리의 즐거운 여행이 끝나려는 모양이었다. 이제 우리는 결과를 직면해야 했다.

그는 다시 똑같은 표정을 지었다. 짜증 섞인 한숨을 쉬었다.

"사촌, 내 말을 귀담아 들어주기 바라네. 텐진하고 내가 오늘 오후에 페라라의 대성당에서 기도를 드리고 신도석에 나란히 앉아 있다가 벽에 걸린 그림을 한 점 보게 되었어. 정성껏 액자에 담은 걸작이었고 성모님이 예수님을 안고 있는 작품이었지. 예수님은 아주 어린 갓난아이였는데, 그런 그림이 가끔 그러듯이 화가가 그 나이에 비해 조금 크게 그려놓았어. 아기 예수님은 알몸이었지만 부끄럽지 않게끔 자세를 잡고 있었지. 자네도 알다시피 여기까지 특이한 구석은 없어. 사실 상투적인 작품에 가까울 정도지." 그는 잠깐 머뭇거리며 염소수염을 긁었다. "하지만 놀라웠던 부분은 뭔가 하면, 내가 아니라 텐진이 먼저 알아차린 부분인데, 성모님이 한 손가락 끝을 아이의 입에 넣고 있다는 거였어. 집게손가락이었던 것 같아. 첫 번째 마디까지만. 요즘 엄마들이 고무젖꼭지를 쓰는 식으로. 그걸 뭐라고 부르더라?"

"공갈젖꼭지요."

"맞아." 교황은 다시 시선을 돌리고 어색하게 자세를 바꾸었다. 열린 창문을 넘어 타이어가 자갈 깔린 진입로를 밟는 소리, 문이 쾅 하고 닫히는 소리, 맨 먼저 도착한 손님들의 유쾌한 재잘거림이 들렸다.

교황은 하던 얘기를 계속했다. "텐진이 그 부분을 지적했고 우리는 같이 그림을 꼼꼼히 들여다보았지. 우리 둘 다 자리에서 일어나 옆쪽 통로로 건너가서 그림 앞에 섰어. 나는 넋을 잃었다네. 왜 그랬느냐고? 천재적인 화가가 그 사소한 움직임 하나로 성모와 아기 예수를 빤한 구도에서 구원했거든. 그들에게 현실감을 불어넣었거든. 살아 숨 쉬는 그럴 듯한 인간으로 만들었지. 울거나 보채는 아이, 손가락을 물려서 아이를 달래려는 엄마. 그게 얼마나 감동적으로 다가왔는지 자네한테 설명할 방법이 없을 거야. 그 둘 간의 사랑. 그 신성을 갖춘 인성!"

다시 정적이 흘렀다. 그는 반지를 만지작거렸다. 두말하면 잔소리지만 바티칸 집무실에 두고 온 그의 반지가 아니라 옷과 한 세트로 딸려 온 황동 인장이었다. 마초는 빈틈없는 성격인 듯했다. 예컨대 수녀복 같은 성스러운 품목은 건드리지 말아야 한다는 걸 모를 뿐, 빈틈없는 성격인 듯했다.

잠시 후에 그가 다시 이글거리는 눈빛으로 내 눈을 들여다보았다. "하지만 내가 자네한테 하려는 얘기는 그게 다가 아니야. 내가 얘기할까 말까 고민 중이었던 건 뭔가 하면… 그때 성당에서 달라이라마가 자기도 요즘 들어 이상한 꿈을 꾸었다고 털어놓았다는 거야."

"무솔리니 꿈은 아니겠죠?"

그는 서글픈 미소를 지으며 고개를 저었다.

"그가 어떤 꿈을 꾸었는가 하면, 정확히 세 차례에 걸쳐 '환상'을 보았다고 해야 할지도 모르겠는데, 지난 몇 년 새 '위대한 영혼'이 탄생됐다는 거였어. 여기 이 이탈리아의 산악지대에서. 그의 말로는 분명하다고 해. 당연히 위대한 불교도의 영혼일 거라고 생각하고. 어쩌면 차세대 달라이라마 아니면 판첸라마일 수도 있는데 확실하지는 않다는군. 꿈들이 좀 애매모호해서."

"꿈이 원래 그렇죠." 내가 말했다.

"그렇지. 그가 또 말하길 바티칸을 방문하기 전날 밤에 이 환상인지 꿈인지를 꾸었다며 우리와 함께 여행길에 오른 이유도 이 영혼과 연관이 있는 것 같은 느낌이 들었기 때문이라는군. 그는 살짝 머뭇거렸고 심지어 쑥스러워했어. 나하고 맨 처음 저녁식사를 했을 때부터 이 얘기를 하고 싶었는데 내가 어떤 반응을 보일지 자신이 없었다지 뭔가. 그 그림을 보았을 때 인간적으로 묘사된 성모님에 감동을 받아서 나한테 털어놓을 결심을 하게 됐대."

"신기하네요." 나는 말은 이렇게 했지만 별로 신기하다는 생각은 들지 않았다. 내가 보기에 불교 신자들은 종교의 희한한 관행에 너무 너그러운 것 같았다. 어디에서 읽거나 들었는지 아니면 안나 리자한테 들었는지 모르겠지만 1959년에 중국군이 점점 진격해오자 달라이라마는 포탈라 궁을 언제 탈출하면 좋을지 물어보려고 신탁승을 찾아갔다고 했다. 교황의 기준에서는 상상할 수도 없는 일이었다. 그리고 꿈과 신탁과 아이가 자신의 전생을 아는지 일종의 시험을 거쳐 달라이라마가 선택된 과정도 그리스도교와는 전혀 딴판이었다. 서구 세계와는 전혀 딴판이었다. 논리적이지도 과학적이지도 않았다. 내가 보기에는 신뢰도도 떨어졌다.

내가 이런 얘기를 꺼내려고 했을 때 교황이 헛기침을 하며 시선을 돌렸다가 마지막으로 다시 나를 쳐다보며 오래도록 기억에 남을 말을 꺼냈다. "그리고 나는 나도 거의 비슷한 꿈을 꾸었다고 했지."

"네?"

"나도 같은 꿈을 꾸었다고, 파올로! 나는 이제 특별한 영혼이 우리 가운데서 탄생되었다고 믿는다네. 온 세상이 폭력과 냉소주의의 수렁에 빠진 이때, 교회는 위축되고 환경은 오염되는 이때, 선한 영혼들은 희망을 선사하지만 탐욕과 적의가 친절과 연민을 밟고 득세하는 듯이 보이는 이때, 하늘의 도우심이 우리에게 임한 거라고 보네. 성인일 수 있어. 아니면 선지자일 수도 있고. 오늘 안나 리자에게 그 멋진 소식을 들었을 때 그 아이가 이 특별한 존재를 뱃속에 품고 있을지 모른다는 생각도 잠깐 들었지. 하지만 내가 꾼 꿈도 그렇고 텐진이 꾼 꿈도 그렇고 이 아이가 이미 태어났다고 했거든. 남자아이일 때도 있고 여자아이일 때도 있는데, 꿈속에서 이 아이를 여러 번 보았지만 지금까지 아무한테도 얘기하지 않았어. 일종의 미혹이거나 영적으로 궁지에 몰린 것이거나 내 죄성이 낳은 환상일까 봐. 하지만 달라이라마의 말을 듣고 의심이 씻은 듯이 사라졌어."

"무솔리니, 여자들, 헬리콥터, 축구공이 나오는 꿈을 꾸신 거 아니었나요?"

"응, 맞아. 거기에 성령이 추가되지. 민망해서 그 부분은 빠뜨리고 얘기했어, 미안하네. 이상하게 들릴지 모르지만 이제 보니 그 모든 것들이 연관이 있는 것 아닐까 싶어. 가르침을 달라고 기도하는 중이네만 나도 그렇고 텐진도 그렇고 우리 둘 사이에도 어떤 연관이 있다고, 우리가 이번 여행을 함께 떠나 조만간 뭔가를 함께 목격할 운명이었다고 생각하고 있다네. 어쩌면 우리 넷이 그럴 운명이었는지 모르지."

아래에서 진입로를 달리는 차 소리기 좀 더 늘었고 누군가가 술에 취해 욕을 하는 소리와 제대로 된 사람이라면 몸이 움츠러들 만한 웃음 소리가 들렸다. 이런 외침이 창문을 타고 넘어왔다. "있을 수 없는 꿈처럼 달콤하도다!"

교황도 그 말을 듣고 미소를 지었다. 어마어마한 연민이 담긴 눈빛으로 나를 보았다. "내가 한 말 때문에 심란해하고 있군 그래. 거룩한 아이라는 이 발상 때문에 머릿속이 어지러워졌다는 걸 알겠어. 성인과 기적의 시대는 과거로 지나갔다고 믿는 수많은 그리스도교인들이 그 말에 심란해하겠지."

"처리해야 하는 사건들이 워낙 많아서 그런 거예요. 라디오에서 들은 가짜 뉴스, 이 파티, 교황님이 입으신 옷, 불교도가 되겠다는 딸, 임신, 약혼… 그러고는 이 꿈 얘기… 힘든 하루였어요."

"이해하네." 그가 다정하게 말했다. "하지만 꿈 얘기를 나눴을 때 텐진이 아주 재미있게 표현을 하더군. 이승에서의 어려움은, 힘든 순간들은 모두 현실과 이상의 괴리에서 오는 거라고."

나는 살짝 짜증이 섞인 투로 말했다. "그야 당연한 거 아닌가요? 인간이라면 누구나 병에 걸리고 싶지 않잖아요. 고통을 겪고 싶지도 않고. 나이를 먹거나 죽고 싶지도 않고. 억울한 모함을 당하고 그 때문에 감옥에 갇히고 싶지도 않고. 아이가 생겼고 결혼을 앞둔 사랑하는 딸이 나와 다른 종교를 믿는 것도 싫고요."

"인간이라면 누구나 예측 가능하고 편안한 삶을 원하지." 그가 마치 내 말에 동의하는 것처럼 말했다.

"제 말이요."

"그런데 하느님은 끊임없이 예측 불가능하고 주기적으로 불편해지는 세상을 선물하시고."

"그렇다니까요."

"무슨 도전 과제를 주듯이. 가르침이나 수수께끼를 하사하듯이."

"맞아요. 네. 바로 그겁니다."

"생각지도 못하게 초대된 파티. 어쩔 수 없이 입어야 하는 옷. 권좌에 올라 우리나라를, 이탈리아와 티베트와 아르헨티나를 폭력과 증오로 오염시키는 미치광이들. 나도 당연히 자네 말에 동의하네. 하지만 그 불편함 속으로 용감하게 뛰어들면, 그것이 질병이나 고통이나 노령이나 죽음일지라도 예상치 못했던 것을 그 안에서 발견할 수 있을지 모르지."

"예를 들면 어떤 걸요?"

"용기, 회복력. 이 고통스러운 생애를 뛰어넘을 수도 있는 자아정체성. 마리아는 '말씀대로 내게 이루어지이다'라고 했잖은가. 인간의 몸으로 살아가는데 수반되는 모든 것을 받아들이라는 것이 그리스도의 메시지, 십자가의 메시지가 아닌가 싶어. 모든 것을 받아들이라는 것이. 좋은 것, 나쁜 것, 끔찍한 것까지. 예수님은 못 박히러 손을 내밀지 않았나, 응?"

"그러니까 아파도 약을 먹으면 안 되는 건가요? 고통을 유발할 새로운 방법을 찾아야 하고요? 중세시대에 자기 몸에 채찍질했던 수도승처럼? 지아코모가 시키는 대로 우스꽝스러운 옷을 입어야 하나요? 이 시대의 무솔리니들이 세상을 지배하도록 내버려두어야 하나요?"

그는 가볍게 고개를 저었다. "의지를 버리라는 게 아니야, 사촌." 잠시 후에 그는 덧붙였다. "누그러뜨리라는 거지."

"어떤 식으로요?"

"우리의 작은 뜻과 주님의 크신 뜻 사이에는 이상적인 균형점이 있지. 그 균형점을 발견해 갈고 닦는 것이 우리에게 주어진 임무야. 결혼생활에 있어 힘의 균형만큼이나 미묘하거든. 맞아, 행동을 취해 상황을 바꾸어야 할 때도 있지. 하지만 굴복하고, 예상치 못했던 것과 원치 않았던 것과 심지어 감당할 수 없는 것을 받아들여야 하는 때도 있다네. 세상은 노이로제 환자로 넘쳐나는데, 내가 보기에 이 노이로제의 근원은 적당히 받아들일 줄 모르고 모든 것을 통제하려는 욕심, 놀랍고 어렵다는 이유로 주님의 인도하심에 반항하는 마음이야."

"그럼 주님의 인도하심이 이번에는 꿈의 형태로 나타났다고 생각하세요? 이런 파티의 형태로 나타났다고 생각하세요?"

"글쎄." 그가 어찌나 겸손하게 대답하던지 나는 갑자기 바람이 잔뜩 든 인형이 된 기분이 들었다. 우쭐해 있는 짜증꾼. 이기주의자. 세상에 둘도 없는 죄인. "글쎄. 나도 잘 모르겠네. 하지만 당분간, 달라이라마 성하와 자네 부부와 함께 있는 동안 그랬을 가능성이 있는지 파악해보고 싶다네. 자네도 사랑의 정신으로 도와주기 바라고."

내가 어떤 식으로든 돕겠다고, 늘 그랬듯 말씀만 하시라고, 그러면 내가 가진 모든 용기와 힘을 끌어 모아서 돕겠다고 얘기할 겨를도 없이 격하게 문을 두 번 두드리는 소리가 들렸고, 문이 벌컥 열리면서 짜증난 표정으로 손목시계를 가리키고 있는 지아코모가 등장했다. 그의 뒤에 수녀와 경찰관이 서 있는 것을 보고 나는 찰나의 순간 동안, 영적인 세계와 세속적인 세계가 힘을 합쳐 납치와 도덕적인 타락을 근거로 나를 체포하러 왔구나 하는 생각을 했다. 내가 아니라고 대답하고 싶은 일에 그렇다고 대답해야할 모양이었다. 인생은 늘 그런 식이 아니었던가?

교황이 자리에서 일어서자 자주색, 빨간색, 하얀색 옷이 발목까지 흘러내렸다. 그가 말했다. "같이 가세, 사촌. 나를 알아보는 사람이 있으면 그것도 주님의 뜻이겠지. 파티에 가서 우리 자신에 대해 뭘 배울 수 있겠는지 알아보세나."

어느 누가 그 말에 싫다고 할 수 있을까.

∞ 33 ∞

나는 지금까지 길고 다사다난했던 인생을 사는 동안 그날 밤 안토니오 마초의 별장에서 열린 파티와 같은 광경을 본 적이 없었고 앞으로도 두 번 다시 볼 일이 없길 바라는 마음이 굴뚝같다. 우리 넷은 지아코모의 안내에 따라 카펫이 깔린 복도를 지났다. 복도는 온 사방이 대리석이고 사이드테이블에는 싱싱한 백합 꽃병이 놓였고 벽에는 값나가 보이는 유화가 걸렸다. 계단을 내려가 천장이 높은 대리석 로비로 들어서자 북이탈리아를 통틀어 가장 돈이 많고 가장 유명한 선남선녀들로 발 디딜 틈이 없었다. 그들이 입은 의상은 그냥 공을 들인 정도가 아니었다. 그냥 한번 쓱 훑어보기만 해도 중세 기사로 분장하고서는 벌써부터 취해 전신갑옷을 덜거덕거리는 남자가 눈에 들어왔다. 우주복에 헬멧까지 갖추어 쓴 우주비행사도 있었다. 고급 창녀로 분장한 두 여자는 얇디얇은 미니스커트를 입고 입에는 립스틱을, 눈에는 시커먼 마스

카라를 잔뜩 발랐다. 군인, 해적, 벨리 댄서, 임산부로 분한 80살은 되어 보이는 노파, 머리 희끗희끗한 엘비스 프레슬리도 한 명 있었다. 베를루스코니는 두 명이었다. 아담한 마거릿 대처도 한 명 있었다. 로마 노예로 분장한 젊고 잘빠진 남녀가 오르되브르가 담긴 쟁반을 들고 우아한 손님들 사이를 누볐다. 로비 한쪽 끝에 바가 설치됐고 바텐더는 검은색의 타이트한 조끼로 어마어마하게 큰 가슴을 덮은 여자였다. 이미 주당 여럿이 그 앞에 모여 있었다. 지아코모가 반짝이는 금색 종이로 덮인 문 쪽으로 계속 걸음을 옮기며 우리더러 따라오라고 손짓했기 때문에 언뜻 본 게 이 정도였다.

우리가 앞으로 다가가자 문이 열렸다. 안토니오 마초가 옷깃과 소맷동에 파란색 새틴을 댄 옅은 파란색 턱시도를 입고 베네치아의 카니발 참석자들이 좋아하는, 얼굴을 반만 가리는 흰색 플라스틱 가면을 쓰고 안쪽에 서 있었다. 이글거리는 듯한 빨간 머리를 정수리에 틀어 올린 늘씬한 여자가 왼팔을 그의 오른팔에 걸고 옆에 바짝 붙어서 서 있었다. 20대로 보였고 몸통이 아주 묘한 다이아몬드 모양으로 되어 있는 옅은 파란색의 원피스를 입었는데, 노인들이 복용하는 정력제 이름이 천에 수놓아져 있었다. 마초는 상아 손잡이가 달린 지팡이를 짚고 있었다. 그가 그 지팡이로 문틀을 딱 한 번 두드리자 파티장의 나른한 웅성거림이 한 목소리인 양 끊겼고 손님들이 모두 그를 돌아보았다. 마초는 턱을 들어 우리 넷을 흘끗 훑어보고는 머리 위로 지팡이를 들고 선포했다. "손님 여러분, 축제를 시작합시다!"

그와 여자가 한쪽 옆으로 비켜섰다. 파티에 초대된 손님들이 서로 부대끼고 우리 넷을 밀쳐가며 거대한 무도회장으로 들어갔다. 금박을 입힌 네모난 기둥이 가장자리를 떠받치고 바닥에는 반짝이는 쪽모이 세공 마루가 깔렸고 일렬로 늘어선 여섯 개의 전면 유리창에는 빨간색 벨벳 커튼이 달린 무도회장이었다. 완벽한 온도로 냉방이 됐고 양쪽 끝에 설치된 바에서 웃통을 벗은 남자 모델이 음료를 제공했다. 샹들리에 두 개의 조도를 최대한 낮춰 매음굴 분위기로 만들었다. 우리가 들어가자 6인조 밴드가 빠르게 편곡한 '아이 원 투 홀드 유어 핸드'를 연주하기 시작했다.

　　로자가 내 팔을 잡고 불안한 듯 몸을 기대는 것이 느껴졌다. 나는 그녀에게 한 마디 하려고, 교황과 달라이라마를 체크하려고, 되도록 빨리 탈출할 방책을 마련하려고, 그들에게 사과하고 용서를 구하려고 고개를 돌렸다. 하지만 이미 늦어버렸다. 인디언 추장으로 분장한 커플이 일말의 사과도 없이 로자와 나 사이에 끼어들어 우리 둘을 갈라놓고 바를 향해 갔다. 두 성직자는 어디론가 떠밀려갔거나 끌려갔거나 아니면 이 세상을 위한 기도를 하기 위해 옆방으로 슬그머니 숨었다. 지아코모가 내 팔꿈치를 부드럽지만 단호하게 붙잡고 저쪽으로 데려갔다. 창가에 간단한 테이블과 의자 두 개가 놓여 있었다. 가까이 다가가보니 깔끔하게 적힌 팻말이 테이블 위에 놓여 있었다. 무료 상담.

　　지아코모가 팔을 요란하게 뻗어 의자를 가리키며 말했다. "여기 앉아계시면 됩니다. 댄스가 시작되면 다른 분들처럼 재밌게 즐기시고요. 안경 쓰고 파이프 담배를 피우는 척하세요, 효과를 극

대화할 수 있게."

이 말을 끝으로 그는 다른 음산한 볼일을 처리하러 이 거대한 공간의 저편 구석으로 사라졌다.

나는 자리에 앉았다. 짙은 회색 고양이가 살금살금 내 뒤를 따라다니다가 활처럼 구부린 등을 내 발목에 대고 비볐다. 나는 뿔테 안경을 쓰고 깨끗한 안경알 너머로 무도회장을 훑어보았다. 여자들은 클레오파트라, 인디라 간디, 마릴린 먼로 등으로 분장했음에도 길을 잃고 헤매던 뱀이 어쩌다 이 안으로 들어오면 그걸로 쳐서 죽일 수 있을 만큼 큼지막한 귀걸이와 진주 목걸이를 치렁치렁 달고 있었다. 벗은 몸이 넘쳐났다. 남녀 할 것 없이 여기저기서 성형외과 전문의의 손길이 느껴졌다. 불룩한 입술과 반들거리는 뺨을 보면 나이를 먹는다는 것이 현대 의학의 기적으로 마침내 치료할 수 있게 된 병이라도 되는 것 같았다. 남자들의 분장을 소개하자면 다음과 같았다. 활과 화살을 든 로빈 후드. 우뚝하고 하얀 이마에 빨간색 모반이 있는 고르바초프. 양손에 권투 글러브를 끼고 얼굴에 베인 상처를 그리고 웃통을 벗어 팽팽한 복근을 자랑하는 젊은 남자. 로마 누예 복장을 하고 굴, 캐비어를 얹은 크래커, 치즈, 과일, 초콜릿, 샴페인 잔이 담긴 쟁반을 들고 발레 댄서처럼 발끝으로 미끄러지듯 이곳저곳을 누비는 하인들. 어떻게 보면 우리는 안전했다. 제정신이 박힌 사람이라면 두 성직자가 이런 데 있을 거라고는 상상조차 할 수 없을 것이었다.

나는 난생 처음 댄스 파티에 참석한 10대 소년처럼 뻘쭘하게 앉아서 어색한 티를 팍팍 내며 파이프 담배를 피우는 척했다. 점점 커지는 볼륨과 취객들이 귀청 따갑게 웃고 떠드는 소리가 난장판의 도래를 예고했다. 아무리 못해도 3분의 1이 이미 술이나 약에 취했고, 도착했을 때부터 그랬던 사람들은 춤을 추듯 지나가는 로마 노예가 건네는 샴페인이나 바에서 모델이 건네는 좀 더 독한 술을 마시고 점점 상태가 심해졌다. 여기저기서 장난처럼 술을 쏟으면 까만 망사 스타킹을 신은 하녀 삼인방이 앙증맞은 걸레를 들고 총총히 등장해 닦았다. 나는 로자, 교황, 달라이라마, 마초와 그의 비아그라 여자친구를 찾았지만 아무도 보이지 않았다.

10분이라는 긴 시간이 지났을 때 갈색 피부의 눈부신 미녀가 다가와 남은 의자를 끄집어냈다. "앉아도 될까요?" 그녀가 물었다.

"그럼요. 당연하죠. 무엇을 도와드릴까요?"

그녀는 등받이에 등을 대지 않고 꼿꼿하게 앉았다. 이제 보니 찰랑이는 주황색의 긴 드레스에 화관을 쓰고 아프리카 공주 분장을 하고 있었다. 그녀가 내 눈을 어찌나 똑바로 쳐다보는지 끈적끈적한 주변의 아수라장을 관통하도록 개발된 레이저 빔 같았다. 그녀가 딱 부러지는 완벽한 이탈리아어로 말했다. "이질감이 느껴져요. 이 공간, 이 분위기, 이 사람들한테서. 내가 왜 왔는지 모르겠어요. 초대를 받으면 영광일 정도로 유명한 파티긴 하지만. 나는 영화업계에서 일해요. 오면 재밌을 줄 알았어요. 하지만 차에서 내린 순간부터 저들과는 인종을 넘어 종족 자체가 다른 것처럼 느껴지더라고요." 그녀는 자기 말을 이해해줄 사람을 찾는 듯 나를 계속 똑바로 쳐다보았다. 리비아에서 온 불청객이라면 가능한 얘기일 수도 있었다. "내가 느끼는 이런 기분을 어떻게 하면 좋겠는지 조언을 듣고 싶어요."

나는 상황극을 하는 미모의 여배우인가 보다고 넘겨짚었다. 하지만 내가 파티 분위기에 걸맞은 실없는 농담을 늘어놓으려는 찰나 그녀가 거의 쏘아붙이다시피 덧붙였다. "진지한 대답을 듣고 싶어요. 장난스러운 대답이 아니라."

5~6초 동안 나는 그저 빤히 쳐다보기만 했다. 적나라하도록 솔직한 그녀 앞에서 탈을 쓰고 있는 내가 부끄러워졌다. 그녀에게 상황을 설명하고 진실을 공개하고 싶었지만 그녀는 사과가 아니라 조언을 듣고 싶어 하는 눈치였다. 다른 데도 아닌 이 요란한 퇴폐의 현장에서 진술한 얘기를 듣고 싶어 하는 눈치였다. 내가 달라이라마나 조언할 만한 자격이 되는 다른 사람을 찾으려고 그녀의 뒤편을 두리번거리자 그녀가 말했다. "나를 보세요." 나는 그녀가 시키는 대로 했다. "도움이 될 만한 얘기를 듣고 싶어요."

나는 떨리는 목소리로 말문을 열었다. "당신은, 당신은 사실 하느님의 자녀예요. 하느님의 진정한 자녀. 분장이 아니라 본모습 자체가 공주예요. 당신한테서 풍기는 분위기를 보면 알 수 있어요. 공주, 위대한 예술가, 성인, 당신 같은 사람들은 누구나 이 사회의 비주류처럼 느껴질 수밖에 없어요. 대부분의 사람들은 태어났을 때 부여받은 영적인 특권을 잊고 지내니까요. 사실 당신에게 맞는 곳은 사회의 변두리예요. 특히—" 나는 그녀의 뒤편으로 보이는 사람들을 향해 팔을 흔들었다. "이런 사회라면 더요."

어디서 이런 말이 나왔는지 모르겠다. 이 여자가 내게 요술을 부렸다. 존재 자체로 나를 들어 올려 한계를 뛰어넘게 했다.

그녀는 눈도 깜빡이지 않고 열심히 귀를 기울이다가 내 말이 끝났다는 걸 깨닫고 이렇게 물었다. "알았어요. 하지만 문제는 이거예요. 그래서 어떻게 하면 좋겠느냐는 거."

"사회에 봉사하세요."

"알았어요. 어떻게요?"

"모범을 보이는 것으로. 진솔하게 사는 것으로. 언제 누굴 만나든 가장 진솔한 모습을 보이기만 해도 이 세상에 엄청나게 기여하는 거예요."

그녀는 나를 뜯어보았다. 꾹 다문 입술을 내밀었다. 한 번 고개를 끄덕였다. "이 파티하고 정반대로 살란 말이죠? 절대 가식 없이. 내 본모습에 대해 변명하지 말고 장난치지 말고."

"바로 그거예요."

"고마워요." 그녀는 인사하고 일어나 나를 마지막으로 한 번 빤히 쳐다보고는 몸을 돌려 금색 문으로 직행했다. 일행이 있었을지 몰라도 그 일행은 이제 버림받았다. 문이 열렸고 갈색 어깨가 언뜻 보이는가 싶더니 그 길로 그녀는 사라졌다. 무슨 화학반응이라도 벌어진 듯 취객들의 웃고 떠드는 소리가 한 단계 더 높아졌다.

거의 곧바로 여자 두 명이 다시 테이블 앞으로 다가왔다. 의자가 아니라 바닥에 쭈그리고 앉아서 거의 내놓다시피 한 젖가슴의 맨 윗부분과 우아한 목과 얼굴만 보였다. "안녕하세요!" 한 명이 키득거리며 인사를 건넸다. 이제 보니 둘 다 위에 속옷만 입고 있었다, 한 명은 빨간색, 다른 한 명은 검은색이었다. 검은색 브래지어를 한 여자가 내게 샴페인이 가득 든 잔을 건넸다. 나는 고맙다고 인사하고 벌컥벌컥 마셨다.

"안녕하세요, 아가씨들. 두 분은 뭘로 분장하신 건가요?"

"창녀요." 다른 여자가 대답했다. "모르셨다니 너무하다!"

"진짜 너무하다. 당신을 2층에 있는 방으로 데리고 가서 우리 둘이 동시에 달려들려고 하는 중인데."

"나는 댄스가 시작될 때까지 이 자리를 지켜야 해요. 나한테 상담을 받고 싶어 할 사람들이 있어서."

"농담하는 거 아니에요." 첫 번째 여자가 말했다. 그 말이 진짜라는 걸 안 순간 내 안에서 천박한 욕망이 살짝 불끈거렸다.

"맞아요, 댄스가 시작될 때까지 못 기다려요. 당신이 싫다고 하면 다른 사람을 찾을 거예요. 이번 기회를 놓치지 말아요."

다른 여자가 말했다. "사람들 속에서 수녀님을 봤는데. 수녀님이 우리의 차선책이에요! 당신이 싫다고 하면 수녀님을 2층으로 데려가서 타락시킬 거예요."

"그래, 좋은 생각이다!" 그녀의 파트너가 맞장구를 쳤다. 그 둘은 취중 하이파이브를 했다.

내가 말했다. "그 수녀님은 나를 도와줘야 해요. 중세 기사나 우주비행사나 아니면 베를루스코니 중에 한 명을 데려가요."

그들은 술 취한 눈빛으로 나를 동시에 쳐다보았다. 첫 번째 여자가 말했다. "겁이 나는 거로군요.. 보니까 알겠어요. 무슨 남자가 여자 둘이랑 하는 걸 무서워해요?"

기발한 대답이 전혀 떠오르지 않았다. 이 안으로 들어오면서 했던 결심이, 어찌어찌 장단을 맞추며 내 자신에 대해 알아나가는 기회로 삼자고 했던 생각이 무너지기 시작했다. 그들이 나를 쳐다보고 있었다. 한 여자가 옆으로 스르르 쓰러졌다가 똑바로 일어나 앉고 웃음을 터뜨렸다. 교황의 방 창문 밖에서 들렸던 웃음 소리였다. 그들은 몇 초 더 기다리며, 내게 그들과 함께 2층으로 올라가 쾌락 속으로 몸을 던지겠다고 생각을 바꿀 수 있는 기회를 허락했다. 보일락 말락 한 유혹의 소용돌이가 아주 독한 시가 연기처럼 나를 감싸고 맴돌았다. 쓰러졌던 여자가 외쳤다. "같이 가요! 재미있게 놀 줄 알게 생겨놓고 왜 그래요. 우리가 당신을 고른 이유도 그 때문이라고요!"

나는 그들을 잠깐 더 쳐다보다가 고개를 저었다.

"그럼 수녀님이나 찾아가야겠다." 두 번째 여자가 말했다. 둘이서 벌떡 일어나자 손바닥만 한 치마가 엉덩이 바로 아래까지 올라가는 바람에 잡아당겨서 내려야했다.

비틀거리며 멀어져가는 두 사람을 지켜보던 내 눈에 로자가 언뜻 들어왔다. 율리우스 카이사르로 분장한 아주 키가 작은 남자가 한 손에 잔을 들고 그녀 쪽으로 몸을 기울인 채 뭐라고 큰 소리로 외치고 있었다. 수작을 거는 게 분명한데, 그녀도 잠깐 유혹을 느끼면 자기 자신을 잊고 자신의 과거를 잊고 이 세상에서 맡은 역할을 한 시간 정도 내려놓을지 몰랐다. 두 창녀가 휘청휘청 아내 쪽으로 걸어가는 것이 보였지만 서로 손을 잡은 엘비스와 우주비행사가 우리 둘 사이를 가렸다. 다른 여자가 다가와 의자에 앉았다. 통통한 40대로 밤색 머리를 양 갈래로 땋았고 화장을 하지 않은 눈이 아주 매력적이었고 레이스 보디스를 입은 스위스의 젖 짜는 처녀 같은 행색이었지만, 잠시 후에 보니 두 눈에 눈물이 그렁그렁 맺혀 있었다.

"괜찮으세요?"

"아뇨!" 그녀는 소리를 지르다시피 대답했다. "남편이 다른 사람이랑 나갔어요. 남자인지 여자인지 두 명의 여자인지 모르겠지만. 못 참겠어요. 해마다 반복되는데, 정말이지 이제 더는 못 참겠어요!"

"상황극 하시는 거 아니죠?"

그녀가 고개를 젓자 참담함이 빚은 눈물 한 방울이 눈가에서 흔들리다 내 샴페인 잔 속으로 떨어졌다. 그녀가 섬뜩하고 생생한 흐느낌을 토했지만 뒤에서 들리는 우렁찬 폭소에 묻혀버렸다. 달랑 금색 천 한 장으로 몸을 감싼 로마시대의 노예가 우리 옆에서 걸음을 멈추고 쟁반에 담긴 굴을 권했다. 여자와 나는 둘 다 고개를 저었다.

"도움을 줄 수 있을 만한 사람하고 의논을 하세요. 진짜 전문가하고요." 나는 바보처럼 이렇게 말했다.

그녀는 다시 고개를 저었다. 눈물이 이리저리 흩날렸다. "그이하고 헤어질 수는 없어요."

"왜요? 아이가 있으신가요?"

"쌍둥이요. 여덟 살이에요. 그이하고 헤어졌다가는 아이들을 거의 쫄쫄 굶길 거예요."

"하지만 정식으로 결혼을 하셨잖습니까. 결혼반지를 끼고 계신데요."

"결혼이요? 했죠, 교회에서." 그녀는 소름이 끼치는 외마디 웃음을 터뜨렸다.

"법으로 정해져 있는걸요. 남편에게는 부양의 책임이 있어요."

"지금 사는 수준으로 살지는 못하겠죠. 아이들이 엄청 우울해할 거예요."

"당신은 지금 정신적인 고문을 묵인하고 있어요." 나는 불쑥 내뱉었다. 그 무렵에는 나와 진실 사이에 장벽이 사라졌고 게임도, 머리를 굴리는 것도 무의미해졌다. 나는 영혼이 더러운 수세미에 긁혔다가 얼음처럼 차가운 물로 씻긴 느낌이었다. "호사를 누리고 싶은 욕심에 정신적인 고문을 묵인하고 있어요."

그녀는 흐느낌을 터뜨렸다. 앞으로 몸을 숙여 고개를 테이블에 묻자 땋은 머리 한 쪽은 상처를 입은 뱀처럼 그 위로 털썩 떨어졌고 다른 쪽은 테이블 가장자리 너머로 대롱대롱 매달렸다. 나는 우는 그녀의 뒤통수에 한쪽 손을 얹었다. 티끌 하나 없는 피부 위로 울퉁불퉁하게 솟은 척추 맨 위부분이 보였다. 그녀는 중년의 한복판을 관통하는 눈부신 미녀였고, 돈 많은 남편이 프러포즈를 했을 당시에는 얼마나 엄청난 미모를 자랑했을지 상상이 됐다.

"결국에는 지나갈지 몰라요." 고통스러워하는 그녀 앞에서 생각나는 위로가 고작 그거였다. "결국에는 남편이 싫증을 느끼고 다시 당신에게로 돌아올지 몰라요."

그녀는 내 손 아래에서 고개를 젓다가 나를 향해 얼굴을 들었다. "절대 그럴 리 없어요. 그이는 계속 그렇게 살 거예요. 마초처럼. 내가 받아들여야 해요. 아이들을 생각해서 그 속에 나를 묻어야 해요."

　그녀는 일어나서 허둥지둥 자리를 피했다. 나는 그녀가 자해라도 하면 어쩌나 싶어 따라가보려고 했다. 이런 연극이라면 이제 지긋지긋했다. 아주 진절머리가 났다. 그런데 내가 의자를 뒤로 밀고 일어나려던 찰나, 무솔리니 한 명이 사람들 틈바구니에서 다가와 한쪽 다리로 의자 등받이를 넘기고는 차렷 자세로 앉았다.

　그 무도회장의 다른 손님들처럼 이 남자도 가게에서 산 싸구려 의상을 입지 않았다. 진지한 고민과 작업과 전문가의 손길을 거쳐 탄생된 복장을 입고 있었다. 일 두체가 이탈리아의 그 어떤 전통과도, 그 어떤 군부대나 정부조직과도 다르게 특별히 주문 제작한 제복을 똑같이 재현했다. 주변 아첨꾼들이 늘어놓는 감언이설과 인정을 받고 싶은 그의 간절한 욕구를 반영하는 훈장이 주렁주렁 달린 제복이었다. 내가 이런 정보를 아는 이유는 로자의 전공 때문이기도 했고 저항군 출신의 판화가였던 어머니가 아마추어 역사학자로 무솔리니 연구에 매달리며 상실감을 달랬기 때문이기도 했다. 아버지도 입버릇처럼 얘기했다시피 병적인 집착이었다. 어머니는 자기 오빠를 죽인 남자의 모든 것을 알고 싶어 했다. 내가 어느 정도 나이를 먹은 뒤부터는 그동안 쌓은 지식을 조금씩 풀어놓았다. 우리 집의 위치상 산책을 나가거나 차를 몰고 시내로 갈 때마다 무솔리니 처형장을 표시하는 검은색과 금색의 조그만 명판을 지나칠 수밖에 없었다. 나는 고등학교와 대학교 때 어머니에게 일 두체의 생애에 대해 단편적으로 들었다. 그가 제1차 세계대전 때 보여준 영웅적인 활약상과 부상, 일찌감치 사회주의에 관심을 보였다가 나중에는 맹렬히 비난했던 것, 폭력과 협박과 배신과 권모술수를 통해 권력을 잡은 것. 그리고 그의 대중적인 매력. 그가 베네치아 궁전 발코니로 나와 전례 없었던 이탈리아의 재건을 약속하면 수십만 명이 그를 올려다보았다. 적어도 처음에는 이 남자에게도 긍정적인 면과 공익을 추구하려는 마음이 있었다. 그는 제1차 세계대전 전사자의 미망인과 아이들을 지원하는 보험 제도를 도입했다. 열차를 제시간에 운행되게 하고, 폰티네 습지를 개간하고, 남부의 빈촌에 식수를 공급하고, 모범적인 농업 공동체를 건설하려고 했던 것으로 유명했다.

비극은 이거였다. 그가 일정 기간 동안 이탈리아에서 거의 상상을 초월할 정도로 인기가 많았다는 것. 가는 곳마다 사람들이 그를 보려고 줄을 섰다. 남녀 가릴 것 없이 그에게 인정받고 싶어서 갖은 애를 썼다. 그런데 그는 그 권력과 인기를 어떤 식으로 사용했던가? 처음에 그는 히틀러를 어릿광대, 정신병자라고 부르며 조롱했다. 하지만 히틀러가 거절당해도 굴하지 않고 계속 초대하는 구애작전을 펼치자 무솔리니는 거기에 넘어가 특별히 제작한 바로 이 제복을 입고 뮌헨으로 찾아갔다. 거기에서 히틀러는 으리으리한 퍼레이드를 통해 막강한 군사력과 나치의 법도를 과시했다. 무솔리니 안의 귀가 얇은 어린아이가 거기에 넘어갔다. 권력욕에 눈을 뜬 순간 그와 이탈리아의 운명이 결정됐다. 그는 로마로 돌아가 인종차별법 제정을 시도했다(유대인들은 이탈리아에서 혁혁한 무공을 세웠음에도 그의 지시 아래 잔인하게 괴롭힘을 당하고 모아놓은 돈과 재산과 작위와 일자리를 빼앗겼지만 무솔리니가 사망

하고 독일에게 완전히 점령당하기 전까지는 강제수용소로 끌려가지는 않았다). 국민들에게 일찍 일어나고 운동을 하자고 했다(그랬다가 비웃음을 샀다). 알바니아에 이어 그리스를 침공했다(이탈리아군이 전멸을 면한 것은 오로지 히틀러의 지원 병력 덕분이었다). 1943년 7월에 연합군이 시칠리아에 상륙했을 때 무솔리니는 완전히 무너져 경멸의 대상이었고 몸이 성치 않았고 종종 아무것도 하지 못할 만큼 심한 우울증에 시달렸다.

하지만 내 앞에 앉은 베니토는 1932년과 1935년과 1938년의 무솔리니처럼 자세가 꼿꼿했다. 키가 작고 탄탄한 근육질이며 얼굴이 사각형이고 턱이 앞으로 튀어나와서 실제 무솔리니를 닮았는데, 예전 영상을 보고 연구를 좀 했는지 보디랭귀지와 촌스럽게 과장된 자세와 손을 뒤집은 고대 로마식 경례와 짐짓 심각한 눈빛까지 마스터했다. 이제 그가 그 눈빛으로 나를 뚫어져라 쳐다보았다. 더는 상황극에 협조하고 싶지 않은 내 심정이 표정으로 드러나지 않았거나 남자가 너무 취하거나 자기 역할에 심취해서 알아차리지 못했는지, 내 갈색 피부를 뜯어보고 그가 맨 처음 내뱉은 말이 이거였다. "그거 아나? 당신은 열등한 민족이야!"

"글쎄요, 그건 금시초문인데요. 저도 똑같은 인간입니다만."

그는 단호하게 고개를 저었다. "내 마음대로 할 수 있다면 이 위대한 나라를 깨끗하게 청소하겠는데!"

"그런 식의 청소는 아무도 원치 않습니다."

"심리치료사는 멸종될 거야! 범죄는 사라질 거야! 종교도 사라질 거야! 그 대신 국가를 숭배하게 될 거야!"

"그것 역시 거짓 우상이죠. 국가, 깃발, 당신. 모두 거짓 우상이에요."

"국가. 가족. 남자다운 자질."

"아내를 두고 바람을 피운 걸로 유명했던 남편. 한때는 용감하게 숨이 다하는 순간까지 싸우겠다고 해놓고 수백만 개의 국보를 훔쳐 챙기고 사랑하는 조국에서 도망치다가 붙잡힌 리더. 히틀러를 우상처럼 떠받들어 수천 명의 이탈리아 병사를 러시아 전선이라는 사지로 파병하고 자기 나라를 파멸로 몰고 간 어린아이. 그게 다 뭘 위해서였죠? 자기 자존심을 채우기 위해서였죠! 그런 게 남자다운 자질인가요?"

이쯤 되자 내 목덜미가 꿈틀거리는 것이 느껴졌다. 나는 테이블 위로 몸을 숙이고 큰 소리로 외치고 있었는데 내가 한 말이 취기를 뚫고 남자의 귀에 접수된 모양이었다.

그가 힘없이 말했다. "당신은 아무것도 몰라. 내가—"

인내심이 한계에 다다랐다. 나는 자리에서 일어났다. 의자가 뒤로 넘어갔다. 의자 넘어지는 소리가 시끌벅적한 소음에 묻혔다. 나는 상담을 원하는 무솔리니를 그 자리에 둔 채 떠났다. 노인 한 명이 그의 뒤에서 기다리고 있었다. 상황극에 동참하려는 또 한 명의 배우였다. 나는 두리번거리며 일행이 어디 있는지 찾았다. 바로 그때 밴드가 마이클 잭슨의 '아이 원 유 백'을 연주하기 시작했다. 첫 음이 들리자마자 보이지 않는 신호라도 떨어진 것처럼 사람들이 팔을 휘젓고 서로 부딪혀가며 미친 듯이 춤을 추기 시작했기 때문에 어느 쪽으로든 움직일 수가 없었다. 바닥을 기는 남자가 보였다. 심장마비라도 일으킨 걸까? 나와 동시에 그걸 본 여자가 남자의 등에 올라타더니 움직이지 않으려는 말을 재촉하듯 엉덩이를 때리기 시작했다. 검은 고양이가 그들 옆을 달려서 지나갔다. 사람들은 삼삼오오 짝을 짓거나 아니면 혼자서 태엽이 풀린 팽이처럼 빙글빙글 돌았다. 선원으로 분장한 고령의 손님 하나는 한 손에 빈 샴페인 잔을 들고 기둥에 기대고 앉아서 신발 끝을 만지작거렸다. 로마시대 노예들이 이제는 물러나 쟁반을 높이 들거나 진짜 금가루처럼 보이는 것을 허공에 뿌리며 벽을 따라 빠르게 움직였다. 그 가루는 근처에서 춤을 추던 사람들 어깨 위로 비듬처럼 떨어졌다.

정상적인 것을 갈구하는 마음이 나를 덮쳤다. 아내를 찾고 싶었다. 두 성직자도 걱정이 됐다. 금색 문에서 가장 먼 쪽 구석에서 두 남자가 서로 밀치며 소리를 지르고 있었고 그때 비로소 경찰 옷을 입은 달라이라마가 내 눈에 들어왔다. 나는 인파를 헤치고 다가가 그의 어깨를 붙잡고 가만히 몸을 돌려서 출입문 쪽으로 향했다. 한 명씩 밖으로 데리고 나갈 작정이었다. 눈앞에서 언뜻 왕의 제복이 보였다. 내 사촌이었다. 그에게로 다가가는 로자가 보였다. 달라아라마와 내가 합류해 원을 만들었다. 인파를 뚫고 불가사리처럼 옆으로 움직이는 동안 우리 네 명의 간격이 점점 가까워져서 금색 문을 통과했을 무렵에는 들어왔을 때처럼 똘똘 뭉쳐져 있었다.

커다란 꽃병 아래 구석에서 조용히 토악질을 하는 젊은 여자 말고는 대리석 로비에 아무도 없었고 바도 마찬가지였다. 현관문을 발견한 내가 그쪽으로 일행을 안내했고 이윽고 우리는 따뜻한 밤공기 속으로 나설 수 있었다. 등 뒤로 문이 닫히자 유리 사이로 잠잠해진 음악소리가 흘러나왔다. 이번에는 롤링스톤즈의 '브라운 슈가'였다.

날이 완전히 저물었다. 마초의 널따란 마당 한복판, 집에서부터 100미터 정도 떨어진 곳에 초롱이 네 귀퉁이를 밝히는 L자 모양의 큼지막한 수영장이 있었다. 우리는 재규어와 벤츠, 시커멓고 길쭉한 리무진, 해바라기처럼 노란 람보르기니를 지나 그쪽으로 걸어갔다. 두 커플이 수영장 한쪽 끝에 앉아서 나지막이 대화를 나누고 있었다. 우리는 다른 쪽 끝의 선베드에 털썩 주저앉으며 일제히 한숨을 토했다.

"다들 괜찮으시죠?" 로자가 힘없이 물었다.

"네." 달라이라마가 툭 하는 소리와 함께 야경봉을 옆으로 내려놓았다. 야경봉은 다이빙을 하려는 듯 수영장 쪽으로 데굴데굴 굴러가다가 바로 앞에서 멈추어 섰다.

"교황님은요?"

"괜찮아요." 교황이 들릴락 말락 하게 대답했다.

"당신은?"

나는 이미 트위드 재킷을 벗어서 옆으로 던져놓았다. 파이프 담배와 모자와 안경은 일찌감치 마당 어딘가에 내동댕이쳤다. "여기 잘 있어. 무사히. 멀쩡히 숨 쉬면서. 당신은?"

"세 분 모두에게 사과드리고 싶어요. 교황님, 달라이라마님 그리고 파올로. 정말이지 바보 같은 생각이었어요. 죄송해요."

"괜찮아요." 교황이 당장 말했다. "우리 숙소를 찾으려다 그렇게 된 거잖아요."

달라이라마도 고개를 끄덕였지만 내가 보기에는 무도회장에서 목격한 광경을 되새기는 표정이었다.

"물에 몸을 좀 담그고 싶다." 내가 말했다.

"우리도 마찬가지야." 로자가 말했다. "하지만 그러면 분장이 지워지지 않을까? 이미 좀 옅어진 것 같은데."

"벅벅 문지르지만 않으면 돼. 문지르지 않을게."

로자는 일어나서 수녀용 머리 수건과 머리 가리개를 벗고 머리칼을 흔들어서 풀었다. "속죄하는 뜻에서 제가 의상 창고로 가서 수영복과 수건을 챙기고 우리 옷도 들고 올게요. 여기서 기다리세요. 이따 탈의실에서 갈아입어요. 다 같이 침례를 하기로 해요."

"거기서 벌어진 싸움에 휘말리지 마세요." 달라이라마가 말했다.

수영장 저쪽 끝에 앉아 있던 두 커플이 어느 정도 거리를 두고 로자를 따라서 별장으로 걸어갔다. 소곤소곤 주거니 받거니 대화를 나누는 것이 꼭 멀쩡한 인간들 같았다. "그 음반은 순 사기였어. 너무 심하게 손본 티가 나더라. 걔네들 큰일 났어. 어쩌면 지금쯤 맛이 갔을지 몰라." 이런 말을 끝으로 목소리가 점점 멀어졌다.

내가 말했다. "달라이라마님, 교황님, 아무 말씀이라도 해보세요."

희미한 음악소리가 잔디밭에 앉아 있는 한 여자의 쩌렁쩌렁한 웃음소리와 섞였다. 잠깐 동안 그것 말고는 아무 소리도 들리지 않았다. 우리를 에워싼 마초의 포도나무와 올리브나무의 시커먼 그림자가 느껴졌다.

잠시 후에 내가 익히 아는 목소리가 들렸다. "하늘에 계신 우리 아버지, 아버지의 이름이 거룩히 빛나시며 아버지의 나라가 오시며 아버지의 뜻이 하늘에서와 같이 땅에서도 이루어지소서. 오늘 저희에게 일용할 양식을 주시고 저희에게 잘못한 이를 저희가 용서하오니 저희 죄를 용서하시고 저희를 유혹에 빠지지 않게 하시고 악에서 구하소서. 아멘."

"아멘." 달라이라마는 복창하고 다시 말했다. "싸우던 두 남자가 다치지 않았으면 좋겠는데 말이죠. 내가 말리질 못했어요."

"아무도 말리지 못했을 거예요." 내가 말했다.

"이게 일반적인 놀이문화인가요?"

"전혀 아니에요."

우리는 하늘을 올려다보며 잠깐 앉아 있었다. 우리의 광란극과는 수백만 킬로미터 떨어진 그곳에 고요하고 평화롭고 질서정연하며 멀쩡한 세상이 있었다. 로자가 한 아름 가득 옷을 들고 돌아오자 우리는 한 명씩 탈의실에 들어가서 갈아입었다. 수영복은 잘 맞지 않았다. 교황과 달라이라마는 아무리 해가 졌어도 맨살을 그렇게 많이 드러낸다는 데 불편해하는 기색이 역력했지만 솔직히 나는 내 생각만 했다. 나는 그때 더러운 호숫가의 거의 끝까지 밀려져 당장이라도 그 안으로 빨려 들어갈 것만 같은 느낌이었다. 내 일상, 사무실, 직무, 교황과 함께 아침식사를 하는 소소한 즐거움, 딸과의 대화가 그리웠다. 여기에 생각이 미치자 딸이 임신을 했다는 사실이 퍼뜩 떠올랐다. 나는 뱃속의 아이가 너무 가난하지도 너무 부유하지도 않게, 비교적 평화로운 시대에 성실하고 건전한 환경에서 천수를 누릴 수 있길 기도했다. 그러다 문득 이런 생각이 들었다. 과연 지금까지 비교적 평화로운 시대가 있었을까? 테러가 만연하고 중동에서는 전쟁이 그칠 줄 모르는 지금일까? 유고슬라비아에서는 지옥이, 르완다에서는 대량 학살이, 우간다에서는 고문이 자행됐던 한 세대 전일까? 남아프리카에서는 인종차별 정책을 실시하고, 베트남에서는 소이탄이 터졌던 그 전 세대일까? 한국전쟁과 제2차 세계대전과 스페인 내전이 벌어졌던 때일까? 종교재판의 시대일까? 정복자의 시대일까? 십자군 전쟁의 시대일까?

"이제 몸에 물을 좀 적셔야겠어요." 내가 말했다. 머릿속이 이런 식으로 복잡할 때 시원한 물에 몸을 담그면 항상 조금이나마 평온을 되찾을 수 있었다. 나는 수심도 확인하지 않고 몸을 던졌다가 바닥에 코끝을 긁혔다. "얕아." 나는 세 사이즈 큰 원피스 수영복을 입고 우아하게 다이빙 준비를 하던 로자에게 경고했다. 교황은 난간을 잡고 무릎, 허리, 가슴 순서로 천천히 들어왔다. 나는 그가 무사히 입수했는지 확인한 뒤에 똑바로 몸을 돌려 분장 걱정은 잊고 물 위에 떠서 별을 관찰했다. 하지만 다음 순간 수영장에 우리 세 명뿐이라는 사실을 알아차렸다. 일어서서 확인해 보니 달라이라마가 발목까지 물에 담그고 계단 꼭대기에서 그대로 얼어붙어 있었다. 로자도 그걸 보고 수영장 밖으로 나가서 그에게로 다가갔다. "제가 팔을 잡아드릴게요. 걱정하실 필요 전혀 없어요.”

교황과 내가 계단 쪽으로 첨벙첨벙 걸어갔다. 거기서 기다렸다
가 달라이라마가 겁에 질린 얼굴로 천천히 계단을 내려오자 팔을
한쪽씩 잡았다. 그는 처음에는 조심스러워했다. 초롱에 비친 얼굴
은 공포와 흡사한 표정을 짓고 있었다. 하지만 발이 바닥에 닿자
미소를 지으며 갑자기 물속으로 고개를 담갔다가 캑캑거리고 껄
껄대며 다시 나왔다. 우리는 그에게 조용히 박수를 쳐주었다. 그
는 엎드린 자세로 두 팔을 풍차처럼 돌리며 앞으로 나아갔다. 나
는 생각했다. 피에로가 이걸 봤어야 하는데.

잠시 후에 클랙슨 소리가 두 번 연속으로 들리더니 사이렌 소리
에 이어 경찰차 두 대가 등장했다. 경광등을 번쩍이며 대문 안으
로 쌩하니 들어오더니 줄줄이 서있는 고급 세단 행렬을 지나 현관
앞에 멈추어 섰다. 거기서 사이렌은 꺼졌지만 경광등은 계속 돌
아갔다. 제복을 입은 경관들이 앞자리에서 내리자 파란색으로 반
짝이는 불빛에 그들의 실루엣이 비쳐보였다. “가만히 계세요.” 로
자가 말했다.

우리는 쭈그리고 앉아서 물 밖으로 얼굴만 내민 채 기다렸다.
음악소리가 멎었고 사람들이 광란의 파티 도중에 그대로 얼어붙
었겠다는 생각이 들었다. 아니면 이 경찰관들도 분장이라고 생각
할 수도 있었다. 마초가 준비한 또 하나의 기발한 이벤트라고 말
이다. 어쩌면 그가 고르바초프나 엘리자베스 여왕이 수갑을 차고
별장 밖으로 끌려나오는 체포극을 기획했을지 몰라! 가짜 파파라
치들이 사진을 찍고 말이지. 어찌나 섬뜩하게 고요한지 수영장 가

장자리를 철썩이는 잔물결 소리가 들릴 정도였다. 어쩌면 경관들은 이미 두 명의 가짜 창녀의 유혹에 넘어가 2층으로 올라갔거나 춤을 추듯 지나가는 노예들에게서 굴과 코냑을 건네받았거나 금가루를 맞고 몸싸움에 휩쓸렸을 수도 있었다.

"교황님을 알아본 사람이 있었나 봐요." 로자가 말했다.

우리는 기다렸다. 선뜩했지만 감히 물 밖으로 나갈 수가 없었다. 나는 수영장 옆에 놓인 철제 테이블을 흘끗 쳐다보았다. 우리가 벗어놓은 수녀, 경찰, 심리치료사, 왕의 옷이 아무렇게나 뭉뚱그려져 있었다. 파티의 쓴맛이 아직 남아 있었지만 나는 문득 우리의 신나는 여행을 계속 이어나가고 싶어졌다. 아주 길게 느껴지는 시간이 지난 뒤에 현관문이 다시 열리면서 경관들이 등장했고 마초의 딱딱거리는 목소리가 들렸다. "고맙습니다, 고마워요! 안녕히 가세요!" 잠시 후에 순찰차 문이 쾅 하고 닫혔다. 파란색으로 반짝이는 불빛이 빠듯하게 180도를 돌아서 다시 대문 쪽으로 왔던 길을 되짚어갔다.

우리는 밖으로 나와서 몸을 닦고 번갈아 다시 파티용 복장으로 갈아입었다. 불이 들어오는 탈의실의 거울에 비춰보니 새롭게 덧칠한 왁스가 심하게 지워져 있었다. 로자에게 전문가의 손길로 다시 땜질해달라고 해야겠다. 살짝 긁힌 코에서는 피가 나고 있었다.

"이제 그만 갈까요?" 다 같이 선베드 가장자리에 걸터앉았을 때 로자가 물었다. "이제 그만 항복할까요?"

"안 돼." 내가 말했다. "아직은. 교황님이 당신한테 할 얘기가 있으셔. 두 분 다.”

“내가 파티에서 저지른 일 때문인가? 그 남자가 나한테 키스를 했어. 하지만 나는 키스를 받아주지 않았어, 진짜야.”

나는 아무 말도 하지 않았다.

“그것 때문은 아니에요.” 교황이 말했다.

“그럼 뭔데요?”

“우리 둘이 꾼 꿈이요.”

“꿈이라뇨?”

교황은 헛기침을 했다. “로자한테 얘기해줘요, 텐진.”

“우리 둘이 계속 꿈을 꾸고 있어요.” 달라이라마가 말했다. “똑같은 꿈을. 아니, 거의 똑같은 꿈을.”

“여자들이 나오는 꿈이에요?”

교황은 고개를 저었다. “아이가 나오는 꿈이에요. 아이들이.”

“전통적으로 불교에서는 이런 꿈이 드문 일이 아니에요.” 달라이라마가 말했다. “중요한 라마가 환생하면 가끔 꿈을 통해 알게 되기도 하거든요. 교황님과 나는 여기나 이 근처에 어떤 어린아이가 살고 있다고 생각해요. 중요한 아이가. 아마 몇 년 전에 태어났고요.”

“또 다른 달라이라마인가요?”

“나는 태어난 아이가 그리스도교도라고 생각해요.” 교황이 말했다.

“그리고 나는 불교도라고 생각하고요.”

“그런데요?” 로자는 캐물었다.

"우리는 이 문제에 대해 페라라의 대성당에서 그리고 여기서 오늘 오후에 다시 얘기를 나누었어요… 파티가 시작되기 전에."

"그런데요?"

"그랬더니 내 꿈속에서처럼 파티장에서 무솔리니를 만났어요." 교황이 얘기를 이어받았다. "나한테 다가오더니 이렇게 얘기하더군요. '우리가 평화를 창출해야 합니다, 폐하와 제가요.'"

"실제 역사를 반영한 발언이네요." 로자가 말했다. "실제로 있었던 일이에요. 비토리오 에마누엘레 3세는 1943년에 무솔리니를 체포하라는 명령을 내렸죠. 대부분의 이탈리아 사람들이 그건 알아요. 하지만 연합군이 시칠리아에 상륙하기 전에는 국왕과 교회, 양쪽 모두 그를 지지했어요."

교황은 자리에 앉은 채로 부자연스럽게 자세를 바꾸었다. "우리는 이제 과학이라는 신을 창조했지요." 그는 다른 데로 화제를 옮기며 서글픈 목소리로 말했다. "예수님이 살아계셨을 때는, 과학이 왕 노릇을 하기 전에는 사람들이 징조와 기적을, 꿈을 믿었는데 말이에요."

"티베트 사람들은 여전히 그런 걸 믿습니다." 달라이라마가 말했다.

교황은 물에 젖은 가짜 수염을 긁었다. "하지만 이제 그런 것들은 사기꾼과 사이비의 세상으로 좌천됐어요."

달라이라마가 말했다. "서양에서는요." 나는 두 사람 사이에서 번지는 불협화음을 처음으로 느꼈다.

"나폴리에서는 요즘도 그런 것들을 믿어요." 로자가 으스대며 말했다. "그리고 이탈리아의 다른 지역 주민들은 우리를 이교도 취급하고요. 우리 부모님은 계속 어떤 꿈을 꾸었는지 얘기하세요. 주머니에 성인 메달을 넣고 다니고 교회 앞을 지날 때마다 꼭 성호를 그으시고요. 남자아이들은 부적 삼아 금색 고추를 목에 걸고 다녀요."

"미신이야." 내가 말했다.

"물론 그렇지. 하지만 리미니로 출발하기 전에 텐진이 안나 리자한테 새로운 소식이 있다고 했던 거 기억 안 나? 그건 무슨 수로 설명할래?"

"그걸 어떻게 알았어요, 달라이?"

그는 어깨를 으쓱했다. "아는 데에는 여러 가지 방법이 있지요. 오랜 세월 동안 명상을 하다보면 뭐랄까, 예지력? 그런 게 생긴답니다."

잠깐 동안 아무도 말을 하지 않았다. 별장에서 음악소리가 흘러나오다가 잠시 후에 어떤 커플이 테라스에서 싸우는 소리가 들렸다. "꼴통아!" 여자가 악을 썼다. 남자가 아무 대꾸도 하지 않자 다시 고함을 질렀다. "이 여자만도 못한 놈아!"

"좋은 수가 생각났어." 내가 말했다.

"여자만도 못한 놈이라ㅣ 여자인 게 무슨 욕 같잖아." 로지는 중얼거리고는 나를 돌아보았다. "무슨 좋은 수? 항복하게?"

"아니. 아직은 안 되지요!" 내가 대답할 겨를도 없이 사촌이 외쳤다. "나는… 텐진과 나는 처음부터 느꼈던 거지만 이번 여행이 단순한 휴가나 도피가 아니라고 믿게 되었어요. 영적인 목적이 있다고, 우리가 배우거나 보아야 할 것이, 만나야 할 사람이 있다고 믿게 되었어요."

"맞아요. 어쩌면 만나야 할 사람이 두 명일 수도 있고요." 달라이라마가 덧붙였다. 나중에 나는 이 말을 곰곰이 곱씹게 될 것이었다.

"여기서요?" 로자가 물었다.

"오늘 밤에는 너무 늦어서 여기 있어야겠어요." 교황이 말했다. "안타까운 노릇이지만. 하지만 여기가 종점은 아니에요."

"그럼 어딘데요?"

"우리에게 답이 제시될 거예요, 로자. 어쩌면 자는 동안에."

"하루만 더 지내보면 어떨까요?" 내가 제안했다. "여기가 아닌 다른 데서. 하루만 더 지내보고, 이렇게 표현해도 될지 모르겠지만, 자수하는 걸로요."

"찬성이야, 아모레."

"찬성일세, 사촌."

"네, 좋습니다." 달라이라마가 말했다. "우리는 휴가를 즐겼고⋯ 나는 수영을 배웠네요."

우리는 각자의 방으로 들어갔다. 무도회장의 음악소리가 창문을 넘어 흘러들어왔다. 나는 피곤했지만 한 시간 넘게 뒤척인 다음에서야 잠이 들었다. 그렇게 뒤척이는 동안 파티에서 본 장면들이 머릿속을 어지럽히는 가운데 로자가 제기한 문제에 대해 고민했다. 마초처럼 평생 쾌락만을 위해 산 사람들은 세상을 떠나면 어떻게 될까? 천국, 연옥, 지옥, 이렇게 세 가지 선택권이 주어진다는 가톨릭교회의 오랜 사고방식은 진짜일까 아니면 비유일까? 다른 사람으로 환생한다는 건? 선행을 쌓으면 다음 생에 낙원을 누리고 악행을 쌓으면 고생한다는 건? 전 세계의 최소 3분의 1이 그걸 믿는데, 나는 다른 사람으로 여러 번 다시 태어난다는 발상에 왜 그렇게 격한 반발심을 느끼는지 모르겠다는 생각이 들었다. 제대로 살 수 있는 기회가 딱 한 번 주어지는 이유는 뭘까? 우리 가운데 일부는 남들보다 훨씬 수월한 환경에서 태어나는 이유는 뭘까? 좋은 부모 아래에서 건강한 육체를 타고나 편안한 잠자리에서 배불리 먹으며 지내는 이유가 뭘까?

이런저런 고민을 하다가 마침내 잠의 품에 안겼지만 심란한 꿈의 파편들 때문에 토막이 났다. 춤을 추며 지나가는 사람들의 행렬. 경찰차와 흐느껴 우는 여자들. 창턱에 쌓인 금가루.

넷째 날

∞ 34 ∞

　나는 아침에 또다시 끈질긴 노크소리에 잠에서 깨어났다. 피곤해서 옷도 걸치지 못한 채 비틀비틀 문을 열어보니 지아코모였다. 명령을 전달받거나 그 전날 어쩔 수 없이 맡았던 역할을 상기하는 것만큼은 피하고 싶었는데 오늘의 지아코모는 어제와 달라서 싹싹하고 서글서글하고 느긋했다. 그래도 전달사항이 있기는 했지만. "주무시는데 깨워서 죄송합니다." 그가 새하얀 내 가슴과 구릿빛으로 얼룩덜룩한 얼굴과 팔을 훑어보며 말했다. "다른 일행분들 방문을 두드렸지만 응답이 없어서요. 마초님께서 함께 아침 식사를 하고 싶어 하십니다. 되도록 일찍 식당으로 전원 불러내라고 하셨어요." 지아코모는 저 위에서 내 가슴을 마지막으로 한번 내려다보고 갔다. 나는 씻고 옷을 갈아입고 로자에게 분장 덧칠을 부탁하고 다른 일행을 깨웠다.

　30분 뒤에 우리는 조금 망가진 원래 분장을 하고 2층 식당으로 내려갔다. 마초가 테이블 상석에서 일어나 우리를 맞았고 하인 두 명이 커피를 따르고 페이스트리와 신선한 과일이 담긴 은쟁반 뚜 껑을 열 때까지 기다렸다가 내보냈다. 비아그라 여인은 보이지 않 았지만 마초는 간밤에 한숨도 자지 못한 듯해 보였다. 얼굴에 잠 을 설친 흔적이 남아 있었다. 오늘은 파란색 턱시도 대신 빳빳하 게 다린 하얀색 셔츠의 맨 위 단추를 풀고 회색 리넨 바지를 입었 다. 까만 머리를 뒤로 곧게 빗어넘겼고 앞에 물과 과일을 차려놓 았다. 하지만 그의 눈빛은 밤새도록 건강에 해로운 유흥을 즐기다 간신히 살아났음을 증언하고 있었다.

　마초는 하인들이 밖으로 나가서 등 뒤로 조용히 문을 닫자마자 교황에게 다가가 오른손을 잡고 원래 같았으면 교황 반지를 끼고 있었을 자리에 입을 맞추었다. 로자와 나는 살짝 놀라며 한쪽 옆 에 가만히 서 있었다. 그가 말했다. "제 평생 통탄할 만한 죄를 수 없이 저질렀지만 그 위에 하나를 더하지는 않았길 바랍니다. 저의 환대로 그것이 어느 정도 희석됐길 바랍니다. 용서한다고 말씀해 주십시오, 성하. 묘한 직감이 발휘됐는지 당신을 처음 보았을 때 주교나 추기경과 같은 성직자인 게 분명하다는 생각이 들었습니 다. 그러다가 어제 파티 중간에 왕으로 분장한 당신을 본 순간, 당 신이 실종됐다는 보도와 로자에게 남편이 바티칸에서 일한다고 들은 얘기가 문득 떠오르면서 당신의 정체를 단박에 알아차릴 수 있었습니다. 당신을 2층으로 모시고 올라가면 이목이 집중될 테 니 분장이 아이러니한 연금술을 발휘해 당신을 보호해주길 기도 하는 수밖에 없었습니다. 저처럼 당신의 정체를 알아차린 사람이

있지 않을까 밤새도록 걱정했더니… 과연 있더군요. 그나저나." 그
는 내게로 시선을 돌렸다가 다시 교황을 바라보았다. "억지로 붙
잡혀 있는 건 아니시로군요."

내 사촌은 마초가 그의 손에 입을 맞춘 순간부터 조금도 당황
하지 않았다. 마치 들통 나는 순간을 기다리고 있었던 사람 같았
다. 하도 오랜 세월 동안 세계 만방에 얼굴이 알려진 사람으로 지
내다 보니 염소수염을 달았거나 말았거나 그럴 줄 알았다는 식이
었다. "범죄가 아니에요." 그가 침착하게 말했다. "납치를 당한 것
도 아니고요. 언론 보도는 가짜예요. 나는 그저, 잠깐 동안이나마
평범한 일상의 즐거움을 누리고 싶었을 뿐이에요."

그 말을 들은 순간 마초의 늙은 입술 위로 청춘의 미소가 활짝
피었다. 수술로 만든 입술이 옆으로 길게 늘어났다. 완벽한 의치
가 반짝였다. 늙고 지쳐 보였던 전에 비해 좀 더 생기 넘쳐 보였다.
그가 외쳤다. "그 말을 들으니 황홀하도록 행복해지네요! 안 그래
도 교황님이 존경스러웠는데 이로써 존경심이 더욱 커졌습니다.
세상 사람들이 그걸 알면 지금보다 더 교황님에게 열광할 겁니
다."

"아니면 더욱 많은 사람들에게 원성을 듣겠죠. 너무 많은 걱정
을 끼쳤다고."

"아뇨, 아뇨, 너도나도 교황님을 흠모하고 숭배할 겁니다. 제가
장담해요." 마초는 얼굴을 환히 빛냈다. "평범한 일상의 즐거움이
라니! 이 나라의 걸출한 감독이 만드는 영화 제목으로 제격이겠
어요. 모든 것을 바꾸는 영화 제목으로! 평범한 인간처럼 지내기

로 한 교황. 이야말로 신성의 최고봉이죠! 사실 인간의 형상으로 오신 것이 예수님의 의도 아니었나요? 평범한 인간의 기분을 경험하는 것이. 우리처럼 고통을 겪는 것이." 마초는 대답을 기다리지 않고 텐진 쪽으로 고개를 돌렸다. "그리고 당신은 뉴스 보도가 맞는다면 달라이라마님이시죠. 이 즐거운 여행에 동참하신!" 그는 넘어지지 않도록 검버섯이 난 손으로 의자를 붙잡아 가며 깊이 허리를 숙였다. "부처님도 마찬가지 아니셨나요? 그분도 왕자로 태어났지만 평범한 삶의 희노애락을 경험하기 위해 세상 밖으로 나오지 않으셨나요? 보세요, 제가 지은 죄는 많지만 종교의 역사를 꿰고 있다니까요? 두 분 다 대단하십니다! 완벽하십니다!"

마초는 두 사람에게 얘기할 기회를 주지 않으려는 기세였다. 그는 뒤로 물러나 테이블을 가리켰다. "앉으세요. 앉아주세요. 허기가 지고 저 때문에 짜증이 나셨겠어요. 앉아주세요." 그는 고개를 돌렸다. "그리고 당신이 로자의 남편이겠군요. 분장이 기가 막힙니다, 아주 기가 막혀요! 난민. 노숙자. 겁에 질렸고 무시당하는 상처받은 영혼. 그 역할을 명배우처럼 잘해내고 있어요! 브라보! 지난 몇 년 동안 당신에 대해서 좋은 얘기를 얼마나 많이 들었는지 몰라요. 이런 아내를 만나다니 얼마나 큰 행운입니까? 부처님이었다면 훌륭한 업보를 쌓은 덕분이라고 했을 겁니다!" 그는 혼자 웃음을 터뜨리고 힘없이 나와 악수했다. "다들 앉으세요. 먹고 마십시다!"

우리가 자리를 잡고 앉아서 음식을 더는 동안 마초는 같이 앉아서 내 탓이오를 계속 이어나갔다. "정신이 멀쩡했던 손님 중 한 명이 교황님을 알아본 모양이에요. 누구였는지는 모르겠지만 출동한 경찰을 보았을 때 어찌된 영문인지 알 수 있었어요. 나는 경찰들이 파티장을 한번 훑어보고—덕분에 아주 거북해진 사람이 몇 명 있었을 겁니다—실종된 교황이 보이지 않는다는 것을 확인할 때까지 기다렸다가 얼른 뒤편으로 데리고 나가서 교황이 안토니오 마초처럼 타락한 인간을 찾아올 리 없지 않으냐고 설득했어요. 납치당했다는데 도대체 왜 이탈리아 시골의 소돔과 고모라와 같은 마초의 파티에 참석하겠느냐고요. 아주 그럴 듯한 논리를 펼쳤어요. 내 평생 그보다 명연기는 없었을 겁니다! 지구대장이 사실 제 친구인데요, 파두아에서만 제보가 수백 건 들어왔고 납치당한 영적 아버지를 구조하는 영웅이 되고 싶은 마음에 다들 야근을 하고 있다고 하더군요."

나는 마초가 포상금 얘기를 꺼내길 기다렸다. 그는 제보 전화를 했으면 500만 유로를 챙길 수 있었다. 아무리 부자라도 적은 금액이 아니었다. "다른 사람은 아무도 몰라요." 그는 하던 얘기를 계속했다. "심지어 지아코모도. 하지만 감히 조언하건대 아침식사를 마치자마자 출발하시는 게 좋겠어요. 그래야 들키지 않고 여행을 계속할 수 있어요. 타고 오신 차는 세차하고 광을 내서 앞쪽으로 옮겨 놓았습니다. 트렁크에 제 맘대로 옷을 몇 벌 챙겨 넣었고요. 수영복, 등산복, 좀 더 격식을 갖춘 복장까지. 로자와 다른 남자분들이 어떤 경우든 커버할 수 있게. 무심했던 저를 속죄할 방법이 그것밖에 없더군요. 그리고 도중에 허기가 질 경우에 대비해서 과일과 빵과 치즈와 제가 직접 담근 와인도 넣었어요. 로자, 필요한 게 있으면 뭐든 말만 해요. 내가 속죄하는 뜻에서 공수할게요."

로자는 웃으며 입에 침이 마르도록 고마워했다. 우리 모두 음식을 먹고 커피를 마셔가며 고맙다고 인사했다. 나는 심지어 파티에 대한 찬사까지 늘어놓았다.

마초는 입술을 안으로 오므리고 짐짓 겸손하게 시선을 떨어뜨렸다. "이제는 코스타 스메랄다에서 요트를 타고 1, 2주 여행을 떠나는 것 말고는 친구들에게 선물할 수 있는 게 그런 파티뿐이에요."

"친구들이 많군요." 달라이라마가 말했다.

"네, 많습니다. 그리고 그중 몇 명은 저를 좋아한답니다!" 마초는 축도를 바라기라도 하는 듯 서글프고 지쳐 보이는 눈을 달라이에게 고정한 채 혼자 웃음을 터뜨렸다.

달라이라마는 다정하게 미소를 지어보였다. "유명인의 생활은 아주 힘든 업보죠. 많은 욕망이 이 생애에서 소진될 겁니다! 선생은 엄청난 발전을 이룰 거예요!"

"정말 그랬으면 좋겠습니다. 다음 생애는 이름 없는 수도승으로 태어나고 싶어요. 금식을 좋아하고 오랜 시간 기도에 매진하는 금욕주의자로요. 하지만 아직은 안 되죠!"

마초는 씩 웃고 일어나 손끝으로 우아하게 입술을 훔치고 두 손으로 약간 불안하게 의자 등받이를 집고는 교황에게 말했다. "교황님, 그렇게 어마어마한 파티를 벌였다고 해서 중죄를 하나 더 추가한 건 아니라고 말씀해주세요. 넘치면 죄가 된다는 건 저도 압니다, 진짜예요. 수십 년 동안 그렇게 넘치는 인생을 살아왔던 이유는 오로지 융숭하게 대접하고 싶은 욕구를 해소하기 위해서였습니다. 제가 평판은 좀 그렇습니다만 사실 경건한 신자예요. 이래뵈도—"

교황이 그의 말허리를 잘랐다. "그리스도교도들은 중요한 건 동기라고 생각하지요. 선생의 동기는 인심을 베풀기 위해서였고 우리를 경찰에 넘기지 않는 엄청난 호의를 보여주었어요. 선생을 위해, 그리고 손님들을 위해 기도하세요, 안토니오. 그리고 어젯밤 파티에 쓴 금액만큼 가난한 사람들을 위해 기부하면 내가 축복을 남기고 떠날게요."

마초는 알겠다는 뜻에서 고개를 끄덕이고, 교황과 달라이라마에게 다시 허리를 깊게 숙여서 인사하고, 내 쪽을 향해서는 손을 살짝 흔들고, 내 아내에게는 양쪽 뺨에 입을 맞추고, "평범한 일상의 즐거움이라니!"라고 다시 한 번 큰 소리로 외치고, 우아하게 몸을 돌려 마지막으로 웅장하게 퇴장했다.

우리는 이후로 몇 분 동안 말없이 아침식사를 마친 다음 각자의 방에서 짐을 챙겨들고 으리으리한 대리석 계단을 내려갔다. 지아코모가 음식 꾸러미를 들고 현관문 앞에서 기다리고 있었다. 우리는 고맙다고 인사했다. 그가 말했다. "마초님께서 여건이 허락하시면 겨울에 열리는 파티에도 참석해주셨으면 좋겠다고 하십니다. 이번보다 더… 공을 들여 준비하실 거라고요."

로자는 천연덕스럽게 시간을 내보겠다고 말했다.

이렇게 우리는 다시 은색 줄무늬 마세라티를 타고 긴 진입로를 지나 대문 밖으로 나섰다. 나는 마초의 별장을 마지막으로 일별하고 싶어서 사이드미러를 흘끗 들여다보았다. 옆에서는 로자가 아름다운 입가에 함박웃음을 머금고 있었다. 나는 더 이상 참지 못하고 조용히 물었다. "어제 얘기한 키스 뭐야?"

아내는 내가 묻는 말에 대답하지 않았다. 대답을 요구할 만한 질문도 아니었다. 그녀가 들었는지, 아무라도 들은 사람이 있었는지도 모르겠다. 철제 대문을 지나 한쪽은 운하, 다른 쪽은 유칼립투스 나무가 이어지는 좁은 길로 접어들었을 때 나는 우리 사이에 자리 잡은 새로운 분위기를 느낄 수 있었다. 인위적이고 퇴폐적인 마초의 세상에 발을 담갔던 시간이 우리 넷에게 어떤 요술을 부렸는지 뭔가가 달라졌다. 그들을 깨우러 갔을 때도 느꼈던 거지만 지금은 더 분명하게 느껴졌다. 안토니오 마초는 배역 그 자체가 되는 것으로, 현실 같지만 그렇지 않은 삶을 화면에 구현하는 것으로 부와 명성을 얻었다. 그는 교황과 달라이라마가 몰래 도망치기로 결심한 이유를 뼛속 깊이 이해했다. 생면부지의 제삼자들이 그들이 어떤 인물인지 안다고 생각했다. 연대감을 넘어 심지어 친밀감을 느꼈다. 어쩌면 마초는 파티라는 자리를 통해, 친구들에게 주는 선물을 통해 가장 바라던 소원을 이루었을지 모른다. 잠깐 동안이나마 다른 사람이 될 수 있는 기회를 말이다.

그때 달라이라마가 조용히, 거의 미안해하는 투로 이렇게 선포했다. "오늘이 내 생일이에요."

우리는 환호하며 축하인사를 건넸지만 나는 그 안에서 어떤 낌새를 느낄 수 있었다. 우리는 각자의 자리로 돌아갔을 때 전과 같지 않겠다는 것을 느낄 수 있었다. 교황은 교황이 되어 막중한 임무를 수행할 것이다. 달라이라마도 마찬가지일 것이다. 하지만 이며칠이 그들과 로자와 나에게 어떤 흔적을 남길 것이다. 어쩌면 이것이 무대의 마법일지 몰랐다. 우리는 잠깐 동안의 연극을 통해 새롭고 좀 더 심오하게 진짜로 사는 법을 배울 수 있었다.

"축하 파티 벌이기에 좋은 곳을 알아요." 내가 말했다.

"어딘데?" 사촌은 물었다가 다시 말했다. "아냐, 아냐, 말하지 마, 파올로. 그냥 거기로 데려다줘. 우리의 운명을 주님의 손에 맡기겠네, 원래 그분의 것이니. 납치범이 훌륭한 생일맞이를 하게 해줄 거라고 믿어야 하지 않겠어요, 텐진?"

"그럼요, 그럼요, 당연하죠." 달라이라마는 말했다. "지금까지 더 이상 훌륭할 수 없는 납치범이었으니까요!"

"저는 어딘지 알 것 같아요." 로자가 그들에게 말했다.

하지만 내 사촌이 말했다. "안 돼요, 로자. 제발. 내 새로운 친구에게 깜짝 선물이 되게 해줘요. 조물주가 보낸 생일 선물이게요."

∞ 35 ∞

마초의 별장을 나선 이 시점에서 잠깐 이야기를 중단하고 독자들 입장에서는 이해가 되지 않았을 수도 있는 부분에 대해 부연 설명을 할까 한다. 베니토 무솔리니가 두 성직자의 이야기에 끈질기게 등장하는 이유에 대해서 말이다.

먼저 이 자리에서 다시 한 번 분명하게 밝히자면 나는 절대 무솔리니를 존경할 만한 훌륭한 인물이라고 생각하지 않는다. 그가 1920년대와 1930년대에 이탈리아에서 양성한 폭력 집단의 손에 우리 어머니는 오빠를 잃었다. 아버지는 그의 이름을 언급할 일이 있을 때마다 험상궂은 말투로 바뀌었고 부모님과 나의 정치적인 견해는 연민이나 상식이라고는 찾아볼 수 없는 파시즘과 거리가 멀어도 한참 멀다. 베니토 무솔리니라는 이름을 한 번도 등장시키지 않고 이번 여행을 기록할 수 있었다면 나로서는 그보다 기쁜 일이 없었을 것이다. 하지만 그랬다가는 진실을 왜곡한 기록이 되었을 테고 교황과 달라이라마와 로자도 그걸 원하지는 않았을 것이다.

사실 무솔리니의 그림자는 아직까지도 이탈리아 국민들의 머리 위에 드리워져 있다. 우리가 캄포 임페라토레에서 만났던 사람들처럼 그를 우상시하는 부류도 있다. 히틀러와 스탈린도 일부 집단에서는 여전히 존경을 받고 있으니 놀랄 일은 아니다. 하지만 정치적으로 온건주의자를 표방하는 이탈리아 국민이라도 히틀러와 손을 잡기 전까지는 그에 대한 평가가 엇갈린다고 할 것이다. 그는 폭력배를 동원해 정적을 폭행하고 고문하고 암살하기는 했지만 전사자의 미망인과 아이들을 위한 보험 제도를 도입했다. 가혹한 인종차별법을 제정하기는 했지만 유대인들을 강제수용소로 보내지는 않았다. 에티오피아를 침공해 대량 학살을 자행했지만 시골의 빈촌에 로마시대 이후 처음으로 깨끗한 식수를 공급했다. 그의 권위에 도전한 사위를 처형했고 병에 걸린 어린아이들을 위해 요양원을 다수 건설했다. 자기를 떠받든 여자들을 바닥으로 쓰러뜨려 짐승처럼 정사를 벌인 뒤에 일어나 바이올린을 켜며 세레나데를 바쳤다.

이런 식으로 계속 이어나갈 수 있지만 지금 이 이야기는 20세기 중반 이탈리아의 역사가 아니라 21세기 우리 네 사람의 역사다. 그럼에도 무솔리니의 그림자가 느껴지는 이유는 첫째, 교황이 꾼 희한한 꿈 때문이다(조금 있으면 이 꿈에 담긴 의미가 밝혀질 것이다). 둘째, 로자가 대학교를 중퇴하고 나와 결혼하기 전까지 이탈리아 근대사를 전공했기 때문에 그녀의 조부모보다 무솔리니에 대해 아는 것이 많았다. 셋째, 무솔리니가 유발한 전쟁과 우리 가족에 얽힌 슬픈 사연 때문이다. 그리고 넷째, 우리 이야기가 이탈리아 시골을 중심으로 펼쳐지는데 일 두체가 이탈리아라는 무대를 장악한 22년 동안 건드렸던 지역을 거치지 않고 이동하는 것은 불가능하기 때문이다.

가르다 호 남단의 살로를 지나 메체그라로 건너간 여행 마지막 날은 특히 그랬다.

일 두체의 마지막 이동 경로를 일부러 따라간 건 아니었다. 우연의 일치였다. 우연의 일치라는 것이 존재하는지는 모르겠지만(이 여행을 마친 뒤로는 잘 모르겠다). 무슨 이유에서였는지는 몰라도 달리이리미에게 니의 이룸디운 고향을 보여주고 싶었다. 우리의 모험을 거기서 마무리 짓고 싶었다. 사촌이 산과 무솔리니가 등장하는 꿈을 계속 꾸었다는 건 알고 있었고 마세라티를 몰고 북서쪽으로 향했을 때 어느 정도는 그걸 염두에 두고 있었을 것이다. 하지만 그 당시에 나는 꿈이나 징조를 믿지 않았다. 우리나라를 방문한 불교도에게 생일을 보내기에 좋을 만한 곳으로 안내하려는 이탈리아의 가톨릭교도였을 뿐이다. 의식적으로건 무의식적으로건 무엇이 우리를 기다리고 있을지 전혀 알지 못했다.

∽ 36 ∽

이탈리아의 아우토반 격으로 3차로 고속도로이자 통행료가 어마어마한 아우토스트라다로 달리면 파두아에서 코모 호까지 3시간 안에 갈 수 있다. 하지만 그날 감시카메라와 경찰 검문소가 갖추어진 아우토스트라다로 가는 건 그냥 끌려가겠다는 거나 다름없었고 우리는 아직 끌려갈 마음이 없었다. 교황과 달라이라마는 이상한 꿈의 의미를 파헤쳐야 했다. 로자는 짜릿한 모험을 워낙 좋아했기 때문에 새로운 변장을 개발하고, 돈 많은 친구들에게 연락해 스포츠카를 빌리거나 별장에서 하룻밤 재워달라고 부탁하며 두 성직자와 함께 몇 달이고 유럽 전역을 누빌 수 있었다. 그리고 나도 아직 여행을 끝내고 싶지 않았다. 이유는 알 수 없었다. 이제 드디어 긴장을 풀고 여행을 즐길 수 있게 된 걸까. 아니면 설명할 수 없는 다른 이유 때문일 수도 있었다.

어쨌든 우리는 주유소에서 산 지도를 참고해가며 고속도로를 피해 2차로짜리 국도로 이탈리아 북부를 요리조리 달렸다. 헷갈리기로 유명한 이 나라의 표지판을 따라 산보니파시오와 산조안니노 같은 시골 마을을 지났다. 복잡하고 정신없이 돌아가는 세상과 동떨어진 고대 목초지에 잠들어 있는 잊힌 마을을 지나는 동안에도, 국도를 달리는 동안에도 수색이 새로운 국면으로 접어들어 좀 더 절박해졌음을 피부로 느낄 수 있었다. 커피를 마시러 들른 카페의 TV에서, 돌리는 라디오 채널마다 두 성직자의 실종사건이 보도됐다. 주유소 직원은 로자가 건넨 현금으로 계산을 하는 동안 녹음 파일의 진위 여부를 놓고 다른 손님들과 토론을 벌이고 동기가 뭐였을지 넘겨짚으며 소문과 절반의 진실을 퍼뜨렸다. 아우토스트라다 근처로 두 번 접근했을 때에는 하늘에서 군부대와 언론의 헬리콥터 소리가 들렸고 10분마다 한 번씩 반대 방향으로 떼를 지어 달려가는 군용 트럭이나 경찰차가 보였다. "이탈리아에 마세라티가 수천 대야." 특유의 낙천주의로 무장한 로자가 말했다. "타라가 경찰에 신고했다 하더라도, 과연 신고했을까 싶긴 하지만, 우리를 찾으려면 시간이 좀 걸릴 거야."

내가 말했다. "그랬으면 좋겠네. 하느님이 함께 있을 시간을 조금만 더 허락해주셨으면 좋겠어."

그녀는 가죽 시트를 넘어 나를 빤히 쳐다보았다. "나랑 결혼했을 때 당신이 바로 이런 남자였단 말이지."

백미러를 흘끗 확인해보니 두 인질은 기도에 심취해 있었다. 양쪽 모두 손에 염주와 묵주를 들고 눈을 감고 입술을 달싹이고 있었다. 10대 청소년들이 최신 전자기기로 친구들과 수시로 연락하듯 그들은 짬이 날 때마다 그렇게 하느님 아니면 신의 섭리와 접속했다. 우주를 주관하는 조물주가 심판의 날에 두 인질 사이에 차별을 둘지 궁금해졌다. 생각해보니 직접 만나기 전에 달라이라마는 뉴스에 등장하는 또 한 명의 인물에 불과했다. 다른 유명인사들보다 더 마음씨가 따뜻하고 연민이 넘치기는 했지만 그저 나와는 믿음의 관점과 의미가 다른 사람, 교황과 수준이 다른 사람이었다. 신앙심 면에서 아주 비슷한 두 사람을 백미러로 다시 들여다보니 예전의 편견이 얼마나 많이 희석됐는지 느낄 수 있었다.

로자와 나는 그들을 방해하지 않게 라디오를 끄고 소곤소곤 대화를 나누었다.

"이 길로 쭉 가면 가르다 호 남단을 지나겠네." 그녀가 무릎 위에 펼쳐놓은 지도를 내려다보며 말했다.

"알아."

"살로 근처다."

"맞아. 부모님이랑 한 번 간 적 있어. 장거리 자동차 여행을 떠났을 때."

"거기 가서 점심 먹을까?"

"너무 위험하잖아."

"지금은 어디든 위험해… 산 속으로 들어가서 야영을 하지 않는 이상."

"그건 안 될 말씀이야, 로자. 나는 지금 공식적으로 야영을 접을 나이대에 진입했거든."

그녀는 오래전과 비슷한 웃음을 터뜨렸다. 다정하고 따뜻한, 연인의 웃음이었다.

"나는 앞으로 매트리스 맨으로 살 거야."

"그럼 어디?"

"달라이라마님께 코모 호를 보여드리고 싶어."

"나도 그럴 계획인 줄 알고 있었어. 당신이 맨 처음 거기 데려갔을 때가 생각나. 해질 무렵 콘크리트 테라스에 앉아서 호수를 내려다봤던 거. 건너편 강둑의 초록색 언덕이랑 그 너머의 산비탈이랑 해가 지는 그 몇 분 새 회색에서 분홍색으로 물들었던 거. 죽을 때까지 잊지 못할 거야. 당신이 그 집을 처분하지 않았더라면 좋았을 텐데. 그럼 안나 리자하고 피에로가 아이를 데리고 놀러 갈 수 있었을 텐데."

나도 기억을 떠올리며 툴툴거렸다.

로자는 잠깐 동안 아무 말도 하지 않았다. 살로로 가는 갈림길이 보였다. 무솔리니가 캄포 임페라토레를 과감하게 탈출한 이후에 히틀러의 명령에 따라 '이탈리아 사회 공화국'이라는 황당한 정부를 수립한 도시였다. 그가 거기서 거의 2년에 걸쳐 집권하는 동안 이탈리아는 나치의 점령에서 조금씩 벗어났다. 1945년 봄에 피신하기 직전까지 있었던 곳이 살로였다. 거기가 그의 종착지였다. 그 무렵 그는 부상을 입고 사냥개에게 쫓기는 토끼나 다름없는 신세였다. 그랬음에도 젊은 정부와 현금과 금으로 수백만 리라를 챙겼다. 망명 중에도 젊은 여자와 호사스러운 생활을 누릴 자격이 있다고 생각했던 걸까. 스위스의 왕궁이나 바바리아의 성처럼 다른 기회가 주어질 거라고 상상했던 걸까.

"당신은 그때 사진작가가 되고 싶어 했잖아. 기억나?" 로자가 물었다.

"응."

"그 마음은 어디로 갔을까?"

"나는 우리 부모님처럼 용감하지도 재능이 출중하지도 않았어. 겁이 많았고. 그래서 여행사업이라는 안전한 길을 선택했지. 하!"

조수석 쪽에서 정적이 흘렀다. 해묵은 후회가 우리 둘 사이에서 악취를 풍겼다. 다시 몇 킬로미터를 달렸을 때 달라이라마가 눈을 뜨고 평소와 다르게 권위주의적인 목소리로 말했다. "이제 어디 가서 점심 먹으면서 좀 쉽시다, 파올로!" 그가 내 이름을 부른 것은 이때가 처음이었고 이번 여행을 통틀어 명령조로 말을 한 것도 이때가 처음이자 마지막이었다. 나는 자갈이 깔린 대피로에 차를 댔다. 전보다 넓고 더 쉽게 숨을 수 있었고 이번에는 매춘부가 없었다. 차를 대고 1분도 되지 않았을 때 경찰차가 경광등을 번쩍이며 우리 옆을 쌩하니 지나갔다.

"우리를 찾고 있나 보군요." 달라이라마가 말했다.

"아마도요."

"오래전에 나는 중국 경찰에 쫓긴 적이 있어요. 그때도 변장을 하고 있었죠."

"그들 손에 체포되지 않은 것이 얼마나 다행인가요, 텐진." 교황이 말했다.

하지만 달라이라마는 그 말을 듣지 못한 눈치였다. 항상 정신을 바짝 차리고 있는 사람치고 이상한 일이었다. "그때도 꿈 때문에 나선 길이었죠." 그가 말했다. 우리는 그때 차에서 내린 참이었는데 그는 도로 건너편의 버려진 건물을 쳐다보고 있었다. 덩굴이 갈색 돌벽을 뒤덮은, 축사처럼 보이는 건물이었다.

"마초가 부처님에 대해서 한 얘기가 사실인가요?" 와인을 따고 포장된 음식을 푸는 동안 내 사촌이 물었다. 이번에도 야외에서 즐기는 진수성찬이었다. 인류 역사상 반질반질한 마세라티 보닛 앞에서 이보다 더 자주 식사를 한 성인은 없을 것이다. "부처님이 정말로 왕자로 태어났나요? 미천한 신분이었던 예수님과는 대조적이로군요."

달라이라마는 고개를 끄덕이며 치즈를 건네받았고 로자가 건넨 와인에는 고개를 저었다. "전해내려오는 얘기에 따르면요. 그의 아버지는 질병, 노화, 죽음과 같은 삶의 힘든 측면을 아들에게 감추려고 했어요. 하지만 어느 날 부처님은 왕궁 밖으로 나간 길에 이런 것들을 목격하고 그날 바로 고행 수도승들과 함께 입산하기로 마음을 먹었죠."

"그렇군요."

"부처님은 한참 동안 먹지도 않고 자지도 않아서 임사의 지경에 이르렀다가 중도를 걷기로 하셨답니다. 목숨을 부지할 수 있을 만큼 먹고 잠을 자되 도를 넘지는 않기로요. 전승에 따르면 부처님은 이걸 거문고 줄에 비유하셨다고 해요. 줄을 너무 조여도 소리가 좋지 않고 너무 풀어도 마찬가지로 좋지 않다고. 중간이라야 한다고."

"그뷰 마음에 드네요." 로자가 말했다.

"성경에도 그 비슷한 유명한 구절이 있어요." 교황이 말했다. "예수님은 이렇게 말씀하셨지요. 세례자 요한이 와서 빵을 먹지도 않고 포도주를 마시지도 않자, '저자는 마귀가 들렸다' 하고 너희는 말한다. 그런데 사람의 아들이 와서 먹고 마시자, '보라, 저자는 먹보요 술꾼이며 세리와 죄인들의 친구다' 하고 너희는 말한다."

"세례 요한 말씀이지요?"

"네, 예수님의 사촌이요." 교황이 말했다. "성경에서 서로 특별한 관계였죠."

우리는 토론은 그쯤에서 접고 영양분을 섭취하는 데 집중했다.

∽ 37 ∽

내가 로마에서 여행사를 하고 있었던 시절에 사무실 TV로 미국의 유명한 작가와의 인터뷰를 본 적이 있었다. 그는 7개 대륙의 85개 나라를 여행하며 요리수업에서부터 교정시설에 이르기까지 온갖 것들을 글로 소개한 에세이 작가였다. 인터뷰 도중에 사회자가 물었다. "지금까지 다닌 여행지 중에서 가장 아름다웠던 곳은 어디인가요?"(이탈리아인다운 질문이었다) 그러자 그 작가는 일말의 망설임도 없이 "코모 호요"라고 대답했다.

나는 거기가 지구상에서 가장 아름다운 곳인지는 잘 모르겠다. 그런 질문이 방송 시간을 때우는 것 말고 다른 의미가 있을지 그것도 잘 모르겠다. 하지만 예민한 미적 감성의 소유자였고 여행 경험이 풍부했던 우리 부모님이 코모 호의 서쪽 호숫가가 내려다보이는 언덕배기에 집을 장만해 인생의 남은 3분의 2를 거기서 지냈다는 건 안다. 전 세계 어디에서 살아도 상관없었을 두 분이 거길 선택한 이유는 이탈리아계 미국인인 아버지의 태생과 유럽 분위기의 모든 것을 사랑한 어머니의 취향 때문이기도 했다. 하지만 가장 큰 이유는 다른 데 있었다. 단순히 아름다운 풍경이 아니라 모든 예술가, 모든 수도자에게 반드시 있어야 하는 감흥을 불러일으키는 풍경이었던 것이다. 살아 있다는 것이 얼마나 큰 선물인지를 느끼게 하는.

길을 따라 가는 동안 로자가 역사 해설에 나서 어깨 너머로 돌아보며 말했다. "지금 저희가 가는 이 길 말이에요. 가르다 호 남단에서 서쪽으로 가는 이 길이 무솔리니가 말년에 선택했던 이동 경로하고 가까워요."

교황이 말했다. "당신처럼 온화한 사람이 그런 인간을 연구 대상으로 선택했었다니 언제 들어도 놀라워요."

나는 헛기침을 했다.

"파올로하고 제가 만난 게 그 덕분이었어요. 저희가 말씀 안 드렸던가요?"

"못 들었는데요."

"제가 3학년이 시작되기 전에 여행을 다녀오고 싶어서 이이가 하는 여행사에 갔거든요. 스위스의 저렴한 호텔 정보를 알려달랬더니 저러러 전공이 뭐냐면서 대화를 시도하더라고요. 제가 역사라고 했더니 이이가 '그래요?' 하고 되물었어요. '무슨 역사요? 어느 시대요?' 저는 '제2차 세계대전 당시 이탈리아 역사, 정확히 말하면 무솔리니요'라고 했죠. 그랬더니 이이가 '아, 제 외삼촌이 무솔리니한테 죽임을 당했어요'라고 하더라고요. 저는 거짓말이겠거니 했지만 이이가 귀엽고 순하게 생겼다는 생각이 들었어요. 제가 그때까지 만난 남자들은 귀엽고 순한 경우가 거의 없었거든요. 그래서 이이가 저녁 같이 먹겠느냐고 했을 때 좋다고 했고 그렇게 시작된 거예요. 저는 그 길로 대학교를 중퇴했고요."

"그런 게 사랑이죠." 달라이라마가 말했다. "인류를 위한 큰 사랑의 작은 변종."

"사실 그렇게 작지도 않았어요." 로자가 말했다.

어색한 침묵이 흐르자 나는 그럴 때 하던 습관대로 할 말을 찾았다. 그러다 불쑥 "로자는 미신을 신봉해요"라고 내뱉었고 이후로 끔찍한 침묵이 흘렀다. 심지어 내가 무슨 뜻에서 그런 말을 했는지, 그녀가 한 말은 무슨 뜻이었는지조차 알 수가 없었다. "아이한테 세례 받게 할 거니?"와 같은 맥락에서 튀어나온 말이었다. 나는 사과하지 않았다. 나는 그저 서툴게나마 내 나름대로 어색한 분위기를 해소하려고 했을 뿐이었다. 그리고 로자는 실제로 미신을 믿었고 미신을 믿는 집안 출신이었다. 교황이 꾸었다는 꿈, 캄포 임페라토레 방문, 살로와 가까운 이 길, 우리의 마지막 날의 동선이 무솔리니의 마지막 날과 비슷하다는 사실… 이런 것들이 합쳐져 아내에게 어떤 인상을 남겼을지 안 봐도 뻔했다. 내가 "로자는 미신을 신봉해요"라고 한 것은 그녀를 비하하기 위해서가 아니라 분명한 연결고리가 있기 때문이었다.

적어도 내가 생각하기에는 그랬다.

로자는 두 손을 으스러져라 맞잡고 있었다. 그녀는 "그게 지금 무슨 상관인데, 파올로?"라고 했지만 사실은 다른 말을 하고 싶은 투였다.

"아무 상관없어. 미안. 나는 당신이 역사 얘기하면 좋더라. 옛날 생각이 나서—"

"하지만 그게 내가 미신을 믿는 거랑 무슨 상관인데?"

"아무 상관없어, 로자. 내가 지금 도로를 주시하고 있거든. 경찰차가 따라오지는 않는지 계속 백미러를 체크하고 있고. 그러느라 신경이 조금 곤두섰어. 우리 풍경 감상이나 하자."

"시빗거리를 찾고 있었겠지."

"절대 아니야."

"맞아, 인정하시지."

"아니었어. 앞으로도 그럴 일 없고. 당신이 너무 예민한 거야."

"그러는 당신은 너무 둔하고!"

우리는 몹쓸 침묵 속으로 빠져들었다. 나는 지나가는 풍경을 쳐다보며 귀향길의 즐거움에 집중하려고 했다. 아내가 코로 숨을 쉬는 소리가 들렸다.

코모 호는 Y자를 거꾸로 기우뚱하게 뒤집은 모양이었고 일자의 끝이 북쪽을 가리키고 있었다. 코모 시의 조그만 항구를 지나자 호수가 시야에 들어왔다. 좁은 서쪽 지류가 따뜻한 오후의 햇살을 받고 사파이어처럼 반짝이고 있었다. 양쪽에 자리 잡은 가파른 초록색 언덕들이 서로 엎치락뒤치락하며 골짜기로 그림자를 드리웠고 돌집, 기와지붕, 교회종탑과 같은 인간의 흔적들이 여기저기 옹기종기 모여 있었다. 곧바로 이 언덕을 넘어 북동쪽으로 그보다 훨씬 높은 산들이 모습을 드러냈다. 해발 2,600미터인 그곳이 로자가 오래전에 해가 질 무렵 바위 절벽이 분홍색으로 물드는 것을 보았던 그 산이었다.

"저 산 너머가 발텔리나예요." 로자가 뒷자리에 앉은 두 사람에게 말했다. "무솔리니가 마지막 항전을 시도하려고 했던 곳이요. 마지막을 하루 앞둔 날에는 여기 이 코모에서 수천 명의 파시스트가 합류하길 기다렸고요. 그들은 발텔리나에서 죽을 때까지 싸울 작정이었다고 해요. 하지만 도착한 파시스트는 정확히 12명이었어요. 대의를 위해 목숨을 바치겠다는 사람이 12명이었던 거죠. 그래서 무솔리니는 스위스 접경으로 도망치려고 했는데… 아마 처음부터 그럴 작정이었을 거예요, 나쁜 놈." 그녀는 잠깐 말을 멈추었다가 물었다. "그게 '미신을 신봉하는' 거야?"

"그의 입장에서는 그럴지도. 당신 입장에서는 아니야."

도시 안으로 더욱 깊숙이 들어가자 풍경이 눈앞에 펼쳐졌다.

"아, 장관이로군요!" 달라이라마가 외쳤다. "아, 정말 아름답습니다!"

"이탈리아가 드리는 생일 선물이에요." 나는 조금 거창하게 포장했다. 하지만 어쩔 수가 없었다. 이후로 실망스럽고 슬픈 일들이 내 삶을 장식했을지 몰라도 코모 호숫가에서 보낸 시간은 만족스럽고 따뜻했었다. 사랑받으며 행복하게 지냈고 내 어린 시절은 가능성으로 충만했다. 만족감은 빛이 바랬고 가능성은 실현되지 않았지만 이 호수를 보면 지금보다 나았던 파올로 데파도바가 떠올랐다. 도시를 빠져나와 서쪽 호숫가의 조그만 마을들을 꼬불꼬불 관통하는 국도를 따라가자 즐거웠던 추억들이 골목길에서 빠져나온 게릴라 부대처럼 나를 맞았다. 그 무더웠던 7월의 오후에 낯익은 도로를 달리는 동안 왠지 모르겠지만 내게 온전하게 살 수 있는 또 한 번의 기회가 주어졌을지 모르겠다는 생각이 들었다.

반대편 차로에서 남쪽으로 질주하는 관광버스와 배달용 트럭을 피해가며 체르노비오와 아르제뇨라는 작은 마을을 지났을 때 우리는 분명 지금 당장이라도 잡힐 수 있다는 생각을 했을 것이다. 하지만 풍경이 그런 걱정을 누그러뜨렸다. 모퉁이를 돌 때마다 호수는 제각기 다른 모습으로 우리를 맞았다. 1킬로미터 동안 산비탈 터널 뒤편에 숨어 있다가 불쑥 등장해 눈부신 파란색으로 반짝거렸다. 여객선 두 대가 우리 앞에서 물살을 저으며 한 대는 동쪽으로, 한 대는 서쪽으로 나아갔다. 여기저기서 요트가 점점이 까딱거렸다.

"내가 얼마 전에 이 근처 메나지오에 숍을 새로 오픈했거든." 우리가 구불구불한 도로를 달리며 조지 클루니(그 역시 전 세계 어디에서 살아도 상관없는 예술가였다)가 집을 장만한 도시를 관통하는 동안 로자가 말했다. "거기 가서 분장을 손봐도 돼."

하지만 아무도 그러고 싶어 하지 않았다. 내 피부에 바른 왁스는 얼룩덜룩하게 희미해졌고 머리칼은 곱슬거리지 않았다. 달라이라마는 부분 가발과 선글라스를 계속 쓰고 있었고 교황도 계속 수염을 달고 있었다. 두 사람 모두 아무도 알아보지 못할 거라고 장담할 수 있었지만 더위와 장거리 여행이 마리오의 작품에 타격을 입혔다. 우리는 예전의 모습으로 반쯤 돌아간 너덜너덜 삼인방이었다.

오른쪽으로는 바로 옆에서 호수가, 왼쪽으로는 길가에서 바로 솟은 듯이 보이는 라임 색과 에메랄드 색 산비탈이 이어지는 가운데 레노를 지나자마자 메체그라가 등장했다. 그곳은 지난 20년 동안 달라진 게 거의 없었고, 1945년 4월의 그날 일 두 체가 몇백 미터 산 속에서 공산당 게릴라들에게 총살형을 당한 이후로도 달라진 게 많지 않았다. 도심에는 여전히 옆면을 벽토로 칠한 상업용 건물들이 2차로짜리 도로에 다닥다닥 붙어 있었다. 슈퍼, 과일가게, 카페, 두 군데 술집이었다. 으르렁거리는 스쿠터 엔진 소리가 골목길에서 울려퍼졌다. 깔끔하게 차려입은 밝은 금발의 관광객들(독일인 아니면 네덜란드인 같았다)이 한 줄로 파란색 관광버스에서 내려 길모퉁이에 옹기종기 모여서 가이드를 기다렸다. 나는 그들을 조금 지나 어머니가 용감하게 호수로 뛰어내렸던 지점의 맞은편에서 왼쪽으로 핸들을 꺾었다. 차선 없는 가파른 오르막길이 서쪽으로 이어지는데, 양옆으로 울타리를 친 소박한 주택과 한두 마리의 개와 몇 마리의 닭과 염소가 보였다. 우리는 계속 달렸다. 테라스가 호수를 마주보는 벽돌집에 다다르자 나는 시동을 켠 채로 길가에 잠깐 차를 댔다. 덴마크 커플이 별장으로 그 집을 매입했는데 인적이 보이지 않았다. 빨랫줄에 널린 셔츠도 풀밭 위에 쌓인 아이들 장난감도 없었다. 한 남자와 한 여자가 거기 나란히 서 있는 장면이 내 머릿속을 스치고 지나갔다. 그들은 우리를 갈라놓은 죽음이라는 장막을 넘어 나를 지켜보고 관찰하는 듯했다. 이렇게 묻는 듯했다. "우리는 너를 자유로운 아이로 키웠는데. 지금 자유롭니, 파올로? 행복하니?"

"거의요." 나는 조용히 대답했다.

다시 출발했다. 이내 T자 교차로가 나왔다. 나는 왼쪽으로 핸들을 돌려 호수와 나란히 달렸고 잠시 후 회색 석조 돌탑이 있고 흰색 벽토를 칠한 교회 옆의 자리 네 개짜리 주차장에 마세라티를 댔다.

나는 여행 가이드 같은 말투로 소개했다. "산타본디오 교회예요. 제가 여기서 세례를 받았어요. 들어가서 잠깐 기도하고 정식으로 생일 축하 파티를 열 만한 곳을 찾으면 어떨까 하는데요."

달라이라마가 말했다. "오늘 같은 날 살아 있다는 데 감사하는 기도를 드려야겠죠."

자갈길을 걸어가는 동안 로자가 내 뒤 허리춤에 손을 잠깐 얹었다. 차에서 나를 몰아붙였던 것에 대해 그런 식으로 사과를 하는 것이었다. 나는 어떤 뜻에서 '미신을 신봉한다'고 했는지 열 단어 이내로 설명할 방법을 찾으려다 이번 한 번만큼은 그냥 아무 말도 하지 않는 편이 낫겠다는 결론을 내렸다. 나는 지혜와 인내심을 달라고 기도할 작정이었다. 좀 더 괜찮은 인간이 되어보려고 노력할 작정이었다.

이탈리아의 예배당이 대부분 그렇듯 문이 열려 있었고 핏빛 색유리를 관통하는 햇빛만이 내부를 비추고 있었다. 짙은 색 나무로 된 신도석은 몇 줄 되지 않았고 그 뒤로 접이식 의자가 놓였다. 이 신도석과 접이식 의자, 가장자리 통로를 따라 이어지는 사각형 기둥과 제단 위의 하얀색 아치, 대리석 바닥, 벽을 따라 줄줄이 놓인 성인들의 대리석상. 이 모든 것이 이탈리아의 교회 장식 기준으로는 극도로 소박했지만 나에게는 더할 나위 없이 익숙했다. 어머니와 아버지는 대부분의 영역에서 자유로운 발상을 추구했지만 눈을 감는 그 순간까지 독실한 가톨릭교도였다. 이 조그만 교회가 별난 화가였던 그들에게는 공동체에 적응하는 통로였고, 가톨릭이라는 믿음은 예측할 수 없는 일투성이인(다음 작품은 언제 팔릴까? 얼마에 팔릴까?) 그들의 삶에 든든한 토대가 되어주었다. 여기에서 나는 또 다른 환상을 보았다. 성스러운 친구이자 모두에게 '돈클라'라고 불렸던 돈 클라우디오 교구 신부가 성찬식 빵을 들고 제단에 서 있는 환상이었다.

지금까지 너무 붙어다녀서 그랬는지 우리 넷은 뿔뿔이 흩어져 각기 다른 신도석에 앉았다.

나는 안나 리자와 피에로에게 따뜻한 마음을 전하고, 딸아이의 건강과 손주에게 물려주게 될 세상에 대한 걱정은 애써 떨쳐버리고, 어머니와 아버지가 무덤이나 마음 상한 부모들이 모이는 림보까지 품고 갔을지 모르는 실망감에 대해서도 애써 생각하지 않으려 했다. 여행사업에 실패하고 아내와는 별거 중이며 유명한 사촌형 덕분에 실업자 신세를 면한, 두 화가의 외동아들. 어머니와 아버지가 자랑스러워할 만한 이력서는 아니었다.

그 유쾌한 생각에서부터 이런저런 생각들이 꼬리에 꼬리를 물고 이어졌다. 나는 점점 엉덩이가 근질거렸다. 뭔가가 안에서 나를 자꾸 간질였다. 나는 자리에서 일어나 늦은 오후의 햇살 속으로 조용히 나섰다. 아주 연로한 노인이 지팡이를 짚고서 내 앞을 지나갔다. 우리의 시선이 만났고 우리는 서로 그렇게 잠깐 물끄러미 쳐다보았다. 잠시 후에 그가 걸음을 다시 옮기다 말고 어깨 너머를 돌아보며 시간을 거슬러 기억을 더듬었다. 어쩌면 일요일 오전에 미사 이후에 부모님과 함께 이 교회 앞에 서서 호수를 내려다보며 행복한 미래를 상상했던 어린아이의 눈매와 콧날을 알아본 것일 수도 있었다.

∞ 38 ∞

나를 설명할 때 절대 쓰일 일 없는 단어 가운데 으뜸을 꼽으라면 '운동을 잘한다'와 '운동신경이 뛰어나다'일 것이다. 젊었을 때는 진심으로 노력했다. TV로 축구 중계를 챙겨보고, 마당에서 공을 왔다갔다 차보고, 학교 친구들과 비공식 시합을 벌였다. 말짱 헛수고였다. 나는 내 발에 걸려 넘어지고, 쉬운 패스도 놓치고, 가까운 거리에서도 골을 넣지 못하고, 내가 아는 대부분의 사람들과 다르게 운동장을 한 바퀴 달리는 것조차 엉망진창이었기 때문에 같이 축구하자는 소리를 들을 만한 나이가 지났을 때 사실 안도의 한숨을 내쉬었다. 그래도 축구는 우리나라의 국기였고 나는 언젠가 내가 근사한 포물선을 그리며 골대 안으로 공을 차서 넣는 기적이 벌어질지 모른다는 희망을 남몰래 품고 있었다. 피를로처럼, 칸나바로처럼, 이탈리아 불교도 중에서 가장 유명한 로베르토 바조처럼. 골키퍼 없는 골대라도 상관없었다.

산타본디오 교회에서 몇 미터 아래 평지에 어렸을 때 친구들과 같이 놀았던 축구장이 있었다. 갑작스럽게 왠지 잘 될 것 같은 기분이 들자 나는 머릿속도 비울 겸 마세라티 트렁크에서 피에로의 공을 꺼내 철책문까지 계단을 내려갔다. 기도는 다른 사람들한테 맡겨야지. 나는 생각했다. 나는 예전부터 나를 괴롭혔던 이 녀석을 정복하겠어.

뜻대로 되지는 않았다. 동쪽 산비탈을 깎아서 큼지막한 철조망을 두른 축구장에는 아무도 없었다. 다행이었다. 목격자가 없었다. 나는 잔디 위에 공을 내려놓고 영웅들이 그러듯이 이쪽 발에서 저쪽 발로 공을 옮겨가며 앞으로 천천히 달려보려고 했다. 하지만 첫 발을 너무 세게 차고 말았다. 공이 비탈을 굴러 내려가 철조망에 부딪혔다. 공을 주워다가 다시 한 번 시도했지만 이번에는 너무 살살 차는 바람에 공에 발이 걸려 한쪽 무릎을 꿇으며 주저앉았다. 드리블은 포기하고 10미터 앞에서 일직선으로 숏을 날려보기로 했다. 공은 땅바닥을 고수하다가 골대에 맞고 옆으로 튀어나갔고 말을 듣지 않는 강아지처럼 거기 가만히 멈춰서 나를 비웃었다. 나는 달려가 골문을 향해 공을 뻥 찼다. 아무리 나라도 그 정도 거리에서는 빗나가기 어려웠다.

하지만 골문 안쪽에서 공을 꺼내려다 그물에 엉키고 말았다. 왼쪽 신발이 그물에 걸렸다. 신발을 꺼내려고 주저앉았을 때 걱정스러운 목소리로 나를 부르는 소리가 들렸다. "여보? 괜찮아?"

"괜찮아, 아주 괜찮아." 나는 험상궂게 외쳤다.

기도로 생기를 되찾은 세 명의 일행이 근질거리는 몸을 풀기 위해 축구장으로 들어왔다.

"이쪽으로 날려, 사촌!" 교황이 외쳤다. 나는 그물에 신발이 걸린 채로 한손으로 공을 집어서 그에게로 던졌다.

교황이 달라이라마 쪽으로 능숙하게 공의 방향을 바꾸자 그는 그물 상단을 향해 대포알 슛을 날렸다. 공이 내 옆으로 떨어졌다. 나는 공을 다시 던져주고 드디어 일어나 몇 발 어설프게 뛰어가다가 로자의 패스를 놓쳤다. 공이 다시 철조망 쪽으로 굴러갔다. 로자가 웃음을 터뜨렸다. 비웃음은 아니었지만….

"여기, 이쪽으로!" 달라이라마가 외쳤다.

"우리 2대2 시합해요."

나는 공을 주우러 달려가며 생각했다. 공평한 게임이 되려면 내 팀이 세 명이라야 하는데.

우리는 늦은 오후의 태양 아래에서 땀을 흘리고 웃어가며 가볍게 경기를 시작했다. 사촌 조르조가 골문을 지키고 텐진과 로자가 번갈아 슛을 날렸다. 나는 빗나간 공을 주워오는 역할을 자청했고 실수 없이 임무를 수행했다. 재미있었다. 우리 모두 그랬다. 사실 함께 여행한 기간 중에 내 머릿속에 가장 소중하게 남은 기억을 꼽으라면 분장이 너덜너덜해진 교황은 마초의 창고에서 빌린 헐렁한 바지와 반팔 셔츠 차림으로 무릎에 손을 얹고 골라인에 서 있고, 줄무늬 드레스셔츠를 입은 달라이라마는 잔뜩 집중한 표정으로 슛을 날릴 준비를 하고 있고, 로자는 한쪽 옆에서 즐거워하며 박수를 치는 광경이다.

이런 식으로 신나는 시간을 보내던 도중에 문득 정신을 차리고 보니 다른 선수들이 다른 쪽 골문을 차지하고 있었다. 나는 공을 주우러 가는 길에 그쪽을 두 번 흘긋 쳐다보았다. 왠지 잠시 같았다. 우리나라에는 집시가 많았다. 도시 외곽의 넓은 야영장에서 보일 때도 있었지만 그보다는 교회 앞에서 구걸하거나, 콜로세움이나 포룸 근처에서 관광객이 보이면 달려가 한 명이 사진이나 잡지로 혼을 빼놓는 동안 다른 한 명이 지갑을 슬쩍하는 좀 더 달갑지 않은 모습으로 보일 때가 더 많았다.

우리 옆에서 축구를 하던 사람들은 구성이 특이했다. 한 남자는 체구가 탄탄하고 까무잡잡한데 달라이라마와 비슷한 적갈색 승복을 입고 약간의 기술을 뽐내며 어마어마하게 열심히 공을 찼고 점심 때 와인을 너무 많이 마신 사람처럼 웃어댔다. 그보다 키가 크고 배가 살짝 나왔고 머리가 아주 짧은 다른 남자가 골키퍼를 보고 있었다. 머리색이 밝긴 하지만 두 여자 중에서 나이가 많은 쪽이 내가 처음에 집시인가 보다고 생각한 이유였다. 집시 여자들이 좋아하는 스타일로 발목까지 내려오는 치마를 입고 알록달록한 스카프를 머리에 두르고 있었던 것이다. 머리색이 까만 여자아이와 안나 리자의 또래로 보이고 운동을 잘하게 생긴 아가씨도 있었다.

그들도 우리처럼 재밌는 시간을 보내고 있었다. 고함소리와 웃음소리가 들렸고 잠시 후에 누군가가 미국식 영어로 외쳤다. "그림 같은 코너킥이 골문으로 직행합니다! 링글링의 선방입니다!"

링글링. 나는 생각했다. 그렇다면 서커스단이었다. 집시는 무슨.

로자가 드리블해서 들어가다가 교황의 오른쪽 허벅지로 공을 날렸다. 그는 "으악!" 비슷한 소리를 냈지만 다치지는 않은 듯했다. 나는 공을 주우러 종종걸음으로 가다가 다른 팀의 공이 우리 쪽으로 굴러오는 것을 보았다. 그걸 보고 맨 처음에 든 생각은 나처럼 솜씨 없는 사람이 공을 세게 찼나보다, 였다.

여덟 살 아니면 열 살 정도 되어 보이는 까만 머리의 여자아이가 통통 튀기는 공을 따라 달려왔다. 나는 아이를 도와주려고 다가갔고 그 순간을 기점으로 우리의 모든 것이 달라졌다.

∽ 39 ∽

아이의 공은 우리 공과 몇 미터 사이를 두고 축구장 한쪽 구석 근처에 멈추어 섰다. 나는 그쪽으로 달려갔고, 난생 처음 보는 열 살짜리 아이 앞에서 왜 잘난 척하고 싶었는지 아무도 모를 일이지만, 아무튼 공을 주워서 아이에게 가져다주는 대신 날렵하게 살짝 찼다. 프로선수들처럼 발등으로 툭 쳐서 아이 앞쪽으로 부드럽게 패스해주려는 것이 나의 의도였다. 이럴 수가, 내 의도대로 이루어졌다. 공이 정확히 아이의 앞쪽을 향해 깔끔한 일직선으로 잔디밭을 스치듯 날아갔다. 아이는 내가 공을 차는 것을 분명 보았고, 공이 자기 쪽으로 오는 것도 분명 보았을 것이다. 하지만 그대로 무시해버렸다. 나는 살짝 기분이 상했다. 아이는 공이 지나가는 동안 달리기를 멈추더니 머리가 길고 줄무늬 셔츠를 입은 남아시아의 관광객에게로 곧바로 다가가 바로 앞에서 걸음을 멈추었다. 그러고는 가슴 앞에서 합장하고 허리를 깊이 숙였다. 달라이라마도 반사적으로 허리를 숙였다.

나 역시 반사적으로 길거리 쪽으로 고개를 돌려 이걸 본 사람이 없는지 확인했다. 아무도 없었다. 서로 마주 인사하는 광경을 본 사람은 로자와 나뿐이었다(교황은 허리를 숙이고 멍이 든 허벅지를 문지르고 있었다). 그녀는 나와 눈을 맞추고 전형적인 이탈리아식 표정을 지었다. 입술을 늘려 양쪽 입가를 아래로 내리고 눈썹을 추어올렸다. 그걸 번역하자면 "뭐지?" 아니면 "대박인데?" 아니면 "흠!"이었다.

나는 이게 무슨 일인지 이해해보려고 했지만 희한한 서커스단이 축구장 저편에서 우리를 향해 일제히 달려왔기 때문에 그럴 겨를이 없었다. 처음에는 저들이 즉석 경기를 제안하는 건 아닐까 싶어서 덜컥 겁이 났지만—햄스트링이 당긴다는 핑계를 대며 심판을 보겠다고 할 작정이었다—달라이라마와 여자아이가 영어로 열띤 대화를 나누고 있었고, 교황도 궁금해 하는 얼굴로 그들을 향해 다가가고 있었다. 아이의 합장 인사를 계기로 축구장 양쪽의 이질적인 집단이 차분하게 하나로 뭉뚱그려졌다. 우리도 합류해 가짜로 자기소개를 하는 수밖에 없었다.

하지만 알고 보니 그들은 속일 수가 없었다. 신기하게도 여자아이는 자기가 누구한테 공손하게 인사를 했는지 정확하게 알고 있었고, 내 사촌이 손을 내밀며 "프란시스"라고 말한 순간 연막전술의 희망은 모두 날아가버렸다. 집시인지 서커스단인지 모를 그들은 실종 사건으로 세상을 뒤집어놓은 두 성직자를 만났는데도 놀랍게도 전혀 놀라지 않는 눈치였다. 나는 차례대로 악수를 하고 이름을 듣는 순간 모조리 잊어버려가며 곡예사가 사인을 청하는 순간을 기다렸다. 아니면 스물다섯 살짜리 아가씨에게 얼른 휴대전화를 꺼내 신고 포상금을 챙기자고 얘기하는 순간을 기다렸다.

하지만 체격이 다부지고 까무잡잡하며 머리가 벗어진 남자(도대체 축구장에서 승복을 입은 이유는 무엇이고 기운이 넘치는 이유는 무엇일까?)는 엉망인 영어로 이런 기념비적인 단어를 내뱉었다. "오늘까지 3일 동안 기다리고 있었어요! 저희가 두 분이 찾으시는 사람을 찾아놓았어요!" 그 순간 내가 거주해왔던 이성과 논리의 집이 와르르 무너졌다.

∞ 40 ∞

당혹스럽고 심란한 대화가 오갈 겨를도 없이 까만 머리의 여자아이가 달라이라마의 손을 잡고 다급하게 앞장섰다. 그는 일말의 저항도 없이 도로 쪽으로 이끌려 올라갔다. 교황과 적갈색 승복을 입은 남자가 몇 발짝 뒤에서 그들과 속도를 맞춰 걸었다. 여자 셋이 최소 2개 국어로 대화를 시도하며 뒤따라 나섰고, 둘 다 축구공을 들었고 배가 나온 머리 짧은 남자와 내가 맨 뒤를 맡았다.

"당신이 납치범이겠군요." 남자가 순도 100퍼센트의 미국식 영어로 물었다. 장난기 어린, 전혀 위협적이지 않은 말투였다

"설마요. 교황님이 내 사촌인걸요. 며칠 동안 신분을 속이고 쉬었으면 좋겠다는 순진한 소원을 품고 있다가 마침 방문 중이었던 달라이라마가 동행하게 됐을 뿐이에요. 그 악의 없는 충동 때문에 온갖 소동이 벌어진 모양이에요. 우리는 아직 돌아가고 싶지 않지만 원하면 우리를 신고하고 포상금을 챙겨도 돼요."

"그럴 생각은 없어요." 남자는 웃음소리가 따뜻했고 진심으로 돈에 관심이 없는 눈치였다.

"500만 유로인데도요?"

그는 어깨를 으쓱했다.

"미국분이시죠?"

"네."

"서커스단이고요?"

그는 다시 다정하게 쿡쿡 웃었다. "우리가 서커스를 해야 하는 거 아닌가 싶을 때도 가끔 있긴 해요. 이름이 링글링이라 서커스단에 어울리긴 하지만 내가 살던 곳에서는 흔한 이름이에요."

"거기가 어딘데요?" 이 무렵 우리는 도로에 다다라 산타본디오와 차를 주차해놓은 곳과 반대편인 왼쪽으로 방향을 틀었다.

"원래는 노스다코타에서 살았어요." 그는 말하고 다시 덧붙였다. "누나가 본 신비로운 환상 때문에 여기 오게 된 거예요."

"휴가라 여행 왔어요" 아니면 "친구 아들 결혼식을 보러 왔어요"라도 되는 듯 심상한 말투였다. 하지만 '신비로운 환상'이라는 단어를 들었을 때 누가 내 등골이 시작되는 부분에 얼음을 댄 듯한 기분이 느껴졌다. 나는 스쳐지나가는 현기증을 떨쳐버리려고 고개를 저었다. 마초의 파티에 참석한 손님에게 독감을 옮은 건 아닌지 걱정됐다. 창녀로 분장한 여자들에게 옮았을 수도 있었다. 갑자기 화제를 바꾸고 싶어졌다. 새로 사귄 이 친구에게 가서 차를 몰고 오겠다고 아니면 트렁크에 축구공을 놓고 오겠다고 얘기하고 싶어졌다. 하지만 행렬이 왼쪽으로 방향을 틀었기에 나는 묵묵히 따라갔다.

링글링이 앞쪽을 가리켰다. "긴 원피스를 입고 저 앞에 가는 중년의 금발 미녀가 내 누나예요. 이름은 세실리아. 적갈색 승복을 입고 있는 민머리의 힘센 남자가 남편 볼랴 린포체인데 불교계의 유명한 스승이에요. 그 이름 들어봤어요?"

"아뇨."

"달라이라마는 알 거예요. 적어도 이름은 알 거예요. 달라이라마의 손을 잡고 깡충깡충 뛰어가는 저 귀여운 아이가 저들 부부의 딸이에요. 이름은 셸사고요. 내 사랑스러운 조카죠. 일각에서는 저 아이를 가리켜 성스러운 아이 아니면 선지자라고 하고, 불교계의 또 다른 유명한 스승이 말하길 이탈리아 산속에서 다른 특별한 아이가 태어났으니 우리더러 가서 찾으라고 했어요. 대서양을 건너고 여기저기 한참 찾아다니며 어마어마하게 섬뜩한 순간을 몇 번 겪은 끝에 찾아냈죠. 그 아이가 있는 곳으로 여러분을 모시고 가는 것 같네요."

이 어리둥절한 사연이 한 문장, 한 문장 끝날 때마다 새로운 얼음이 내 등골 위에 얹혔고, 서늘한 독감 기운이 엉덩이에서 척추를 하나씩 훑으며 목을 향해 올라가는 느낌이었다. 심리적인 증상일 수도 있는 것이, 나는 이런 식의 대화가 싫었다. 교황의 꿈. 달라이라마의 신탁. 어느 가족에게 이탈리아로 가서 '특별한 아이'를 찾으라고 했다는 불교계의 유명한 스승. 솔직히 나는 심오한 충격을 느꼈다. 거의 혐오감을 느꼈다. 이건 전혀 내 취향이 아니었다.

"당신 취향은 아닐 수도 있겠어요." 내가 바로 그 생각을 하고 있었을 때 링글링이 말하자 마지막 얼음이 목덜미 위에 올려졌고 다시금 몸에 전율이 일었다. 나는 열이 나는지 알아보려고 이마를 짚었다. 내가 아무 대꾸도 하지 않자 그는 하던 얘기를 계속했다. "만약 그렇다면 마음의 준비를 단단히 하세요. 우리가 찾아가는 이 집의 주인은 전혀 알지도 못하는 우리를 4일째 재워주고 있는데, 재밌는 노파거든요. 정규 교육도 받지 못했고 이는 절반밖에 안 남았지만 마음씨가 정말 따뜻하고 현명하고 알 방법이 없는 것들을 아는 눈치예요."

"예를 들면 어떤 걸요?"

"예를 들면 우리가 축구를 하러 나오기 한 시간 전에 식탁에 식기를 네 개 더 내놓으시더라고요. 이유를 물었는데 대답을 하지 않으셨어요."

"그 남자아이는요? 남달라 보이던가요?"

링글링은 즐거워하는 까만 머리 여자아이를 턱으로 가리켰다. "셸사하고 비슷해요. 99퍼센트는 그냥 평범한 아이예요."

"그런데요?"

"그런데 그러다 세 살짜리는 할 수 없는 일을 할 거예요. '이제 종이 울릴 거예요, 엄마'라고 하고 10초가 지나면 교회 종이 울릴 거예요. 아니면 말로 설명할 방법은 없지만 아이답지 않은 눈빛으로 쳐다볼 거예요. 보면 알아요. 두 아이를 잘 관찰하시고 우리가 말도 안 되는 소리를 하는 것 같거든 알려주세요. 그나저나 영어가 완벽하시네요. 살짝 억양이 있긴 하지만 완벽해요."

"고맙습니다." 나는 말하고 예의를 갖추는 차원에서 "그 아이 이름이 뭐예요?" 하고 물었다. 두말하면 잔소리지만 나는 모두 다 말도 안 되는 얘기라고 생각했다. 교황에게서 꿈 얘기를 들었을 때부터 말도 안 되는 얘기라고 생각했지만 그래도 장단을 맞춰주고 싶었다. 귀한 휴가를 얻게 되었는데 나 같은 죄인이 냉소적으로 가타부타할 필요는 없지 않은가. 그 무렵에 나는 비탈을 오르느라 숨을 헉헉대고 있었고 링글링을 정상적인 인간으로 간주하지는 않았지만 그도 숨을 헉헉대고 있었고 유머감각이 있어 보였기 때문에 충분히 호감을 느꼈다. 이름이 뭐냐는 내 질문에 그가 '예수' 아니면 '세례 요한' 아니면 '베니토'(그날의 황당함을 완성시킬 결정타였다)라고 대답할 줄 알았더니 아니었다. "톰이요. 어머니가 미국인이고 아버지가 이탈리아인이에요."

"나랑 반대네요."

"본명은 토마조인 것 같은데 우리가 있으면 다들 그냥 톰이라고 불러요."

나는 못 미더워하며 다시 30걸음을 간 다음에서야 예수님의 부활을 의심하고 증거를 요구했던 제자의 이름이 영어로 토머스였다는 사실을 기억해냈다. 예수님이 못 박혔던 곳에 손가락을 넣어보라고 하자 그는 그제야 의심을 버렸다. 나는 그 사실을 떠올리며 몸서리를 쳤다.

그때부터 나는 둘로 나뉘었다. 등뼈가 얼어버린 쪽은 링글링이 하는 얘기를 진지하게 받아들였다. '진짜 나' 아니면 '평소의 나'는 차를 집어타고 근사한 곳에 가서 저녁을 먹고 맛있는 바롤로 와인을 한 병 마시고 침대에 눕고 싶어 했다.

"나도 내 얘기가 어떤 식으로 들릴지 알아요." 링글링이 하던 얘기를 계속했다. "그래도 당분간 판단은 보류해주세요. 이번 여행에서 위험한 부분은 지났다고 봐요."

나는 하마터면 "다행이네요"라고 말할 뻔했다.

남루한 우리 일행은 포장도로에서 벗어나 좀 더 좁은 길로 접어들었다. 사실상 한가운데 잔디가 길게 깔린 자갈길이나 다름없어서 걸음걸이가 살짝 불안해지기 시작했다. 나는 걸음을 멈추고 고개를 돌려 산이라는 반지에 박힌 보석처럼 반짝이는 파란색의 웅장한 호수를 내려다보았다. 이 풍경을 보면 항상 마음이 차분해졌다.

"정말이지 무서워할 필요 전혀 없어요." 링글링이 말했다. "우리는 기본적으로 평범한 사람들이에요."

"무서워하는 거 아니에요." 내가 말했다. "그냥 시간이 좀 필요한 거지."

그는 웃음을 터뜨렸다. "나는 8년 걸렸어요."

우리는 두 성인의 기이한 꿈이 가리키는 곳을 향해 계속 걸음을 옮겼다.

∞ 41 ∞

흙길 끝에 숨어 있어서 거의 다다를 때까지 보이지 않았던 그 집은 기품이 느껴지지만 다 쓰러져가는 건물이었다. 19세기 이탈리아 시골집을 고스란히 옮겨놓은 듯 갈색 돌로 울퉁불퉁하게 벽을 쌓았고, 빨간 기와지붕은 금이 가고 이가 빠졌고, 2층의 작은 탑에서는 호수가 내려다보이지 않을까 싶었고, 뒤편에 큼지막한 석조 헛간이 있었다. 까만 머리 여자아이는 현관문으로 들어가는 것이 아니라 농가 모퉁이를 돌고 헛간 입구와 포도나무와 말뚝 박은 토마토와 고추밭을 지나 집 남쪽의 평평한 잔디밭으로 우리를 안내했다. 거기에 새하얀 식탁보를 깔고 와인 잔과 꽃무늬 사기접시를 차려놓은 길쭉한 테이블이 있었고 이가 반밖에 남지 않았고 땅딸막한 여자(집주인인 게 분명했다)가 아그네제라고 자기소개를 하고는 사촌 대하듯 우리를 맞았다. 아이는 보이지 않았지만 30대로 보이는 아주 조용한 여자가 텃밭에서 나와 미국식 억양이 느껴지는 이탈리아어에 이어 영어로 몇 마디 인사를 건넸다. 바티칸의 미술관에 전시된 작품(아마도 벨리니 아닐까?) 속 주인공처럼 턱이 각진 미인이었다. 내가 어떻게 이탈리아에서 살게 되었느냐고 물었지만 그녀는 알쏭달쏭한 미소를 지으며 화제를 바꾸었다. 그 무렵에 나는 온 몸을 뒤덮은 한기로 벌벌 떨다시피 했다. 어디가 아픈 게 분명했다. 적어도 나는 그렇게 생각하고 싶었다.

산비탈에서 보낸 그날 저녁은 이상한 일이 많았지만 그중에서도 최고는 교황과 달라이라마를 아무렇지 않게 대하는 그들의 태도였다. 따뜻하게 맞이하기는 했다. 친절하기도 했다. 하지만 심상하기 짝이 없었다. 교황과 달라이라마는 신분을 굳이 감추려 하지 않았고 거기에 걸맞은 대접을 받았다. 하지만 그 사람들은 야단법석을 떨지 않았다. 공손하게 허리를 숙이거나 탄성을 지르거

넷째 날

나 놀란 표정을 짓지 않았다. 아무도 뉴스 보도나 수색 작전이나 포상금을 거론하지 않았다. 아그네제는 깍듯하면서도 친근한 태도로 그들에게 시원한 음료를 권했다. 교황과 달라이라마가 그녀의 집에 지금까지 수십 번 놀러온 손님이라도 되는 듯 공손하면서도 편안하게 대했다. 이로써 두 사람이 드디어 소원을 성취한 듯했다. 평범한 사람이 된 것이었다.

음식이 만들어지는 냄새를 느끼고 문득 생각해보니 링글링에게 희한한 얘기를 들었을 때 엄습했던 한기가 사라지고 없었다. 그러니까 독감에 걸린 게 아니었다. 하지만 미치도록 배가 고팠다. 생각해보니 여행 내내 음식다운 음식, 진정한 이탈리아식 성찬을 먹은 적이 없었다. 아그네제가 집 안으로 안내해 화장실에서 손을 씻게 했다. 다시 밖으로 나와서 테이블의 지정석을 향해 걸어가는데 로자가 내 옆으로 다가와 속삭였다. "여긴 뭔가가 아주 다르다, 그치?"

나는 대답 대신 짧게 고개를 끄덕이고 즉흥적으로 그녀가 앉을 수 있게 의자를 빼주었다. 최소 10년 만에 처음으로 발휘한 기사도였다. 나는 이리저리 둘러보며 천사일지 악마일지 예수님을 닮은 아이일지 모르는 존재를 찾았지만 사실 예수님이 어떻게 생겼는지 어느 누가 알 수 있겠는가. 사촌과 달라이라마가 우리 맞은편에 앉았고, 적갈색 승복을 입은 다부진 체구의 승려가 그 둘 사이에 앉았고, 나머지는 양쪽 끝으로 흩어졌다. 나는 정체 모를 30대 미국 여자가 상석에 앉은 것을 보고 조금 놀랐다. 놀러온 아그네제의 딸인가 싶었지만 둘은 서로 닮은 구석이 전혀 없었고 한 명은 모국어가 영어, 다른 한 명은 이탈리아어였다.

방충문이 탁 하고 닫히는 소리에 이어 금발의 남자아이가 통통한 다리로 아장아장 잔디를 가로질러 걸어왔다. 서너 살쯤 되어 보이는데 맨발이었고 얼룩덜룩한 회색 반바지에 앞면에 큼지막하게 PACE(이탈리아어로 평화라는 뜻이었다)라고 적힌 흰색 티셔츠를 입고 있었다. 테이블 상석 쪽으로 방향을 꺾어 코알라처럼 여자의 무릎 위로 폴짝 올라갔다. 아이의 금발과 여자의 길고 까만 머리, 아이의 동그란 얼굴과 여자의 각진 얼굴이 선명한 대조를 이루었다. 모자지간일 수가 없는데 여자가 엄마의 손길로 아이를 다정하게 안아서 얼굴에 묻은 머리칼을 쓸어넘겼다.

"인사드려야지, 토마조." 그녀가 말했다.

아이는 입을 삐죽 내밀고 고개를 격하게 저으며 거부했다. 커피색 눈으로 테이블을 천천히 한 바퀴 둘러보다가 킹을 들여다보는 체스 챔피언처럼 진지한 눈빛으로 교황을 빤히 쳐다보았다. 교황은 잠깐 마주보다가 씩 웃었다. 아이는 웃음을 터뜨리며 다시 어린애로 돌아갔고 잠시 후에 아그네제가 프로슈토 햄으로 감싼 멜론을 큼지막한 접시에 담아서 들고 나왔다. 융단 폭격의 서막을 알리는 메뉴였다.

식사를 시작하기에 앞서 테이블 상석의 여자가 고개를 숙이고 기도를 하자고 했다. 나는 "주님, 은혜로이 내려주신…"으로 시작되는 가톨릭교회의 전형적인 식사 기도를 예상했지만 그녀는 "우리에게 생명을 주신 하늘의 아버지와 어머니, 두려움이 없도록 도와주시옵소서" 하고는 끝이었다.

"아멘!" 로자가 너무 명랑하게 외쳤다.

"아멘!" 남자아이가 그녀를 흉내 내서 따라 외치고는 웃음을 터뜨렸다. 테이블에 앉아 있던 모두가 씩 웃었다.

나는 심란하거나 불안하면 5일 동안 굶은 사람처럼 폭식하는 습관이 있다. 그래서 식사 예절을 지키는 데 어려움이 따른다. 별로 보기 좋은 광경이 못되기 때문이다. 나는 평소보다 두 배 심지어 세 배 많은 음식을, 굶주렸던 정글 속 짐승이 방금 전에 죽인 사냥감 대하듯 맹렬하게 달려들어 해치운다. 내가 그 무더웠던 여름날 저녁에 아그네제의 집에서 그런 식이었다. 어떤 음식이 나오건, 프로슈토 햄과 멜론이 됐건 시금치와 바질로 감싼 동그란 모차렐라가 됐건 밀가루를 살짝 묻혀서 튀긴 정어리가 됐건 기름에 볶은 흰강낭콩이 됐건 가지 구이가 됐건 다른 사람들이 먹을 만큼 덜어간 뒤에 남은 걸 모조리 해치웠다. 모든 음식을. 전부. 도중에 안나 리자와 비슷한 또래의 아가씨(링글링의 딸인 듯했다)와 아그네제가 고르곤졸라 소스를 얹은 민물고기 튀김을 들고 오자 나는 세 덩이를 덜었다가(별로 크지도 않았다) 아내와 시선이 마주쳤다. 그녀는 딱하게 여기는 눈빛으로 나를 쳐다보고 있었다. "당신 도대체 왜 그래?" 그녀가 입모양으로 물었다. 나는 그냥 고개를 돌렸다. 나도 왜 그러는지 알 수가 없었다. 무의식 깊숙이 자리 잡은 반사 작용이었다. 10년 동안은 심리치료를 받아야 그 질문에 솔직하게 답할 수 있을 것이었다.

나는 그렇게 열심히 먹었다. 생선 튀김 다음에는 세이지와 버터 소스를 얹은 호박 라비올리, 가벼운 토마토크림소스를 얹은 돼지

고기, 양념을 가미한 폴렌타가 차례대로 나왔다. 소박하고 맛있는 코스 요리였다. 음식을 먹으면서 관찰해보니 로자도 간간이 내가 아닌 다른 쪽으로 시선을 돌려 관찰하고 있었다. 마초의 파티가 자아 훈련이었다면 이 자리는 인간미를 기준으로 대척점에 있었다. 삼삼오오 두런두런 나누던 대화의 불길이 화르륵 한데 합쳐졌다가 다시 나뉘었다. 링글링은 그 서커스단의 신기한 여정을 들려주었다. 그들은 표적과 상징과 꿈과 환상과 4개 국어로 애매모호하게 방향을 제시하는 여선지자를 좇아 무려 퀸 메리 호를 타고 바다를 건넜다. 그런 얘기를 듣자 나는 다시 몸서리가 났고… 배가 고파졌다. 그는 조카를 해치려던 사람이 있었다고 했지만 자세한 설명은 하지 않았다. 그의 딸은 안나 리자가 임신했다는 얘기를 듣더니 몇 살이냐고 물었고 내가 알려주자 "그것 봐요, 아빠. 저도 이제 그럴 나이가 됐다고요"라고 했다. 내 맞은편에 앉은, '린포체'라고 불리는 남자는 끊임없이 웃고 미소를 지으며 두 아이에게 우스운 표정을 지어보였고, 살을 찌워서 잡아먹으려는 사람처럼 교황의 접시에 음식을 덜어주었다. 하지만 어떤 식으로 표현하면 좋을까? 그 자리에 모여 앉은 사람들은 저마다 개성이 뚜렷했지만 모두 겸손한 구석이 있었다. 눈에 보이는 모든 것과 거리를 두고 위에서 통제하려 들지 않고 그들을 에워싼 나무, 농가 벽, 풀밭, 포도나무와 어우러졌다. 어느 누구도 대화를 독식하지 않았다. 어느 누구도 밉살맞게 굴거나 목청을 높이거나 가면 뒤로 숨지 않았다. 토마조와 셀사는 구김살이 없었고 어린애답지 않게 예의바르긴 했지만 그것 말고는 거의 평범했다. 거의. 식사 도중에

톰이 어머니의 무릎에서 내려와 셀사에게 다가가 서로 쳐다보며 소곤소곤 대화를 나누는데 어찌나 진지한지 이사회에서 상의하는 중역 아니면 범행을 공모하는 죄수 같았다.

아그네제의 음식과 와인을 지독하게 먹고 마시며 관찰하고 살피는 동안 내 머릿속에서는 서로 전혀 다른 두 목소리가(아니면 서로 전혀 다른 두 사람이) 계속 옥신각신했다. 이제 와 생각해보면 내가 머릿속에서 들리는 이 소리를 잠재우려고 꾸역꾸역 계속 먹었던 것 같다. 한 목소리는 이런 식으로 말했다. "이건 우연의 일치가 아니야. 지구상에서 가장 중요한 두 성직자의 꿈이, 무솔리니와 산과 성스러운 아이가 등장하는 꿈이 너를 이 테이블로 인도한 거야. 그 꿈이 없었다면 너는 두 사람을 베네치아로 데려가서 구경시키고 피자와 젤라토를 먹이고 다시 로마로 데려갔겠지. 미래의 사위가 빌려준 축구공이 없었다면 너는 산타본디오에서 기도를 한 다음 메나지오에서 달라이라마에게 생일 저녁을 사주었을 테고 이 사람들은 만나지 못했겠지. 여긴 뭔가가 달라. 미묘하지만 분명하게 달라. 너만 느끼는 게 아니야. 교황님을 봐. 그도 느끼고 있어. 달라이라마는 음식이 나오기 전까지 염주를 미친 듯이 돌리고 있었어. 로자도 알아차렸어. 집중해, 파올로. 지금은 평범한 저녁이 아니야."

그러면 다른 목소리가 이런 식으로 말했다. "파올로, 정신 차려. 네가 여기에 온 건 100퍼센트 우연이야. 집시 아니면 서커스단으로 오해한 가족들에게 이끌려서 오게 된 거라고. 저들은 이탈리아 산중턱에서 사는 평범한 가족이라는 걸 스스로 용납할 수가 없어서 특별하다고 자기들을 속이고 있어. 저들이 '환상'을 보는 이유는 현실을 직시할 수 없기 때문이지. 미국에서 왔다는 가족이 거기에 넘어간 이유는 그들도 특별해지고 싶은 마음이 있기 때문이야. 긴 원피스를 입은 저 여자를 봐. 나쁜 일은 벌어지지 않는 별에서 온 사람처럼 계속 웃고 있잖아!"

나는 이 두 목소리 사이에서 갈팡질팡하며 계속 보고 듣고 먹었다. 아무리 냉소적인 목소리가 하는 말을 받아들이려고 해도 그쪽의 논리가 더 빈약했고, 조용하고 겸손하게 당당한 이 사람들에게 가장 안 어울리는 단어가 '특별하다'라는 것을 감안하면 더욱 그랬다. 아그네제는 집주인이라기보다 하인에 가깝게 테이블과 부엌을 바쁘게 오가며 접시를 나르고 잔을 채웠다. 그 가족이 우리의 모험담을 궁금해 하자 로자가 바로 뒤에서 경찰차 사이렌이 요란하게 울리는 가운데 캄포 임페라토에서 파두아까지 엄청난 속도로 달린 듯이 살짝 윤색해가며 자세하게 들려주었다. 아그네제와 테이블 상석에 앉은 여자(이름이 신시아지만 친치아라는 이탈리아식 이름으로 불러달라고 했다)와 링글링 가족은 넋을 놓고 귀를 기울였다. 무슨 이유에서인지 몰라도 그들은 우리가 캄포 임페라토레에서 먹은 음식과 거기서 만난 파시스트에 유난히 관심이 많았다. 하지만 두 루변의 매춘부와 피에로, 페라라 대성당, 마초의 파티에 대해서도 더 듣고 싶어 했다. 태양이 산 뒤편으로 넘어가 서쪽의 스위스 접경 위로 지는 동안 우리는 로자를 필두로 번갈아 가며 그들에게 후일담을 들려주었다. 사실 로자는 하도 신나게 떠드느라 중간에 음식을 먹을 겨를이 없었다. 아그네제가 부엌에 다녀올 때만 따라가서 돕느라 얘기를 중간에 끊었고 평소보다 더 가만히 앉아 있기 힘들어하는 눈치였다. 하지만 그러는 내내 다들 못 본 척하는 코끼리 한 마리가 내 옆 잔디밭에 조용히 앉아 있었으니 아무리 와인을 먹이고 좋게 말을 해도, 아무리 많이 고기와 파스타를 먹여도 녀석을 쫓아낼 방법이 없었다. 그 코끼리의 정체는 이것이었다. 우리는 달라이라마의 정체를 알아차린 열 살짜리 소녀 덕분에 이렇듯 푸짐한 환대를 누리고 있다는 것. 그런데 아무도 거기에 대해 일언반구도 없었다. 내 머릿속의 냉소적인 목소리도 그 부분을 짚고 넘어가지 않았다.

파스타가 끝나고 고기가 등장하기 전에, 몇 명은 조용히 배를 두드리고 있었을 때 남자애들이 원래 그렇듯 토마조가 점점 엉덩이를 들썩였다. 어머니의 무릎에서 내려와 테이블을 한 바퀴 돌며 무슨 의식을 치르듯 먼저 납작하게 펼친 손바닥으로 모든 손님의 등뼈를 건드린 다음 그 조그만 팔로 허리를 감싸안았다. 특이한 의식 같았다. 링글링에게 들은 얘기와 그의 조카의 신비로운 직감을 감안했을 때 영적인 전기가 찌릿하고 느껴질 줄 알았건만 그냥 어린애 장난이었다. 내 머릿속의 냉소적인 목소리가 주장했듯이 토마조는 평범한 어린아이였다. 그 이상도 그 이하도 아니었다. 그리고 나는 그가 그냥 평범한 아이이길 바랐다. 평범하고 맛있고 푸짐한 이탈리아 음식으로 달라이라마의 생일을 축하하고 싶었다. 오늘 밤을 지낼 만한 곳을 찾고(어쩌면 아그네제의 집에 남는 방이 있을지 몰랐다) 내일 날이 밝으면 안전하게 항복하고 싶었다.

누군가가 '디저트'라는 말을 꺼냈을 무렵에는 식사를 시작한 지 두 시간째였고 음식을 100킬로그램쯤 해치운 다음이었다.

"오늘이 달라이라마님의 생일이에요." 그가 자기 입으로 밝힐 리 없다는 것을 알았기에 내가 선포했다.

링글링의 누나인 세실리아가 고개를 모로 꼬고 고입 시험에 두 번 낙방한 학생 대하듯 나를 쳐다보았다. "우리도 알아요. 린포체가 축구장으로 내려가기 전에 알려줬어요. 이이가 해마다 기념하거든요. 달라이라마의 생일, 부처님의 생일, 그리고 우리 생일. 자기 생일만 빼고요. 아그네제가 맛있는 케이크를 준비했어요!"

초콜릿을 입힌 케이크가 나왔다. 진한 이탈리아 스타일이었고 휘핑 크림이 너무 과했다. 우리는 생일 축하 노래를 먼저 이탈리아어로, 그런 다음 영어로 불렀다. 링글링이 케이크를 잘랐고 그의 딸이 접시에 담아서 나누어주었다. 지금까지 말이 거의 없었던 아그네제가 전형적인 이탈리아식으로 커피 잔을 들었다. "100세를 위하여!" 내 머릿속에서 들린 두 가지 목소리와 테이블에 둘러앉은 모든 사람이 동의한 부분이 있다면 부분 가발을 달고 오버사이즈 선글라스를 쓴 이 남자는 오래, 오래, 오래도록 살아야 한다는 것이었다. 이런 달라이라마는 한참 동안 볼 수 없을 거라는 생각이 들었다. 내 사촌 같은 교황도 마찬가지였다.

달라이라마는 살짝 쑥스러워했다. 고개를 끄덕이며 함박웃음을 짓고 합장하고 우리에게 한 명씩 목례를 했지만 요란한 축하를 원하지 않는다는 것을 알 수 있었다. 그래도 우리는 요란하게 축하했다. 티베트의 자유와 세계 평화와 또다시 자유롭게 여행할

넷째 날

수 있는 날을 위해 추가로 건배했다. 이루어질 가능성이 없었으니 모두 희망사항이었다.

마침내 토마조가 셸사의 무릎 위에서 몸을 웅크리고 하품을 하더니 이탈리아어로 물었다. "저 이제 자도 돼요, 엄마?"

내 경험에 비추어보았을 때 그 아이의 남다른 면이 그거 하나였다. 그 나이 때 우리 안나 리자는 차라리 엄마가 라자냐를 만드는 동안 우리 차를 몰고 가서 리코타 치즈를 사오겠다고 하면 모를까, 제 입으로 이제 그만 자겠다고 한 적이 없었다.

"뽀뽀부터 먼저하고." 친치아가 조용히 말했다.

아이는 지친 표정으로 테이블 상석으로 다가갔다. 아이 엄마는 아들의 입에 입을 맞추고 한참 동안 으스러져라 끌어안고서는 귀에 대고 뭐라고 속삭였다. "엄마는 남아서 계속 말씀 나누세요." 아이는 거들먹거리며 이렇게 말하고는 혼자 웃음을 터뜨렸다. 셸사가 일어나 그의 손을 잡았다. "'심자낭고'라고 해."

"심자낭고." 아이가 졸린 목소리로 따라했다.

달라이라마와 린포체라고 불리는 남자만 똑같은 말로 화답했다. 티베트어로 잘 자라는 인사인 모양이었다.

토마조가 입을 삐죽 내밀었다. "누나 가족이 미국 노래 불러주면 안 돼?"

링글링과 그의 가족이 두 아이와 함께 집 안으로 들어가고 나와 세 명의 동행, 아그네제, 친치아만 별빛 아래 남았다. 내 비록 요리는 형편없을지 몰라도 설거지만큼은 누구 못지않게 잘했다. 내가 설거지를 자청하고 나서자 아그네제는 기분 상한 눈치를 보였다. "그건 절대 안 되죠!" 그렇게 말하고 피곤한 기미를 보이며 안으로 들어갔다가 잠시 후에 리몬첼로와 짝이 맞지 않는 유리잔을 쟁반에 담아가지고 나왔다. 그녀는 우리 모두에게 레몬주를 조금씩 따라주고 자리에 앉았다. 난해한 침묵이 테이블 위에 맴돌았다. 나는 로자가 정적을 깰 줄 알았다. 불안하거나 짜증이 났을 때 나오는 습관대로 머리칼을 계속 한쪽 귀 뒤로 넘기고 있었기 때문에 "궁금한 게 있는데요." 이런 식으로 얘기를 꺼낼 줄 알았다. 하지만 그녀는 괴로워하는 표정으로 나를 한 번 쳐다보았다가 다시 시선을 돌렸다. 교황과 달라이라마는 술을 건드리지도 않았다. 나는 한기는 없어졌지만 배가 아팠고 살짝 알딸딸했다.

집 안에서 조용히 미국 자장가 부르는 소리가 들렸다.

두말하면 잔소리지만 나는 교황을 잘 안다. 어렸을 때부터 알던 사이였으니 그의 기분 상태를 거의 항상 알아차릴 수 있었다. 그런데 남아 있는 분장 사이로 느낀 바로는 그날 저녁에 그는 내가 그때까지 한 번도 본 적 없을 만큼 진지한 호기심을 드러내고 있었다. 그는 배불리 먹었고 와인도 몇 모금 마셨고 대화에도 동참했지만 아이들이 아니라 테이블 상석에 앉은 여자에게 관심 한 조각이 꽂혀 있었다. 내가 느끼기에는 달라이라마도 마찬가지였다. 미국에서 온 가족과 토마조가 집 안으로 들어가자 교황은 친치아와 대화를 나누고 싶어 했다. 어떤 식으로 그녀를 흘끗 쳐다보고 어떤 식으로 고개를 돌리고 눈썹을 추어올리고 입술을 오므리는지를 보면 알 수 있었다. 하지만 고민스러워하는 눈치였다. 그가 공개적으로 하는 말은 모두 분석과 해석의 대상이었다. 신도들을 어떤 방향으로 인도하려고 하는지 여기저기서 숨은 뜻을 파헤쳤다. 그런가 하면 너무 보수적이라고, 너무 진보적이라고, 너무 온순하다고, 너무 도발적이라고 온 사방에서 공격을 당했다. 그렇기 때문에 말을 내뱉기 전에 신중에 신중을 기했다. 그가 지금 그러고 있는 것이 내 눈에 보였다. 나는 기다렸다.

마침내 그가 헛기침을 하고 벨리니의 작품에서 걸어나온 듯한 여자를 똑바로 쳐다보았다. "당신에게 묻고 싶은 게 있는데요, 친치아. 아, 이렇게 이름을 불러도 될까요?"

"그럼요, 교황님."

그는 다시 헛기침을 했다. 가짜 수염을 꿈틀거렸다. 내 쪽을 얼른 한번 흘끗 쳐다보았다. "이유는 모르겠지만 당신이 이 문제에 대한 내 고민을 덜어줄 수 있을 것 같은 예감이 들어서요. 이상하게 들린다면 양해를 구할게요." 그는 이번에는 도와달라는 눈빛으로 달라이라마를 흘끗 쳐다보았다가 기도하듯 손깍지를 끼고 다시 테이블 상석 쪽으로 고개를 돌렸다. "달라이와 내가 지난 2~3주 동안 비슷하고 다소 특이한 꿈을 꾸고 있었어요. 솔직하게 고백하자면 이탈리아의 독재자였던 베니토 무솔리니가 꿈에 나온 적도 있어요."

친치아는 잠깐 교황의 눈을 쳐다보다가 웃음을 터뜨렸다. 그녀의 모든 면이 그렇듯 웃음소리가 조용하고 부드러웠지만 어째 조금 불손하게 들렸다. 교황이 속내를 털어놓자 그녀가 비웃는 것처럼 느껴졌다. 교황은 실수를 알아차린 사람처럼 얼굴을 찡그렸다. "이게 우스운가요?" 한참만에 그가 물었다.

"아뇨, 그럴 리가요. 죄송해요, 교황님. 교황님이나 그 질문이 우스운 게 아니라 요즘 세상의 이치가 너무 재밌게 느껴져서요. 우리에게 벌어지는 많은 일들이 기본적으로 수수께끼 같다는 것을 마침내 깨닫게 됐는데 그런데도 우리는 우리 자신뿐 아니라 세상 모든 문제의 해답을 찾을 수 있다고 생각하잖아요. 찾을 수 있는 경우도 있고 그러기 위해 노력해야 하지만, 워낙 신비롭고 성스러워서 분석하려는 것 자체가 죄나 다름없는 힘에 의해 좌우되는 경우도 많은데 말이에요."

교황이 말했다. "그렇지요. 그런데 그게 내가 한 질문과 무슨 상관인지는 모르겠군요."

"무슨 상관인가 하면 무솔리니가 지상에서의 마지막 밤을 보낸 곳이 이 집이거든요. 아그네제는 그때 어린 나이였고 어머니, 아버지가 이 집 주인이었어요."

"설마요." 교황은 아그네제를 흘끗 쳐다보았다가 다시 시선을 돌렸다.

"진짜예요, 교황님. 체포된 이후에—"

"돈고의 호숫가에서 붙잡혔죠." 로자가 참지 못하고 끼어들었다. 나는 나대지 말라는 뜻에서 테이블 아래로 다리를 뻗어 그녀를 살짝 찼다.

아그네제가 말했다. "맞아요. 게릴라들은 체포한 그를 어떻게 할지 결정하지 못했어요. 그를 당장 죽이고 싶어 한 사람들도 있었고 재판정에 세우거나 미국군에 넘기자고 한 사람들도 있었죠. 결정하는 동안 그를 잡아놓을 곳이 필요했기 때문에 그와 정부

클라라 페타치를 이 집으로 데리고 왔어요. 보시다시피 잘 보이지 않는 집인 데다 우리 아버지가 그 게릴라들과 가까운 사이였거든요. 어린 시절을 함께 보낸 친구가 많아서. 무솔리니와 페타치는 먹을거리와 함께 2층의 방에 갇혔어요. 내가 그때 7살이었는데 내 방에서 그녀의 울음소리가 들렸어요. 밤늦게까지 울더군요. 그들은 날이 밝았을 때 조금 멀리 끌려가 길거리에서 총살당했어요. 아버지와 어머니와 나는 기관총 소리를 들었죠."

교황은 놀라서 아무 말도 하지 못했다. 나도 어머니에게 거의 똑같은 얘기를 들은 기억이 났다. 일 두체가 체포돼 우리 집에서 그리 멀지 않은 곳에 붙잡혀 있다가 정부와 함께 길거리에서 처형을 당했다고 말이다. 어머니가 아그네제의 아버지와 아는 사이였을지 궁금해졌다. 나는 과거 속으로 길게 손을 뻗어 기억을 더듬었다.

내가 말했다. "제가 어렸을 때 이 근처에서 살았어요. 그래서 처형 장소와 명판을 알아요. 그 앞을 수도 없이 지나다녔거든요. 총소리를 들었다는 얘기를 다른 분들한테도 들었어요."

"지금 변장을 한 거죠?" 아그네제가 내 얼굴을 유심히 들여다보며 물었다. "이탈리아 분이죠?"

나는 고개를 끄덕였다.

"성이 데파도바 아니에요?"

"맞아요, 파올로예요. 마이클과 루이사의 아들이요. 어떻게 아셨어요?"

아그네제는 어깨를 으쓱하고 자기 얼굴에 대고 손가락을 흔들었다. "눈하고 코. 나는 당신 어머니를 알아요. 12월에 호수에서 수영하고 그랬잖아요. 당신 어머니하고 우리 아버지가 전쟁 때 일을 같이 한 적도 있고요. 당신이 아주 어렸을 때 데리고 이 집에 놀러온 적도 있었는데. 토마조만한 나이였을 때. 기억나요?"

나는 고개를 저었지만 의식의 가장자리를 따라 기억이 스멀스멀 피어올랐고 여기에 친치아에게 방금 전에 들은 얘기가 더해지자 또다시 얼음이 내 등줄기를 훑고 지나갔다.

친치아가 실토했다. "저는 무솔리니에 대해서 잘 몰라요. 저희 아버지가 스무 살 때 이탈리아에서 미국으로 건너갔거든요. 아버지는 가끔 무솔리니 얘기를 했지만 사실 저는 전쟁이나 전쟁사에 별로 관심이 없어요. 그가 여기서 하룻밤 묵었다는 건 알지만 교황님께서 그가 등장하는 꿈을 꾸었다고 하니 높으신 분께서 암호로 교황님께 신호를 보낸 걸지 몰라요. 저희에게로 인도하기 위해."

달라이라마가 끼어들었다. "다른 꿈도 있어요. 내 꿈이요."

교황이 말했다. "어린아이들 꿈이에요. 우리 둘 다 꿈에서 어린아이를 보았어요."

달라이라마가 말했다. "나는 우리가 꿈에서 본 아이가 성인이거나 일종의 선지자가 아닐까 생각했어요. 잘은 모르겠지만—"

"토마조와 셀사가 기적을 행하길 기대하셨겠군요." 아그네제가 단도직입적으로 말했다.

"아뇨, 그런 건 아니에요." 교황이 말했다. 달라이라마도 조그맣게 고개를 저었지만 이번만큼은 그들이 100퍼센트 솔직하지 않은 듯해 보였다.

아그네제가 말했다. "기적이라고 해봐야 별 거 아니에요. 아직까지는요. 그 아이들이 마당에 나가서 앉아 있으면 새들이 찾아와요. 워낙 꼼짝 않고 있으니까 새들이 팔과 어깨에 앉아요. 이 아이들은 아침 일찍 누구보다 먼저 일어나 해가 뜰 때까지 마당에 앉아서 같이 기도해요. 그리고 사소한 사건들을 미리 알아차려요. 마당에 뱀이 있다든지, 손님이 오신다든지 하는 걸요."

달라이라마는 이제 변장할 필요가 없었기 때문에 선글라스를 벗었지만 그래도 무슨 생각을 하는지 알 수 없었다. 온전히 집중한 얼굴이었지만 표정을 읽을 수는 없었다. 교황은 불편해하고 있다는 것을 알 수 있었다. 한손으로 다른 손을 잡고, 있지도 않은 교황 반지를 찾느라 더듬었다. 친치아와 아그네제는 그들을 지켜보며 기다렸다. 로자와 나의 시선이 만났다.

마침내 교황이 "음" 하고 말문을 열었다가 멈추고 조그맣게 헛기침을 했다. 친치아는 리몬첼로를 아직 마시지 않았지만 길고 가는 손가락으로 잔을 잡고 빙글빙글 돌리며 내 사촌을 유심히 쳐다보았다. "얼마 전에, 내가 교황으로 선출되기 1년 전에 바티칸 궁에서 특이한 미국 여자에 대한 소문이 돈 적이 있어요. 여자도 사제 서품을 받을 수 있어야 한다고 우리를 설득하기 위해 로마로 건너왔다고요." 그는 다시 말을 멈추고 친치아의 반응을 기다렸지만 그녀는 저녁 내내 그랬듯이 침착하게 관심을 기울이며 그를 빤히 쳐다보기만 할 따름이었다. "그 자체는 그리 특이할 게 없죠. 다들 이런저런 요구사항을 들고 바티칸 시티를 수시로 찾으니까.

하지만 이 여자는 추기경단의 일원인 요셉 로사리오 추기경과 개인적으로 만나기로 약속을 잡았다고 했으니 어느 단체 대표도 아닌 평신도로서는 드문 일이었죠. 로사리오가 그녀와 만난 이유는 나도 몰라요. 분명 사전에 얘기가 됐을 텐데 그녀가 신앙교리성으로 찾아오자 그는 아주 짧게 대화를 마무리 짓고 그녀를 내보냈어요. 어쩌면 다소 퉁명스럽게. 추기경의 비서이자 통역관이었던 클레멘트 신부가 북아메리카출신으로 내 친구였는데, 나한테 몰래 얘기하길 자기가 보기에는 이 여자가 절대 범상치 않았다고, 아무도 모르는 성녀일지 모른다고 했어요. 추기경이 그녀를 그런 식으로 대한 것에 대해 유감스럽게 생각했고요."

교황은 헛기침을 하고 예전 같으면 메달이 걸려 있었을 곳으로 손을 뻗으며 하던 얘기를 계속했다. "이 일이 있고 얼마 지나지 않았을 때 제노바의 추기경이자 역시 내 친구였던 마르티노 조시모가 사임을 했어요. 내가 알기로는 현대 교회 역사상 전례가 없었던 일이었어요. 그는 인기가 많았고 베네딕트 교황의 후계자로 거론될 만큼 훌륭하고 경건한 추기경이었거든요. 솔직히 조시모 추기경이 남아 있었다면 내가 아니라 그가 교황으로 선출됐을 거예요. 하지만 그는 다른 것도 아니고 결혼을 하기 위해 떠난다는 쪽지 한 장 달랑 남겨놓고 그냥 사라져버렸어요! 자기 삶을 교회에 바친 성직자였는데. 게다가 70살이었는데!"

교황은 거들어달라는 듯이 나를 쳐다보았지만 나는 보탤 얘기가 없었다. 나는 바티칸을 떠돌던 풍문으로 조시모 추기경의 사연을 들었다. 전례가 없고 희한한 일이기는 했지만 사실이었다. 그는 다시 친치아에게로 시선을 돌리고 하던 얘기를 계속했다.

"조시모는 제노바의 가난하고 핍박받는 계층과 잘 어울리기로 유명했어요. 가장 위험한 동네를 밤늦게 혼자 돌아다니며 이야기를 들어주고 위로하고 돈과 이불과 먹을거리를 나누어주었죠. 그래서 그가 납치나 죽임을 당한 거라고 생각하는 사람들이 자연스럽게 생겨났어요. 온갖 소문과 억측이 난무했죠. 제노바 경찰에서는 몇 달 동안 그를 수색했지만 단서 하나 찾지 못했어요. 항구까지 샅샅이 뒤졌는데. 결국 포기하고 새로운 추기경을 임명하는 수밖에 없었죠."

교황은 다시 하던 얘기를 멈추고 테이블 상석에 앉은 여자를 가만히 쳐다보았다. 그녀는 그의 눈을 계속 바라보기만 할 뿐 아무 말도 하지 않았다. 침묵이 견딜 수 없는 지경으로 치달으려고 할 때 그가 머뭇머뭇 하던 얘기를 계속했다. "아까 얘기한 로사리오 추기경의 통역관이었던 내 친구가 그러더군요. 정체불명의 미국 여자가 제노바에 가서 조시모 추기경을 만났는데 그로부터 며칠 뒤에 그가 사라졌다고요. 어떤 사람들 말로는 여자가 임신을 했다고 했어요. 상상할 수 있겠지만 심란한 소문들이 돌았죠. 내 사촌 파올로도 증언하겠지만 바티칸 시티에도 수군대길 좋아하는 사람들이 있거든요. 미스터리 소설 아니면 스캔들처럼 들린다는 건 나도 알아요. 두말하면 잔소리지만 바티칸과 제노바의 교구청에서도 소문이 걷잡을 수 없이 번져나가지 않도록 어느 정도 노력을 기울였고요. 하지만 친치아… 나는 저녁을 먹는 내내 궁금했어요. 당신이 이 사건에 대해 뭐든 아는 게 없을지."

그녀는 술잔을 들었지만 입에 닿기 전에 보일락 말락 하게 미소를 짓고는 다시 내려놓았다. "저를 찾으셨군요."

"나는 당신을 찾지 않았어요. 솔직히 흔치 않은 사건이 벌어질 때마다 소문과 억측이 어떤 식으로 유포되는지 감안했을 때 당신의 존재 여부도 확실치 않았으니까요."

"이렇게 멀쩡히 존재한답니다."

"그리고 토마조가… 그 아이고요?"

"네, 하지만… 설명하자면 복잡해요. 간단하게 정리할 수 있는 얘기가 아니지만 이것만큼은 진짜예요. 제노바의 추기경이었던 내 남편 마르티노는 여기 이 아그네제의 오빠예요. 그이가 당분간이나마 조용히 살 수 있게 저를 여기로 데려왔고요. 그이는 12월에 세상을 떠났어요, 크리스마스 이틀 뒤에."

"아, 이런. 훌륭한 분이었는데."

"맞아요."

"내가 그때 이걸 알았더라면, 뭔가 조치를 취할 수 있는 위치였다면 그를 교회에 붙잡아놓을 수 있었을지 모르겠지만—"

"아니었을 거예요." 친치아가 갑자기 달라진 말투로 대꾸했다. 냉랭하거나 무례하다고 볼 수는 없었지만 날이 선 말투였다. 조용하지만 힘이 있었다. 공손하고 깍듯했지만 이 두 단어를 워낙 단호하게 딱 잘라서 말했기 때문에 상대가 누구인지를 감안했을 때 무례하다고 해석될 수도 있었다. 문득 미국에서 건너와 추기경과 면담 약속을 잡고 여사제들을 변호했을 그녀의 모습이 그려졌다. 하지만 3일 만에 70살의 전직 추기경과 결혼하고 그의 아이를 낳는 것은 그렇게 쉽게 상상이 되지 않았다.

"어쩌면 불교도 집안의 아이였을 수도 있어요." 달라이라마가 분위기를 바꿔보려고 어설픈 시도를 했다. "어쩌면—"

"아뇨, 달라이라마님." 친치아는 똑같은 말투로 그의 말허리를 잘랐다. "예의 없다고 생각하지는 말아주세요. 저는 두 분을 진심으로 존경하니까. 하지만 이 아이들은 종교의 테두리 밖에서 태어났고 그럴 만한 이유가 있어요."

"종교의 테두리 밖에서 태어났다고요? 하지만 당신 남편은 독실한 가톨릭신자였고 추기경이었고—"

친치아의 표정이 살짝 딱딱하게 굳었다. 교황은 그걸 알아차리고 중간에 말을 끊었다. 그러자 그녀는 입가의 힘을 풀며 미소를 지었지만 조용하지만 힘 있는 그 말투는 여전했다. 그녀는 교황을 보며 말했다. "'하느님은 예수님의 보혈로 가톨릭교도뿐만 아니라 우리 모두를 구원하셨습니다' 이렇게 얘기하신 분이 누구였죠?" 그러고 이번에는 달라이라마를 돌아보았다. "'내 종교는 친절입니다' 이렇게 얘기하신 분은 누구였죠?"

그 말에 로자는 리몬첼로 잔을 비우고 나더러 병을 달라고 손짓했다. 열린 창문을 넘어 웃음소리가 들렸고 잠시 정적이 흐른 뒤에 이탈리아 노래가 시작됐다. 로자는 잠깐 기다렸다가 말했다. "제가 한 마디 해도 될까요?"

"그럼요." 교황이 말했다.

나는 생각했다. 당신이 언제부터 허락을 받고 그랬어?

로자가 말했다. "당신이 방금 전에 언급한 그 얘기를 한 분들은 훌륭한 분들이에요. 그냥 좋은 분이 아니라 훌륭한 분이요. 세계 역사는 온통 선 긋기로 얼룩져 있죠. 검은 피부와 흰 피부를 나누고. 가톨릭교도와 개신교도를 나누고. 신자와 불신자를 나누고. 그리스도교도와 유대교도와 이슬람교도와 힌두교도와 불교도를 나누고. 남유럽과 북유럽을 나누고 북이탈리아와 남이탈리아를 나누고. 그 결과 독실해진 게 아니라 살육이 자행됐어요! 증오, 전쟁 그리고 살육이! 그러다 마침내 놀랍도록 용감한 영적 지도자 두 분이 동시대에 이 땅을 살며 분리가 아니라 화합을 도모하고 있어요."

교황이 말했다. "그럼으로써 적을 만들고 있지요, 로자. 내가 교회를 굴복시키려고 한다고 생각하는 가톨릭교도들도 있어요."

달라이라마가 말했다. "나도 마찬가지에요. '중국과 전쟁을 벌입시다! 폭탄을 던집시다! 총을 쏩시다! 티베트 문화 보존을 위해 좀 더 노력합시다!' 이렇게 외쳐야 한다고 생각하는 티베트인들이 많아요. 내게 화가 난 사람들이 많아요."

친치아는 아픔과 희망이 아슬아슬하게 균형을 이루는 듯한 말투로 침착하게 로자에게 말했다. "내가 지금 염두에 두고 있는 문제가, 그리고 남편이 살아 있었을 때 둘이서 자주 얘기했던 문제기 비로 그 분리예요. 예수님이 하신 말씀을 보면 악을 규탄했던 것 말고는 누굴 배척하신 적이 없잖아요. 부처님이 불교도가 아니었듯이 예수님도 가톨릭교도가 아니었어요. 유대교도 집안에서 태어난 건 맞지만 성인이 된 이후에는 예배에 참석하지 않으셨고요. 예수님은 이름이 없었어요. 꼬리표도 없었어요. 인자라는 것 말고는 직함도 없었고 사실 인자는 이 세상의 모든 사람들에게 해당되는 말이죠."

교황이 앉은 자리에서 자세를 바꾸었다. "맞는 말이지만 그분은 또 이런 말씀도 하셨죠. '나를 거치지 않고서는 아무도 아버지께 갈 수 없다'고요."

"맞아요, 교황님. 저도 성경 말씀 잘 알아요. 어렸을 때부터 읽었고 미사 시간에 들으며 자랐어요. 하지만 저는 '나를 거친다'는 것이 영적으로 그분이 계신 곳을 거친다는 뜻이라고 생각해요. 내적으로 그분이 걸으신 길을 따라가는 거라고요. 예수님이라는 개인을 통해서가 아니라. 특정 신앙을 통해서가 아니라. '하느님 나라가 너희 안에 있다'고 하신 그분 말씀은 이 세상의 모든 인간들에게 적용되지 않을까요? 세례를 받을 수 없는 지역에 사는 사람들은 거기서 태어났다는 이유만으로 벌을 받아야 할까요?"

"부처님은 힌두교 집안에서 태어났죠." 달라이라마는 실토했다. 내가 보기에는 갈등이 고조되고 정면충돌이 임박했음을 직감하고 그걸 해소하기 위해 꺼낸 말 같았다. "그분이 마지막으로 남기신 말씀은 '나를 숭배하라!'가 아니라 '너희 자신의 구원을 위해 힘쓰라'는 것이었어요."

교황이 달라이라마에게서 테이블 상석 쪽으로 고개를 돌리며 말했다. "그래도 종교 간의 차이점을 그냥 없애버릴 수는 없지요. 아주 현실적이고 중요한 부분이니까요. 달라이라마와 나도 이 부분에 대해 제법 길게 논의를 했어요."

"어떤 것을 믿느냐는 점에서는 중요한 차이점이 있죠." 친치아는 한 성직자에게서 다른 성직자에게로 시선을 옮기며 말했다. "하지만 무엇을 하느냐, 사람들에게 무엇을 가르치느냐 하는 데 있어서는, 연민과 따뜻한 마음씨와 비폭력과 인정을 강조한다는 점에서는 차이점이 미미하다고 생각해요. 거기에 초점을 맞추면 안 되나요?"

"우리도 노력하고 있어요." 두 성직자는 당장 이렇게 대답했다.

"이런 공통적인 생각을 취합해 이 세상의 모든 사람을 아우르는 공통의 신앙을 창조할 수는 없나요?"

두 성직자는 아무 말도 하지 않았다.

이런 식의 신학 토론이 벌어지는 동안 나에게도 어떤 변화가 벌어졌다. 나의 교황을 변호하고 나의 신앙을 변호하고 싶은 강한 충동이 뭉게뭉게 솟아났다. 내가 친치아를 제대로 이해하고 있다면 그녀는 예수님이 또 한 명의 부처님에 불과하며 그 둘 사이에는 아무 차이가 없다고 주장하는 거였다. 둘 다 하느님의 아들이라는 거였다. 나로서는 받아들일 수 없는 주장이었다. 내가 네 살 때부터 들어온 모든 이야기에 반하는 주장이었다. 그래서 나는 조금 술기운이 묻어나는 목소리로 말했다. "그럼 어쩌자는 겁니까? 종교 없는 세상을 만들자고요? 토마조와 셀사가 우리에게 그런 미래를 선물하기 위해 부름을 받았다고 생각해요?"

그녀는 천천히 내 쪽으로 고개를 돌렸고 나는 그녀의 눈빛에서 처음으로 피부로 느껴질 듯한 기운을 느꼈다. "그야 모르죠. 그 둘은 아직 어린아이에요. 저는 토마조가 평범한 어린 시절을 보내길 바라고 세실리아와 린포체도 딸을 스토킹하고 해치려는 사람들 때문에 이미 골머리를 앓은 걸로 알아요. 그들이 그 무엇보다 바라는 것도 셸사가 평범한 어린 시절을 보내는 거예요. 저는 기도를 하는 동안 기다리라는 메시지를 끊임없이 받았어요. 셸사는 바다 저편에서 우리 아들을 찾았고 그 아이가 이 집 대문 앞에 등장한 순간, 저는 그 아이가 우리 아들을 찾을 운명이었다는 것을 알 수 있었어요. 네 분을 본 순간 네 분이 이 집을 찾아올 운명인 줄 알았던 것처럼. 그와 마찬가지로 두 아이에게는 주어진 소명이 있다는 걸 알지만, 우리도 잘 모르는 역할을 강요하지 말고 기다려야 해요. 당분간은 세상의 눈을 피해 두 아이를 안전하게 지켜주고 싶어요. 그럴 수 있도록 도와주시겠어요?"

"당연하죠." 로자가 당장 대답했다.

달라이라마도 고개를 끄덕였다.

"그래요, 좋아요, 그래요." 교황은 말했다. 그는 불편해하는 듯했다. 친구인 제노바의 추기경이 미국에서 건너온 이 젊은 여자를 임신시키고 그 일로 자취를 감추었다는 데 당황한 듯했다. 하지만 그와 동시에 이 여자에게 호기심을 느끼는지 계속 시선이 쏠리는 것을 어쩌지 못했다. 화가 났거나 적어도 심란해진 것 같았지만 감정을 드러내지 않으려고 아주 열심히 애를 썼다.

나는 그렇게 둥글둥글한 성격이 되지 못했다. 대화가 오가는 동안 내 머릿속에서 한쪽 목소리가 점점 기세를 얻었다. 그 즈음에 이르자 조용히 시킬 수 없을 만큼 기세등등해졌다. "미안하지만요." 일단 말문이 열리자 터진 수도꼭지처럼 잠글 수가 없었다. "정말 미안하지만요, 두 아이가 훌륭하고 심지어 특별한 아이라는 건 인정해요. 아주 착하고 귀엽고. 하지만 두 아이가 종교 몰락 이후에 인류의 화합을 도모할 운명이라니… 단순히 아이 아버지가 전직 추기경이었고 앉아 있으면 새들이 날아와서 어깨에 내려 앉는다는 이유로 그렇게 생각한다니… 미안하지만 힘들었던 상황을 무마하고 싶은 마음에 그랬으면 좋겠다고 자기 최면을 건 거 아닌가요? 미안하지만 나는—"

"힘들었던 상황이요?"

"아이를 임신한 거요."

로자가 테이블 아래에서 나를 세게 걷어찼다.

친치아가 어찌나 다정하고 부드러운 눈빛으로 잠깐 물끄러미 쳐다보는지 나는 에덴동산으로 이브를 찾아간 악마가 된 듯한 기분을 느꼈다. 그녀는 머뭇거리며 말을 고르다가 결단을 내리고 이렇게 말했다. "저는 어떤 남자와의 접촉 없이 톰을 임신했어요. 추기경님은 저를 보호하기 위해 결혼을 하고 저를 이 집으로 데려다놓았죠. 그분은 토마조의 아버지가 아니에요. 제가 좀 전에 '설명하자면 복잡하다'고 한 이유가 이 때문이에요."

"그건 있을 수가 없는 일인데요." 나는 자신만만하게 말했다. 그때만 해도 내 생각이 옳다고 확신하고 있었다.

"아니지." 교황이 비로잡고 나섰고 그의 목소리에서 분노의 기미가 느껴졌다. 마침내 인계심의 한계를 넘어선 것이었다. "그건 있을 수 있는 일이지만 딱 한 번이에요. 성모님의 경우에만 해당이 되지요. 다른 식으로 주장한다면 그건 신성 모독이에요."

친치아는 그를 보며 미소를 지으려고 했지만 두 눈에 눈물이 그렁그렁 맺혀 있었다.

"남편은 내 말을 믿어주었어요." 그녀는 말하고 숨을 크게 들이마셨다. "하지만 교황님도 믿어주실 거라고 기대하진 않아요. 파올로, 당신도요. 아니, 어느 누구도요. 이상하게도 남편과 아그네제 말고는 아무한테도 이 얘기를 한 적이 없어요. 심지어 린포체나 세실리아에게도. 여러분 앞에서도 얘기를 꺼내지 말 걸 그랬네요." 그녀는 눈을 깜빡여 눈물을 닦고 달라이라마를 돌아보았다. "하지만 말씀해주세요, 달라이라마님. 설명해주세요. 식사를 시작하기 전에 린포체에게 들었어요. 셀사가 축구장에서 100미터 멀리에서 달라이라마님을 알아보았다고요. 이런… 모습이었는데도 불구하고. 어떤 연유였을까요?"

"변장을 간파한 거죠." 달라이라마가 대답할 겨를도 없이 내가 불쑥 내뱉었다. "조잡한 가발에 선글라스에 불과하잖아요." 로자가 나를 다시 한 번 걷어찼다. 나는 계속 조잘조잘 늘어놓았다. "그리고 오늘이 달라이라마님의 생일이라는 얘기를 들었으니 머릿속에 이분이 자리 잡고 있었겠죠."

"그럼 그 아이와 그 가족은 무슨 수로 이탈리아 산속의 여기까지 찾아올 수 있었을까요? 노스다코타에서 이 집까지 말이에요."

"초감각적인 지각 덕분이었겠죠."

"아그네제는 오늘 저녁에 손님 네 분이 추가된다는 걸 무슨 수로 알았고요?"

"마찬가지예요. 실제로 영적인 능력을 갖춘 사람들이 있거든요. 그렇다고 해서—"

"꿈은요? 두 분이 꾸었다는 꿈은요? 다름 아닌 무솔리니가 등장했다는데! 그것도 단순한 우연의 일치일까요?"

"아니야." 로자가 말했다. "아니야, 아모레."

나는 몸을 앞으로 숙이고 조금 큰 목소리로 말했다. "귀신과 꿈과 손님과 영적인 능력— 이 어떤 것도 제2의 구세주, 제2의 예수님의 탄생과 같을 수는 없어요."

"나는 '구세주'나 '제2의 예수님'을 운운한 적 없어요. 앞으로도 운운할 일이 없고요. 애초부터 나는 그럴 만한 인물이 못 되고 언감생심 그렇게 생각하지도 않아요. 하지만 예수님은 자칭 하느님의 아들이었잖아요. 하느님이 당신의 일부를 필요한 때, 필요한 곳에 내어주신다면 어떻게 될까요? 하느님의 자녀를 여럿 내려 보내신다면. 그중에는 영향력이 미미한 자녀도 있을지 몰라요. 예를 들면 자기 배우자나 가족들에게만 애정을 전파하는. 아니면 성인이나 구루나 왕이나 위대한 지도자처럼 영향력이 상당한 자녀도 있을지 몰라요. 아니면 모세나 아브라함이나 예수나 부처나 마호메트처럼 수천 세대에 걸쳐 수백만 명의 삶을 변화시키고 영감을 주는 자녀도 있을지 모르고요."

"부처님은 '하느님'이라는 단어를 쓴 적이 없습니다." 달라이라마가 끼어들었다. "우리는 세상을 그런 식으로 해석하지 않아요."

"그리고 예수님은 하느님의 독생자였어요." 교황이 말했다. "그분을 다른 이와 나란히 거론하는 것은 옳지 않아요."

친치아는 실망한 눈빛으로 그들을 쳐다보다가 차분한 목소리로 말했다. "두 분은 세상에서 제일 훌륭하고 제일 마음씨가 넓은 분들이잖아요. 그런데 그 말씀을 듣고 이런 생각이 들었어요. 두 분의 열린 마음이 한계에 다다른 걸까?"

"그런 불경스러운 발언은 삼가주시죠." 나는 어쩌면 너무 강압적일 수도 있는 목소리로 이렇게 말했다.

"이게 불경스러운 건가요?"

나는 교황을 바라보았다. 그는 얼굴을 잔뜩 일그러뜨리고 있었다. 이후에 이어진 끔찍한 정적을 깬 사람은 내 아내였다. "우리가 어떻게 하면 좋을까요?" 그녀는 실질적으로 검증을 받았고 전 세계적으로 유명한 두 명의 영적인 스승과 한 테이블에 앉아 있으면서 위대한 영적인 스승에게 자문을 구하듯 친치아에게 물었다.

"저도 잘 모르겠어요." 친치아는 같은 말을 반복했다. "하지만 우리가 역사를 반복해야만 하는 운명은 아니라고 봐요. 여기 이 지구상에 일종의 낙원을 건설하자는 건 아니에요. 하지만 두 아이가 변화를 불러일으킬지 모른다는 가능성은 열어두었으면 해요. 전쟁과 증오와 가난과 기아가 끝나지는 않겠지만 줄어들지는 몰라요. 우리는 계속 지구를 파괴할 테지만 앞으로는 강도가 덜할지 모르고요. 이 자리에 계신 위대한 두 분의 성인이 열린 마음으로 이미 시작한 화합의 여정을 그 아이들이 계속 이어나갈지도 모르죠. 아니면 두 분이 그 아이들에게 영감을 받아서 이 세상의 불의에 맞서 더욱 강력하게 아니면 전과 다른 방식으로 목소리를 낼 수도 있고요. 말씀드렸다시피 자세하게는 저도 몰라요. 알아야 할 것 같지도 않고요. 하지만 교황님과 달라이라마님, 두 분이 이탈리아의 산속 깊숙한 여기까지 그냥 우연히 오게 된 건 아니라는 건 알아요. 제가 두 분 눈에는 바보 아니면 신성 모독자 아니면 엄청난 죄인으로 보일지 몰라도 제가 한 얘기에 대해 생각해보시고 셸사와 토마조를 축복해주셨으면 좋겠어요."

교황과 달라이라마는 그녀를 쳐다보지 못했다. 서로를 쳐다보지도 못했다. 각기 다른 방향을 물끄러미 응시할 따름이었다. 나는 이런 식으로 감히 두 분에게 반박하고 동정녀로 성스러운 아이를 낳았다고 주장하는 친치아에게 화가 났다. 그녀가 망상증 환자라 그런 것일지라도 화가 났다. 그리고 로자에게까지 그 불똥이 튀었다. 나는 여행을 하는 동안 그녀와 점점 가까워진 기분을 느끼며 심지어 재결합까지 고민하고 있었다. 하지만 이제 우리가 절대 다시 함께 지낼 수 없는 이유를 알 수 있었다. 사람 좋은 내 아내는 어린애처럼 남의 말을 잘 믿었다. 종종 현실을 외면했다.

여러 생각들이 내 머릿속을 미친 듯이 질주했다. 내 머릿속은 그 테이블에서 이글거리던 조그만 가스불과도 같았다. 고개를 돌려보니 셸사가 우리 쪽으로 걸어오고 있었다. 복숭아 색 잠옷이 그녀의 가녀린 어깨에서 흘러나와 무릎 근처에 둥둥 떠 있는 안개 같았다. 그녀는 우리의 정적이 단단한 생물이나 차가운 벽이라도 되는 양 걸음을 멈추었다. 그때 두 가지 기억이 내 머릿속에 떠올랐다. 첫 번째는 라퀼라 도심으로 걸어가는 길에 분노는 자존심에서 비롯된다고 했던 달라이라마의 말이었다. 그리고 두 번째는 안나 리자가 여섯 살이었을 때 로자와 내가 유난히 심하게 티격태격하는 소리를 듣고 자다 말고 일어났던 때의 끔찍한 기억이었다. 우리는 그 아이의 얼굴에서 공포가 아니라 어마어마한 슬픔을 보았다. 내 평생 내 자신이 하느님에게서 그보다 더 멀어진 기분을 느꼈던 적은 없었다.

셸사가 똑같은 표정으로 그 자리에 서 있었다. 어른들이 서로 의가 상했다는 것을, 그녀는 알고 있는 걸 어른들은 이해하지 못한다는 것을 알아차리기라도 한 듯 연민에 가까운 슬픈 표정을 짓고 있었다.

"톰이 아줌마더러 와 달래요." 그녀가 친치아에게 말했다. 친치아는 잠깐 망설이다가 일어나 우리에게 애써 미소를 지으며 말했다. "저 때문에 마음 상하셨다면 용서해주세요. 아그네제가 어디서 주무시면 되는지 안내할 거예요. 방이 있어요." 그러고는 조용히 사라졌다.

셸사는 문이 닫히는 소리가 들린 뒤에도 그 자리에 잠깐 가만히 서서 상황을 판단하고 험상궂은 분위기를 살폈다. 그러다 양팔을 들었다. 등불에 비친 양손에 묵주와 염주가 들려 있었다. "톰이 이걸 두 분 주머니에서 슬쩍했대요. 재밌는 아이예요."

교황과 달라이라마는 똑같이 재킷과 바지 주머니에 손을 넣어 잃어버린 묵주와 염주를 찾았다. 그때 내 안에서 분노가 스멀스멀 빠져나왔다. 상한 감정이 테이블 위에 드리워져 있고 불길이 내 안에서 이글거리고 있었지만, 둘의 놀란 표정이 꼭 만화를 보는 것 같아서 웃고 싶어졌다. 로자는 웃음을 터뜨렸다. 그녀는 들으면 다시 사랑하게 될 수밖에 없는 웃음소리의 소유자였다. 그때 내 안에서 뭔가가 부서졌다. 잣대질이라는 단단한 껍데기가 쩍 하고 갈라졌다. 아그네제가 실수를 깨달은 다 큰 조카를 달래는 이

모처럼 뜬금없이 내 팔에 손을 얹었다.

셸사가 말했다. "저더러 특별하신 분들께 다시 갖다드리라고 했어요. 안 그러면 자기한테 불같이 화를 내실 거라며."

∞ 42 ∞

내 사촌과 달라이라마는 2층의 방 하나를 같이 쓰게 됐다. 아그네제는 무솔리니가 있었던 방은 아니라고 안심시켰다(교황이 나중에 말하길 방이 더웠지만 그것 말고는 편안했다고 했다. 그와 텐진, 두 사람 모두 친치아가 한 말 때문에 마음이 불편했지만 방으로 찾아온 "린포체라는 분과 기분 좋은 대화, 정말이지 훌륭한 대화"를 나누고 좁은 침대에 누웠다고 했다. 이상하게 부끄러워하며 더 이상 자세한 설명은 거부했다). 그런 다음 아그네제는 미안해서 어쩔 줄 몰라 하며 시트와 베개를 한 아름 들고 로자와 나를 헛간으로 안내했다. "빈방이 없어서요." 그녀는 죄를 고백하는 말투로 말했다. 나는 괜찮다고, 걱정 말라고, 당연히 이해한다고 달랬지만 마세라티를 주차해놓은 곳으로 가서 그 안에서 잠을 청하고 싶은 유혹을 느꼈다. 그쪽이 거미에게 물릴 가능성이 적었다.

그니미 헛간에 동물은 없어 보였다. 공기는 습하고 답답했지만 달콤한 냄새를 풍겼고 고미다락의 조그만 창문을 통해 들어오는 한줌 별빛만이 유일하게 어둠을 갈랐다. 로자와 나는 얼마 전에 벤 건초로 만든 침대에 나란히 시트를 펴고 어둠 속에서 옷을 거의 다 벗고 누웠다. 저 아래 마을 근처에서 경찰 사이렌 소리가 들렸지만 그 소리가 지나가자 내 어린 시절의 기억에 남아 있는 시골의 깊은 정적만이 허공을 메웠다. 세상에서 모든 소음이 사라졌다.

잠시 후에 그녀가 말했다. "차를 여기로 옮겨다놓을 걸 그랬다. 땀이 나서 찝찝한데 이도 안 닦고 자는 거 너무 싫어. 게다가 교황님이랑 달라이라마님도 별장에서 안토니오한테 받은 옷을 계속 입고 있잖아."

나는 아무 말도 하지 않았다.

"당신 화났구나?"

"아니. 너무 많이 먹고 너무 많이 마셨다는 거 말고는, 방금 전에 독거미가 내 팬티 속으로 기어들어온 것 같다는 거 말고는 괜찮아."

"거짓말. 그 여자한테 화가 났고 화를 내지 않는 나한테 화가 났으면서. 그리고 당신 '너무 많이' 먹은 수준이 아니라 꼭 멧돼지 같았어!"

어둠 속에서 그녀가 부스럭거리는 소리에 이어 탁 하는 소리가 조그맣게 들렸다. 나는 여자가 브래지어 벗는 소리를 마지막으로 들은 게 언제였는지 기억을 더듬었다.

"나보다 먼저 잠들 생각하지 마." 그녀가 말했다.

"안 졸려."

"그리고 지금 무슨 생각하는지 얘기해줘. 솔직하게."

"그 여자한테 화가 나긴 했었어. 나는 아직 열심히 교리를 따르는 가톨릭교도야. 인류 역사를 통틀어 가장 훌륭한 가톨릭교도는 아닐지 몰라도 교도는 교도고 나는 예전부터 성모님에게 남다른 신심을 느꼈어."

"나도 알아."

"어렸을 때부터 지금까지 매일 아침에 눈을 뜨자마자, 그리고 매일 밤 잠자리에 들기 전에 성모송을 외우고 있고."

"그것도 알아. 나는 당신이랑 21년 동안 같이 살았던 사람이야."

"그런데 성관계 없이 임신을 하고 아이를 낳았다는 여자한테 어떻게 화가 나지 않을 수 있겠어?"

"이유는 모르겠지만 나는 그 여자 말을 믿어. 이상하긴 하지만."

"로자, 내 말 좀 들어봐. 왜 이런 일이 벌어졌는지는 모르겠지만, 중간에 부아가 치밀기 시작했을 때 달라이라마가 했던 말이 생각이 났거든. '분노는 자존심에서 비롯된다'고 했던 말. 그랬더니 어떤 깨달음이 찾아왔어."

"당신이 바보일 수도 있겠다는 거?"

"그게 아니고… 내 얘기 좀 들어봐. 장난치지 말고."

"장난 아닌데."

"이번 한 번만큼은 좀 잠자코 들어주라. 명령을 내리거나 시빗거리를 찾지 말고. 그냥 듣기만 해주라."

"듣고 있어, 파올루. 나두 노력 중이야."

"나는 예수 그리스도가 하느님의 아들이라고 믿어. 그분의 탄생이 기적이었다고 생각하고. 그분이 죽은 자 가운데서 다시 살아나셨다는 것도 믿어. 전부터 그래왔고 지금도 마찬가지야. 그런데 오늘 저녁에 깨달았어, 내가 그런 사건이 실제로 벌어졌다는 걸 아는 게 아니라는 것을."

"그게 믿음이라고 불리는 이유가 그 때문이잖아."

"그리고 다른 시대, 그리스도교를 믿지 않는 다른 사회에서 다른 기적이 벌어진 적 없는지 여부도 나는 알 수 없다는 걸 깨달았어. 문득 이런 생각이 들더라고. 왜 네가 모든 걸 안다고 생각하지? 왠지 모르겠지만 바로 그 순간, 내 분노가 가장 뜨겁게 끓어올랐던 그때, 내가 그런 식으로 화가 났던 이유는 내가 옳고 그녀가 틀리길 바라는 마음 때문이라는 걸 알 수 있었어. 그런 깨달음이 그냥 눈앞에 보이더라고. 무슨 환상처럼 너무나 간단하고 너무나 선명하게. 잠시 후에 여자아이가 묵주와 염주를 들고 나왔고 나는 웃고 싶어졌고 분노는 구멍이 뚫린 풍선처럼 변해버렸어. 자취도 없이 쪼그라들었어."

"기적이네."

"비꼬지 좀 마."

"비꼬는 거 아니야. 나도 당신 표정에서 어떤 변화를 느꼈거든. 나는 계속 당신을 지켜보고 있었어. 아그네제라는 그 노파도 그걸 느끼고 당신을 건드린 거였고. 셀사가 묵주랑 염주를 들었을 때 당신이 오른쪽 뺨이랑 오른쪽 눈가를 찡그렸는데, 나는 한 번도 본 적 없는 표정이었어. 당신이 중풍이나 뭐 그런 걸 일으킨 줄 알았다니까?"

"내가 달라지고 있었던 거지."

"맞아, 드디어. 그 남자아이와 여자아이와 정체 모를 여자 덕분에. 그들이 당신에게, 우리 모두에게 일종의 마술을 부린 거야."

"나는 마술 같은 거 믿지 않아."

"그야 당신이 인류 역사상 가장 고집이 센 인간이기 때문이지. 나는 그 여자아이가 축구장에서 우리한테 다가온 순간부터 뭔가를 느꼈어. 예수님과 성모님과 성인들이 머리에 후광을 두르고 있는 그 옛날 종교화가 떠오르더라. 그들이 실제로 머리에 후광을 두르고 있었겠어? 예수님이 그런 식으로 후광을 두르고 걸어 다녔으면 십자가에 못 박힐 일은 없었을 거야. 하지만 그들은 뭔가 다르고 특별한 게 있는데 그게 보이는 사람도 있었고 보이지 않는 사람도 있었고 그게 보이는 사람은 표현할 방법이 없으니까 후광을 그린 거라고 생각해. 그러니까… 그런 걸 뭐라고 하더라?"

"비유?"

"맞아. 비유 차원에서."

"나는 후광을 본 적 없지만 미술관에서 본 부처님 그림에도 그 비슷한 후광이 있었어. 어떨 때는 파란색이고 어떨 때는 빨간색이고."

"이번에도 또 내 말을 제대로 이해하지 못하는구나."

"알았어, 미안. 당신이 그 여자와 두 아이 덕분에 내 분노가 사라졌다고 믿고 싶어 한다면 나로서는 어쩔 방법이 없겠지. 하지만 그 여자는 너무 강압적이었고 그 아이들은 대체로 평범해 보였어. 아주 깍듯하긴 했지만. 그 나이 또래 대부분의 아이들보다 똑똑하고. 심지어 더 사랑이 넘치고. 하지만 성인들의 꿈속에 등장할 만한 아이들은 아니야."

"똑같이 변장하고 다닌 지난 며칠 동안 수백 명을 만났어도 알아본 사람이 없던 달라이님을 한눈에 알아본 아이가 '대체로 평범'하다고?"

"글쎄. 마초도 교황님을 알아봤잖아."

"두 분의 주머니에서 묵주와 염주를 슬쩍한 세 살짜리가 '대체로 평범'하다고?"

"소매치기인 삼촌한테 배웠나보지."

"한심한 소리하지 마, 파올로."

"모르겠어. 곰곰이 생각해보질 않아서. 나로서는 그런 걸 믿기가 쉽지 않아."

"당신이? 무원죄 잉태설과 예수님의 부활을 믿는 그리스도교도가 기적을 믿기가 쉽지 않다고?"

"그거랑 이거는 다르지."

"어째서?"

"이유는 모르겠지만 아무튼 달라. 그건 유일무이한 기적이야. 그래서 예수님이 특별해지는 거고 하느님이 되는 거야. 아니면 하느님의 일부가."

"그런데 셸사는 하느님의 일부가 될 수 없어? 토마조도 될 수 없어? 우리 모두 될 수 없어?"

"로자, 이번에도 또 나는 이 말을 하는데 당신은 저 말을 하네. 나는 그냥 내가 옳길 바라는 마음 때문에 친치아가 한 말에 그렇게 부아가 치밀었다는 걸 깨달았을 뿐이야. 그녀가 교황님의 권위에, 달라이라마님의 성스러움에 굴복하길 바랐기 때문에."

"친치아는 더할 나위 없이 공손했어."

"두 분의 말에 반박했잖아."

"그래서, 파올로? 그게 죄야? 여자가 남자의 말에 반박하면?"

"평범한 여자가 그 두 분한테 그런 식으로 반박하면. 맞아, 죄야."

"친치아는 평범하지 않아."

"그럴지도 모르지. 하지만 내가 얘기하려는 건 내가 느꼈던 분노야. 당신이 얘기하려는 건 후광과 신기한 일을 벌이는 사람들이고."

"이번에도 또 당신 위주로군."

"내가 하던 얘기 좀 마저 하면 안 될까?"

"알았어, 실컷 해. 하지만 당신은 바보야."

"그러는 당신은 계속 감 놔라 배 놔라에 참을성이 없고 내 말은 들으려고 하지 않잖아!"

"알았어, 그럼 얘기해봐."

"내가 하고 싶은 말은 뭔가 하면 나는 내가 옳길 바랐고 그 마음이 모든 걸 압도해버렸다는 거야. 나는 하느님과 부모님이 나를 내려다보면서 '파올로, 네가 옳고 저 여자가 틀렸다'고 얘기해주길 바랐어. 그런데 전쟁이 그런 식으로 시작된다는 걸 깨달았어. 하느님이 나를 내려다보면서 니기 옳디고 얘기헤주길 바라는 데서. 그걸 깨닫고 나니까 당신과 내가 수십만 번쯤 싸우고 티격태격한 이유도 나는 내가 옳고, 당신은 당신이 옳길 바랐기 때문이었다는 걸 알겠더라. 그리고 우리 둘 다 웃기지도 않는 고집을 버리고 제대로 화해할 줄 몰랐기 때문이었다는 걸."

"그렇게 간단한 문제가 아니야."

"그래, 맞아. 하지만 우리는 열심히 노력해본 적이 없었어. 우리가 싸운 이유는 대부분 아무 것도 아니었지. 안나 리자를 몇 시에 재워야 하느냐, 8시냐 8시 15분이냐, 이런 거. 아니면 장을 보는 데 40유로를 써야 하나 아니면 48유로를 써야 하나, 이런 거."

"그 당시에는 리라였어, 유로가 아니라."

"그만 좀 해, 로자. 무슨 뜻인지 알잖아. 두려움 때문이었던 것 같아. 당신이 나를 쥐락펴락하면서 당신의 시각과 행동방식을 나한테 강요하는 건 싫었거든. 특히 안나 리자에 대한 부분에서."

"우리는 안나 리자가 태어나기 전부터 싸웠어."

"맞아. 하지만 원칙적으로는 마찬가지고 당신이 이번 한 번만큼은 자기가 뭐든 다 안다고 생각하면서 계속 말허리를 자르지 않고 귀담아 들으면 내가 무슨 말을 하려는 건지 알 수 있을 거야!"

"소리 지르지 마! 나도 열심히 듣고 있어. 최대한 열심히 듣고 있다고."

"나도 화가 나고 당신도 화가 났을 때마다 우리는 둘 다 강도만 덜했을 뿐 파시스트였어. 불안에 떠는 독재자였어. 무솔리니였어. 내 안에는 아주 조금이긴 하지만 그래도 폭군 기질이 있어. 아니면 폭군이 되고 싶은 마음, 내가 옳다고 주장하고 통제하고 싶은 마음이 있어."

"당신뿐만 아니라 우리 모두가 그렇지."

"고마워. 그걸 70억으로 곱하면 인류의 고충이 얼마겠어? 교황님과 달라이라마님이 참 용감하다는 생각이 들더라. 화합을 위해, 진리를 위해 많은 걸 포기하셨잖아. 심지어 이번 여행 때는⋯ 며칠 동안 지도자의 자리도 포기하셨지.”

“그래서 얼마나 골치 아파졌는지 봐. 사람들은 지도자를 원해. 대부분의 사람들은 책임자가 있어주길 바라. 집에서는 자기 아내나 남편이나 아이를 마음대로 하고 싶을지 몰라도 좀 더 큰 그림 안에서는 누가 이끌어주길 바라. 베네치아 광장에서 환호하는 이탈리아 사람들을 생각해봐. 발코니에 등장한 신을 보고 그러는 거잖아. 그들이 나중에는 무솔리니를 아주 격하게 증오했지만 한 20년 동안은 그를 신처럼 떠받들며 즐거워했어. 그나저나 아모레, 교황님이 무솔리니 꿈을 꾸었는데 그가 마지막 날을 보낸 집에서 이렇게 하룻밤 신세를 지게 된 건 어떤 식으로 설명할래?”

“나야 모르지.”

“사악한 무솔리니가 다른 세계에서 자기가 지은 죄를 속죄하려고 그러는 건 아닐까?”

“뭐, 그럴 수도 있지.”

“게다가 아그네제가 그러는데 그날 밤 이후로 이 집에서 귀신이 보인대. 우리를 헛간에서 재우면서 그렇게 미안해했던 이유가 그 때문이야.”

“난 무섭지 않아.”

“무서우면서. 나도 무서워.”

우리는 잠깐 동안 아무 말도 하지 않았다. 하지만 우리 둘 사이에서 새로운 뭔가가 느껴졌다. 겉으로는 계속 옥신각신했을지 몰라도 그 아래로 상쾌한 물줄기가 흘렀다. 로자와 내가 오염된 항구에서 20년 동안 허우적거리다 문득 이 물줄기를 따라 훨씬 깨끗한 바다로 헤엄쳐서 건너가면 된다는 것을 깨달은 느낌이었다. 그 깨끗한 바다가 예전부터 있었는데, 우리는 계속 더러운 물속에서 맴돌고만 있었다. 나는 로자에게 물었다. "당신은 아무도 모르게 무서워하는 게 뭐야? 어제 얘기를 꺼내고서는… 입을 다물어버렸잖아. 귀신이야?"

그녀가 어찌나 한참동안 망설이던지 잠이 든 게 아닌가 싶을 정도였다. 고미다락에서 박쥐들이 날개를 퍼덕이는 소리가 들린 것 같았다. 박쥐 아니면 제비였다. 아니면 쥐들끼리 싸우는 소리일 수도 있었다. 아니면 체면 깎인 이탈리아 독재자들의 혼령이 허공에서 몸을 비트는 소리일 수도 있었다. 나는 그 소리를 애써 못 들은 척했다.

"내가 무서워하는 건 뭐냐면." 로자는 마침내 말을 꺼내놓고 다시 망설이며 자세를 바꿨다. "혼자 늙는 거야."

"나한테 그런 얘기한 적 없었잖아."

"부끄러웠어. 성공한 사업가, 속물인 내가. 돈 많고 유명한 친구들이 곁에 있는 나폴리 출신의 성격 센 내가. 당황스러웠어."

"앞으로 손주가 생길 거잖아. 걔가 친구가 되어줄 거야."

"내 말은 그런 뜻이 아니야, 파올로."

"다른 사람을 만나면 돼. 이렇게 예쁘고 돈도 많은걸. 자기한테 수시로 소리를 지르는 여자한테 매력을 느끼는 남자들도 있어."

정적이 흘렀다.

"마지막에 한 말은 농담이었어."

"나는 다른 사람을 찾고 싶지 않아." 그녀의 목소리는 또렷하고 솔직했다.

나는 그녀가 한 말을 들었다. 귀를 쫑긋 세우고 들었다. 그 안에서 시간의 흐름과 더불어 일상이라는 교향곡에 묻혀버린 뭔가가 느껴졌다. 나는 두 성직자에게 마음의 문을 더욱 활짝 열 수 없겠느냐고 했던 친치아의 말을 떠올리며 그렇게 해보려고 했다. 해묵은 억측과 분노와 안 좋은 기억과 안다고 자부했던 케케묵은 고집을 한쪽 옆으로 치웠다. 그러자 원망이 쌓여 있던 그곳에서 구멍이 느껴졌다. 아니, 구멍이 아니라 빈 공간이었다. 갈아서 씨를 뿌릴 수 있는 새로운 땅이었다. 배를 타고 건널 수 있는 망망대해였다. 응어리라는 산에 가려져 있던 하늘이 보였다. 그 뻥 뚫린 공간에서 내 입을 향해 단어들이 솟구쳐 오르는 게 느껴졌고 내가 입을 벌리자 그 단어들이 쏟아져나왔다. "우리 둘이 다시 합치면 어떻겠느냐는 거야?"

한참 동안 정적이 흘렀다. 그 쾌적했던 공간이 유독 가스로 뒤덮였다. 로자가 "그건 아니지"라는 두 마디로 나를 영원히 뭉개버릴 수도 있었다. 거미 떼처럼 나를 감싸는 두려움이 느껴졌다. 녀석들은 내가 속옷 차림으로 어두컴컴한 헛간에 누워 있다는 걸 알아차리고 군대처럼 사방에서 나를 향해 진격하고 있었다.

하지만 잠시 후에 로자가 "응"이라고 했고 그녀가 들릴락 말락 하게 흐느끼는 소리가 들렸다. 내가 팔을 뻗어 그녀의 손을 잡자 그녀는 손바닥을 아래로 해서 자기 배에 올려놓았다. 코를 훌쩍이며 숨을 길게 들이마셨다가 내뱉었다. "그날 당신이 사무실에서 교황님이랑 달라이라마님의 탈출 작전을 도와달라고 연락했을 때… 당신이 방금 전에 물어본 걸 물어보려고 전화한 줄 알았어. 다시 한 번 같이 살아보면 어떻겠냐고. 촉이 왔거든."

"이제 귀신, 기적, 특별한 아이들에 이어 촉까지 믿는군."

"예전부터 그랬어."

"진정한 나폴리 출신이야."

"처음에는, 당신이 나를 이 아름다운 곳으로 제일 처음 데려왔을 때는 나폴리 출신을 만나서 좋다고 했던 거 기억 안 나? 북부 출신들이 이성적이고 질서정연하고 성실하고 어쩌면 좀 더 정직할지 몰라도 남부가 없으면 이탈리아에는 머리만 넘쳐나고 심장이 부족했을 거라고. 유럽에 스페인도 프랑스도 이탈리아도 없이 독일과 오스트리아밖에 없는 거나 다름없었을 거라고. 가수는 없고 과학자들만 판을 쳤을 거라고. 나는 그걸 듣고 낭만적이라고 생각했는데. 그렇게 말했던 남자는 어디 갔어?"

"이런저런 두려움에 먹혀버렸어."

"어떤 두려움?"

"뭘 해먹고 살까? 안나 리자가 아프거나 다치면 어떻게 될까? 당신이 나를 마음대로 하려고 들까? 내가 또 실패할까?"

"그걸 다 지금 버리면 어떨까?"

나는 아무 말도 할 수가 없었다.

"이번 여행은 우리 둘의 재결합을 위해 하느님이 의도하신 여행 같다고 하면 뭐라고 할래, 파올로? 심지어 교황님도 처음부터 그걸 염두에 두고 있었을 것 같은데. 이번 여행은 교황님과 그분의 환상뿐만 아니라 우리를 위한 것이기도 해. 그 아이들이 이 세상에서 펼칠 마술이 우리에게 이미 효과를 발휘하고 있는 건 아닐까?"

"둘 중 하나라고 봐. 당신이 제정신이 아니거나 나한테 또 한 번의 기회가 주어졌거나. 죽지 않고 부활할 기회 말이야."

그녀가 내 손을 놓았다. 나는 부활을 운운하는 바람에 그녀가 화가 난 줄 알았다. 어둠 속에서 그녀가 움직이는 소리가 들렸고 잠시 후에 그녀가 말했다. "나 지금 꼬질꼬질하고 땀범벅이지만 속옷을 벗고 있어. 당신이 나랑 사랑을 나눠주었으면 좋겠어. 여기서. 우리 둘이 화해하자. 그걸 기점으로 세계 곳곳에서 화해가 시작될지 몰라."

"어떻게 하면 되는지 기억이 날지 잘 모르겠어."

"내가 가르쳐줄게."

다섯째 날

∽ 43 ∽

나는 로자와 아름다운 화해를 이룬 뒤에(자세한 부분은 둘만의 비밀로 남겨두는 편이 좋을 것이다) 더 이상 평온할 수 없는 잠 속으로 빠져들었다. 적어도 내가 기억하기로는 아무 꿈도 꾸지 않았고 해가 중천에 뜰 때까지 그렇게 기분 좋은 나른함을 즐길 수 있었을 텐데 로자가 나를 가만히 흔들어 깨웠다. "아모레!"라고 부르는 소리가 들렸다. 억지로 눈을 떠보니 헛간의 칠흑 같은 어둠이 아침을 향해 점점 옅어지고 있었다. 새벽 4시 반이나 5시쯤인 것 같았다. 아직 진짜 햇빛은 비치지 않았고 햇빛의 기미만, 햇빛의 조짐만 고미다락 창문 시이로 들어와 로자의 얼굴을 따라 흩뿌려졌다. 그녀는 내 위로 허리를 숙이고 한손으로 내 왼쪽 어깨를 가만히 흔들고 있었다. 웬일인지 머리칼이 축축했다. 까만 머리칼에서 물 한 방울이 내 뺨 위로 떨어졌던 기억이 난다. "아모레! 일어나, 일어나. 얼른! 떠나야 해! 지금 당장! 저들이 차를 찾았어!"

"누구?" 나는 물었다. "무슨 차?" 하지만 그녀가 "경찰! 마세라티!"라고 대답하기 전에 나는 정신을 차리고 거기가 어디이고 무슨 일이 있었는지 기억해냈다. "다시 침대로 들어와." 나는 말했다. 젊었을 때 토요일 아침에 그녀에게 자주 했던 말이었다.

하지만 이 말이 나와 다르게 그녀에게는 기분 좋은 추억을 불러일으키지 못한 듯했다. "일어나, 파올로!" 그녀가 거칠게 속삭였다. "지금 당장! 나중에 설명할 테니까 얼른 일어나서 옷 입어!"

나는 머리칼 사이와 끈적끈적한 분장에 건초를 매단 채 기어서 일어났다. 알몸이었다. 무릎과 허리가 심하게 욱신거렸다. 내 침대가 그리웠다.

로자가 내 어깨를 잡고 내가 완전히 정신을 차릴 때까지 흔들었다. "내 눈 봐, 파울로. 내 말 잘 들어! 그들이 차를 찾았어. 타라가 신고를 했나봐. 산타본디오에서 호수까지 온 동네에 경찰과 군인이 깔렸어. 친치아하고 아그네제는 그들이 여기까지 오지 않았으면 해. 언론에서는 특종이라면 사족을 못 쓰는데 교황과 달라이라마가 이 집에 왔었다는 소문이 기자들 귀에 들어가거나 그들이 셀사와 토마조를 보거나 린포체나 링글링이나 다른 여자가 전말을 밝히기라도 하는 날에는 아이들이 유명인사가 돼서 전 세계 신문사와 TV 방송국에 쫓기는 신세가 될 테니까. 셀사는 예전에 이미 신문에 소개됐다가 그랬던 적이 있었는데 끔찍했대. 떠나야 해. 지금 당장!"

"당신 머리가 젖었네?"

"샤워했어. 당신처럼 냄새가 나서. 당신 지금 꼴이 아까 나보다 더 심하긴 하다. 분장이 엉망이야. 다 떨어져 나왔어." 그녀는 내 팔에서 딱딱해진 왁스를 우표 크기만큼 벗겨냈다. "안에 들어가서 샤워해. 정확히 4분 줄게."

"그럼 나 때문에 다들 깰 텐데."

"다들 일어나 있어. 얼른 가!"

나는 희뿌연 어둠 속에서 옷을 찾아 주섬주섬 입고 집으로 달려갔다. 아그네제가 기다리고 있다가 수건을 내밀며 1층 화장실이 어딘지 가르쳐주었다. 나는 마리오가 얼굴과 팔에 발라준 왁스가 뭉텅이로 떨어져나가는 가운데 최대한 잽싸게 샤워를 했다. 아예 벗겨내려고 했지만 얇은 막이 얼룩덜룩하게 남았다. 나는 8분 만에 샤워를 마치고 옷을 입었고 손바닥을 내 등뼈에 얹은 아그네제에게 재촉을 받아가며 허둥지둥 뒷문으로 나갔다.

그 앞 잔디밭에 간밤의 멤버가 전원 모여 있었다. 아이들은 졸린 눈을 비볐고, 린포체는 당장이라도 시합을 벌이려는 사람처럼 피에로의 축구공을 들고(내가 선물로 주었다) 웃고 있었고, 다른 어른들은 피곤해 보였고, 새들이 나무 위에서 재잘거렸고, 동쪽 하늘이 희끄무레하게 밝아오고 있었다. 교황은 링글링에게 빌렸나 싶은 다른 양복으로 갈아입었고 염소수염도 뗐지만 머리에 남은 금색은 어쩔 도리가 없었다. 달라이라마는 평소 쓰던 안경을 쓰고 바지와 셔츠를 갈아입었는데, 긴 머리와 제트족의 옷차림을 버리자 누가 봐도 그라는 것을 알 수 있었다. 나는 그때 우리가 시내로 걸어가 자수하고 욕을 먹든 박수갈채를 받든, 증오의 대상이 되건 애정의 대상이 되건, 이제 그만 일상으로 돌아갈 때가 됐다는 것을 알아차렸다.

서로 끌어안고 목례하고 작별인사를 나누었다. 다시 눈물이 그렁그렁 맺힌 친치아의 부탁을 받고 교황과 달라이라마가 모인 사람들에게 축도했다. 그러고는 번갈아가며 허리를 숙여서 셸사와 토마조를 잠깐 동안 따뜻하게 끌어안았다. 나는 그들을 유심히 지켜보며 의미심장한 대화를 나누는지, 이 희한한 만남이 하느님의 원대한 계획이었다는 징조가 보이는지 살폈다. 하지만 우리에게 주어질 예정이었던 징조는 이미 소진된 듯했다.

우리는 아그네제에게 맛있는 음식과 함께 따뜻하게 맞아주어서 고마웠다고 인사했다. 마지막으로 아이들을 일별하고 특이한 미국인 가족에게 손을 흔들었다. 언론에는 아무 얘기도 하지 않겠다고 약속했다.

이대로 끝났더라면 간밤의 긴장감이 범종교적으로 해소된 훈훈한 작별의 현장이 될 수 있었을 텐데, 우리 넷이 몸을 돌려 흙길로 걸음을 옮기기 시작했을 때 토마조가 달려와 내 왼쪽 장딴지 뒤편을 세게 걷어찼다. 아이 엄마가 그를 조용히 나무랐다. 린포체의 웃음소리가 산등성이 사이로 울려퍼졌다. 셸사가 그의 손을 잡고 뒤로 당겼다. 나는 "괜찮아요, 걱정 말아요, 정상적인 행동이에요" 아니면 그 비슷한 말을 늘어놓았지만 하늘에서 보낸 신호인지 궁금해 하는 일행을 따라가며 절뚝거렸다. 꼬마 천사가 우리 그룹에서 의심 많은 죄인을 콕 집어냈다. 우리 중 누구에게 박차를 가해 영적인 궤도에 올려놓아야 하는지 정확히 간파했다. 그 아이는 결국 특별한 아이일지 몰랐다.

그 즈음에는 날이 더 밝았다. 흙길 두 개가 또렷하게 보였다. 눈부신 내세로 인도하는 황금빛 아지랑이처럼 빽빽한 덤불과 나무 사이로 구불구불 이어졌다. 공기는 시원하고 상쾌했고 머리 위에서 툭탁거리는 헬리콥터 소리와 호숫가 도로에서 빵빵대는 경적 소리만 없었다면 마지막으로 걸은 그 길이 완벽한 명상의 시간이 될 수도 있었다. 적어도 내게는 선물 같았던 지난 며칠에 대해 조용히 감사 기도를 드리는 시간이 될 수도 있었다.

교황이 한 팔로 내 어깨를 감싸고 걸음을 멈추었다. 우리는 시원한 아침 공기를 마시며 동그랗게 모였다. 그가 말했다. "정신없는 서커스의 현장으로 내려가기 전에 두 사람에게 뼛속 깊은 곳에서부터 감사의 뜻을 전하고 싶어요." 그는 로자에게 가까이 오라고 손짓하고는 우리 둘을 으스러져라 끌어안았다. "평범한 인간으로 지낸 이 짧은 시간보다 내 평생 영적으로 더 도움이 됐던 시간은 없었어요. 앞으로 그 두 아이에게 어떤 일이 벌어지건, 우리 모험이 어떤 결과로 막을 내리건 내가 고마워하고 있다는 것만은 알아줬으면 해요."

"나도요." 달라이라마는 말하고 로자와 내게 차례대로 허리를 숙여 인사했다. 이번만큼은 아내도 나도 뭐라고 하면 좋을지 알 수가 없어서 어색하게 같이 고개를 숙였다. 로자는 내 사촌의 뺨에 입을 맞추었고 우리는 다시 걸음을 옮겼다. 왼쪽으로 방향을 꺾어 포장된 길로 들어섰을 때 그녀가 내 손을 잡자 나는 그녀의 손가락을 꼭 쥐었다.

"그 남자아이 말이야." 다시 한 번 더 왼쪽으로 방향을 꺾어 우리 부모님이 살았던 동네와 나란히 이어지는 가파른 내리막길로 접어들었을 때 교황이 조용히 말했다. "그 아이가 새벽 4시에 우리를 깨우러 2층으로 올라왔어, 파올로. 방 안으로 들어와서 소리 없이 웃으며 우리 발을 간질였어."

"교황님을 발로 차지는 않았군요."

"응, 왜 자네를 발로 찼을까? 그리고 아이 엄마가 직접 오거나 아그네제를 보내지 않고 아이를 보내서 우리를 깨운 것도 이상했어. 새벽 4시에 저들이 차를 발견했다는 걸 무슨 수로 알았는지도 모르겠고."

로자가 말했다. "아이가 엄마한테 말했을지 몰라요. 아니면 그 여자아이가 말했든지."

"그럴지도요. 아이는 우리를 간질인 다음에 이렇게 말했어요. '두 분이 가셔서 싫어요. 우리는 두 분이 좋은데!' 그 말을 들으니까 왠지 모르게 아이가 나더러 살날이 얼마 남지 않았다고 얘기하는 듯한 기분이 들더군요."

"나도 그랬어요." 달라이라마가 말했다.

로자가 나무라는 투로 말했다. "그런 생각은 하지도 마세요. 두 분 다요. 살날이 얼마 남지 않았을지 모른다는 생각을 시작조차 하지 마세요. 적어도 그 아이들이 어떤 인물로 자랐는지 확인하기 전까지는 안 돼요."

내 사촌이 말했다. "주님의 뜻대로 되겠죠. 주님의 뜻대로."

머리 위의 하늘이 서서히 빛으로 채워져가는 가운데 우리는 말 없이 걸었다. 타르가 깔린 길이 산비탈을 돌아나갔다. 모퉁이를 지나자 발텔리나 산 위에 걸린, 황금빛으로 물든 구름이 보였다. 그런 장관 아래로 증인처럼 버티고 선 회색 절벽, 시커먼 산비탈, 호수가 이어졌다. 그 시각의 호수는 자주색에 가까웠고 동쪽에서 메나지오를 향해가는 연락선 한 척 말고는 잠잠했다. 저 아래에서 펼쳐진 난리법석을 피부로 느낄 수 있었지만 우리는 만족과 감사의 구름 속에서 걸었다. 좀 더 나은 세상을 꿈꾸는 동시에 자기 자신은 물론이고 서로와 화해하며, 하느님의 모든 자녀들처럼 기다리기로 작심하며 위대한 모험의 끝을 향해 한 걸음씩 다가갔다.

에필로그

    이야기의 나머지 부분은 두 성인의 무사 귀환을 다룬 전 세계 언론 기사에 대대적으로 소개됐다. 하지만 내가 이 자리에서 빈 칸을 몇 군데 채우려고 한다.

    우리는 아그네제의 집에서 그 특이하고 남다른 사람들과 헤어져 코모 호를 비추는 이른 아침의 햇살을 맞으며 메체그라라는 조그만 마을의 중심을 향해 터벅터벅 걸어갔다. 원래는 내 손바닥 보듯 훤한 곳이었지만 그날은 아수라장이라 거의 모르는 마을이나 다름없었다. 하늘에서는 경찰 헬리콥터가 날아다녔고, 군용차량이 도로를 봉쇄했고, 무슨 일인지 궁금해 하는 동네 주민들이 그 이른 시각에도 길모퉁이에 나와 있었고, 제복을 입은 무장병력이 한두 명이 아니었다. 그런 난리법석에도 불구하고, 아니 어쩌면 그 덕분에 우리는 마을 중심에서 언덕 하나만 넘으면 나오는 카페로 몸을 숨길 수 있었다. 교황과 달라이라마는 뒤쪽 구석 테이블로 이동하고 로자와 내가 주문을 했다. 우리는 포상금의 주인을 정하느라 난장판이 벌어지기 전에 맨 처음 만난 공무

원 같아 보이는 사람에게 우리의 정체를 밝히기로 했다.

우리가 주문한 카푸치노가 나온 순간 하늘에서 신호라도 내린 듯 젊은 경찰관이 안으로 들어왔다. 나는 두 성직자에게 커피를 들고 가고 로자에게 투항의 즐거움을 양보했다.

실종된 두 사람이 무사하다는 소식을 누구에게 전할지 우리 손으로 선택했다한들 이보다 더 완벽할 수 없었다. 까무잡잡하게 탄 피부에 까맣고 잘생긴 눈은 순진해보였고 어딜 가든 매부리코가 앞장서게 생긴 이 젊은 경찰관은 시칠리아나 칼라브리아나 바실리카타 같은 가난한 남부 출신 같았다. 안정적이고 보수도 괜찮은 직업에 안착한 것을 다행스럽게 여겼지만, 그와 같은 방언을 쓰지 않고 그의 억양을 탐탁지 않게 여기며 그의 고향을 시시하게 여길 가능성이 큰 북부에서 근무하게 된 것을 좋아하지는 않는 눈치였다. 나는 교황과 달라이라마와 함께 앉아서 이 청년에게 얘기하는 아내를 지켜보는 동안에도 그 순간이 더할 나위 없이 완벽하다는 생각이 들었다. 예수님도 가난하고 소외된 자들을 대변하지 않았던가. 군대장을 영웅으로 만드는 것보다 이러는 편이 낫지 않을까?

하지만 청년의 영웅시절은 짧게 끝나고 군대장들이 삽시간에 등장했다. 무전기로 호출을 받은 그중 한 명이 디니무치처럼 꼿꼿하게 등을 펴고 정교하게 장식이 된 제복으로 넓은 어깨를 감싸고 자못 심각한 표정을 지으며 카페 안으로 성큼성큼 들어왔다. 그동안 정작 중요한 두 인물은 어두컴컴한 한쪽 구석에서 우유 거품을 숟가락으로 떠먹으며 모인 군중을 흥미진진하게 지켜보았다.

언쟁이 시작됐다. 기자들은 문 앞에서 아우성치고 바리스타와 이른 아침의 손님들은 빤히 쳐다보는 가운데, 군대장과 곧바로 합류한 이 지역 경찰국장이 로자와 나를 억류하고 납치당했던 성직자들을 헬리콥터에 태워서 로마로 데려가겠다고 했다. 교황은 받아들이지 않았다. "아무도 체포하지 않습니다." 그가 침착하지만 권위 있는 목소리로 말했다. 나도 숱하게 들은 목소리였다. "부적절하거나 법을 위반하는 행위는 저질러진 적 없으니 우리 넷은 빌린 차를 타고 바티칸 시티로 돌아갈 거예요. 그대와 그대의 동료들이 호위하는 건 상관없지만 하늘이 아니라 육로로 돌아갈 거예요."

여행의 그 마지막 구간은 장관이었다. 우리 위를 맴돈 언론 헬기와 뒤따라온 TV 중계차가 그 7시간을 처음부터 끝까지 생방송으로 유럽 전역에 중계했다고 한다. 나는 그 영상을 보지 못했지만 온 사방에서 파란불이 깜빡이고 사이렌이 울리는 가운데 마세라티를 타고 가자니 개선행진의 느낌이었다. 알고 보니 마초의 말이 맞았다. 진상이 밝혀지자 사람들은 교황과 달라이라마가 평범한 사람으로 돌아가 휴가를 떠났었다는 데 환호했다. 우리가 로마 외곽에 도착했을 무렵에는 수천 명에 달하는 다른 평범한 남녀노소가 도로변에 서 있거나 다리를 가득 메웠다. 이탈리아와 티베트 국기와 플라스틱 십자가를 흔들었다. 환호성을 질렀다. 찬송가를 불렀다. 흐느껴 울었다. 그중 몇 명은 팻말을 들고 있었다. 만인의 교황! 두 분 다 사랑합니다! 심지어 이런 팻말도 있었다. 부처님이라면 어떻게 했을까?!

차를 타고 가는 동안 우리는 거의 대화를 나누지 않았다. 교황과 달라이라마는 창밖으로 손을 흔들었다. 로자는 라디오를 켜서 주파수를 맞추었다. 나는 경찰차 1개 부대를 거느리고 고속도로의 추월차로를 따라 달렸다. 아내와 나는 면죄됐다는 데, 성난 군중에게 갈기갈기 찢길 걱정을 하지 않아도 된다는 데, 우리 둘 사이에 새로운 감정이 싹텄다는 데 기뻐했다. 우리 둘 사이의 새로운 감정은 어쩌면 특별한 두 아이의 작품일지 몰랐다. 밀라노 근처에서 로자가 내 다리에 손을 얹었고 볼일을 보고 커피를 한 잔 마시러 잠깐 차에서 내렸을 때 말고는 로마 입구까지 그 손을 치우지 않았다.

우리는 호위차를 앞세우고 성 베드로 광장으로 들어섰다. 내가 오벨리스크 근처에 차를 대자 경관들이 우리 주변을 에워쌌고 순례자들은 20개 국어로 환영인사를 외쳤다. 조르조와 텐진은 인상을 쓴 경호원들에게 끌려가기 전에 로자와 나를 끌어안고 고맙다고 세 번 더 인사했다.

교황이 내 어깨에 손을 얹고 나와 눈을 맞추며 말했다. "사촌, 평소처럼 아침 같이 먹는 거 잊지 말게. 아름다운 제수씨도 데려오고."

이 행복했던 여행의 유일한 부작용은(물론 로자와 나는 앞뒤 정황을 자세히 보고한 다음에서야 풀려났고 타라가 경찰에 신고한 것이 맞긴 했지만 포상금을 요구하지 않았다. 그 뒤로 영영 소식이 없긴 했지만) 우리가 돌아오고 몇 주 지나 모든 흥분이 잦아들고 우리 모두가 일상으로 복귀했을 때 찾아왔다. 교황의 고문단 내부에 존재하는 나의 적들이 그 기간 동안 임무를 소홀히 한 사촌 때문에 하마터면 큰일 날 뻔했다고 집요하게 물고 늘어지며 하도 괴롭히는 바람에 결국에는 그가 나를 수석 보좌관 자리에서 해임하는 수밖에 없었다는 것이었다. 그는 수도 없이 사과를 하고 또 했다. 진심으로 슬퍼하며 내가 비교적 풍족하게 여생을 보낼 수 있게 퇴직금과 연금이 지급되도록 조치를 취했다. 하지만 나를 해임했다는 사실에는 변함이 없었다. 내 사촌이 나를 해임했다는 사실에는.

물론 그것은 그의 계략이자 천재적인 작전이었지만 나는 몇 개월이 지난 다음에서야 그걸 알아차릴 수 있었다.

안나 리자와 피에로는 금세 결혼식을 올렸다(교황과 달라이라마를 초대했지만 두 사람 다 참석하지 못했다). 나는 이른바 해고를 당한 덕분에 리미니로 이사해 딸과 사위의 지척에서 지낼 수 있었다. 그 무렵 로자도 대대적인 변화를 감행했다. 대부분의 일을 믿음직한 직원들에게 맡기고 해변에서 세 블록 거리의 나무 그늘진 아늑한 아파트로 나와 함께 들어간 것이었다. 그녀는 하루에 몇 시간씩 사업에 매진했지만 예전처럼 집착하지는 않는 듯했다.

6개월 뒤에 조르조 파올로가 세상에 태어났다. 오촌인 로마 교황에게 이름을 물려받았고 유대교와 가톨릭교와 불교가 한데 어우러진 건강하고 명랑한 아이였다. 두말하면 잔소리겠지만 안나 리자와 피에로의 아이가 당장 우리 삶의 중심이 되었다. 로자와 나는 날마다 건너가 도와주고 안아주고 기저귀를 갈아주고 같이 놀아주고 노래를 불러주고 예뻐했다.

하지만 나는 감독할 사업도 아침마다 출근할 사무실도 없었다.

할아버지 노릇이 상당히 즐겁기는 했어도 내 하루를 완벽하게 채우지는 못했다. 바닷가를 한참 동안 산책하고 멋진 아내와 조용히 저녁을 먹었다. 책을 읽고 교향곡을 듣고 축구 경기를 보았다. 그랬음에도 남는 시간이 너무 많았다.

그랬을 때 이번에도 사촌이 나를 구원하러 나섰다. 화창했던 6월의 어느 날 러시아 관광객들이 다시 리미니의 해변으로 몰려오기 시작했을 때 그가 나를 바티칸 시티로 호출했다. 나는 거기서 하룻밤 쉬고 다시 예전처럼 아침을 같이 먹었다. 초콜릿과 과일과 커피를 앞에 두고 그는 달라이라마와 꾸준히 연락을 주고받고 있다며 우리 여행을 기록으로 남기는 것이 좋겠다고 둘이서 합의를 보았다고 했다. 후대를 위해. 미래의 교황과 라마를 위해. 평범한 사람들을 위해.

"자네가 그 일을 맡아줘야겠어." 교황이 나를 가리키며 말했다.

"그 일이라뇨?"

"하나부터 열까지 기록하는 거. 내가 알기로 친치아와 아이들은 다른 곳으로 거처를 옮겼으니 이제는 걱정할 필요 없다네."

"교황님. 그런 중요한 일은 제가 아니라 전문 작가에게 맡기셔야죠."

그는 입꼬리를 내리고 바티칸 내에서 그의 적들이 익히 아는 준엄한 표정을 지었다. 그가 단호하게 말했다. "사촌, 내 말 잘 듣게. 텐진과 내가 벌인 일이, 자네와 로자의 도움 아래 벌인 일이 지금까지 수백만 개의 단어로 보도됐지만 전부 아무것도 모르는 전문가들이 쓴 글 아닌가. 그들은 그 자리에 없었어. 우리의 진정한 동기, 하느님의 개입하심에 대해서도 전혀 모르고. 두말하면 잔소리지만 우리가 꾼 꿈이나 셸사, 토마조도 언급된 적이 없지."

"그 아이들에 대해서 소식을 들으신 거 있나요?"

"아까도 얘기했다시피 다른 데로 거처를 옮겼다는 거. 아그네제가 가끔 비밀 편지를 보내거든. 그리고 또 다른 사람도. 그 남자이름이 뭐였더라? 미국에서 온."

"링글링이요."

"맞아. 그 부분은 당분간 비밀로 해야겠지, 따로 책을 쓰던가. 그 아이들이 어떤 인물로 자랐는지 볼 수 있을 때까지 내가 살아 있으면 좋겠는데… 아무튼 우리 이야기는 세상에 공개해야 해. 그것도 아주 솔직하게. 아무것도 감추거나 숨기지 말게. 아무것도. 알겠나?"

"하지만—"

"로자를 자네 조수로 임명하겠어. 로자가 더 솔직한 성격이니까. 그리고 오늘로부터 딱 1년 뒤에 이 방에서 완성된 원고를 제출해주게. 하느님께서 내게 그때까지 시간을 허락해주실지 모르겠지만. 타자로 입력해서. 줄 간격은 두 배로. 쪽수는 오른쪽 위편 모서리에. 오타나 문법상의 오류가 없도록. 그때까지 원고를 완성하지 못하면 자네를 파문하겠어. 알겠나?"

"알겠습니다, 교황님."

"조르조라고 해야지."

"알겠습니다, 조르조."

"좋아. 보르게세 공원을 산책하고 오후 기차를 타고 리미니로 돌아가도록 해. 내일 아침부터 집필을 시작하고. 질문 있나, 사랑하는 사촌?"

"네, 하나요. 제목은 뭘로 하는 게 좋을까요?"

교황은 입술을 굳게 다물고 눈동자를 한쪽 옆으로 돌리고 고민했다. 잠시 후에 기뻐하며 얼굴을 환히 빛냈다. "내가 마초의 별장에서 썼던 그 구절로 하면 어떨까? 마초가 아주 마음에 들어 했던 구절 말이지. 기억하나, 사촌?"

"그럼요. 기억하죠. 죽을 때까지 잊지 못할 겁니다."

끝

옮긴이 이은선

연세대학교에서 중어중문학을, 국제학대학원에서 동아시아학을 전공했다. 편집자, 저작권 담당자를 거쳐 전문 번역가로 활동 중이다. 옮긴 책으로《악몽을 파는 가게》,《미스터 메르세데스》,《악몽과 몽상》,《자정 4분 뒤》,《그레이스》,《먹을 수 있는 여자》,《아킬레우스의 노래》,《우리와 당신들》,《고아 열차》,《다이어트랜드》,《딸에게 보내는 편지》,《엄마, 나 그리고 엄마》,《사라의 열쇠》,《맥파이 살인 사건》,《할머니가 미안하다고 전해달랬어요》,《베어타운》,《하루하루가 이별의 날》,《브릿마리 여기 있다》,《불안한 사람들》,《딸에게 보내는 편지》,《통역사》,《세상의 한 조각》 등이 있다.

수상한 휴가

초판 1쇄 인쇄 2021년 07월 20일
초판 1쇄 발행 2021년 07월 25일

지은이 롤런드 메룰로
옮긴이 이은선

발행인 유영준
편집팀 오향림 한주희
디자인 형태와내용사이
인쇄 두성P&L
발행처 와이즈맵
출판신고 제2017-000130호(2017년 1월 11일)

주소 서울시 강남구 봉은사로16길 14, 나우빌딩 4층 쉐어원오피스(우편번호06124)
전화 (02)554-2948
팩스 (02)554-2949
홈페이지 www.wisemap.co.kr

ISBN 979-11-970602-3-6 (03840)